Les griffes du danger

Protège-moi

CYNTHIA EDEN

Les griffes du danger

BLACK *ROSE*

éditions HARLEQUIN

Collection : BLACK ROSE

Titre original : UNDERCOVER CAPTOR

Traduction française de ISABEL ROVAREY

Réalisation graphique couverture : A. DANGUY DES DESERTS

ÉDITIONS HARLEQUIN

83-85, boulevard Vincent-Auriol, 75646 PARIS CEDEX 13.

Service Lectrices — Tél. : 01 45 82 47 47

www.harlequin.fr

ISBN 978-2-2803-0843-4 — ISSN 1950-2753

1

— Puisque je vous dis que vous vous trompez ! cria le Dr Tina Jamison tandis qu'on la forçait à descendre de la camionnette marron et la poussait sans ménagement à l'intérieur du parking mal éclairé.

Mais les quatre hommes — le visage caché par des cagoules de ski — semblaient se moquer éperdument d'avoir enlevé la mauvaise personne.

Ce qui était le cas, pourtant. Ils avaient dû commettre une erreur. Il était tout simplement impossible que ces hommes armés lui en veuillent — à elle.

Celui qui était sur sa droite appuya son arme contre son dos.

— Avancez !

Il n'eut pas besoin de le dire deux fois. Quand on lui enfonçait le canon d'une arme entre les côtes, Tina savait très exactement ce qu'il fallait faire. S'exécuter.

Elle avança. Mais elle était tellement effrayée que, dans son empressement à obéir, elle trébucha et manqua s'étaler de tout son long sur le ciment.

Ce n'est pas vrai… Je dois faire un cauchemar.

Une heure plus tôt, elle était encore tranquillement allongée sur son lit, dans sa chambre d'hôtel.

Lorsqu'elle avait ouvert les yeux, un homme était penché au-dessus d'elle. Il avait plaqué la main sur sa bouche avant qu'elle n'ait eu le temps de crier. Puis il avait posé une arme contre sa tempe et lui avait dit que, si elle voulait rester en vie, il fallait qu'elle lui obéisse.

Or Tina voulait rester en vie.

L'un des hommes poussa la porte de la cage d'escalier. Puis, de nouveau, elle sentit le canon de l'arme pressé contre son dos. Tina comprit le message et se hâta de gravir les marches de béton.

Pourquoi ? Pourquoi s'en prennent-ils à moi ?

— Ecoutez, vous vous trompez de personne.

C'était au moins la dixième fois qu'elle essayait de le leur dire. Il faudrait bien qu'ils finissent par entendre raison et l'écouter.

— Je suis médecin — simplement médecin. Je ne…

— Nous savons parfaitement qui vous êtes, répliqua l'homme au pistolet d'une voix dure, menaçante. Et nous savons aussi ce que Mercer sera prêt à débourser pour vous récupérer.

Le sang de Tina se glaça dans ses veines tandis qu'elle agrippait la rampe. Mercer. Oh ! non. Avec la mention soudaine du nom de Bruce Mercer, la situation prenait tout à coup une autre tournure — terriblement plus dangereuse. Parce que Bruce Mercer était à la tête de la DOS, la Division des opérations spéciales, dont les agents conduisaient des opérations ultrasecrètes pour le gouvernement des Etats-Unis.

Bruce Mercer était également son chef.

Mais je ne suis pas agent ! Je suis médecin ! Celle qui soigne les agents qui ont été blessés sur le terrain.

Parce que Tina avait découvert il y a longtemps que le danger et elle ne faisaient pas bon ménage.

Le cœur battant à tout-va dans la poitrine, elle s'efforça d'inspirer à fond… Seigneur, c'était difficile. Douloureux. Elle craignait d'être sur le point d'entrer en hyperventilation. Sa respiration devenait sifflante à chacune de ses expirations.

— Pouvez-vous… enlever votre arme ? demanda-t-elle, haletante.

Il aurait suffi que l'homme trébuche pour que le coup parte accidentellement. Et, même s'il n'était pas mortel, elle était bien placée pour savoir les dommages irréversibles que pouvait causer à la colonne vertébrale une arme à feu.

— Non.

Le canon s'enfonça plus profondément dans son dos.

— Ecoutez, je… je…

Elle s'efforça d'inspirer. *Pas de panique. Pas de panique.*

— Je ne suis pas la personne que vous cherchez. Vous me confondez avec quelqu'un d'autre.

Elle n'était pas un agent de la DOS. Si ces types l'avaient enlevée en pensant — à tort — qu'elle pourrait leur livrer des informations classifiées, ils faisaient complètement fausse route. Elle n'avait pas le niveau d'habilitation requis pour accéder à ce type d'informations.

— Nous savons que vous n'êtes pas agent, répliqua sèchement l'homme. Maintenant, montez. Plus vite !

Elle obtempéra. Les muscles de ses jambes la brûlaient. Une volée de marches puis une autre… Enfin, elle entendit une porte s'ouvrir au-dessus d'elle. Une bouffée d'air frais chargée de l'odeur du Mississippi chatouilla ses narines tandis qu'on l'entraînait à l'extérieur.

Les étoiles scintillaient dans le ciel. Regardant autour d'elle, elle se rendit compte qu'elle était sur un toit. Elle entendit le vrombissement des pales d'un hélicoptère qui approchait.

Aïe. Mauvais signe, ça. Comme si être faite prisonnière par des hommes cagoulés et armés ne l'était pas ! Mais un groupe opérant avec son propre hélicoptère était forcément synonyme de gros, de très gros ennuis.

Tenaillée par la peur, Tina trouva néanmoins le courage de se tourner vers le garde armé.

— Puisque… puisque vous savez que je ne suis pas agent secret…

Il lui fallait hausser la voix pour recouvrir le grondement de l'hélicoptère. Le souffle puissant des pales la fit reculer d'un pas et elle se mit à trembler.

— Laissez-moi partir ! Je ne peux vous être d'aucune utilité.

L'homme masqué secoua la tête.

— Au contraire. La fille de Mercer va nous être sacrément utile.

La fille de Mercer ? Les yeux de Tina s'écarquillèrent. C'était donc bien une erreur.

— Je ne suis pas sa fille !

Un bref éclat de rire échappa à l'homme.

— Non… Bien sûr, ma belle.

Cet accent traînant… Caractéristique du Texas.

— C'est pour ça que Mercer paie votre appartement à Washington et qu'il a choisi ici l'hôtel le plus chic de La Nouvelle-Orléans. C'est pour ça, aussi, qu'il règle vos factures depuis des années.

Il rit de plus belle.

— J'ai d'abord cru que vous étiez peut-être sa maîtresse. Ce qui m'aurait tout aussi bien convenu.

L'hélicoptère tourna au-dessus du toit de l'immeuble, se préparant à atterrir. Ses ravisseurs lui avaient laissé le temps de s'habiller — exercice humiliant s'il en était puisqu'elle avait dû revêtir ses vêtements sous leurs yeux. Le tourbillon provoqué par l'approche de l'appareil plaqua son T-shirt contre sa poitrine et fit voler ses cheveux autour de son visage.

— Et puis j'ai appris votre véritable identité.

Il fit glisser le canon du pistolet le long de sa joue. Si Tina avait été agent secret, c'était probablement le moment qu'elle aurait choisi pour faire quelque chose d'incroyablement téméraire comme lui arracher son arme ou le sonner d'un uppercut bien placé.

Avant de se débarrasser de tous ces salauds.

Seulement voilà, elle n'était pas agent. Elle savait soigner les plaies, pas les provoquer.

— Vous avez été l'unique constante dans la vie de Mercer depuis que vous avez quitté l'école de médecine. Et c'est bien normal puisque vous êtes sa fille. La fille dont il a cherché à dissimuler l'existence après que votre mère a été tuée lors de cette attaque, en France.

Elle déglutit avec peine. Le fait qu'elle soit née en France ne jouait pas en sa faveur.

— Mais, bien entendu, si vous n'êtes pas sa fille, vous pouvez m'en apporter la preuve, je suppose ?

Le pistolet était toujours sur sa joue.

Les pales de l'hélicoptère avaient cessé de tourner.

La cagoule dissimulait entièrement les traits de l'homme, à l'exception des trous qui lui permettaient de voir. Tout ce qu'elle savait, c'était qu'il était grand, étroit d'épaules et de hanches, et qu'il avait un léger accent texan. Elle aurait été incapable d'identifier cet homme, pas plus d'ailleurs que ses complices.

— On est prêts ? lança une autre voix tandis qu'un pas décidé s'avançait derrière elle.

Pas d'inflexion texane dans cette voix-là, seulement une intonation vaguement blasée. Blasée et… familière.

Le sang reflua subitement des joues de Tina. L'instant suivant, elles s'échauffaient au point de lui donner l'impression qu'elles étaient en feu.

Les pas s'approchaient.

— Ouais, on a la marchandise, acquiesça l'homme armé avec un bref hochement de tête. Même si elle n'a pas cessé de geindre et de répéter qu'on se trompait de personne.

L'arme quitta enfin sa joue. Très lentement, afin de ne pas alerter ses geôliers, Tina se tourna pour faire face au nouvel arrivant. L'hélicoptère attendait derrière lui, idéalement positionné en plein centre du toit.

Lui aussi était cagoulé. Des fentes à l'emplacement des yeux, un trou pour la bouche. Comme les autres, il était vêtu de noir de la tête aux pieds.

Mais, celui-là, elle le connaissait. Ces épaules larges, ce physique puissant… Dominant les autres hommes d'une bonne dizaine de centimètres, il s'avançait vers elle lentement, avec une grâce presque féline.

Le soulagement l'envahit au point que Tina se sentit presque prise de vertige. Drew Lancaster.

— Si elle était si bavarde, reprit sa voix familière, teintée d'une touche d'accent du Mississippi, tu aurais dû la bâillonner.

Hein ? Quoi ? Les yeux de Tina s'agrandirent d'horreur. Ce n'était pas ce que Drew était censé dire. Ce n'était pas un criminel. Il était du bon côté. Du côté des gentils. C'était un agent fédéral, l'un des meilleurs éléments de la DOS.

Il se positionna derrière elle et plaqua la main sur sa bouche.

— Tu vois ? continua Drew. Ce n'est pas bien difficile de l'empêcher de parler.

Elle faillit le mordre.

Mais Drew s'inclina pour lui souffler à l'oreille :

— Pas d'affolement. Restez calme.

Il avait parlé si bas que Tina se demanda si elle n'avait pas rêvé. Mais elle avait senti le souffle chaud de sa bouche sur son oreille et un frisson la parcourut.

Drew, la main obturant toujours sa bouche, releva la tête et plongea son regard dans le sien. Ses yeux étaient dorés, comme ceux du chat de jungle qu'elle avait vu au zoo de Washington DC.

Drew lui avait toujours fait penser à ce grand félin. Parce qu'il était sauvage, dangereux et que, par réaction purement instinctive, elle avait eu peur de lui dès la première fois où elle l'avait vu.

— Je ne savais pas que la marchandise que nous devons transporter ce soir était une femme, reprit Drew à voix haute en regardant celui de ses ravisseurs qui semblait être le chef. La prochaine fois, prévenez-moi.

— On ne dit que ce qui est nécessaire, Stone, grommela le type. Bon, alors, on peut monter à bord de l'hélico ?

Stone. Ses lèvres étaient toujours comprimées sous la paume de Drew. Elle ne l'avait pas vu depuis deux mois. Depuis son dernier départ en mission.

Drew se déplaça et lui jeta un coup d'œil. Cette fois, Tina réussit à surmonter la peur qu'il lui inspirait et elle comprit la mise en garde muette qu'il lui adressait.

Drew était infiltré au sein de ce groupe. Les autres le connaissaient sous le nom de Stone.

Et elle comprit aussi autre chose… Drew n'avait pas l'intention de se démasquer pour elle.

Ses épaules s'affaissèrent. Les choses n'étaient pas près de s'arranger.

— Je suis prêt, répondit Drew en laissant retomber sa main et en s'éloignant d'elle.

Elle sentit de nouveau le pistolet se presser dans son dos. Elle ne se crispa pas, cette fois.

Mais ce fut Drew qui réagit.

— Tu es obligé de faire ça ?

— Ouais. Et maintenant, allons-y…

Le regard de Drew s'abaissa brièvement sur l'arme qui la menaçait avant de remonter jusqu'à ses yeux. Elle devait avoir l'air terrifiée, elle en était certaine.

Parce qu'elle l'était réellement.

— Sérieusement, tu penses qu'elle risque de s'échapper ? reprit Drew en regardant autour de lui. Il n'y a que nous ici et nous sommes au sommet d'un immeuble.

L'arme ne bougea pas.

— Elle a les mains liées. Elle ne va pas s'envoler. Et je ne vois pas…

— C'est la fille de Bruce Mercer ! gronda l'homme. Qu'est-ce que tu crois ? Il l'a sûrement entraînée. Tant que nous n'aurons pas décollé, je ne la lâcherai pas d'une semelle.

Drew cligna des paupières.

— La fille de Bruce Mercer, répéta-t-il doucement, comme s'il évaluait la portée de cette information.

Non, c'est faux ! Je ne suis pas sa fille !

Mais Drew le savait-il ?

— Je suppose que ça change la donne, dans ce cas, dit-il.

Puis il se détourna et rebroussa rapidement chemin en direction de l'hélicoptère. Quelques secondes plus tard, tout le monde était à bord de l'appareil et Tina se retrouva attachée sur le siège arrière.

Les pales se remirent en mouvement, prenant progressivement de la vitesse, comme en écho au battement frénétique de son cœur, et l'hélicoptère s'éleva dans les airs.

Il allait être démasqué, c'était sûr et certain.

Drew Lancaster positionna soigneusement l'hélicoptère au-dessus de l'aire d'atterrissage. La mâchoire contractée, il actionna avec expertise les manettes de contrôle, assailli par la rage.

Tina Jamison.

Le joli médecin de la DOS était bien la dernière personne qu'il s'attendait à voir en posant cet oiseau sur le toit ! Mais, lorsqu'elle avait pivoté vers lui, les yeux écarquillés par la frayeur derrière les verres de ses lunettes, il avait en un éclair pris la mesure du problème qui se présentait à lui.

Tina l'avait reconnu. Même sans voir son visage, elle avait su que c'était lui. Peut-être la lenteur de son phrasé l'avait-elle trahi ? Il n'avait pas pris la peine de déguiser son accent pour intégrer ce groupe. Il voulait seulement qu'ils le prennent pour un ancien militaire originaire du Mississippi. Un type qui avait une dent contre le gouvernement et qui était prêt à tout pour de l'argent.

Le visage de Tina s'était rempli d'espoir lorsqu'elle l'avait vu. Un si joli visage… Qu'il en était venu à admirer de plus en plus au fil de ses visites médicales au siège de la DOS. Elle, bien sûr, affichait une posture toute professionnelle, l'auscultant, vérifiant ses constantes vitales, lui parlant de gestion du stress sur le terrain.

Et, pendant ce temps-là, en secret, il l'imaginait nue.

Avant même que les pales aient cessé de tourner, Lee Slater sauta à bas de l'appareil, entraînant Tina à sa suite. Cette brute épaisse tenait son pistolet bien trop près de la tempe de Tina pour la tranquillité d'esprit de Drew.

Comment diable vais-je bien pouvoir la tirer de là ?

Plissant les yeux, Drew regarda Tina et Lee disparaître à l'intérieur de la maison. D'autres hommes armés leur emboîtèrent le pas.

Ils étaient au fin fond du Texas, dans un endroit qui n'était qu'un minuscule point sur la carte, introuvable pour la plupart des gens. Ce n'était pas comme si la police allait débarquer d'une minute à l'autre pour libérer la jeune femme qui avait été kidnappée.

Quant à lui, il travaillait sous couverture sous le nom de Stone Creed. Les hommes parmi lesquels il s'était infiltré ne visaient qu'une chose : semer le trouble et la terreur sur le sol américain. Qu'ils soient trafiquants de drogues ou trafiquants d'armes, tous n'avaient qu'un objectif : contrer les pouvoirs politiques en place.

Et leur cible principale semblait être la DOS. Ou, plus exactement, son directeur, Bruce Mercer, qu'ils voulaient détruire.

Drew quitta à son tour l'hélicoptère et vérifia son arme.

— C'est pas incroyable, ça ? lança une voix excitée derrière lui.

Drew se retourna juste au moment où Carl Monroe arrachait son passe-montagne. Oui… ils n'en avaient plus vraiment besoin maintenant qu'ils étaient de retour dans leur fief. Ils n'avaient plus à se soucier des regards indiscrets.

Carl sourit.

— On tient la fille du directeur de la DOS !

Faux, songea Drew. Bruce Mercer avait bien une fille, mais ce n'était pas Tina Jamison.

Qu'arriverait-il si ces types s'apercevaient de leur erreur ?

Elle sera condamnée à la minute où ils l'apprendront.

Il ne pouvait pas laisser faire ça. On l'avait dépêché pour recueillir des renseignements sur ces individus, pour évaluer l'ampleur de la menace que représentait ce groupe — connu sous le nom de code de CHAOS. Cela établi, lui et ses hommes étaient censés éliminer cette menace.

Mais, au vu des derniers développements, son planning allait se trouver quelque peu accéléré.

— Elle est plutôt pas mal, dit Carl.

Comme Lee, Carl était un pur Texan. Il était aussi très, très dangereux. Il aimait jouer de son couteau — très souvent. Et, d'après son dossier, il prenait plaisir à regarder ses victimes mourir à petit feu des blessures qu'il leur avait infligées. La torture et la douleur étaient indissociables du fonctionnement de son esprit tordu.

— Si tu l'avais vue quand nous l'avons trouvée dans cette chambre d'hôtel…, continua Carl d'une voix intense. Elle était tout ébouriffée et…

Drew fit volte-face.

— Tu viens m'aider à dissimuler l'hélico ? coupa-t-il d'une voix tranchante, la fureur bouillonnant en lui.

Bon sang, jamais Tina n'aurait dû se trouver mêlée à cette affaire ! A la première occasion, il devrait entrer en contact avec les autres agents de la DOS qui travaillaient sur la mission CHAOS. Il leur faudrait trouver le moyen de l'extraire immédiatement.

Et s'ils ne le faisaient pas, eh bien, il s'en chargerait lui-même.

Le sourire de Carl s'élargit.

— Toi aussi, tu la trouves jolie, hein ? C'est à cause de ces lunettes… Terriblement sexy.

Il eut envie de lui envoyer son poing dans la figure.

Mais Carl se détourna et s'avança vers l'appareil.

Drew libéra l'air qu'il avait gardé emprisonné dans ses poumons tandis qu'il s'efforçait de se maîtriser. Il était encore le nouveau venu dans l'équipe. Utile parce qu'il était capable de piloter pratiquement n'importe quel appareil — et de tuer n'importe qui instantanément et sans état d'âme. Evidemment, son dossier avait été truqué, mais ses compétences étaient bien réelles.

Pendant la période qu'il avait passée au sein de la Delta Force, Drew s'était mué en une machine de guerre mortelle. Il était capable de venir à bout d'une douzaine d'hommes sans arme, rien qu'en…

Un cri transperça la nuit. Poussé par Tina.

Drew s'élança vers la maison avant même d'avoir réfléchi aux conséquences de sa réaction.

La porte était fermée mais il l'ouvrit d'un coup de pied. Le bois alla cogner contre le mur.

— Non ! criait Tina. Je vous en prie, je…

Ses prières s'interrompirent subitement.

La fureur que ressentait Drew reflua d'un coup, remplacée par une familière gangue de glace. Ça se passait toujours ainsi, pour lui. Lorsque venait le moment de livrer bataille, il se transformait en bloc de glace. Pas d'émotions. Pas de place pour l'erreur. Certains de ses collègues l'avaient surnommé « le robot » à cause de cette particularité.

Ses ennemis lui avaient attribué des dénominations bien pires encore.

Pourquoi Tina ne criait-elle plus ?

Il y avait une autre porte devant lui. Gardée par un grand blond avec une arme à sa ceinture, lequel essaya de lui barrer la route.

— Stone, mon vieux, je ne crois pas qu'ils aient besoin de toi pour le moment.

Drew l'écarta de son chemin. Il entra.

La première chose qu'il vit, ce fut le sang. De grosses gouttes de sang qui coulaient le long du bras de Tina. Lee Slater se tenait debout près d'elle, un couteau à la main.

Mentalement, Drew se représenta en train de foncer sur lui, de lui casser le poignet. L'arme tomberait sur le sol avec un bruit métallique. Une fois Lee mis hors d'état de nuire, Drew s'occuperait des deux autres hommes qui étaient présents. En moins d'une minute, ils seraient à terre, eux aussi.

Mais il ne passa pas à l'attaque. Pas encore. Parce qu'il avait reçu des ordres très précis de Bruce Mercer.

Cette mission était d'une importance capitale et, en tant que telle, ultra-prioritaire. Il y avait eu une fuite au sein de la DOS quelques mois plus tôt. Et il s'agissait de déterminer si ce groupe d'individus — originaires des Etats-Unis, du Mexique et de différentes parties de l'Amérique du Sud — avait réussi à accéder à des informations classées top secret et, si oui, à savoir lesquelles.

La piste les avait conduits à CHAOS, mais l'enquête n'était pas terminée. Drew n'était pas censé rencontrer le chef de l'organisation avant encore plusieurs jours, voire davantage.

Plusieurs jours…

Décrocher une entrevue avec Anton Devast n'était pas chose aisée. Ceux qui réussissaient à l'approcher finissaient généralement six pieds sous terre.

Drew serra les mâchoires.

— Pourquoi l'as-tu blessée ?

Ils avaient coupé Tina et l'avaient bâillonnée. Le bâillon expliquait pourquoi elle avait cessé de crier. Nom d'un chien, dire que c'était lui qui leur avait soufflé cette idée… Mais il n'avait dit ça que pour faire comprendre à Tina qu'elle ne devait pas révéler sa véritable identité.

Son regard — si vert, si brillant — se tourna vers lui… implorant.

Une supplique à laquelle il ne pouvait pas répondre pour le moment s'ils voulaient rester en vie.

— Je voulais juste lui donner un petit avant-goût de ce qui lui arriverait si elle tentait de s'échapper, déclara Lee d'une voix onctueuse. On peut la traiter bien…

Il écarta le couteau de Tina pour illustrer son propos.

— … ou faire de son petit séjour parmi nous un enfer.

Une larme roula le long de la joue de Tina. Elle avait les pommettes hautes, un menton légèrement pointu et un adorable nez couvert de taches de rousseur.

En temps normal, son visage à la carnation délicatement rosée était expressif, animé.

Mais, en cet instant, la peur tirait ses traits. Drew n'aimait pas la voir comme ça. Pas du tout.

— Eh bien, c'est bon, tu lui as montré, gronda-t-il. Elle a saisi le message. Range ce couteau, maintenant.

Les yeux sombres de Lee se rétrécirent.

— Je n'ai pas d'ordres à recevoir de toi.

Drew s'avança vers lui. Il lui enserra le poignet. *Ne le lui brise pas… Pas encore.* Mais la menace était bel et bien là, Lee ne s'y tromperait pas.

— Tu crois que le patron serait content si tu tuais la fille de Mercer ? Il me semble qu'il veut se servir d'elle pour faire pression sur son père. On n'est pas censés la lui remettre balafrée… ni morte.

Lee avala péniblement sa salive. Son goût pour la douleur ne fonctionnait que dans un sens. Ce salaud aimait faire mal, mais il ne supportait pas l'idée qu'on puisse attenter à son intégrité physique. Et il avait peur de Drew, essentiellement parce que celui-ci avait gagné son intégration à CHAOS de haute lutte. Il s'était battu contre cinq hommes et les avait tous laissés sur le carreau, sanguinolents et gémissants. Fichu rite initiatique…

Mais la vie était ainsi faite… Du moins, celle des agents de la DOS.

— C'est juste une coupure de rien du tout, se justifia Lee. Pas de quoi fouetter un chat.

— Ne recommence pas. Puisque le boss la veut, le boss l'aura.

Ce qui lui donna une idée… Devast voudrait sûrement venir jeter un coup d'œil en personne à sa prisonnière.

Cette visite pourrait lui fournir l'occasion de le liquider.

Après tout, éliminer Anton Devast faisait partie de sa mission. A la base, Drew était un tueur.

Tenant toujours Lee, il porta de nouveau son regard sur Tina. Il n'aimait pas voir ces larmes dans ses yeux.

Et… ses lunettes étaient cassées. Il resserra son emprise autour du poignet de Lee.

— Je vais prendre le premier tour de garde, décréta-t-il.

Lee essayait de dégager sa main. En vain.

— Quoi ?

— Je prends le premier tour de garde, répéta-t-il d'un ton sans appel.

Parce qu'il ne voulait voir personne d'autre approcher d'elle. Et certainement pas Lee ni Carl.

Sous ses cheveux roux coupés court, les yeux de Lee n'étaient plus que deux minces fentes brillant de colère. Mais il acquiesça d'un bref hochement de tête.

— Bon… D'accord. Tu peux rester avec elle le temps que j'aille piquer un petit somme.

Par le choix de ses mots, il cherchait à donner l'impression que la décision venait de lui. Grand bien lui fasse. Du moment qu'il débarrassait le plancher…

Drew le relâcha.

Il ne fallut qu'une seconde au rictus suffisant pour reparaître sur le visage de Lee.

— On se retrouve bientôt, ma belle, promit-il à Tina avant d'arrêter son regard sur Drew. Nous aussi, Stone, on se reverra tout à l'heure…

La menace qui sous-tendait ces mots n'échappa pas à Drew.

Il allait devoir redoubler de prudence. A voir la façon dont Lee le regardait, il était clair qu'il pouvait à tout moment se retrouver avec un couteau planté entre les côtes.

Ce qui ne serait pas la première fois.

Machinalement, Drew porta la main à la cicatrice qui ornait désormais sa joue droite.

— C'est ça… A tout à l'heure, répondit-il en veillant à ce que ses paroles véhiculent une intonation plus menaçante encore.

Laisser entrevoir la moindre faiblesse à ces types était une grave erreur parce qu'ils n'hésiteraient pas une seconde à s'en servir.

Drew attendit, immobile, que Lee et ses deux acolytes soient sortis de la pièce. Lorsque la porte se referma derrière eux, il poussa un long soupir.

Tina le contemplait toujours fixement, les yeux écarquillés, remplis d'effroi.

Il eut envie de lui dire que tout irait bien, mais il n'était pas certain que la pièce ne soit pas équipée de micros. Lorsqu'il était arrivé ici, il en avait trouvé deux en fouillant la chambre qui lui avait été assignée.

Ce qui prêchait en faveur de la présence de dispositifs d'écoute ici aussi.

Il jeta un coup d'œil à la porte. Même si Drew avait assuré qu'il prenait le premier tour de garde, rien n'empêchait Lee d'avoir posté un homme à l'extérieur.

— Mmm-mm, marmonna Tina sous son bâillon en s'agitant sur la chaise à laquelle Lee l'avait attachée.

Il marcha rapidement dans sa direction et s'agenouilla devant elle.

— Les cordes sont trop serrées, souffla-t-il, sentant la colère s'insinuer de nouveau en lui, menaçant de reprendre le dessus.

Non. Maîtrise-toi. Il faut garder la tête froide.

Les autres agents avaient tout faux. Ils le croyaient insensible, totalement imperméable à toute émotion lorsqu'il était en mission.

Mais c'était tout le contraire. Le problème venait plutôt du trop-plein d'émotions qu'il éprouvait. Et s'il ne parvenait pas à brider sa fureur… il devenait trop dangereux.

Il desserra l'étau des liens puis leva les yeux et croisa son regard.

Une fêlure étoilait le verre droit de ses lunettes, telle une toile d'araignée. Il tendit le bras.

Elle eut un mouvement de recul instinctif.

— Ne vous inquiétez pas, chuchota Drew. Je m'assure simplement que vous allez bien.

Il lui retira les lunettes.

Elle cligna des yeux.

Bon sang. Elle était aussi attirante sans ses lunettes qu'avec. Il s'était dit que c'était peut-être juste le fantasme de la bibliothécaire super-sexy, mais non… Elle était la tentation faite femme.

Et il n'avait vraiment pas besoin de cela en ce moment. Il avait une mission à accomplir.

C'est elle ma mission, désormais. Les mots lui étaient venus tout seuls, spontanément.

Il posa les lunettes sur une table, près de lui.

— Mmm-mm !

Ah, Tina avait l'air de s'énerver sous son bâillon, maintenant. Il n'aurait su dire ce qui valait le mieux pour elle. La peur ou la colère ? A moins d'être extrêmement prudents, ils pouvaient y laisser leur vie tous les deux.

Il se pencha vers elle jusqu'à ce que sa bouche touche presque son oreille. Son léger parfum de fraise des bois l'enveloppa.

A cause d'elle, il en était venu à développer une véritable addiction à l'odeur de fraise au cours de cette dernière année. Mais elle ne le savait pas. Elle ne savait rien de lui. A ses yeux, il n'était qu'un agent parmi d'autres.

Un accro à l'adrénaline qu'elle était chargée de remettre sur pied et de maintenir en vie.

A ceci près que, cette fois, c'était à lui de la garder en vie.

— Faites très attention à ce que vous direz, souffla-t-il dans le creux délicat de son oreille.

Tina frissonna.

Etait-ce un frisson de peur ? Oui, ce devait être ça. Compte tenu des circonstances, il aurait été grotesque de penser que ce pouvait être autre chose.

Mais, au cas où, il enregistra sa réaction dans un coin de son esprit. Parce qu'il aurait vraiment aimé découvrir chacune des parties sensibles de sa splendide anatomie.

— Peut-être qu'ils nous écoutent, continua-t-il, sa bouche effleurant le pavillon de son oreille.

Elle acquiesça d'un bref signe de tête.

Son parfum était fantastique, enivrant.

Rester concentré.

Il éleva les mains et se mit en devoir de dénouer le bâillon. Le morceau de tissu tomba.

Tina se passa la langue sur les lèvres et inspira une grande goulée d'air.

— Merci.

Il pinça les lèvres. Il était un peu tôt pour les remerciements. Il ne l'avait pas tirée d'affaire.

— Je vais bander votre bras.

Elle battit de nouveau des paupières et le regarda. Elle

respirait toujours profondément, aspirant l'air comme si elle en avait manqué.

Son teint était blanc comme de la porcelaine, translucide, presque, et il se prit à souhaiter voir un peu de rose colorer de nouveau ses joues — et la peur quitter son regard.

— Faites-moi confiance.

Il énonça les mots à voix si basse qu'ils en étaient presque inaudibles.

Après un court temps d'hésitation, Tina hocha la tête.

La glace commençait à fondre autour de lui. Il se détourna, se leva et se mit à fourrager dans les tiroirs de la pièce, à la recherche d'une trousse de secours. Les hommes — et les femmes — qui séjournaient sur le domaine étaient toujours prêts à livrer bataille, ce qui signifiait qu'ils avaient toujours sous la main de quoi réparer les dégâts, le cas échéant. Il n'avait pas mis longtemps à s'apercevoir qu'il y avait des kits de secours un peu partout dans la maison.

Tina ne fit pas la grimace lorsqu'il entreprit de nettoyer la plaie à l'aide d'une lingette antiseptique.

— Ce n'est pas profond. Pas besoin de points, nota-t-il tandis qu'il bandait son bras. Vous avez de la chance.

Il la vit hausser brusquement les sourcils.

D'accord. « De la chance » n'était peut-être pas le terme le plus approprié pour décrire sa situation.

Il empoigna une chaise et la tira près d'elle. Il ne pouvait pas la détacher, sinon les autres se demanderaient ce qui se passait.

— Ça va aller.

Elle se contenta de le regarder.

Et il se rendit compte qu'elle n'en croyait pas un mot. Peut-être était-ce mieux ainsi — parce que Drew détestait faire des promesses qu'il n'était pas sûr de pouvoir tenir.

*
* *

— Monsieur Mercer ?

Bruce Mercer leva les yeux des dossiers qui étaient éparpillés sur son bureau. Son assistante, Judith Rogers, se tenait debout sur le seuil. Elle n'aimait pas utiliser l'Interphone ; elle lui avait dit une fois que c'était trop impersonnel à son goût. Aussi, la plupart du temps, se déplaçait-elle pour le prévenir lorsqu'il avait une visite.

Sa présence sur le pas de la porte n'avait donc rien d'étonnant.

Mais la peur qui se lisait dans ses yeux, en revanche… Ça, ça n'avait rien de normal.

— Tina Jamison a disparu, annonça Judith, crispée. Je viens juste de recevoir un appel d'un agent, depuis son hôtel. La serrure de sa porte a été forcée et Tina… Elle n'est plus là.

Mercer veilla à ne rien laisser transparaître.

La situation était exactement celle qu'il avait tant redouté. Il jouait un jeu mortellement dangereux et peut-être Tina était-elle devenue un pion dans la partie d'échecs qui était engagée.

S'il ne faisait pas très attention, il pourrait perdre son pion. Perdre la partie tout entière, même.

— Appelez-moi Dylan Foxx, déclara-t-il tout haut. Immédiatement.

Il allait devoir demander aux agents qui étaient déjà sur le terrain de prendre les choses en main et de s'assurer que Tina survivrait à la lutte à mort qui s'annonçait.

Il l'avait bêtement placée au cœur de la bataille.

Je suis désolé, Tina.

Il ne commettait pas souvent d'erreurs mais, lorsque cela se produisait, celles-ci pouvaient avoir des conséquences fatales.

2

— C'est à moi de te relayer.

En entendant la voix revêche, Tina releva vivement la tête.

Elle s'était assoupie. Comment était-ce possible ? Clignant des yeux, les paupières encore lourdes de sommeil, elle contempla Drew qui se tenait devant elle.

Il soutint son regard un instant puis tourna la tête en direction du type qui venait d'entrer.

Tina ne savait pas qui était ce blond, mais la lueur libidineuse qui flamba dans son regard sombre et dur lorsqu'il lorgna de son côté ne lui échappa pas. Il portait un holster à la hanche — la crosse du pistolet dépassait — et un couteau fixé sur le côté gauche.

Après son angoissante confrontation avec une arme blanche, elle n'était pas exactement emballée par la perspective de voir une autre lame approcher d'elle.

— Lee m'envoie te remplacer, continua l'homme de sa voix maussade.

Il haussa les épaules.

— Alors me voilà.

Tina aurait voulu tendre la main et s'accrocher à Drew, mais ce n'était pas possible, évidemment.

D'abord, parce qu'elle était toujours attachée même si elle n'avait plus le bâillon… Cet horrible bâillon. Si elle n'avait pas pris son traitement quelques heures avant d'être enlevée, jamais elle n'aurait pu le supporter. Elle aurait été dans l'incapacité de respirer.

— Ce couteau reste dans son étui, Carl, proféra Drew d'un ton redoutablement calme.

Oh ! non, pensa Tina.

Le visage de Drew — beau, âpre, sauvage — parut se durcir encore tandis qu'il étudiait l'autre homme.

Drew Lancaster était un guerrier. Elle l'avait compris à la minute où elle l'avait vu pour la première fois. Il était couvert de sang, ce jour-là — une blessure par balle. Il n'avait même pas eu un battement de cils lorsqu'elle avait retiré le projectile.

Il était grand, un mètre quatre-vingt-dix environ, avec des épaules larges, des hanches étroites et un regard doré à tomber à la renverse. Il avait la peau hâlée, ce qu'il devait sans doute au soleil de son Mississippi natal. C'était de là, aussi, que lui venait le léger accent traînant qui resurgissait de temps à autre.

Cet accent tellement attirant. Cet homme aurait été la tentation même... s'il n'avait été aussi dangereux.

Elle le savait parce qu'elle avait eu l'occasion de jeter un coup d'œil à son dossier, un jour, par l'entremise de son amie Sydney Ortez. Sydney s'occupait de la gestion du renseignement à la DOS et, ayant remarqué le vif intérêt que Tina portait à Drew à la façon dont elle le suivait béatement des yeux chaque fois qu'il était au siège, elle avait voulu la mettre en face de la réalité et lui montrer qui était véritablement l'homme de ses rêves.

Ce n'était pas un chevalier blanc.

Plutôt un robot tueur.

Le regard de Drew dériva de nouveau vers elle. Son visage était tout en plans et en angles. Et la cicatrice qui barrait sa joue droite le faisait paraître plus dangereux encore.

Sa respiration était toujours un peu trop laborieuse...

Au bout d'un moment de tension tangible, Drew se leva avec un bref hochement de tête. Le soleil pénétrait dans la pièce par l'unique fenestron dont elle était munie. Ses rayons éclairèrent brièvement Drew lorsqu'il les traversa.

— Je t'avais dit que c'était un joli petit lot, murmura celui qu'il appelait Carl.

Drew bondit sur lui. En un instant, l'avant-bras replié sous le menton de l'homme en une clé parfaite, il le cloua au mur.

— Et moi, je te dis… de ne pas la toucher.

Son adversaire laissa passer une seconde, puis il sourit.

— Oh-oh… Je vois. Monsieur considère déjà que c'est chasse gardée.

Je suis en train de vivre un cauchemar, songea Tina. Et Drew ne « considérait » rien du tout.

En revanche, il s'inclinait de plus en plus sur le blond.

— Si tu lui fais le moindre mal, tu le paieras.

Et on devinait à son ton que ce n'était pas une menace en l'air.

Le blond se hâta d'acquiescer.

— Pas de problème, vieux. Je regarde, c'est tout.

Drew recula.

— Tiens-t'en là… C'est un conseil.

Il lança un dernier coup d'œil à Tina.

Elle dut pincer les lèvres de toutes ses forces pour ne pas le supplier de rester.

Il était infiltré. Il avait une mission à remplir. Mais elle savait qu'il la sortirait de là.

Il fallait seulement tenir bon, le temps qu'il échafaude un plan.

Drew quitta la pièce sans un mot.

Carl s'approcha d'elle.

— Alors, vous vous êtes bien entendus tous les deux, on dirait ? Ce vieux roublard de Stone… J'étais sûr que c'était un homme à femmes.

Il se laissa tomber sur la chaise, près d'elle, et posa la main sur le manche du couteau.

Tina se raidit, mais il ne fit pas mine de sortir son arme. Le regard concupiscent de l'homme passa sur son visage.

— Quel dommage, murmura-t-il, l'air faussement contrit. Quel dommage qu'une jolie fille comme toi doive mourir…

Il prenait un risque, Drew en était conscient. Un risque énorme, mais il devait téléphoner. Il s'éloigna des autres et se dirigea vers la vieille clôture qui ceignait le côté droit de la propriété. Il avait repéré les lieux à l'avance car c'était le point faible de la sécurité. Aucune caméra pour surveiller l'endroit et, Dieu merci, on y captait du réseau.

C'était Sydney Ortez qui le lui avait signalé, avant son départ en mission. Grâce à ses satellites et à ses ordinateurs, elle lui avait déniché cette petite zone à partir de laquelle il pourrait les contacter en cas de nécessité.

En cas d'absolue nécessité car, si l'endroit était jugé relativement sûr, il ne l'était pas à cent pour cent. Dans ce genre de situation, on ne pouvait jamais être certain que l'ennemi n'allait pas décider de venir faire un tour dans le coin au mauvais moment et réduire vos plans à néant.

Drew jeta un rapide coup d'œil circulaire, le téléphone déjà collé à l'oreille. Une sonnerie…

— On m'a prévenu que tu avais un problème, annonça la voix à l'autre bout de la ligne.

Son interlocuteur ne s'était pas présenté, mais c'était inutile : Drew avait instantanément reconnu son chef d'équipe, Dylan Foxx. Ancien membre des SEAL, corps d'élite des forces spéciales de la Marine de guerre, c'était lui qui avait convaincu Drew de rejoindre la DOS. Les deux hommes avaient lié amitié sur le champ de bataille, lors de missions dont ils ne parlaient plus jamais. Tant d'années s'étaient écoulées, tant de missions… Au cours desquelles, toujours, sans faillir, Dylan l'avait couvert.

— Plutôt, oui, dit Drew, jetant un nouveau coup d'œil à la ronde. Alors, qu'est-ce qu'on va faire ?

— La garder en vie, répondit aussitôt Dylan. Mercer est au courant. Il dit que la vie du Dr Jamison est la priorité.

Mercer était au courant. Bien sûr… Il avait des yeux et des oreilles partout.

Et, ici, sa paire d'yeux et d'oreilles, c'est moi.

— Est-ce qu'il se rend compte que je travaille en infiltration ici ?

— Bien sûr. Et il veut que tu restes en permanence auprès du médecin.

— Ils pensent que c'est sa fille, souligna Drew.

Mais pour combien de temps encore ? Combien de temps s'écoulerait-il avant que quelqu'un ne s'aperçoive de la méprise ?

Il y eut un bref silence au terme duquel Dylan demanda :

— Et alors ? C'est le cas ?

Non. Mais Drew ne répondit pas tout de suite. Il avait toute confiance en Dylan, bien sûr, mais il était certains secrets qu'il n'était pas en droit de divulguer.

Drew était l'une des rares personnes au monde à savoir que, oui, Bruce Mercer avait bien une fille. Mais cette fille n'était pas Tina.

— Je n'en sais fichtre rien, finit-il par dire.

Heureusement que Dylan ne pouvait pas voir son visage. Il s'était toujours vanté de pouvoir lire en Drew simplement en regardant son expression.

— Tina Jamison n'était pas censée être mêlée à cette affaire, gronda Drew. Comment est-ce arrivé ?

C'était un autre membre de la DOS — un agent de terrain — qui devait servir d'appât dans le piège qu'ils avaient tendu à CHAOS.

— Je ne sais pas.

Son irritation se devinait au ton de sa voix.

— C'est bien pourquoi je te demandais si c'était réellement sa fille parce que ce serait la seule explication. On a lancé les hommes de Devast sur une fausse piste. Une piste qui, normalement, aurait dû les conduire à notre agent, pas au Dr Jamison.

Mais quelque chose était allé de travers, apparemment. Et, maintenant, c'était à lui, Drew, qu'incombait la tâche d'éviter la catastrophe et d'empêcher que Tina ne paie cette erreur de sa vie.

Il entendit un bruit de voix étouffé à l'arrière-plan, puis Dylan déclara :

— Retourne auprès d'elle. On vient de m'avertir qu'une preuve de vie va être envoyée à la DOS incessamment.

Drew coupa la communication et rebroussa chemin. Une preuve de vie, ce pouvait être n'importe quoi... Une vidéo de la personne retenue en otage, un appel téléphonique, mais aussi... une oreille ou un doigt coupé.

Sans cesser d'avancer, il vérifia que son arme était chargée. Puis il accéléra le pas, et finit par se mettre à courir.

Le rouquin était de retour. Tina leva les yeux pour le regarder — non, pour regarder son téléphone portable. Il l'avait orienté vers elle... Il la filmait.

— C'est ce que nous appelons une preuve de vie, murmura-t-il. Il faut que nous montrions à votre cher papa que vous êtes toujours de ce monde.

Ils ne montreraient rien du tout, en tout cas pas à son père. Celui-ci était mort. Tout comme sa mère. Ils avaient tous deux péri peu après le dix-huitième anniversaire de Tina.

Elle avait eu les mains couvertes de leur sang. Elle était restée là, impuissante, ne sachant quoi faire pour les sauver.

Mais je sais, maintenant.

— Regardez la caméra en face, ordonna-t-il. Dites votre nom.

La porte s'ouvrit derrière lui. Drew ! Drew était revenu.

Elle réussit à respirer un peu plus aisément.

Plantant son regard droit dans l'objectif, elle énonça :

— Je m'appelle Tina Jamison.

— C'est bien, dit le rouquin.

Lee. Elle avait entendu un des autres types l'appeler par ce nom.

— Dites quel jour nous sommes maintenant.

Elle s'exécuta. Sa voix ne trembla pas, nota-t-elle non sans fierté.

— Bruce Mercer, nous détenons votre fille, souligna le rouquin d'une voix neutre. Elle est encore en vie pour le moment mais, si vous ne suivez pas nos ordres à la lettre, elle ne le restera pas longtemps.

Tina ne le quittait pas des yeux.

— Nous voulons un échange, continua Lee. Sa vie contre la vôtre.

Cela n'arriverait pas. Aucune chance. Bruce Mercer était un personnage trop important. Alors qu'elle… Elle n'était que médecin.

Et, à ce titre, susceptible d'être sacrifiée.

— Plus vous retarderez l'échéance, plus nous la ferons souffrir.

Hein ? Quoi ?

— Vous avez eu une preuve de vie, continua-t-il.

Elle plissa les yeux. Enregistrait-il ces images ou les faisait-il parvenir en temps réel à Mercer ? S'il était en train de les transmettre, la DOS ne tarderait pas à envoyer la cavalerie. Sydney serait en mesure de déterminer leur position.

Il approcha le combiné de sa bouche.

— Il est temps de passer à une preuve de souffrance maintenant.

Il avait à peine terminé sa phrase que le blond qui l'avait terrorisée pendant une heure approcha, le couteau à la main.

Tina se raidit, mais il se contenta de trancher les liens qui emprisonnaient son poignet droit.

— Bon sang, mais qu'est-ce que…, commença Drew.

— Coupe-lui le doigt, commanda le rouquin.

Un mauvais sourire étira les lèvres de Carl.

Tina voulut retirer sa main, mais il était plus fort qu'elle.

— Arrête ! rugit Drew.

Le couteau s'avançait inexorablement vers sa main.

Tina détourna les yeux.

Mais la lame ne toucha pas sa peau. Elle entendit le choc sourd de deux corps qui entraient en collision. Tournant la tête, elle vit que Drew s'était jeté sur Carl. Comme les deux hommes roulaient par terre, le couteau échappa aux mains du bourreau blond et glissa en tournoyant sur le sol.

— Qu'est-ce que tu fais, Stone ? Tu es devenu dingue ?

Lee avait enfin abaissé son téléphone, suspendant son spectacle vidéo.

Drew frappa violemment la tête de Carl contre le sol. Puis il se remit d'un bond sur ses pieds.

— Ne t'avise pas de la brutaliser, Lee.

— Je fais ce que je veux, rétorqua l'intéressé, le menton relevé d'un air de défi.

Joignant le geste à la parole, il fit signe aux deux hommes qui étaient postés contre le mur.

— Débarrassez-moi de cet imbécile.

Les deux cerbères foncèrent droit sur Drew.

Mais ce furent eux qui se retrouvèrent au tapis.

Pendant que Drew se battait, Tina s'efforçait désespérément de se défaire des cordes qui la retenaient toujours à la chaise. Les doigts tremblants, elle s'acharna sur les nœuds qui emprisonnaient son poignet gauche. Enfin, elle secoua promptement les cordes, qui tombèrent à ses pieds.

La bataille se poursuivait. Des grognements s'élevaient dans la pièce. Des bruits d'os cassés. Le combat était brutal, impitoyable et…

D’autres hommes arrivaient en renfort.

Drew se jeta devant elle pour la protéger de son corps.

Enfin, la dernière boucle se dénoua sous les doigts impatients de Tina, qui sauta sur ses pieds.

— Ne la touchez pas ! gronda-t-il.

Puis, soudain, il y eut une déflagration. Un coup de feu !

Tina vit Drew faire un pas en arrière, secoué par l’impact, mais il continua à repousser les hommes qui fondaient sur lui… Bien sûr qu’il continuait, songea-t-elle, le cœur battant. *Un robot… Une machine à tuer.*

Il abattit son bras sur la nuque d’un de ses adversaires, qui s’écroula sans un son. Puis il cassa le nez du quatrième larron qui se jetait sur lui.

Des mains la saisirent. Elle sentit le canon d’une arme sur sa tempe. Puis Lee ordonna :

— Stop !

Drew fit volte-face. Son regard alla de Tina à celui de Lee, qui la maintenait plaquée contre lui.

— Tu ne la tueras pas, dit-il.

Puis un sourire lui monta lentement aux lèvres.

Un sourire glacé, dépourvu de toute trace d’humour.

— Morte, elle ne te sera plus d’aucune utilité.

— Très juste, répondit Lee.

Le canon du pistolet se tourna lentement vers Drew.

— Mais, toi, tu ne m’es plus d’aucune utilité… vivant.

Il allait tirer sur Drew ! Le tuer sous ses yeux.

— Non ! hurla-t-elle.

Mue par l’énergie du désespoir, elle se dégagea de l’emprise de Lee et se jeta au-devant de Drew.

Lee hésita. Son regard alla de Tina à Drew, derrière elle.

— Tiens, tiens… Intéressant.

— Je vais coopérer, dit-elle, ne sachant plus à quel saint se vouer comme elle voyait d’autres renforts faire irruption dans la pièce.

Ils étaient maintenant encerclés par des hommes en armes qui pouvaient faire feu à tout moment.

— Je… Je ferai ce que vous me direz. Je… dirai à mon père de satisfaire vos demandes. Mais, s'il vous plaît, ne lui faites pas de mal.

Carl se relevait du sol, le sang ruisselant de sa lèvre inférieure éclatée.

— Je… te l'ai dit, grommela-t-il à l'adresse de Lee. Stone s'est entiché de la fille pendant son tour de garde.

— Mmm… Je crois que c'est un peu plus que cela, nota Lee en les considérant pensivement. Va chercher des menottes et attache-les ensemble. Ce sera mieux que des cordes.

C'en était fini et bien fini de sa mission en infiltration. Il était grillé.

Quand il avait vu le couteau approcher de la main de Tina, son sang n'avait fait qu'un tour et il était passé à l'attaque.

Où donc était la glace ? Quand le couteau était descendu vers la main délicate de Tina, il avait vu rouge et avait perdu son sang-froid.

Les menottes lui cisaillaient les poignets. Mais, s'il s'imaginait que des menottes étaient plus susceptibles de l'arrêter que des cordes, Lee se mettait le doigt dans l'œil.

Ils les avaient conduits, Tina et lui, dans une autre pièce, plus petite, une pièce aveugle et fermée par une lourde porte métallique. Ils avaient menotté l'une de ses mains à celle de Tina et avaient attaché l'autre — avec une autre paire de menottes — à un piquet en métal scellé dans le sol.

Carl le contempla avec un rictus méprisant.

— Comme ça, tu te tiendras tranquille jusqu'à ce que nous décidions de nous amuser un peu.

Nous amuser. Génial.

Lee, posté derrière Carl dans l'embrasure de la porte, souligna :

— Tu sais, Stone, sans trop savoir pourquoi, je ne t'ai jamais aimé.

Carl lui assena un coup en plein plexus solaire. Drew émit un grognement. Bon sang… Ce salaud savait s'y prendre pour taper là où cela faisait mal.

Lee s'avança, écartant Carl, et posa un regard noir sur Drew. Ils lui avaient pris toutes ses armes et l'avaient bourré de coups de poing dans l'autre pièce, en dépit des suppliques de Tina.

— J'ai comme l'impression que tu as des petits secrets, n'est-ce pas, Stone ?

Haussant un sourcil, il continua :

— A supposer que ce soit ton vrai nom, ce dont je doute fort.

Drew sourit.

— Tu es un homme mort.

Malgré lui, Lee battit des cils. La peur se lisait au fond de ses yeux.

— Je vais envoyer la vidéo à Mercer. Celle de sa fille et… la tienne, pendant qu'on te passe à tabac… Ça devrait l'intéresser.

Drew haussa les épaules.

— La vidéo d'un type qu'il ne connaît pas en train de se faire cogner ? Que veux-tu que Mercer en ait à faire ?

— Possible. Mais va savoir… Peut-être qu'il te connaît ?

Lee braqua les yeux vers Tina, secouant la tête, faussement chagriné.

— Tu as commis une erreur, mon vieux. Cet air enamouré que tu avais en la regardant… Tu n'as jamais regardé personne de cette façon.

Drew se raidit. Lee était moins stupide qu'il n'en avait l'air. *Il est trop observateur.*

— J'ai vu la façon dont tu te comportais avec des tas de

femmes. Tu t'amuses, tu flirtes, tu bois mais tu te moques éperdument d'elles.

Un coin de la bouche de Lee se souleva en un demi-sourire railleur.

— Mais, quand tu es entré dans la pièce et que tu as vu que je l'avais coupée au bras, tu n'étais plus le même. Je l'ai vu.

Aïe.

— Et tu as perdu les pédales quand j'ai donné mon feu vert à ce bon vieux Carl pour qu'il se défoule sur elle.

Il força ses mâchoires à se desserrer.

— J'aurais fait pareil pour n'importe quelle femme. Carl ne devrait pas être autorisé à approcher quelque femme que ce soit.

— Mais ce n'est pas n'importe quelle femme, n'est-ce pas ? insista Lee d'un ton doucereux. Tu la connais.

Tina ne disait rien. Mais il l'entendait respirer — beaucoup trop vite.

Lee s'avança vers elle. Il lui saisit le menton.

— Et, vous aussi, vous le connaissez, mm ?

— Non ! se récria Tina.

Ses protestations sonnaient presque juste, songea Drew. Presque.

— Peu importe, je saurai le fin mot de l'histoire. Je vais envoyer ce message à Mercer et, ensuite, je reviendrai vous tirer les vers du nez, à vous et à Stone. Quand je demanderai à Carl de s'amuser un peu sur lui avec son couteau, je parie que les langues se délieront...

Les doigts de Lee se resserrèrent autour de son menton.

— Soit la sienne... Soit la vôtre.

— Laisse-la tranquille, ordonna Drew.

Lee secoua la tête.

— Tu vois ? C'est ce que je disais. Tu es trop protecteur pour quelqu'un qui ne la connaît pas et, du coup, j'en viens à me demander... comment tu l'as connue. Comment un homme comme toi a-t-il bien pu rencontrer la fille de Bruce Mercer ?

Son intonation était clairement empreinte de menace.

— Tu veux que je te dise ce que je soupçonne ?

— Non, pas vraiment, rétorqua Drew. Je m'en moque. Il attendait seulement que Lee et Carl sortent de la pièce pour pouvoir s'évader et mettre Tina en sécurité.

— Je me dis que, s'il y a bien quelqu'un qui serait susceptible de la connaître, c'est un agent de Mercer. Et je me dis aussi que tu as certaines compétences. Des compétences qu'un type comme Bruce Mercer apprécierait.

— Tu penses trop, répliqua Drew. Tu vas te faire mal au cerveau.

Lee cligna des yeux.

— Introduire un de ses agents ici pour nous espionner et savoir ce que nous mijotons… Ce serait bien du genre de Mercer, continua Lee en s'éloignant de Tina.

Il hocha la tête.

— Peut-être que tu es bien le tueur que je croyais, mais que tu travailles pour le gouvernement américain, pas pour CHAOS.

Drew s'obligea à sourire avec désinvolture en dépit de la balle qui, toujours fichée dans son épaule, l'élançait et le brûlait constamment. Il avait l'habitude de faire abstraction de la douleur ; il la repoussa résolument tout au fond de son esprit.

— Si je suis de la DOS, alors tu ferais mieux de surveiller tes arrières. Parce que peut-être que je ne suis pas tout seul… Peut-être que j'ai toute une équipe derrière moi qui se tient prête à intervenir, répliqua-t-il, employant à dessein la même formulation que Lee.

Cela n'arriverait pas, malheureusement. L'équipe de Drew n'était pas assez proche pour être en mesure de donner l'assaut aussi vite. D'ailleurs, ils ne savaient même pas que sa couverture était désormais compromise.

Mais Lee ignorait qu'il bluffait. Il se mit tout à coup à transpirer à grosses gouttes et se retourna vers Carl.

— Il faut que j'aille donner des ordres pour faire fouiller tout le périmètre ! Je veux être certain que l'endroit est sûr.

Evidemment, raisonna Drew. Avec l'arrivée prochaine du grand patron, Lee ne pouvait pas se permettre le moindre faux pas.

Lee attrapa Carl par les pans de sa chemise.

— Toi, tu passes cette porte. Tu te postes derrière et tu veilles à ce que personne n'entre ni ne sorte tant que je ne serai pas de retour.

Il tira un peu plus fort sur la chemise.

— Je te fais confiance. Tu as gravi les échelons en même temps que moi.

Comme c'est touchant. Les yeux de Drew se rétrécirent tandis qu'il enregistrait l'information.

— Je veux que tu t'occupes personnellement de le surveiller, pour le cas où ce fumier aurait des équipiers infiltrés ici. Personne d'autre que moi ne doit entrer ici, vu ? insista Lee.

— Vu, répondit Carl en hochant la tête.

Non sans avoir fusillé une dernière fois Drew du regard, les deux hommes sortirent ensemble. La porte claqua et il entendit le cliquetis de la serrure qu'on verrouillait.

— Désolée, souffla Tina d'une voix rauque.

Il grommela quelque chose d'inintelligible et tira sur le piquet métallique comme pour tester sa résistance. Il n'avait rien pour crocheter la serrure des menottes, donc il lui fallait imaginer autre chose… Arracher ce piquet lui semblait être un plan B jouable.

— La balle est restée logée dans votre bras, n'est-ce pas ? reprit Tina.

— C'est le cadet de nos soucis pour l'instant, répliqua-t-il.

Quand Lee s'apercevrait qu'aucune escouade d'agents de la DOS n'était sur le point d'investir les lieux, il reviendrait. Il torturerait Drew puis le tuerait en prenant soin de s'assurer que Tina était aux premières loges.

Le piquet sur lequel il était arc-bouté couina.

— Qu'est-ce que vous faites ?

Drew hésita puis opta pour la franchise, songeant que tenter d'enrober l'atroce réalité ne servirait à rien.

— Vous avez compris que ceci est une salle de torture, n'est-ce pas ?

Elle le contempla, les yeux arrondis par l'horreur, retenant son souffle.

— Vous voyez l'évacuation, là-bas ? C'est pour pouvoir arroser la pièce au jet lorsqu'ils en ont terminé avec leurs victimes. Nettoyage rapide et efficace.

Ce n'était pas pour rien que Lee les avait transférés ici. Il suivait un plan.

Un plan que Drew se faisait fort de démolir.

— Il aurait dû vérifier le matériel, nota-t-il doucement. Voilà ce que c'est de bâcler le travail…

Lee avait probablement menotté bon nombre d'autres prisonniers à ce piquet mais il était une chose à laquelle il n'avait pas pensé : les hommes et les femmes qu'il avait torturés par le passé avaient dû se démener comme de beaux diables pour tenter de se libérer.

Et les nombreuses tractions qu'ils avaient exercées avaient fini par desceller le poteau. Il n'était plus solidement arrimé dans le sol.

Parfait.

— Laissez-vous glisser par terre avec moi, intima Drew à voix basse.

Sans un mot, Tina se baissa en même temps que lui. Le sol était dur et froid, et une vague odeur métallique s'en dégageait. Une odeur de sang. Bonté divine ! Il devait la faire sortir d'ici ! Tina n'avait rien à faire dans un endroit pareil. Il tira de nouveau sur le piquet mais, cette fois, Tina se plaça à côté de lui et joignit ses efforts aux siens.

Le piquet grinça de plus belle. Drew s'immobilisa.

— Attendez.

Il ne voulait pas alerter Carl. Mais rien ne se produisit.

— On recommence, murmura-t-il.

Ils s'arc-boutèrent de nouveau et, au bout de quelques instants, le piquet finit par se soulever de quelques centimètres, mais Drew n'en demandait pas plus. Il fit glisser la menotte sous le piquet et sa main gauche se retrouva libre.

Oui !

Il se redressa et Tina se hâta d'en faire autant.

— Et celle-là ? demanda-t-elle en tirant sur la paire de menottes qui reliait leurs poignets.

— Celle-là devra rester là où elle est pour l'instant.

Jusqu'à ce qu'il mette la main sur une scie ou qu'il trouve de quoi crocheter la serrure. Mais d'ici là…

— Il va falloir faire vite. Ils vont nous tirer comme des lapins.

Elle le dévisagea, les yeux grands ouverts.

Ses yeux dépourvus de lunettes. Un juron bien senti lui échappa.

— Vous y voyez suffisamment pour courir ?

— Je suis myope. Je vois plutôt bien de près.

Ce qui devrait suffire puisqu'elle serait, par la force des choses, à côté de lui.

— Bien, ça ira. Je serai vos yeux de loin.

Elle hocha la tête et se passa la langue sur les lèvres, ce qui eut pour effet immédiat d'attirer le regard de Drew sur sa bouche.

Se concentrer.

Il expira lentement l'air de ses poumons et attendit que la carapace de glace se reforme.

— Vous suivez mes ordres à la lettre — sans discuter, d'accord ? Pas d'hésitation, pas de question. Parce que… Une demi-seconde de flottement peut suffire à vous faire tuer — ou à nous faire tuer tous les deux.

Elle acquiesça en silence. Ses cheveux sombres effleurèrent ses épaules.

— Ces gens-là ne plaisantent pas, Tina, vous l'avez compris.

Et c'était un doux euphémisme. Lui couper le doigt ne serait qu'un début.

Elle soutint son regard.

— Vous avez vu ce qu'ils voulaient vous faire ? Alors, je veux que vous soyez prête… Pour le cas où je doive employer les grands moyens, moi aussi.

S'évader n'allait pas être une partie de plaisir. Cela pouvait tourner au bain de sang.

— Qu'est-ce que je peux faire ? Je voudrais vous aider, pas seulement être un boulet que vous devez à tout prix sortir d'ici.

— Vous m'aiderez en restant en vie, c'est tout ce que je vous demande.

Elle pinça les lèvres.

— Ce n'est pas ce que je voulais dire.

Il le savait bien. Et ce qu'il savait aussi, c'était qu'il ne voulait pas la voir courir de risque supplémentaire.

— Comment diable vous êtes-vous retrouvée dans ce fichu guêpier ?

— Je n'en sais rien.

Il leva la main gauche, la menotte se balançant à son poignet, et il effleura sa joue.

Tina eut un mouvement de recul.

— N'ayez pas peur.

Comment pouvait-elle imaginer qu'il pourrait lui vouloir du mal ?

— Avant que je n'ouvre cette porte…

Il hésita. *Je vais peut-être perdre la vie avant d'avoir eu ce que je désire depuis si longtemps…*

— Il y a quelque chose que je dois faire.

Le front de Tina se plissa.

— Quoi ?

Il était en sang, couvert de contusions. Lorsqu'il avait imaginé ce moment — et Dieu sait que c'était arrivé souvent —, il s'était représenté les choses bien différemment. Ma foi... Il pouvait dire adieu à ses beaux plans.

— Ceci.

Sans prévenir, il posa ses lèvres sur les siennes. Il devait le faire. Il fallait qu'il sache si ce serait aussi bon que dans ses rêves...

D'abord, Tina demeura sans réaction. Comme figée. A croire que la glace qui lui servait de protection s'était transférée à elle.

La réalité, malheureusement, n'était pas toujours à la hauteur des rêves. Il était sur le point de reculer lorsque Tina se laissa aller contre lui. Ses lèvres s'entrouvrirent sous les siennes et elle lui retourna un baiser plus passionné que tout ce qu'il avait pu imaginer.

Parfois, la réalité dépassait les rêves...

Il glissa une main sur sa nuque et l'attira plus près, l'embrassant avec fougue, se délectant du goût de sa bouche.

Bon sang, en cet instant, il aurait tellement voulu qu'elle soit tout entière à lui...

Il brûlait d'envie de continuer. Le désir pulsait dans ses veines et, s'ils n'avaient pas été au fond de l'enfer... Si leurs adversaires n'avaient pas été juste de l'autre côté de cette fichue porte...

Drew releva la tête.

— Vous seriez à moi.

Tina cligna des yeux et secoua la tête.

— Pardon ?

Il écrasa de nouveau ses lèvres de sa bouche parce qu'il ne pouvait tout simplement pas s'en empêcher. *Pas question que nous y restions.* Tina recelait une foule de surprises et de secrets qu'il entendait bien découvrir jusqu'au dernier.

— Je mourais d'envie de faire ça depuis le jour où je

suis entré dans votre bureau et où vous m'avez demandé de retirer ma chemise.

Ses yeux magnifiques s'agrandirent.

— Mais… vous étiez blessé. Votre chemise était couverte de sang.

Comme si une malheureuse petite balle pouvait l'empêcher d'éprouver de l'attirance pour elle…

— Elle l'est aujourd'hui aussi, souligna-t-il avant de s'écarter d'elle. N'oubliez pas : pas d'hésitation, O.K. ?

Son regard se posa sur ses lèvres, encore gonflées par leurs baisers. Elle était tellement sexy. Sexy, mais toujours aussi effrayée. S'il avait voulu choisir le plus mauvais moment pour l'embrasser, il ne s'y serait pas pris autrement.

C'était l'histoire de sa vie.

Il la plaqua contre le mur, du côté droit de la pièce, calculant que ce serait son meilleur angle d'attaque.

Roulant les épaules, il fit taire sa fureur. Il devrait procéder avec méthode. Une cible à la fois. D'abord, il réglerait son compte à Carl… Carl qui avait voulu trancher le doigt de Tina.

La rage s'empara de nouveau de lui, mais il la refoula aussitôt.

Carl, donc. Ensuite, Tina et lui s'élanceraient dans le couloir. Un autre homme monterait la garde devant la porte qui ouvrait sur l'extérieur. Deux, peut-être. Il lui faudrait se débarrasser d'eux également.

Une fois dehors, ils devraient veiller à rester à couvert. Il y avait une moto dans le garage. Une moto dont tous pensaient qu'elle était hors-service mais qu'il avait pris soin d'examiner. Elle fonctionnait parfaitement.

Il avait pour principe de toujours multiplier les plans de secours… Au cas où.

Il banda ses muscles, prêt à la bagarre. Tina l'étudiait sans mot dire, les yeux agrandis par la frayeur.

Protège-la. Sors-la d'ici.

Une fois qu'il l'aurait mise hors de danger, il reviendrait achever sa mission. Eliminer Anton Devast.

Il inclina brièvement la tête, puis souffla :

— O.K., docteur. C'est le moment.

Il marqua une courte pause.

— Faites-moi plaisir : criez.

Pas un son ne sortit de la bouche de Tina.

Nom d'un chien. N'avait-il pas été assez clair ? Il avait spécifié : pas une seconde d'hésitation.

— Criez !

Elle obtempéra.

Une seconde plus tard, Carl se précipitait dans la pièce.

3

Tina cria aussi fort qu'elle le pouvait. Elle avait toujours été plutôt douée pour pousser des hurlements dignes de films d'horreur. Carl, comme prévu, arriva en courant.

Mais son cri s'étrangla dans sa gorge comme les doigts de Drew venaient se refermer autour de son cou.

— Tu es morte, gronda-t-il, prenant l'air mauvais.

— Qu'est-ce qui se passe ? demanda Carl.

Les mains de Drew la tenaient fermement, mais sans serrer. Son regard, en revanche, était terrifiant. Tout de même, songea-t-elle. Son petit numéro était très réaliste mais il aurait pu la prévenir !

— Tu as fait capoter tous mes plans, espèce d'idiote, proféra Drew d'un ton menaçant. Tous mes plans !

— Ne lui fais pas de mal ! dit Carl d'un ton bref. C'est moi qui suis censé la…

Mais comme Drew ne lâchait pas prise, il le saisit à l'épaule.

Erreur.

Drew pivota sur lui-même. La menotte qui pendait à son poignet gauche vint heurter Carl en pleine face. Puis Drew doubla la mise en le frappant au visage. Un coup rapide, violent. Carl titubа. Tant bien que mal, il commença à lever le bras qui tenait le pistolet.

Mais Drew n'en avait pas terminé avec lui. Il abattit sa main sur l'avant-bras de Carl. L'arme lui glissa des doigts.

Pour faire bonne mesure, Drew assena encore quelques

coups bien sentis — secouant Tina à chacun d'eux car, au moindre de ses mouvements, elle bougeait aussi — et Carl finit par s'écrouler sur le sol.

Les yeux fermés, K.O.

Drew se pencha au-dessus de lui pour s'en assurer, puis ramassa le pistolet.

— Impeccable, le cri. Bravo, docteur.

Et impeccable façon de se débarrasser en deux temps trois mouvements d'un adversaire, songea-t-elle. Elle s'éclaircit la gorge.

— Euh… Merci.

Il se retourna et plongea son regard dans le sien.

— Prête ?

Elle acquiesça.

Drew l'entraîna vers la porte ; il l'entrouvrit pour jeter précautionneusement un regard dans le couloir. Quelqu'un d'autre avait-il pu l'entendre crier ? se demanda Tina. Personne n'accourait, en tout cas.

— Lee a posté la plupart des gardes à l'extérieur. Ils sont probablement en train de passer toute la base au crible, à la recherche de mes coéquipiers.

— Vous pensez qu'ils arriveront bientôt ? s'enquit-elle, pleine d'espoir.

Il tourna les yeux vers elle.

— Ils n'arriveront pas. C'était du bluff. Mais ne vous inquiétez pas, je suis là.

Il en avait de bonnes ! Elle cesserait de s'inquiéter lorsqu'elle serait loin de cette bande de fous dangereux armés jusqu'aux dents. Néanmoins, elle aurait quand même bien voulu savoir qui étaient ces gens, pourquoi Drew avait infiltré leur groupe — bref, ce qui se passait !

Mais le moment était mal choisi pour poser des questions. Pour l'instant, il s'agissait de survivre — et de s'échapper.

Drew examina rapidement les alentours.

— La voie est libre. En avant.

Ils suivirent le couloir. Drew tenait l'arme de la main gauche. Il était ambidextre, elle le savait parce qu'elle l'avait vu une fois s'entraîner au stand de tir. Il pouvait manier un pistolet aussi adroitement de la main gauche que de la droite, caractéristique qui, en l'occurrence, se révélait un réel avantage étant donné que sa main droite était indissociable de la sienne.

Ils approchèrent d'une lourde porte de bois — la porte d'entrée.

— Je préfère ne pas utiliser cette arme à moins d'y être contraint et forcé. Cela s'entendrait et ça ne ferait que nous attirer de la compagnie supplémentaire.

Elle n'était certes pas d'humeur à avoir de la compagnie, elle non plus.

Il lui donna l'arme.

— Tenez, prenez-la. Mais servez-vous-en uniquement si c'est nécessaire.

Puis il ouvrit la porte. Ils se glissèrent au-dehors.

Immédiatement, un homme armé surgit de l'ombre.

— Stone ! lança-t-il en lui jetant un regard noir. Espèce de traître ! Lee avait raison !

Il éleva le bras.

D'un coup de pied, Drew envoya voler le pistolet — et son propriétaire, qui tomba à la renverse. Sa tête heurta le ciment de l'allée.

— Je te tiens ! grinça une voix à la droite de Tina juste avant que des mains implacables ne s'abattent sur elle.

Elles essayèrent de l'écarter de Drew, ce que les menottes, bien entendu, rendaient impossible.

Mais la subite traction précipita les choses. Drew fit volte-face et lança le poing en avant.

Son agresseur la lâcha mais seulement pour pouvoir riposter.

Non ! songea Tina.

Sans réfléchir, elle le frappa de toutes ses forces avec la crosse de son arme.

Il s'effondra avec un gémissement.

— Bien joué, docteur. Allez, vite, on y va !

Personne d'autre, encore, ne les avait repérés. L'obscurité était tombée de nouveau ; sous le ciel étoilé, ils coururent en direction de ce qui ressemblait à une vieille grange.

Parvenus à proximité, ils demeurèrent tapis dans l'ombre, le temps, pour Drew, de scruter les alentours et de s'assurer qu'il n'y avait personne.

Puis ils pénétrèrent dans le bâtiment. C'était un garage plutôt qu'une grange, constata Tina. Des épaves de voitures voisinaient avec des outils rouillés rangés le long des murs de bois. En tout cas, il n'y avait apparemment rien qui puisse leur permettre de s'échapper. Se tournant vers lui, elle lui saisit le bras.

— Drew, où est l'hélicoptère ?

— Impossible. Il est trop bien gardé, répondit-il à voix basse. Ils nous tomberaient dessus avant même que nous n'ayons eu le temps de mettre le moteur en marche.

O.K. La perspective d'une nuée d'hommes armés fondant sur eux n'était guère attrayante, elle devait en convenir.

— Voilà ce qu'il nous faut, reprit Drew en soulevant une bâche.

Les contours arrondis d'une moto apparurent. Une moto qui avait dû connaître des jours meilleurs, il y avait très, très longtemps.

— Euh… Je ne sais pas si…

Elle n'eut pas le loisir d'aller plus loin. Déjà, il enfourchait l'engin, ce qui eut pour effet immédiat de l'entraîner en avant.

Mais elle résista à la traction, plantant les talons dans le sol.

— Regardez, il y a des outils. On pourrait peut-être couper ces menottes ?

— Notre priorité, c'est de nous enfuir tout de suite avant qu'une patrouille ne vienne jeter un coup d'œil par ici.

Ses yeux scintillèrent dans l'obscurité.

— Vite… Il n'y a pas une seconde à perdre. Grimpez.

— Je ne vois pas de casque. Je…

Elle s'interrompit brutalement, entendant un bruit de voix. Lui aussi l'avait entendu. Il se tendit.

— Grimpez, nom d'un chien ! gronda-t-il entre ses dents.

Elle venait d'enfreindre la règle de « non-hésitation » qu'il avait édictée. Sans plus attendre, Tina sauta sur la selle au moment où la porte s'ouvrait.

— Qu'est-ce que… Stone ?

Drew démarra. A cause de leurs mains liées, Tina avait le bras tendu en avant, ce qui l'obligeait à plaquer l'avant de son corps contre son dos.

— Accrochez-vous ! lança Drew.

Le deux-roues bondit en avant, fonçant droit sur l'homme qui se tenait dans l'entrée du local. Tina serra les lèvres pour ne pas hurler.

Elle n'avait pas besoin de le faire : le garde qui était à la porte s'en chargeait très bien tout seul.

Elle le vit plonger sur le côté. Drew franchit la porte sans ralentir et la moto s'enfonça dans la nuit.

Le vent lui fouettait le visage, ses cheveux volaient dans son dos et… *Oh ! non !* Elle s'aperçut, consternée, qu'elle avait perdu le pistolet.

Pas très professionnel, ça. Un agent secret ne perdait pas son arme.

Mais, évidemment, elle n'était pas agent et elle avait bien besoin de ses deux mains pour se cramponner à Drew… Parce qu'ils ne roulaient pas exactement sur une jolie route bien goudronnée !

En fait, ils fonçaient droit sur une clôture surmontée de barbelés.

— Euh, Drew…

— Ne vous en faites pas, docteur. Je maîtrise la situation.

Du moins lui sembla-t-il que c'était ce qu'il avait dit. Le grondement du moteur l'empêchait de tout saisir. Ils allaient de plus en plus vite. Etait-ce une rampe, cette forme, là, devant eux ? Non, non, simplement des planches, posées contre la clôture. Seigneur, il n'avait tout de même pas l'intention de se servir de ces bouts de bois pour…

Si !

Ce fut exactement ce qu'il fit. Ils s'envolèrent dans les airs et franchirent la clôture, frôlant les barbelés, juste au moment où des éclats de voix retentissaient derrière eux.

Lorsque les roues touchèrent terre, Tina faillit être éjectée de son siège. Heureusement, les menottes — et le fait qu'elle était accrochée à Drew — la firent retomber en place.

Les roues dérapèrent, soulevant des gerbes de poussière. Mais Drew réussit à reprendre le contrôle avant que la moto ne se couche.

Tina était toujours agrippée à lui. *Respire. Respire calmement.* Ce cauchemar finirait bien par se terminer — tôt ou tard.

— On a un problème.

Dylan Foxx leva les yeux. Rachel Mancini se tenait sur le seuil de son petit bureau. La ligne nette de ses cheveux aile de corbeau, coupés en un carré plongeant, épousait le dessin de sa mâchoire. Ses yeux — d'un bleu si vif qu'ils lui donnaient l'impression de le percer à jour — étaient soucieux.

Rachel n'était pas du genre à s'inquiéter pour rien. En fait, peu de choses avaient le pouvoir de l'atteindre.

— Encore ? grommela Dylan en se passant une main dans les cheveux.

Il venait de terminer son deuxième entretien téléphonique

avec Bruce Mercer. Le patron était furieux et réclamait des résultats.

Il était temps de passer à l'action. Ils ne pouvaient pas laisser Drew se débrouiller tout seul plus longtemps.

— Drew n'a pas pris contact à l'heure dite.

Il fit la grimace. Ah. Ça, c'était un problème, en effet. Comme il se levait et contournait son bureau, il vit les épaules de Rachel se contracter imperceptiblement. Cela se produisait tout le temps. Elle se raidissait et semblait se fermer chaque fois qu'il approchait d'elle.

Il serra les mâchoires.

— Peut-être qu'il a été retardé. Peut-être…

— Drew est toujours ponctuel. Il n'a jamais manqué une seule fois l'heure. J'ai attendu dix minutes, mais il n'a pas appelé.

Elle secoua la tête.

— J'ai capté quelque chose à la radio — il se passe quelque chose là-bas. Ils ont l'air d'être tous sur le pont.

Bon sang. Rachel s'était chargée de la surveillance des ondes radio et des signaux émis depuis la base de CHAOS — précaution supplémentaire pour le cas où Drew rencontrerait des difficultés.

Elle s'humecta les lèvres.

— Et… il y a autre chose.

Au ton de sa voix, il comprit que ce n'était rien de bon.

— L'émetteur de Drew n'envoie plus de signaux.

Tous les agents de la DOS étaient équipés d'un dispositif de repérage implanté sous la peau. Si l'un d'eux était pris par l'ennemi, Mercer voulait pouvoir être en mesure de le localiser. La DOS n'aimait pas perdre ses agents.

Dylan n'avait nullement l'intention de laisser un équipier — et, qui plus est, un ami — dans la nature.

— C'est peut-être un dysfonctionnement du système, suggéra-t-il, intimement persuadé qu'il n'en était rien.

— J'ai vérifié auprès des techniciens, au siège. Ils disent

que le signal passait parfaitement jusqu'à il y a environ une heure. Ensuite, plus rien.

Nom d'un chien.

— Et le Dr Jamison n'est pas équipée.

— Non. Mercer n'a jamais jugé utile de lui en faire poser un. Ce n'est pas un agent. Elle n'était pas censée se trouver en danger.

Et maintenant, elle avait été enlevée et Drew était déconnecté !

Le temps pressait. Il fallait se rendre sur le terrain. Au plus vite. Dylan détestait rester en retrait, tout particulièrement quand son équipe avait besoin de lui. Et tout spécialement quand…

Son téléphone sonna de nouveau. Il le regarda et jura en voyant le numéro qui s'affichait sur l'écran. Croisant le regard de Rachel, il décrocha.

— Foxx.

— Je viens de t'envoyer un fichier. Ouvre-le immédiatement.

La voix, à l'autre bout de la ligne, était féminine, feutrée, clairement habituée à donner des ordres. *Sydney Ortez.* La responsable du renseignement de la DOS et le bras droit de Mercer. Elle était au courant de tout ce qui se passait dans l'organisation.

Le fait que Sydney prenne la peine de l'appeler alors qu'elle était censée être en congé de maternité pour se préparer à la naissance de ses jumeaux signifiait qu'il s'était produit quelque chose de grave.

Il actionna le haut-parleur tandis qu'il affichait ledit fichier sur son téléphone.

Le visage anxieux de Tina Jamison apparut en gros plan.

— Regardez la caméra en face, ordonna une voix dure.

Celle de l'homme qui filmait la scène, songea Dylan.

— Dites votre nom.

— Je m'appelle Tina Jamison.

— C'est bien, murmura la voix hors champ.

La voix de Tina, tout comme son regard, trahissait l'effroi qui l'habitait. La place du Dr Jamison n'était pas sur le terrain — elle était dans un bureau.

Et Dylan en connaissait la raison. Mercer l'avait mis au courant quand il l'avait appelé pour la deuxième fois. Il lui avait raconté tous les secrets de Tina.

— Tina Jamison est mon amie, souligna doucement Sydney. Je veux la voir revenir saine et sauve. La DOS aussi.

— Bruce Mercer, nous détenons votre fille, dit la voix sourde de la vidéo.

— Tina n'est pas sa fille, indiqua Sydney au même moment. Les ravisseurs ont fait erreur sur la personne. Ils se débarrasseront d'elle à la minute où ils s'en apercevront.

Rachel haussa les sourcils.

— Ils ont mordu à l'hameçon mais se sont trompés de cible, déclara-t-elle tristement.

Oui. Le plan soigneusement conçu par la DOS avait mal tourné.

Avant que Dylan ne puisse répondre à Rachel, la voix de la vidéo se fit de nouveau entendre :

— Nous voulons un échange. Sa vie contre la vôtre.

Dylan siffla entre ses dents. Mercer avait vu juste.

— Plus vous retarderez l'échéance, plus nous la ferons souffrir.

La pauvre Tina regardait la caméra, les yeux grands ouverts. Mais… Dylan se pencha subitement en avant, l'œil rivé sur son écran. Ne venait-elle pas de jeter un coup d'œil vers la gauche ? Elle semblait un peu moins tendue, tout à coup.

— Vous avez eu une preuve de vie, continua la voix masculine. Il est temps de passer à une preuve de souffrance…

Un autre homme s'avança vers Tina. Dylan ne voyait

que son dos, ses cheveux blonds et le couteau qu'il tenait à la main.

— Oh ! Seigneur, murmura Rachel.

— Coupe-lui le doigt, lui enjoignit la voix off.

Le couteau s'abaissa vers la main de Tina.

— Arrête !

C'était la voix de Drew.

Mais le couteau continuait à s'avancer.

Tina détourna la tête.

Après quoi, l'enfer se déchaîna. L'enfer ou, plutôt… Drew Lancaster. Il fondit sur le blond. L'image vidéo se mit à bouger, à tressauter en tous sens tandis que Drew boxait sans répit son adversaire, lui faisait mordre la poussière.

Puis une autre image emplit l'écran. Celle d'un homme au visage dissimulé par une cagoule noire.

— Nous avons votre fille, Mercer, et nous avons aussi l'un de vos précieux agents. Si vous ne venez pas les récupérer, si vous refusez l'échange, ils mourront tous les deux. Et je peux vous assurer que leurs morts seront lentes et très, très douloureuses.

L'écran devint noir. La vidéo était terminée.

Rachel poussa un long soupir.

— Voilà pourquoi Drew n'est pas entré en contact.

Il avait dû se découvrir pour protéger Tina.

— Il n'y aura pas d'échange, reprit Sydney d'une voix d'où ne filtrait aucune émotion.

L'espace d'un instant, elle lui rappela Drew.

— Il faut extraire Tina et Drew. Immédiatement. On vous envoie des renforts.

— Et la mission initiale ?

Il n'allait pas laisser une cellule de terroristes s'en tirer sans être inquiétés. Si ces fumiers s'en sortaient, des milliers de gens pourraient mourir par leur faute.

Pas question. Pas tant qu'il serait là.

— Maîtrisez les hommes de Devast, reprit Sydney. Les

autorités locales ont déjà été prévenues. Elles attendent vos ordres.

Quel effroyable imbroglio, songea Dylan.

— Et le chef ? Si on se contente de coincer les lampistes, ça n'arrêtera pas Anton Devast.

C'était la raison même de l'intervention de Drew. Il devait éliminer la menace principale. Pas seulement ses laquais.

— Nous allons faire en sorte de retourner ses hommes contre lui. S'il n'est pas là et que nous ne pouvons pas le coincer lors de ce raid, nous nous servirons des prisonniers.

Mais vendraient-ils leur chef ? Rien n'était moins sûr. S'ils avaient suffisamment peur de lui — ou s'ils étaient assez bêtes pour être loyaux —, ils ne parleraient pas.

Il mit fin à la communication avec Sydney. Il avait parfaitement saisi tout ce qui avait été dit — et ce qui ne l'avait pas été.

La DOS n'était pas une agence gouvernementale comme les autres. Ils ne suivaient pas les protocoles officiels, et les affaires qui leur incombaient ne pouvaient pas toujours se conclure proprement.

Bien souvent, leurs interventions se terminaient par des effusions de sang et des morts.

Car leurs affaires étaient les plus sombres, les plus dangereuses.

Exfiltrer Drew et Tina n'allait pas être chose facile. Quant à donner l'assaut à la base de Devast… cela avait de grandes chances de tourner à la guérilla.

— Est-ce que tu es prête ? demanda Dylan à Rachel.

Il n'était pas toujours besoin d'une armée entière pour mener une guerre.

Quelques soldats bien entraînés pouvaient parfois suffire.

Elle acquiesça d'un hochement de tête.

— Alors c'est parti.

Avant que d'autres innocents ne soient pris dans la mêlée.

*
* *

Il les avait semés… pour le moment. Mais il savait que ça ne durerait pas.

Et lui non plus ne tiendrait plus longtemps, malheureusement.

Drew battit des paupières, luttant pour garder les yeux ouverts. Il conduisait depuis deux heures au moins, s'arrêtant dès qu'une lumière, au loin, lui semblait suspecte, s'abstenant d'allumer son phare pour ne pas alerter l'ennemi.

Il avait réussi à arracher Tina aux griffes de ses geôliers. Il avait fait de son mieux.

Mais, maintenant, il était au bord de l'évanouissement, il le sentait. Il avait perdu trop de sang, n'avait pas assez dormi. Seigneur, il ne se souvenait même pas de la dernière fois qu'il avait fermé les yeux ! En temps normal, ce n'aurait pas été un problème mais…

La balle était toujours fichée dans son bras, ce qui l'affaiblissait. Il fallait qu'il trouve un endroit où se cacher. Un endroit où il pourrait se reposer et ôter cette satanée balle.

Tina s'en chargerait. Puisqu'il était avec un médecin, autant mettre ses compétences à profit.

Il vit le petit ranch se profiler au loin. Prudemment, il s'orienta dans cette direction. La clôture était brisée, l'herbe, trop haute. Pas de bétail ni de chevaux. Aucun signe d'une présence humaine non plus.

Les fenêtres étaient obturées par des planches, le toit, en piteux état.

— On s'arrête là ? questionna Tina, sa voix dominant à peine le ronflement du moteur.

Il secoua la tête. Si leurs poursuivants venaient par ici, ils fouilleraient d'abord le ranch.

Il dépassa donc la maison principale, continuant son chemin dans le champ laissé en friche.

Enfin, la cabane apparut. Peut-être avait-elle servi de

remise ou même de logement à un ouvrier agricole, mais le temps avait fait son œuvre…

Deux planches entrecroisées condamnaient la fenêtre brisée. La petite construction était nichée sous des arbres, ce qui la rendait peu visible. De plus, si leurs poursuivants venaient par là, ils seraient déjà passés par le ranch. Et il les aurait entendus.

— On s'arrête ici, décréta-t-il en coupant le moteur.

Tina descendit de la moto en grimaçant et il l'imita. Elle l'aida à la pousser jusque derrière la cabane où elle serait à l'abri des regards. Lorsque ce fut fait, il ouvrit la sacoche.

— Qu'est-ce que c'est ? s'enquit Tina en se penchant.

— Une trousse d'urgence.

De son point de vue, on n'était jamais assez prévoyant. Le téléphone à carte fonctionnerait-il ? Seulement s'ils réussissaient à capter du réseau au beau milieu de nulle part. Ce n'était déjà pas facile sur la base. Alors ici…

Mais il avait préféré tout prévoir, sachant qu'il pourrait avoir besoin de prendre la fuite à tout moment. Un peu de nourriture, des médicaments et ce téléphone. Tout ce dont un type en cavale pouvait avoir besoin.

Il souleva le sac et un élancement lui cisailla le bras, le mouvement ravivant sa blessure. Il retint son souffle.

— Drew ? Ça va ?

— Je vais avoir besoin de votre aide, docteur.

Il avait déjà retiré des balles lui-même, mais, compte tenu de son état présent, il craignait de perdre connaissance avant d'avoir achevé l'extraction.

Il retourna à l'avant de la cabane, Tina sur ses talons. La porte était verrouillée, aussi rassembla-t-il ses forces pour l'ouvrir d'un coup de pied.

A l'intérieur, la poussière recouvrait la moindre surface. La cabane sentait le renfermé mais, heureusement pour eux, les insectes ne semblaient pas avoir investi les lieux.

Visiblement, l'endroit avait bel et bien été habité autrefois. Il sortit une lampe de poche du sac et promena le faisceau de lumière autour de lui. Un vieux lit. Une table. Deux ou trois chaises.

Il cala l'une d'elles sous le loquet de la porte, désormais hors d'usage.

Puis il posa le sac sur la table branlante, plongea la main à l'intérieur et en sortit une autre lampe torche, qu'il tendit à Tina.

— Tenez. On ne peut pas laisser la lumière trop longtemps. S'ils viennent de ce côté, ils pourraient nous repérer.

Elle hocha la tête.

Il sortit ensuite le téléphone et l'alluma. Voyant une lueur d'espoir briller dans l'œil de Tina, il s'empressa de lui annoncer la mauvaise nouvelle :

— Pas de réseau.

Il tenterait sa chance à l'extérieur. Peut-être que là…

Il sentit ses genoux se dérober, manqua tomber en entraînant Tina dans sa chute.

— Drew ! s'exclama-t-elle en le retenant.

— Désolé, docteur, j'ai tenu aussi longtemps que possible mais…

Il passa la langue sur ses lèvres desséchées.

— Vous pouvez me rendre un service ?

— Bien sûr ! Je…

— Retirez-moi cette balle.

Elle attrapa prestement la trousse de premiers secours et l'aida à atteindre le lit avant qu'il ne s'écroule. Elle bascula avec lui et atterrit sur le matelas, sa bouche à quelques centimètres de la sienne.

— J'ai envie de vous, réussit-il à proférer d'une voix sourde.

Comme si c'était le moment…

Du fond de son esprit embrumé, il se demanda s'il ne commençait pas à délirer légèrement parce qu'il n'avait pas du tout eu l'intention de dire ça.

— Mais… il faut d'abord… extraire cette balle, reprit-il. Je ne veux pas… vous claquer entre les mains.

— Ça, je vous l'interdis, répondit-elle d'une voix ferme.

Elle se redressa pour le regarder. Mais il avait lâché sa lampe de poche et il ne voyait pas bien son visage… Seulement des ombres.

Il avait tellement envie de l'embrasser encore.

Et aussi… de dormir.

Puis il entendit un bruit de tissu qu'on déchirait. Il se rendit compte qu'il avait fermé les yeux. Il les rouvrit non sans peine et vit le rayon lumineux d'une lampe torche. Tina tenait la sienne braquée droit sur lui.

Elle avait ouvert sa chemise.

— Bon sang, murmura-t-elle. Je me demande comment vous avez fait pour tenir si longtemps.

Mais un guerrier ne lâchait jamais prise tant que sa mission n'était pas terminée. Il devait mettre Tina à l'abri…

Il l'avait fait.

— Drew !

Il se rendit compte qu'elle avait crié plusieurs fois son nom. Il posa sur elle un regard vague.

— Je vais extraire cette balle et poser des points, mais je n'ai pas d'anesthésique. Il y a de l'alcool et des antibiotiques dans la trousse, mais…

— Tant pis, grogna-t-il.

Ils devraient repartir bientôt. Il fallait que la plaie soit refermée d'ici là.

L'enjambant, Tina s'assit à califourchon sur lui. Elle n'avait guère le choix, étant donné qu'ils étaient toujours liés par les menottes.

Si seulement il n'avait pas eu aussi mal, il aurait vraiment apprécié qu'elle le chevauche ainsi, songea-t-il, l'esprit de plus en plus cotonneux.

La prochaine fois.

Elle fixa la lampe torche sur la tête de lit de façon à éclairer la blessure.

— Je n'arrive pas à croire que je doive retirer cette balle d'une seule main, grommela-t-elle.

Il agita mollement le poignet qui était relié à celui de Tina.

— Servez-vous de moi.

— Vous êtes sur le point de perdre connaissance.

Se mordillant la lèvre inférieure, elle prit les gants dans le paquet et les enfila, malgré l'entrave des menottes.

— Il ne faudrait pas que ça s'infecte…

Elle ne s'adressait plus véritablement à lui, lui sembla-t-il. Elle réfléchissait simplement à haute voix.

Lorsqu'il sentit une pression sur la plaie, il prit une profonde inspiration et serra les dents. Il fixa son regard sur son visage. Se concentra totalement sur elle.

Il avait reçu une balle lors d'une autre mission, quelques mois plus tôt. Tombé dans un traquenard, il s'était fait tirer dessus avant d'avoir eu le temps d'appeler les renforts. Lorsqu'il s'était réveillé, à l'hôpital, Tina était là.

— Vous… Vous vous faisiez du souci pour moi, dit-il, perdu dans ses souvenirs.

Elle lui jeta un bref coup d'œil préoccupé.

— Drew ? Vous restez avec moi, n'est-ce pas ?

— Toujours, murmura-t-il.

— Bien. Parce que je n'ai pas l'intention de vous laisser partir.

Les lèvres de Tina s'étirèrent. Elle était si belle lorsqu'elle souriait. S'en rendait-elle seulement compte ?

Elle avait même une fossette à la joue gauche. Un adorable petit creux qui se formait de temps à autre.

Elle n'apparaissait pas en cet instant. Il fallait que Tina sourie vraiment de toutes ses dents, ou éclate de rire, pour qu'elle se manifeste. Il l'avait vue une fois riant aux éclats avec Sydney. C'était à cette occasion qu'il avait remarqué la fossette pour la première fois.

Il l'avait contemplée longuement ce jour-là, totalement incapable de détacher ses yeux de son visage.

— Bien… Je pose les points, maintenant. C'est bientôt terminé.

Il l'avait regardée… et désirée ce jour-là, mais il était sur le point de partir. Une mission l'attendait… Encore une. Et, même si ce n'avait pas été le cas, il n'aurait pas su comment approcher une femme comme elle.

Sortir boire un verre, dîner au restaurant, bavarder, rire de tout et de rien… C'était le genre de choses que faisaient les hommes lorsqu'ils avaient des vues sur une femme. Mais il n'y entendait rien en matière de romance.

Son domaine de compétence à lui, c'était la mort et la violence.

— Voilà, c'est fini.

Drew risqua un coup d'œil. Elle avait appliqué un bandage sur sa blessure.

— Merci, docteur.

Il lui devait une fière chandelle. Il lui revaudrait ça.

— Merci à vous de m'avoir sortie de cet endroit, murmura-t-elle en retour avec chaleur.

Le contact d'un linge humide sur le haut de son bras puis sur son torse le fit se contracter.

— Ce n'est rien, le rassura-t-elle. Juste une lingette antiseptique… pour nettoyer le sang.

— Tina…

Sa main s'immobilisa. Elle leva les yeux.

Se concentrer.

— Ne… sortez pas… de la cabane.

Elle hocha la tête et sourit. Un large sourire qui creusa la fossette dans sa joue.

Adorable.

— Comment voulez-vous que je sorte ? rétorqua-t-elle en agitant à son tour son poignet prisonnier du bracelet métallique. Je ne peux aller nulle part sans vous.

Les ténèbres l'enveloppaient, de plus en plus épaisses.

— Parfait, trouva-t-il encore la force de marmonner. Ce sera comme ça… à partir… de maintenant.

Et, la main de Tina se promenant toujours sur lui, Drew se laissa enfin sombrer dans l'obscurité, avec en tête son si beau sourire pour dernière image.

— Où sont-ils ?

Lee Slater se figea sur place. Oh ! bon sang, il n'attendait pas le patron si tôt.

— Pensais-tu vraiment que ton lamentable cafouillage ne viendrait pas jusqu'à mes oreilles ? lança Anton Devast en s'avançant.

Lee entendit le clac-clac-clac de sa canne sur le sol.

— C'est à moi que les hommes sont fidèles, Lee. Pas à toi.

Lee carra les épaules et se retourna pour faire face au patron. A première vue, il n'avait rien d'intimidant. Plutôt âgé, les tempes grisonnantes, les épaules un peu voûtées, les doigts de sa main droite enserrant fermement le pommeau de sa canne… Non, il n'avait vraiment pas l'air dangereux.

Mais il l'était. C'était même l'homme le plus dangereux qu'il ait jamais connu.

— J'ai lancé une équipe à leurs trousses. Ils…

— Tu as laissé s'échapper la fille de Bruce Mercer.

Son ton était froid, mais ses yeux bleu marine lançaient des éclairs.

— Elle… elle a reçu de l'aide, bredouilla-t-il.

Il avait déjà vu le patron à l'œuvre. Il était plus rapide que des hommes moitié moins âgés que lui.

— Nous… Nous pensons qu'un agent de la DOS s'était infiltré parmi nous.

— Je sais. Carl me l'a dit.

Carl. L'imbécile. Il aurait dû laisser Lee annoncer la nouvelle au chef.

— Ne lui en veux pas. Je l'ai convaincu de tout me raconter aussitôt que je suis arrivé.

Lee s'aperçut que l'extrémité de la canne était ensanglantée.

Ce n'était pas simplement une canne. L'objet contenait une lame aiguisée comme un cutter. *Navré, Carl.*

— Un agent de la DOS, chez moi.

Le patron se mit à faire les cent pas. *Clac-clac-clac.*

— J'aurais dû éliminer Mercer il y a des années. Comme il a essayé de m'éliminer, moi.

Le patron marchait à l'aide d'une canne parce que Mercer avait failli le tuer vingt ans plus tôt. Il avait manqué laisser sa jambe dans cette explosion.

Il avait perdu son fils ce jour-là.

Devast cessa d'arpenter la pièce. Il éleva sa canne et la pointa vers Lee.

— Tu as six heures pour les retrouver.

Lee s'empressa de hocher la tête.

— Mes hommes…

La canne vint se poser contre sa gorge, la lame sortant de quelques centimètres de son extrémité.

— Non, pas tes hommes. Toi. Vas-y. Liquide cet agent de la DOS et ramène-moi la fille.

Lee acquiesça.

La lame se rétracta. La canne revint se poser sur le sol.

Lee fit demi-tour et sortit sans demander son reste.

— Si tu ne la retrouves pas, tu seras le prochain sur ma liste, Lee.

Ce n'était pas une menace en l'air, Lee ne le savait que trop bien. La main sur son arme, il quitta la maison et se dirigea droit vers l'hélicoptère. De nuit, il ne leur avait été d'aucune utilité mais, maintenant que le jour se levait, il pourrait les localiser plus facilement.

Il n'allait pas y laisser sa peau, pas question.

En revanche, il ne donnait pas cher de leur peau, à eux.

4

Le couteau descendait vers sa main. L'homme au regard froid sourit, prêt à lui trancher le doigt. Tina essaya de retirer sa main, mais quelque chose la retenait.

— Doucement, doucement…

Elle ouvrit les yeux d'un coup.

Drew la regardait.

— Vous êtes en sécurité, dit-il d'une voix basse, un peu sourde. Vous êtes avec moi.

Elle respira plus aisément tandis que le cauchemar se dissipait.

Ils étaient sur le vieux lit, dans la cabane. Toujours menottés l'un à l'autre. Et Drew était penché sur elle.

Un Drew à l'esprit visiblement plus clair que quelques heures plus tôt, avant qu'il ne perde conscience.

Tina déglutit. Elle avait la gorge sèche. Elle n'avait pas bu une goutte d'eau depuis huit heures, au moins.

— Comment vous sentez-vous ? demanda-t-elle.

— Redevenu presque humain.

Bien. Une rapide vérification lui apprit que la plaie avait cessé de saigner.

— Je me demande comment vous avez fait pour conduire cette moto pendant aussi longtemps.

N'importe qui, à sa place, se serait écroulé après avoir reçu cette balle.

Mais pas Drew. Il semblait doué d'une volonté d'acier.

Seulement, maintenant qu'il était un peu plus vaillant, elle prenait conscience de l'intimité de leur situation.

Ils étaient couchés dans le même lit, le bras de Drew reposant en travers de son abdomen.

Le cœur de Tina se mit à battre plus fort.

Il la contemplait de ses yeux dorés. Elle n'avait jamais vu des yeux pareils auparavant. Ils lui donnaient un air un peu sauvage.

Que rien d'autre, dans son comportement, n'attestait. Il s'était toujours montré très maître de lui chaque fois qu'ils s'étaient vus dans les bureaux de la DOS.

— Je… Je ne suis pas la fille de Mercer, déclara-t-elle sans préambule et sans trop savoir pourquoi.

D'autant qu'elle était perdue dans la contemplation de son visage et qu'elle admirait ses cils incroyablement longs, ses lèvres sexy…

Et qu'elle avait envie qu'il l'embrasse de nouveau.

— Je sais.

Il était tellement… Quoi ? Qu'avait-il dit ?

— Comment le savez-vous ?

Il se contenta de la regarder, sans répondre.

Il savait qui était la fille de Mercer.

Cela étant, elle aussi. Mais, si elle l'avait découvert, c'était uniquement à cause de la détermination qu'avait montrée Mercer à protéger une « ressource » de l'agence quelques mois plus tôt. Au cours d'une affaire qui avait valu à Drew un transport en urgence à l'hôpital et une blessure par balle de plus.

La « ressource » en question avait été hospitalisée dans le même établissement, et sa chambre, gardée par plusieurs agents de la DOS. Mercer avait demandé qu'elle soit transférée au plus vite. Il était même allé jusqu'à ordonner qu'elle soit droguée.

Mais, heureusement pour l'intéressée, l'agent de la DOS Cale Lane était là, lui aussi. Cale était tombé fou amoureux de la « ressource » en question et, dès lors, il n'avait eu de cesse de mettre tout en œuvre pour la préserver.

Y compris contre l'initiative de son propre père, si bien intentionnée soit-elle.

— Vous… Vous avez été affecté à sa protection personnelle, formula-t-elle lentement, les pièces du puzzle s'assemblant dans son esprit.

Drew secoua la tête.

— Bruce Mercer n'a pas de fille.

Une fin de non-recevoir. Enoncée sans ciller.

Elle arqua les sourcils, le contemplant d'un air interrogateur.

— Bruce Mercer n'a pas de fille, reprit Drew. Parce que, s'il en avait une, ce serait une cible toute trouvée. Elle ne pourrait jamais être en sécurité.

Tina inclina la tête en signe d'acquiescement. Elle comprenait, bien sûr. Surtout après ce qu'elle venait de vivre au cours des dernières vingt-quatre heures…

Mais, tout de même… Pourquoi Drew ne lui faisait-il pas confiance ? Il ne pensait quand même pas qu'elle pourrait donner cette femme pour sauver sa peau ? Elle aurait eu cent fois l'occasion de le faire depuis que ces brutes l'avaient enlevée…

— Jamais je ne vendrais la mèche, si c'est ce que vous craignez, se défendit-elle d'un ton acerbe, subitement gagnée par la colère. Qu'est-ce que vous croyez ? Que j'irais la jeter en pâture à ces chiens ? Alors que je sais qu'ils la tortureraient puis la tueraient ? Pour qui me prenez-vous ?

Elle qui ne supportait pas de voir un innocent brutalisé ! Elle qui avait vu mourir sous ses yeux ses propres parents…

Leur mort lui avait brisé le cœur.

Il emprisonna ses poignets et la cloua au lit.

— Calmez-vous.

— Vous, calmez-vous ! rétorqua-t-elle d'un ton cinglant. On m'a kidnappée, blessée, enfermée, menottée… Et j'ai tenu bon ! Je ne trahirai pas la DOS, vous devriez vous en rendre compte !

— La torture peut briser la résistance de n'importe qui, docteur. J'ai vu des combattants aguerris lâcher prise sous la pression appropriée.

— Eh bien, peut-être devriez-vous avoir un peu plus confiance en moi. Et maintenant, lâchez-moi avant que je fasse sauter ces points ! riposta-t-elle, toujours hors d'elle.

Drew secoua la tête.

— Vous ne le ferez pas. Parce que votre métier, c'est de soigner.

Il approcha sa tête de la sienne.

Avant qu'elle n'ait pu formuler la pique qui lui montait aux lèvres, Tina entendit un bruit, au loin. Un bruit qui allait grandissant… Les pales d'un hélicoptère.

Elle s'immobilisa.

— Pas de panique, dit Drew, baissant malgré tout le ton. Ils passent en reconnaissance, mais ils ne peuvent pas nous voir ni voir la moto ; elle est cachée par les arbres.

— Mais peut-être qu'ils cherchent des maisons où nous aurions pu trouver refuge. Ils peuvent très bien atterrir par ici et…

Drew laissa entendre un petit rire.

— Je leur souhaite bien du plaisir s'ils essaient de se poser dans le secteur. Le seul autre pilote, dans le coin, est un type du nom de Grayson. La seule fois où je suis monté avec lui, c'est à peine s'il parvenait à maintenir la trajectoire de son appareil ! C'est bien pour ça qu'ils m'ont engagé si vite. Ils avaient besoin de moi.

Mais Tina n'était toujours pas très rassurée. D'autant que le battement sourd des rotors était de plus en plus fort, de plus en plus proche.

— N'y faites pas attention, dit-il. Pensez plutôt à… ceci.

Et il l'embrassa. Elle était encore en colère contre lui et effrayée par l'approche de cet hélicoptère.

Mais elle avait un point faible : elle avait tellement aimé leur baiser qu'elle rêvait de renouveler l'expérience.

Car Drew embrassait merveilleusement bien.

Sa langue se promena d'abord lentement sur ses lèvres avant de se frayer un chemin entre elles. Il l'embrassa sans hâte, longuement, comme pour mieux savourer le contact de sa bouche.

Elle, en tout cas, le savourait pleinement.

Elle eut envie de passer ses bras autour de lui, de laisser courir ses doigts sur ses larges épaules et l'étendue lisse de son dos, mais il maintenait toujours ses mains clouées au lit.

D'autres parties de son corps, cependant, s'éveillaient à la passion. Une passion qui grandissait en elle de seconde en seconde. Comme il se décalait pour se positionner au-dessus d'elle, elle sentit la pression de son sexe à la jonction de ses cuisses.

Puis la bouche de Drew quitta ses lèvres et se mit à descendre le long de son cou. La respiration de Tina se fit plus rapide, saccadée. Prenant conscience du silence qui était revenu, elle haleta, entre deux respirations entrecoupées :

— L'hélicoptère est parti.

Mais il continua à couvrir sa gorge de baisers.

— Drew ?

Il releva la tête. Les yeux d'or semblaient jeter des étincelles.

— J'ai envie de vous.

Ses seins se tendirent de désir et… A quel moment s'était-elle mise à cambrer les reins pour se souder à lui ? En temps normal, il fallait un peu plus qu'un simple baiser pour qu'elle s'embrase de la sorte.

Seulement voilà, Drew n'était pas un homme comme les autres et ce qu'elle éprouvait dans ses bras n'avait certes rien d'ordinaire non plus.

C'était même tout le contraire. C'était… fabuleux !

— Mais je ne veux pas que notre première fois ait pour

cadre une cabane décrépite, continua-t-il, son accent du Mississippi s'insinuant dans ses paroles. Nous sommes crasseux, couverts de sang… Vous méritez bien mieux que cela.

Il s'écarta légèrement d'elle.

— Mais vous ne m'aidez pas beaucoup, docteur, en laissant cette bouche si attrayante à portée de la mienne… Comment voulez-vous que je garde la tête froide ?

Il avait reculé au bord du lit. Elle s'assit à côté de lui. Leurs mains liées étaient si proches, songea-t-elle. *Presque comme si nous nous tenions par la main*. Tina s'efforça de retrouver son calme et d'apaiser le rythme de sa respiration.

— J'aurais cru que garder la tête froide n'était pas un problème pour quelqu'un comme vous.

Après tout, n'était-il pas l'archétype de l'agent secret au sang-froid légendaire ?

Il lui saisit le menton entre deux doigts et lui renversa la tête en arrière pour pouvoir la regarder au fond des yeux.

— Ne croyez pas tout ce que vous entendez dire.

Etait-ce une mise en garde ?

— Oh ! je ne prends pas tout pour argent comptant, rassurez-vous, rétorqua-t-elle en se forçant à sourire malgré la tension sexuelle toujours tangible entre eux. Si c'était le cas, je penserais que je suis la fille de Bruce Mercer.

Les commissures des lèvres de Drew frémirent une seconde puis il la relâcha et regarda les menottes qui encerclaient toujours leurs poignets.

L'ersatz de sourire qui flottait sur ses lèvres s'effaça.

— Bon sang, vous avez un hématome.

Elle baissa les yeux. Le pourtour de son poignet était un peu violacé, effectivement.

— Ce n'est rien. Ma peau marque facilement.

Il se leva du lit, l'entraînant à sa suite.

— Maintenant que je souffre moins et que je me suis

reposé, je vais trouver quelque chose pour vous débarrasser de ça.

Elle le suivit comme il se dirigeait vers la petite table et faillit le percuter quand il se retourna brusquement.

— Ne croyez pas que je m'en tiendrai là, dit-il en plantant sur elle un regard pénétrant.

Il observa son expression pendant quelques instants.

— Une promesse est une promesse, murmura-t-il.

Puis il se détourna et ouvrit le tiroir de la table. Elle lui jeta un regard inquisiteur, se demandant ce qu'il voulait dire.

— Je parle de vous et moi, docteur, expliqua-t-il comme s'il avait lu en elle. Vous et moi, nus sur des draps propres, faisant l'amour jusqu'au bout de la nuit.

Tina le contempla, bouche bée, tandis qu'il se penchait au-dessus du tiroir.

— Ah, voilà, j'ai trouvé !

Avec un petit hochement de tête satisfait, il prit un morceau de métal recourbé, pas plus gros qu'une pince à cheveux.

— Ça ne marchera pas, dit-elle, s'éclaircissant la gorge car elle pensait toujours à…

Eux, nus sur des draps propres, faisant l'amour jusqu'au bout de la nuit.

C'était donc ça, sa promesse.

— Bien sûr que si. Faites-moi confiance. J'ai appris à crocheter des serrures il y a bien longtemps.

Il se pencha sur la menotte, la pince à la main.

Elle devait cesser de visualiser leurs deux corps nus, sur un lit.

— Avant que vous n'entriez dans la Delta Force ?

— Oui. A l'époque où j'étais un gamin en perdition, au bord de la délinquance.

Il avait dit cela sur le ton de la conversation. Sans la moindre émotion.

— Mon père nous avait abandonnés. Ma mère était

obligée de mener de front deux emplois pour nous élever, mes sœurs et moi.

Des sœurs ? Elle n'était pas au courant. Les informations concernant les familles des agents étaient strictement confidentielles à la DOS.

— J'en voulais à la terre entière, je suppose. Grandir dans la pauvreté, au fin fond du Mississippi, n'est pas le destin le plus enviable. J'étais un gamin en colère qui vivait dans les bas quartiers.

Il y eut un petit déclic. La menotte s'ouvrit, libérant le poignet de Tina. Il répéta alors l'opération sur celle qui entourait son propre poignet puis effleura sa peau contusionnée du bout du doigt.

— J'ai failli mal tourner à cette époque. J'avais commencé à prendre de mauvaises habitudes.

Sa main caressait toujours sa peau.

— Et moi qui croyais que vous étiez toujours respectueux de la loi ! réussit-elle à articuler.

— Aujourd'hui, oui.

Son regard s'abaissa jusqu'à ses lèvres.

— Mais, parfois, il est certaines règles que je suis forcé d'enfreindre.

Il allait l'embrasser de nouveau, songea-t-elle, le cœur battant. Elle mourait d'envie qu'il…

La tête de Drew se tourna subitement vers la fenêtre.

— Aïe. Je crois qu'on a de la compagnie.

Elle retira précipitamment sa main.

— Mais… l'hélicoptère est parti.

— Lee a dû repérer le ranch et envoyer ses hommes pour le fouiller.

Drew tendit la main vers le sac.

— J'avais envisagé cette hypothèse.

Elle se crispa.

— Vous auriez pu m'en parler.

Il sortit un couteau du fond du sac.

— Je ne voulais pas vous inquiéter.

Peut-être, mais elle s'inquiétait bel et bien, maintenant.

— J'ai entendu un bruit de moteur, dit-il en allant se poster à la fenêtre. Mais je ne les vois pas. Pas encore.

— Qu'est-ce qu'on fait ? On saute sur la moto et on prend la fuite ?

Il secoua la tête mais sans cesser de surveiller l'extérieur.

— Non. C'est exactement ce qu'ils attendent de nous. Avec l'hélico, Lee aurait tôt fait de nous repérer. Non, on ne prend pas la fuite, assena-t-il avec force en resserrant son emprise autour du couteau. On reste ici. On va jouer au chat et à la souris.

Debout devant sa camionnette stationnée sur le bas-côté de la route, capot ouvert, apparemment en panne, Dylan se redressa, les mains pleines de cambouis.

— C'est la deuxième fois que cet hélico passe au-dessus de nos têtes, murmura Rachel en venant le rejoindre. Il se passe quelque chose par ici, c'est évident.

Dylan leva la tête.

— Ils sont en train de rechercher…

Il s'interrompit en voyant un autre véhicule, à quatre roues celui-ci, venir vers eux. Ils étaient sur une petite route texane, perdue au milieu de nulle part. Une route qui ne desservait qu'un seul endroit : la base de l'ennemi.

Et la fourgonnette grise arrivait de cette direction.

Machinalement, il palpa son pistolet, caché sous sa veste.

Ils avaient prévu de se rapprocher le plus possible de la base et ceci n'était que leur première étape.

Une étape qui risquait de tourner court très bientôt…

La fourgonnette grise freina à côté de leur véhicule, soulevant un nuage de poussière. Il y avait deux hommes à l'intérieur. La vingtaine, ils avaient tous deux les cheveux sombres, le regard suspicieux.

— Vous avez un problème ? demanda l'un d'eux.

— Le moteur a chauffé, expliqua Rachel en s'avançant vers la fourgonnette. Et mon ami n'y connaît pas grand-chose en mécanique.

L'attention des deux hommes se fixa un peu trop vite sur elle.

Dylan referma bruyamment le capot.

— Ça va aller maintenant, ne t'inquiète pas, chérie.

— C'est pas eux, marmonna l'un des hommes. Il faut qu'on continue les recherches, Leroy.

Pas eux. C'était exactement le genre d'indice qu'espérait trouver Dylan. Il se dirigea vers les hommes et Rachel, veillant à prendre l'air le plus dégagé possible. Il passa le bras autour de la taille de sa compagne.

— Je crois que nous nous sommes un peu perdus, déclara-t-il en leur décochant un sourire penaud.

Celui des deux que son comparse avait appelé Leroy, un type au teint rougeaud et aux incisives séparées par un petit espace, le considéra d'un œil soupçonneux.

— Vous allez où ?

— A Baker's Ranch, répondit-il sans s'émouvoir. C'est un ranch de tourisme où…

— Y a pas de ranch de tourisme par là, lui répondit-on sans ambages. Alors, votre copine et vous, vous feriez mieux de décamper.

Rachel se raidit. Ouvrant grand les yeux, elle eut un haut-le-corps indigné.

— Est-ce que… vous nous menacez ? proféra-t-elle d'une voix qu'elle parvint à faire trembler de façon très réaliste.

Rachel était une excellente comédienne.

— Non, « chérie », répondit Leroy en promenant son regard sur elle. C'est juste un avertissement. Il y a des gens dangereux qui traînent dans le coin. On est à leur recherche.

— Oh ! murmura Rachel en prenant un air dûment impressionné. Vous êtes policiers ?

Dylan lui pressa la taille du bout des doigts. *N'en fais pas trop, Mancini.*

Le type bomba le torse.

— Quelque chose comme ça.

A d'autres ! songea Dylan.

— Et l'homme que nous recherchons est un tueur. Un tueur de la pire espèce.

Rachel eut le bon goût de trembler.

Dylan l'attira plus près de lui.

— Dans ce cas, merci, messieurs. On ne va pas s'attarder dans le secteur. Merci de vous être arrêtés pour nous porter assistance.

Comme s'ils avaient manifesté la moindre intention de leur venir en aide ! Tout ce qu'ils avaient fait, c'était se rincer l'œil en lorgnant Rachel et leur conseiller de déguerpir !

Mais, sans s'en rendre compte, ils leur avaient fourni le renseignement qu'ils cherchaient : ils étaient à la poursuite de Drew.

Inutile, donc, de tenter d'approcher de la base. Drew n'y était plus.

Dylan et Rachel reprirent place dans leur camionnette. Dylan entendit l'un des hommes siffler lorsque le short de Rachel remonta sur ses cuisses tandis qu'elle s'asseyait sur le siège passager. Serrant les dents, Dylan démarra et s'éloigna dans la direction opposée à la base.

— Ils nous surveillent, nota Rachel, le regard rivé au miroir de courtoisie, les doigts pianotant sur sa cuisse.

Il jeta un coup d'œil dans le rétroviseur et vit les deux hommes debout au milieu de la route, regardant dans leur direction.

— On sait maintenant pourquoi Drew n'a pas appelé, souligna-t-il. Il est en cavale.

— Ils sont en cavale, corrigea Rachel. Le type a dit : « On est à leur recherche. » Drew s'est volatilisé dans la nature avec le docteur.

Oui, c'était la nouvelle mission qui avait été assignée à Drew. Protéger le médecin à tout prix.

Dylan balaya du regard les champs déserts autour de lui. De nouveau, le ronflement d'un hélicoptère se fit entendre.

— Il faut absolument qu'on le retrouve avant eux, déclara-t-il. On va appeler Sydney pour voir si elle a réussi à activer son émetteur à distance.

Le problème, c'était que, dans cette partie du Texas, les liaisons par satellite passaient mal. Les téléphones portables trouvaient rarement du réseau si bien que localiser le signal GPS de Drew risquait de s'avérer ardu.

Heureusement que Dylan aimait bien relever les défis…

Trois hommes émergèrent du véhicule.

— Ils arrivent, annonça Drew.

Ils avaient dû fouiller le ranch et, maintenant, ils se séparaient pour explorer les environs.

Tina était debout derrière lui, armée d'un pied de chaise cassé qu'elle tenait comme une batte de base-ball. Il ne doutait pas qu'elle s'en servirait si le besoin s'en faisait sentir.

Ils n'avaient pas mis longtemps à visiter le ranch, pensa Drew. Après s'être assurés qu'il était vide, pourquoi n'étaient-ils pas aussitôt repartis au volant de leur Ranger ?

Lee avait dû leur ordonner de passer tout le secteur au crible. Et c'était ce que ces trois clowns étaient en train de faire.

L'un d'eux, tout à coup, appela ses complices, tout excité.

L'imbécile. On ne crie jamais. Pour ne pas alerter sa proie.

Drew comprit qu'ils avaient vu la cabane. Il s'éloigna de la fenêtre, préparant son plan d'attaque.

— Je veux que vous restiez ici, à l'intérieur, dit-il à Tina.

Il n'aimait pas la savoir dans la ligne de tir, mais il

n'avait guère le choix. Et il détestait plus encore ce qu'il allait lui dire…

— Vous allez m'aider, reprit-il. Vous allez me servir d'appât.

Elle plissa les yeux.

— Pardon ? Vous pouvez répéter ? Je vais vous servir de… ?

— Quand ils seront suffisamment près, je veux que vous criiez, que vous appeliez au secours. C'est vous qu'ils veulent. Ils ne vous tireront pas dessus.

Il ne leur en laisserait pas le temps, de toute façon.

Ce qu'il voulait, c'était détourner leur attention.

— Restez plaquée contre le mur quand vous crierez. Il ne faut pas qu'ils voient où vous êtes, vous avez compris ?

— Ce que je comprends surtout, c'est que votre plan ne me plaît pas du tout, rétorqua-t-elle, la mâchoire contractée.

Seigneur, comme elle était belle…

— Essayez de positiver. Peut-être que j'arriverai à tous les éliminer avant même qu'ils ne soient assez près pour vous entendre.

En tout cas, il ferait de son mieux. Drew se détourna.

Elle le retint par le bras.

— Prenez garde à vous.

Oh ? Elle s'inquiétait pour lui ?

— Ne vous en faites pas pour moi, docteur. N'oubliez pas ce que je vous ai dit : nous n'en avons pas fini, tous les deux…

Elle lâcha son bras d'un seul coup, comme s'il l'avait brûlée.

La glace n'était pourtant pas censée produire cet effet-là…

Il s'éloigna rapidement et sortit par l'arrière de la cabane. Le dos plaqué au mur de bois, il avança. Il devrait contourner la maison pour passer à l'offensive. Problème : il n'y avait pas beaucoup d'endroits où se mettre à couvert. D'où la nécessité de canaliser l'attention des hommes sur ce qui se passait à l'intérieur.

Il s'immobilisa. Il les entendait approcher en courant.

O.K. Docteur. A vous de jouer… Maintenant !

Comme si elle l'avait entendu, Tina hurla.

— Au secours ! S'il vous plaît, aidez-moi !

Les pas s'accélérèrent. Rasant le mur, Drew s'avança. Parvenu à l'angle, il risqua un coup d'œil de l'autre côté et vit les hommes massés devant la porte. Ils ne jetèrent pas même un coup d'œil de son côté.

Les triples idiots.

Il visa puis lança son couteau, qui alla s'enfoncer dans le flanc de l'homme le plus proche. Les autres se retournèrent en le voyant s'effondrer. Trop tard. Drew avait déjà saisi le deuxième à la gorge. En un éclair, celui-ci s'écroula. Un violent coup de pied envoya valser le troisième contre la paroi de bois.

— Espèce… de salaud ! gronda l'homme en secouant la tête pour reprendre ses esprits.

Il dégaina son couteau.

— Je vais te descendre, gronda-t-il, l'œil brillant. Lee a dit qu'il n'avait pas besoin de t'avoir vivant. Seulement la fille.

Drew recula, cherchant à l'entraîner loin de la maison.

— Je vais te…

A cet instant, la porte s'ouvrit, livrant passage à Tina. Elle abattit le pied de chaise sur le bras de l'homme. Le couteau tomba par terre tandis qu'il poussait un cri de douleur.

Drew l'acheva d'un coup de poing en plein visage.

Il cessa de geindre.

Il s'effondra sans un bruit, comme ses deux comparses.

Tina haletait.

Ses joues étaient mortellement pâles.

Drew fronça les sourcils.

— Ça va ?

Elle se courba en deux, levant une main devant elle.

— Laissez-moi..., murmura-t-elle d'une voix entrecoupée, cherchant son souffle. Juste... une... minute.

Il n'aimait pas la pâleur de son visage. Il s'approcha et passa un bras autour de ses épaules.

Sa respiration semblait s'apaiser un peu.

— Bravo, murmura-t-il. Je savais que vous sauriez vous servir de ce pied de chaise.

Ses joues reprenaient un peu de couleur. Sa respiration était presque redevenue normale, maintenant. Au bout d'un moment, elle s'écarta de lui et considéra les hommes inconscients, étendus par terre.

— Celui-ci aurait besoin de points, nota-t-elle en désignant l'un des hommes.

— Il s'en passera. On va les ligoter à l'intérieur de la cabane et prendre leur véhicule. Comme ça, si Lee repère le Ranger depuis l'hélicoptère, il pensera que ses hommes poursuivent les recherches.

Tina sourit.

— On va y arriver, n'est-ce pas ? dit-elle, l'espoir illuminant son regard.

Il hocha la tête mais ne répondit pas. Il savait trop bien qu'il ne fallait jamais vendre la peau de l'ours avant de l'avoir tué.

Les mains de Lee étaient moites de sueur. Aucun signe de la fille de Mercer, nulle part. S'il ne la retrouvait pas... il était mort.

Anton Devast n'était pas du genre à accorder une seconde chance à qui que ce soit. Une erreur, et vous étiez mort.

Il se pencha tout à coup pour regarder en contrebas. Le Ranger roulait à vive allure sur la petite route cabossée. Reynolds, Morris et Sanchez. Il les avait envoyés fouiller le ranch abandonné qu'il avait repéré en leur ordonnant de le contacter par radio s'ils voyaient quoi que ce soit de suspect dans le secteur.

Il plissa les yeux, observant le véhicule. Il roulait dans la mauvaise direction. Au lieu de retourner à la base, ils se dirigeaient vers l'est.

Il jeta un coup d'œil à Grayson.

— Appelle Reynolds par radio.

Où diable allait-il ? Personne n'arrêtait les recherches tant que Stone n'était pas mort et la fille, entre leurs mains.

Personne.

Il y allait de sa vie.

Tina regarda la radio qui grésillait dans la main de Drew.

— Reynolds ? Tu me reçois ? lança une voix masculine.

Drew échangea un regard avec Tina, une main sur le volant, l'autre tenant fermement la radio.

— Cinq sur cinq, aboya-t-il d'une voix qui n'était pas la sienne — une voix plus dure, plus tranchante.

— Vous... quelque chose ? crachota de nouveau la voix, entrecoupée par des parasites.

— Personne. On jette un coup d'œil plus à l'est. J'entends mal... Il y a des interfér...

Sans achever sa phrase, il frappa violemment la radio sur le tableau de bord. Elle se brisa en mille morceaux.

— Comme je disais, reprit-il de sa voix normale, il y a des interférences.

Tina ne parvenait pas à respirer à fond, en dépit de ses efforts. Elle faisait de son mieux pour garder son calme, mais la panique menaçait. Drew était-il au courant ? Il l'avait entendue respirer fort, chercher son souffle à la cabane. Mais se rendait-il compte du problème qu'elle risquait de poser ?

Respire lentement. Détends-toi. Imagine l'air s'engouffrant jusqu'au fond de tes poumons...

— Vous croyez qu'ils y ont cru ?

— Si l'hélico atterrit devant nous, ça voudra dire que non.

Elle leva les yeux. L'hélicoptère les avait dépassés d'une cinquantaine de mètres et... Oui ! Il s'en allait !

Elle réussit enfin à prendre une profonde inspiration.

— Du réseau sur le portable ? questionna Drew.

Elle baissa les yeux.

— Non, pas encore.

— Quand nous serons à Lightning, nous contacterons mes renforts. Ils pourront vous évacuer.

— Lightning ?

— Oh ! un point sur la carte. La plus petite ville que vous ayez jamais vue.

— Mais... est-ce que les sales types ne vont pas venir nous y chercher ?

— Si. C'est pourquoi nous allons faire en sorte qu'ils ne nous trouvent pas.

Il lui lança un bref coup d'œil.

— C'est mon plan de secours.

— Oh. Ravie d'apprendre que vous en avez un, dit-elle, ses doigts se refermant autour du téléphone, sur ses genoux.

— Mon équipe a un informateur là-bas. On nous aidera. Si ça se trouve, demain, à l'aube, vous serez peut-être en route pour votre appartement, à Washington.

Cela semblait trop beau pour être vrai. Aller à La Nouvelle-Orléans avait été une funeste erreur. Dire qu'elle s'était réjouie de cette mission. Facile, parfaite... L'occasion idéale de quitter Washington pendant quelque temps.

Si seulement elle avait su ce que la capitale de la Louisiane lui réservait !

Mais Drew avait raison. Bientôt, elle rentrerait chez elle.

Il fallait seulement tenir quelques heures encore, et le cauchemar prendrait fin.

***

Drew avait dit vrai. Lightning était certainement la plus petite localité de tout le pays ; si petite, songea-t-elle, qu'il aurait suffi d'un clignement d'yeux pour la manquer.

Au moment où ils y entraient, un roulement de tonnerre gronda dans le ciel.

Ils passèrent devant des bâtiments condamnés, deux stations-service désertes. Un restaurant, sur leur droite, semblait ne pas avoir ouvert ses portes depuis des années.

— De violents orages frappent cette ville avec une régularité de métronome, observa Drew en jetant un nouveau coup d'œil dans le rétroviseur pour s'assurer qu'ils n'étaient pas suivis. Une fois sur deux, la foudre détraque toutes les installations électriques. Alors, à force, les gens en ont assez et ils s'en vont.

Compréhensible, songea Tina.

Drew quitta la rue principale — du moins, ce qui en tenait lieu — et gara la voiture derrière le restaurant.

— Inutile de laisser le véhicule trop en vue, commenta-t-il d'un ton bref avant de sortir et de venir ouvrir sa portière.

— Allons-y, dit-il en la prenant par la main. L'orage ne va pas tarder à éclater.

Il avait revêtu la chemise et le chapeau de cow-boy d'un des types qu'ils avaient laissés K.-O., au ranch. La chemise était un peu étriquée pour lui et le tissu, tendu à craquer sur ses épaules athlétiques.

Elle entremêla ses doigts aux siens et descendit.

Le ciel était d'un noir d'encre. Le tonnerre continuait à gronder. Elle avait à peine fait trois pas que les premières gouttes de pluie se mirent à tomber.

Puis, soudain, les nuages s'ouvrirent au-dessus de leurs têtes et des trombes d'eau s'abattirent sur eux. Courbés en avant, ils s'élancèrent dans les ruelles étroites en direction d'un vieux motel.

Un panonceau « Chambres libres » clignotait en orange.

Miracle ! Jamais elle n'avait été aussi heureuse de voir un panneau au néon !

Une sonnette tinta lorsque Drew poussa la porte d'entrée. Il n'y avait personne à l'accueil. Tina repoussa en arrière ses cheveux trempés. Son T-shirt lui collait à la peau et…

— Vous avez bien fait de faire halte ici, lança une voix féminine depuis le fond du bureau. Personne ne devrait être dehors par un temps pareil.

Tina porta machinalement la main à son cœur. Elle en avait plus qu'assez d'avoir des frayeurs ; elle avait eu son content d'émotions !

— Bonjour, madame, dit Drew, souriant poliment et repoussant son chapeau en arrière. Ma femme et moi voudrions une chambre.

Il déposa une liasse de billets sur le comptoir. Plus que ne coûtait une nuitée dans un motel de ce type. Espérait-il ainsi éviter les questions ? s'interrogea Tina.

Mais la réceptionniste, dont les cheveux blancs et les rides autour des yeux indiquaient qu'elle devait avoir dans les soixante-dix ans, contemplait fixement le cercle sombre autour du poignet de Tina.

Fronçant les sourcils, elle demanda :

— Tout va bien, mademoiselle ?

Tina dissimula promptement sa main et se força à lui adresser un large sourire.

— Oui… J'ai juste eu un petit accident.

Le regard suspicieux de la femme glissa jusqu'à Drew. Un badge, sur sa poitrine, proclamait qu'elle se prénommait Sarah.

— Maverick, annonça-t-il d'une voix douce.

Aussitôt, l'attitude de Sarah changea du tout au tout. Elle tendit une clé à Drew.

— Chambre six. La dernière, tout au fond.

Elle pivota et retourna vaquer à ses affaires dans le bureau.

Tina haussa les sourcils, perplexe. Que cela signifiait-il ?

Il leur fallut courir de nouveau sous la pluie torrentielle pour rejoindre leur chambre. Mais, trois minutes plus tard, enfin, ils étaient au sec. La chambre était petite mais propre. Merveilleusement propre et sèche.

Un éclair zébra le ciel, suivi d'un violent coup de tonnerre qui fit vibrer les vitres de la fenêtre.

Tandis que Drew verrouillait la porte, Tina tomba en arrêt devant la table de chevet. Une ligne fixe.

— Il y a le téléphone ! s'exclama-t-elle.

Jamais de sa vie elle n'avait été aussi heureuse d'en voir un.

— Vous allez pouvoir appeler Mercer.

— Ce n'est pas la peine, répondit-il en ôtant son chapeau et en lissant ses cheveux sombres du plat de la main.

Des gouttelettes giclèrent. Le couvre-chef ne les avait pas protégés de la pluie diluvienne.

— Sarah est des nôtres. Elle a déjà fait passer le message.

— Sarah ? répéta Tina, stupéfaite.

— C'est un ex-agent de la DOS. Elle a reconnu mon code. Elle va faire savoir que nous sommes ici. Mon équipe va arriver.

Merveilleux ! pensa Tina. Une étape de plus de franchie sur le chemin de la délivrance. Mais cela signifiait que cela la rapprochait aussi du moment de la séparation avec Drew.

Et, ça, c'était beaucoup moins merveilleux.

— Vous devriez aller prendre une douche. Vous vous sentirez mieux après, suggéra-t-il.

Elle le regarda, décontenancée. La cavalerie pouvait intervenir pour l'évacuer à tout moment, désormais. Elle aurait dû avoir des tas de choses à lui dire. Ne sachant trop par où commencer, elle s'en tint à l'essentiel.

— Merci… Vous avez grillé votre couverture pour me sauver. Plus que cela, vous avez risqué votre vie pour moi.

Il fit un pas vers elle.

— Je ne vous ai pas demandé qui étaient ces hommes.

Elle connaissait le fonctionnement de la DOS. Les informations étaient délivrées au compte-gouttes et uniquement aux employés qui en avaient besoin. Elle n'était pas agent. Donc, aux yeux de Mercer, moins elle en savait, mieux c'était. Même si sa vie avait été mise en jeu.

— Mieux vaut que vous ne le sachiez pas, répondit Drew, la mâchoire contractée. Ils comptent parmi les crapules les plus dangereuses que j'ai rencontrées.

— Vous auriez pu y laisser votre vie.

Il avança encore d'un pas. Elle renversa la tête en arrière, frissonnante dans ses vêtements mouillés.

— Je n'allais pas vous abandonner entre leurs mains, docteur. Les laisser vous faire du mal.

Tout cela lui était tellement étranger. Pas seulement ces criminels sanguinaires… Drew, aussi.

Les hommes avec qui elle sortait étaient des gens paisibles, sûrs. Ils ne connaissaient rien des techniques du combat au corps à corps, ils ne savaient pas anéantir en un clin d'œil des ennemis, ni crocheter les serrures d'une paire de menottes.

Et ils ne lui faisaient certes pas le même effet que Drew.

Quand les renforts arriveraient, elle quitterait le motel. Drew retournerait à ses missions et elle ne le reverrait que lorsqu'il viendrait passer ses visites médicales.

Bref, ils reprendraient, chacun de son côté, le cours de leur vie.

Ce n'était pas ce qu'elle voulait.

Ce qu'elle voulait… C'était lui.

Malheureusement, en cet instant, elle devait ressembler à un chat tombé dans un seau d'eau.

Au temps pour son pouvoir de séduction !

Elle s'efforça de se ressaisir.

— Je suis heureuse que ce soit vous qui ayez infiltré ce groupe.

Puis elle pivota sur ses talons avant de faire quelque

chose de très stupide — comme se jeter à son cou ou lui faire observer que le lit, derrière eux, semblait particulièrement frais et propre.

Elle poussa la porte de la salle de bains et s'engouffra avec soulagement à l'intérieur. En refermant le battant, elle l'entendit murmurer :

— Moi aussi, je suis heureux, docteur.

Non seulement ils s'étaient évadés mais ils semblaient s'être littéralement évanouis dans la nature. Lee sauta à bas de l'hélicoptère. Il était obligé d'aller annoncer la mauvaise nouvelle au patron. Ce n'était pas exactement ce qu'il aurait souhaité.

— Tu ne les as pas retrouvés.

Clac-clac-clac.

Lee se figea sur place. Le patron ne l'attendait pas dans la maison, il était venu ici, prêt à passer à l'attaque.

— Je vais repartir. Ils ont dû se réfugier dans une ville. On va les coincer, patr…

Clac-clac.

— Non, s'ils ont réussi à atteindre une ville, l'agent aura appelé des renforts pour qu'ils viennent chercher la fille.

— Ecoutez, patron…

Il fut interrompu par un coup de Klaxon retentissant.

— Qu'est-ce que c'est que… ? fulmina-t-il en se retournant.

La fourgonnette de Leroy et Guan arrivait à fond de train, mais il y avait trois hommes à l'arrière…

Reynolds ? Que faisait-il avec Leroy alors qu'il lui avait signalé par radio qu'il poursuivait les recherches vers l'est ?

Lee s'approcha en courant du véhicule. Reynolds descendit en titubant, sans chemise, des traînées de sang séché sur le visage et le torse.

— Il nous a tendu un piège, proféra-t-il, levant sa main

droite menottée à celle d'Adam Morris. Le salaud a pris notre véhicule et s'est enfui !

Le cœur de Lee s'accéléra.

— Vers l'est, gronda-t-il.

— C'est nous qui les avons trouvés, intervint Guan. Ils étaient ligotés dans une vieille cabane, au ranch abandonné.

— Dépêchez-vous ! rugit Lee. Ils ont filé vers l'est.

C'était par là que le Ranger était allé. Et il n'y avait qu'une ville dans un rayon de deux cents kilomètres dans cette direction-là. Lightning. Il savait exactement où les trouver maintenant.

Clac-clac.

Il pivota sur lui-même.

— Ça y est, se hâta-t-il d'annoncer à Devast. Je les tiens.

Mes six heures ne sont pas écoulées.

Il retournerait la ville de fond en comble s'il le fallait mais il dénicherait ce fichu agent.

Car le regard du patron ne laissait planer aucun doute quant au sort qu'il lui réservait s'il rentrait une seconde fois bredouille.

Anton Devast regarda Lee Slater s'éloigner rapidement. Slater l'avait déçu.

Et, quand il était déçu, c'était le signe qu'il était temps que l'intéressé disparaisse.

Si Slater ne parvenait pas à rattraper l'agent de la DOS et la fille, il devrait le remplacer par quelqu'un d'autre.

Un sourire étira ses lèvres. Ainsi, Mercer avait infiltré son organisation. *Tu t'es cru malin, hein, vieux camarade ?*

Mais c'était au tour d'Anton de jouer au plus fin, maintenant. Il allait utiliser l'un des hommes de Mercer contre lui.

Dans leur domaine d'activité, la loyauté était une valeur à géométrie extrêmement variable. Elle s'achetait et se négociait quotidiennement. Il s'agissait simplement de connaître le prix de chacun.

Avec le bon prix, on pouvait acheter absolument tout et tout le monde.

On pouvait même introduire une taupe au sein de la DOS.

5

La tempête ne faiblissait pas. La pluie tombait même plus dru encore, songea Drew en regardant par la fenêtre. Les renforts arrivaient. Il n'avait pas utilisé la ligne fixe pour les appeler. Même dans un endroit sécurisé comme ici… Bref, il était trop aguerri pour courir le moindre risque.

Les risques vous conduisaient tout droit au cimetière.

Sarah avait instantanément identifié le code. Elle était allée aussitôt dans le bureau transmettre le message. Drew avait utilisé son téléphone à carte pour joindre Dylan. Ici, en ville, il avait réussi à capter du réseau. Son ami et chef d'équipe lui avait indiqué un délai d'intervention de trente minutes.

Une demi-heure, et Tina serait partie.

Ça ne lui laissait pas suffisamment de temps avec elle.

La porte de la salle de bains grinça sur ses gonds. Il se retourna. Un nuage de vapeur s'échappait de la pièce.

Un violent coup de tonnerre retentit et la chambre se retrouva soudain plongée dans l'obscurité.

— Drew ?

Même dans le noir, il devinait sa silhouette. Il avait toujours eu une bonne vision de nuit. Il s'avança vers elle.

— Je vous l'ai dit, déclara-t-il doucement. Les orages sont terriblement violents par ici.

La lumière reviendrait peut-être dans quelques minutes… Ou peut-être faudrait-il des heures avant que le courant électrique ne soit rétabli. D'ici là, elle serait partie.

Sa main se posa sur son épaule — son épaule nue. Sa peau était soyeuse et chaude sous ses doigts calleux.

L'espace d'une seconde, avant que le courant ne soit coupé, il l'avait aperçue debout dans l'embrasure de la porte, enroulée dans une serviette.

Le désir pulsait en lui. Il retournerait sur le terrain. Si ce n'était pas sur cette affaire, ce serait sur une autre. Combien de temps se passerait-il avant qu'il ne la revoie ?

Maintenant qu'elle était compromise, que ces fous furieux de CHAOS la prenaient pour la fille de Mercer, qu'allait-il lui arriver ? Elle ne pourrait pas reprendre le cours ordinaire de sa vie tant que cette menace planerait sur elle.

Je vais éliminer cette menace.

— Mes vêtements étaient couverts de sang, murmura-t-elle. Je n'avais pas envie de les remettre, mais… je n'ai rien d'autre.

Il désigna du menton la forme sombre du lit.

— Sarah vous a apporté un jean et un T-shirt propre.

Elle ne bougea pas d'un pouce.

— J'ai une confession à vous faire, reprit Tina à voix basse comme si la pénombre l'incitait à murmurer. Je… vous ai souvent observé… quand vous étiez au siège de la DOS.

Lui non plus ne s'était pas fait prier pour la détailler à la moindre occasion.

Intrigué, il attendit.

— Je sais que je ne suis pas… votre genre de femme…

— Ah bon ? souligna-t-il, sa curiosité véritablement éveillée, maintenant. Vous pensez que je ne m'intéresse pas aux femmes intelligentes et sexy ?

Tina était tout à fait son genre. Les nuits passées à se retourner dans son lit en pensant à elle l'attestaient.

— Vous vivez sur la corde raide en permanence. Vous aimez l'action et le danger. Moi, je me cache dans un bureau.

Erreur. Elle essayait de se cacher dans un bureau. En pure perte. Une femme comme elle ne passait pas inaperçue.

— Mais… je ne veux pas me cacher de vous, continua Tina d'une voix à peine audible en enroulant les mains autour de son cou. Je veux… être avec vous.

Il se raidit, transpercé par le désir.

— Vous devriez faire attention à ce que vous dites.

Surtout à un homme comme lui, qui avait vécu trop longtemps privé de choses qui lui étaient inaccessibles.

L'une d'elles se tenait devant lui en ce moment.

— Nous sommes seuls, dit-elle. Pas de coups de feu. Pas de lumière. Juste nous… Seuls, dans le noir.

Elle se haussa sur la pointe des pieds.

Il posa les mains autour de sa taille.

— Je vous ai prévenue de ce qui se produirait si je vous embrassais de nouveau…

Nus… Jusqu'au bout de la nuit…

— Je vous l'ai dit, j'ai envie de vous, répéta-t-elle.

Puis elle l'embrassa.

Un courant de désir brut l'électrifia tout entier. Son baiser était un peu hésitant. Il voulait plus, tellement plus… Il la souleva dans ses bras, sans effort, malgré sa blessure.

Tina avait raison. Ils étaient seuls. Dans le noir …

Oui, il allait la faire sienne.

Et, lorsqu'on l'emmènerait loin de lui, Tina garderait le souvenir de ce qu'ils avaient partagé.

Lui ne l'oublierait pas, il le savait.

Ses lèvres s'entrouvrirent sous la pression des siennes. Deux pas, et son genou heurta le pied du lit. Il la déposa sur les couvertures, mais ne put se résoudre à retirer ses mains, fût-ce un seul instant. Il avait trop à explorer, à découvrir. La serviette s'était dénouée et couvrait à peine ses seins désormais. Les doigts de Drew remontèrent le long de ses bras, coururent sur ses épaules, puis redescendirent, épousant le dessin de ses courbes sensuelles.

Il acheva de retirer la serviette. Sa bouche suivit le chemin qu'avaient tracé ses doigts. Il embrassa ses épaules, humant son doux parfum de fraise des bois — *la fraise, toujours.* Dans la pénombre, il devinait le renflement de sa poitrine.

Le tonnerre gronda de nouveau.

Il se pencha et happa la pointe d'un sein entre ses lèvres. Elle s'arqua contre lui, enfonçant les doigts dans ses cheveux.

Il aimait ses petits gémissements lorsqu'il la touchait. Mais, plus encore, il aimait la passion qu'il déclenchait en elle, la fougue avec laquelle elle répondait à ses caresses.

Pressé maintenant d'être contre peau contre peau, il laissa glisser ses doigts sur son ventre. Elle cambra le dos pour mieux s'offrir à ses caresses. Il descendit plus bas...

— Drew ?

Elle était si désirable, si réactive, si merveilleuse... Il devait absolument explorer la moindre parcelle de son corps...

Le rêve prendrait bientôt fin. Mais, au moins, aurait-il eu ces moments de grâce. Il les conserverait précieusement.

Et elle ne m'oubliera pas.

Il continua à lui dispenser ses attentions, veillant à enflammer un peu plus sa libido à chacune des pressions de ses doigts. Il la sentait trembler contre lui, respirer plus vite.

Il se concentra sur le centre de son désir.

Un gémissement de plaisir lui échappa. Elle s'accrocha à lui, agitée d'un long tressaillement.

Et ce n'était que le début, songea Drew, l'esprit enfiévré.

Il s'apprêtait à se débarrasser de son jean lorsqu'un bruit de pas devant la porte de la chambre le paralysa.

Il s'immobilisa, tendu.

— Drew...

Il la réduisit au silence d'un dernier baiser. Il avait tellement envie de continuer, d'entrer en elle...

Mais les pas se rapprochaient.

— Il y a quelqu'un dehors, murmura-t-il contre sa bouche.

Il la sentit se contracter. Elle avait compris.

C'était tellement rageant… Si près du but…

Mais leurs visiteurs pouvaient être les renforts attendus… Ou les hommes de CHAOS.

Drew roula sur le côté et tendit ses vêtements à Tina.

Elle s'habilla à la hâte.

Il prit le pistolet que Sarah lui avait donné et se dirigea à pas de loup vers la porte. Le parfum de Tina emplissait encore ses narines. Il avait encore le goût de ses lèvres sur les siennes.

Mais leur moment de répit était fini. Beaucoup trop tôt.

Il écarta imperceptiblement le rideau et ne vit… que l'obscurité totale.

O.K. Ça ne durerait pas.

Un éclair zigzagua dans le ciel.

Il eut le temps de voir deux silhouettes. Celles d'un homme et d'une femme.

Sa tension retomba.

Drew tourna la clé et ouvrit la porte.

— Au plus mauvais moment, dit-il à Dylan Foxx, flanqué de Rachel Mancini. Comme toujours.

Dylan sourit.

— Content de te voir, moi aussi…

Un nouveau coup de tonnerre retentit.

Bon sang, non ! Ce n'était pas un coup de tonnerre !

Le bois se fendit dans un craquement au-dessus de leurs têtes. Dylan et Rachel se ruèrent à l'intérieur de la chambre.

Eux aussi avaient compris que c'étaient des coups de feu.

Drew referma la porte sous une pluie de balles.

— Personne n'est touché ? demanda-t-il.

— Une simple éraflure, répondit Rachel, haletante.

La vitre de la fenêtre vola en éclats. Les tirs étaient si nourris que Dylan comprit qu'il y avait plusieurs tireurs.

— On vous a suivis, nota Drew en se mettant immédiatement en position de tir.

Il balaya la pièce du regard. Tina s'était accroupie derrière le lit. Parfait. Elle ne risquait rien.

Maintenant, il fallait éliminer la menace.

— Tu plaisantes ? réfuta Dylan, les dents serrées. On sait couvrir nos arrières.

Drew réfléchit à toute vitesse. Il n'aimait pas se retrouver coincé dans cette chambre de motel. La seule issue serait l'une des fenêtres, sur l'arrière. Et des hommes les attendaient peut-être, embusqués là aussi.

— Espérons que CHAOS ne s'est pas déplacé au grand complet, observa Rachel en vérifiant le chargeur de son arme. Parce que, sinon, on n'est pas sortis d'affaire.

Une balle traversa le bois de la porte.

— Tina ! s'écria Drew. Restez près du sol !

Lorsqu'il ouvrirait la porte, les balles allaient pleuvoir à l'intérieur.

Mais il n'avait pas le choix.

Ils ne pouvaient pas rester indéfiniment piégés ici.

Dylan lui jeta un coup d'œil. Ils travaillaient ensemble depuis si longtemps qu'il savait très exactement ce que Drew avait en tête.

— Tu es sûr ? souffla-t-il.

Drew remua les épaules. En moins de cinq minutes il était passé du paradis à l'enfer.

— Oui. Couvrez-moi.

Rachel s'approcha de la fenêtre. Elle se mit en position de tir.

Dylan prit place à côté d'elle. Ils échangèrent un regard avec Drew et, à son signal, ouvrirent le feu.

Drew s'élança.

Drew devait être complètement fou.

Il venait de se jeter au-dehors sous un déluge de balles.

Tina, recroquevillée derrière le lit, entendait les projectiles siffler et percuter les murs tout autour d'elle. Il y eut un bruit de verre brisé et elle vit la lampe de chevet exploser en mille morceaux.

Vous avez intérêt à rester en vie, Drew. N'allez pas vous faire tuer.

Elle restait à couvert, tête baissée. D'une part, elle n'avait pas d'arme et, d'autre part, elle ne voulait pas entraver l'action des agents. Son cœur battait à tout-va, ses mains tremblaient, mais elle s'obligeait à inspirer et expirer régulièrement, inspirer et ex…

Elle s'aperçut que le silence était retombé d'un coup.

Elle commença à relever la tête.

— Je compte deux hommes à terre, dit Dylan Foxx.

— Ils étaient au moins quatre, répondit Rachel Mancini.

La voix de Rachel portait moins que celle de Dylan, et Tina dut tendre l'oreille pour saisir ce qu'elle disait. En général, lorsque Rachel était là, Dylan n'était pas loin. Ils travaillaient toujours ensemble.

Donc, Rachel et Dylan étaient sains et saufs… Mais Drew ?

— Je sors, annonça Dylan.

Super. Ils seraient deux, maintenant, à être sous le feu de l'ennemi.

Je peux me rendre utile. Tina se mit à ramper sur le sol, prenant bien soin de garder la tête baissée. C'était une priorité. Mais veiller à ce que Drew reste en vie en était une aussi.

Elle saisit la jambe de Dylan.

— Donnez-moi une arme, dit-elle, levant la tête vers lui et espérant qu'il ne verrait pas qu'elle tremblait. Je vous couvrirai, moi aussi.

Comme il hésitait, elle remonta le bas de sa jambe de pantalon, découvrant son holster de cheville. Il portait toujours sur lui une arme de secours.

— Je vais prendre celle-ci, décréta-t-elle.

Il cligna des yeux.

Dehors, c'était toujours le calme plat. Mais ce silence était presque plus effrayant que les rafales continues de balles.

— Maintenant, allez le chercher.

Dylan acquiesça. Il échangea un regard avec Rachel. L'agent aux cheveux noirs inclina imperceptiblement la tête.

Et Dylan, à son tour, ouvrit la porte et disparut dans la nuit.

A genoux parmi les débris de verre, sous la fenêtre, Tina scruta l'obscurité. La pluie tombait toujours à torrents.

Un éclair zébra le ciel.

— Là ! Attention ! s'écria-t-elle, voyant une silhouette se détacher des ombres et pointer le canon de son arme vers le motel.

Rachel fit feu. Tina l'imita.

Les balles touchèrent le tireur qui trébucha et s'affala en arrière.

Le cœur de Tina battait si fort que c'en était presque douloureux.

— La voie est libre ! lança une voix.

Drew.

Mais elle ne lâcha pas son pistolet.

— Quatre hommes à terre ! cria-t-il encore. Il me faut le docteur !

— Attendez..., commença Rachel.

Attendre ? Alors que Drew avait besoin d'elle ? Non.

D'un bond, elle s'élança vers la porte. Un éclair illumina la nuit au moment où elle sortait et elle le vit, accroupi sur le sol. Elle se précipita vers lui.

— Drew ? Ça va ? s'enquit-elle, haletante.

Il leva vers elle un visage ruisselant de pluie.

— Moi, oui. Mais je n'en dirais pas autant de lui, répondit-il en montrant l'homme qui était étendu par terre, à son côté.

Un nouvel éclair lui permit de voir l'homme inconscient.

Celui qui l'avait gardée en otage et que Drew appelait Lee. L'homme qui l'avait filmée à l'aide de son téléphone.

— Les autres sont morts, reprit Drew. Lee est le seul encore en vie.

Elle regarda la forme allongée sur le sol. Le torse criblé de balles, il crachait du sang, les yeux grands ouverts, terrifiés.

C'était l'homme qui avait ordonné à son acolyte de lui couper le doigt.

Elle s'agenouilla.

— Il va falloir extraire les balles.

Il faut que je stoppe l'hémorragie. Que je tente de le stabiliser. Sa pression sanguine va chuter. Et…

Elle entendit un sifflement caractéristique. Elle se pencha en avant et examina le sang qui sortait de sa bouche. Il était mousseux, rempli de petites bulles d'air.

— Il a une balle dans le poumon.

Elle saisit les pans de sa chemise et la déchira en deux. Un projectile avait transpercé le poumon, effectivement, mais un autre l'avait touché près du cœur. Beaucoup trop près. A moins d'avoir une équipe médicale pour la seconder sur-le-champ, elle ne pourrait rien pour lui.

La main de l'homme vint agripper son poignet contusionné pour tenter de se redresser.

Drew dégaina son arme et le mit aussitôt en joue.

— Tiens-toi tranquille !

— Vous n'en aurez pas besoin, souligna Tina à voix basse.

— La fille… de Mercer…

Un flot de sang accompagna les paroles de Lee. Mais il sourit.

— Vous… allez… mourir.

Mais il se trompait. C'était lui qui allait mourir, d'une minute à l'autre.

Etait-ce elle qui avait tiré cette balle ?

Elle avait déjà vu des morts violentes auparavant. Son

père avait pris une balle dans la poitrine. Sa mère, elle, avait été touchée en plein cœur.

Mauvais endroit. Mauvais moment.

Ils étaient entrés dans cette succursale bancaire, tout heureux, dans l'intention de clore le compte d'épargne qu'ils avaient ouvert pour Tina. C'était la veille de ses dix-huit ans, juste avant son entrée à l'université.

Mais c'était la mort qui les attendait à l'intérieur.

Les braqueurs se moquaient bien de sa famille. Ils avaient paniqué quand Tina avait été saisie d'une crise d'asthme.

Sa mère avait été abattue la première.

Le tour de son père était venu ensuite, mais son agonie avait duré plus longtemps — le temps que ses poumons se remplissent de sang.

Ce serait plus rapide pour Lee.

— Tu… crois… avoir gagné, marmonna Lee à l'adresse de Drew. Mais… il… n'en a pas fini… avec… toi. Ni avec… elle.

— De qui parle-t-il ? questionna-t-elle.

Des pas précipités accouraient dans leur direction. Dylan et Rachel.

— On a inspecté tout le périmètre. C'est bon. Il n'y a personne d'autre.

La pluie s'était muée en bruine et le tonnerre s'était tu.

Plus de tonnerre. Plus de coups de feu.

— Devast… ne… s'arrêtera… pas là. Il… la… veut.

— Devast ne l'approchera pas, gronda Drew.

Il saisit Lee à l'épaule.

— Où est-il ? A votre base ? Où ?

Tina posa la main sur son avant-bras.

— Drew… C'est fini.

Il poussa un juron, puis se releva.

Tina s'accroupit pour prendre le pouls de Lee, mais ses blessures étaient si graves…

Il était mort.

Elle frissonna sous la pluie, le passé et le présent s'entremêlant dans son esprit.

Tu ne peux pas les sauver. C'était ce que lui avaient dit et répété les policiers tandis qu'elle s'accrochait désespérément à ses parents.

Tina baissa les yeux et regarda ses mains. Même dans la nuit, elle voyait le sang.

— Ramène-la à l'intérieur, dit Drew à Rachel. Dylan et moi allons déblayer le terrain.

Déblayer le terrain. Oui… bien sûr. Il y avait d'autres corps. Peut-être que l'un d'eux…

— Attendez ! Vous êtes sûr qu'ils sont tous morts ?

Drew inclina la tête.

Tina tourna les talons et se laissa comme un automate entraîner vers le motel par Rachel. Sarah s'avançait à leur rencontre.

Il lui semblait que l'odeur de la mort imprégnait l'air. Elle redressa les épaules.

— Je suis prête à rentrer chez moi.

Il était temps de quitter le monde sanglant de Drew.

Temps de le quitter, lui.

Clac-clac-clac.

Anton s'avança lentement vers l'hélicoptère. La base était en cours d'évacuation.

Elle ne serait plus opérationnelle, désormais, puisque la DOS connaissait son existence. Ils n'allaient sans doute pas tarder à investir les lieux.

Mercer était malin, et ses agents aussi. Ils avaient fini par réussir à infiltrer son réseau.

Mais peu importait. Il connaissait son talon d'Achille. Tina Jamison. Il disposait de photos d'elle. De vidéo.

Il l'aurait.

Lee n'était pas revenu, ce qui signifiait soit qu'il était

mort, soit qu'il avait pris la fuite. S'il avait cherché à lui échapper, eh bien, il n'irait pas bien loin.

Anton Devast contempla la nuit finissante. Il avait attendu des années pour exercer sa vengeance. Il avait pris son temps, noué des relations importantes, tout soigneusement planifié.

Il ne lui restait plus beaucoup de temps à vivre. Le cancer qui l'avait ravagé était revenu. Avant de mourir, il voulait finir ce qu'il avait commencé.

Il ne s'agissait pas de porter atteinte au gouvernement des Etats-Unis. Ni même à la DOS et aux agents qui pensaient qu'il était de leur devoir de fourrer leur nez dans ses affaires privées.

Non, c'était Bruce Mercer qu'il visait. Il voulait le faire souffrir.

Bruce avait refusé d'échanger sa vie contre celle de sa fille. Il avait eu tort. Il lui avait laissé le choix. Une chance.

Il n'y en aurait pas d'autre.

Maintenant, ce serait une vie contre une autre.

La vengeance.

Mercer passerait par là où il était passé. Il éprouverait ce qu'Anton avait ressenti. Et cette douleur-là ne connaissait pas de fin. Jamais elle ne s'apaisait.

— Brûlez la maison, ordonna-t-il en s'éloignant du ranch.

Clac-clac.

La base était déjà prête à être incendiée. La première explosion retentit et les flammes s'élevèrent dans le ciel. L'odeur du feu se répandit dans l'atmosphère. Anton ne se retourna pas.

Son esprit était déjà tout entier tourné vers l'avenir — et la préparation de la mort de Tina Jamison.

6

Tina ne le regardait pas. Elle n'avait pas posé les yeux sur lui depuis que Lee Slater était mort.

Ils étaient à l'aérodrome. Une petite piste réservée exclusivement aux opérations fédérales. Un avion attendait derrière Tina.

C'était le moment des adieux. Pourquoi refusait-elle de le regarder en face ?

— Merci, dit Tina. Je ne pourrai jamais vous remercier pour ce que vous avez fait pour moi.

Mais le ton de sa voix n'était pas naturel. Trop guindé, trop poli.

Tant pis s'ils étaient en public. Drew prit sa main dans la sienne. Sa peau était si incroyablement douce.

— Je veux vous escorter, m'assurer que tout se passe bien.

Elle battit des cils.

— Rachel va à Washington. Je serai parfaitement en sécu…

— Vous ne serez pas en sécurité tant que nous n'aurons pas arrêté Anton Devast, coupa Drew.

Elle avait déjà entendu prononcer ce nom alors qu'il essayait d'extorquer des aveux à Lee, donc il n'enfreignait pas la règle. Bon sang, après tout ce qu'elle avait enduré, elle méritait bien de savoir qui était à ses trousses.

Il se moquait du règlement de Mercer pour le moment. C'était la vie de Tina qui était en jeu.

Elle croisa brièvement son regard, s'humecta les lèvres.

— Est-ce que… Est-il important que je sache ce dont ce type s'est rendu coupable ?

Les tortures. Les meurtres. Il secoua la tête. Non, elle n'avait pas besoin de savoir tout ça. Le réseau d'Anton étendait ses tentacules jusqu'à l'autre hémisphère. Remonter jusqu'à lui, l'éliminer était l'un des objectifs principaux de la DOS depuis des années.

Mais Devast n'était pas facile à tuer. Il était pratiquement impossible de l'approcher.

J'y étais presque. Un jour de plus, un seul. J'aurais été dans la place lors de sa venue.

Mais Tina était arrivée. Il lui pressa la main.

— Non, c'est inutile. Mais il ne va pas laisser tomber. Il est convaincu que vous êtes la fille de Mercer. Restez vigilante.

— Et, vous, restez en vie, rétorqua-t-elle en lui décochant un sourire triste.

Un sourire qui lui serra le cœur.

— Je… J'ai appris à vous apprécier, agent Lancaster. Je sais qu'il y a autre chose que de la glace qui coule dans vos veines.

Oui. Du feu, en ce qui la concernait.

Elle se retourna pour regarder l'avion. Le pilote attendait à côté de l'appareil, les mains sur les hanches.

— Il faut qu'on y aille, mademoiselle !

Mais Drew ne voulait pas la laisser partir.

Il ne s'agit pas de ce que tu veux.

S'il avait eu son mot à dire, il ne l'aurait pas lâchée d'une semelle. Mais les ordres de Mercer étaient tombés. C'était par ce vol sécurisé qu'elle devait être rapatriée à Washington.

La mission de Drew était terminée, s'agissant de Tina. Il lui restait à reprendre sa traque du chef de CHAOS.

Il mourait d'envie de l'embrasser, mais ce n'était pas possible, ici.

Drew s'éclaircit la gorge.

— Vous vous souvenez de la promesse que je vous ai faite ?

Nus... jusqu'au bout de la nuit.

Il vit ses pupilles se dilater, ses lèvres s'entrouvrir.

— Je tiens toujours mes promesses, assena-t-il.

Il lâcha sa main.

Tina le contempla. Enfin, enfin, elle le regardait vraiment.

Se détournant, elle emboîta le pas à Rachel en direction de l'avion.

Drew la regarda partir, la mort dans l'âme.

Jamais voir partir quelqu'un ne lui avait été aussi difficile.

Bruce Mercer pianotait sur son bureau. Tina Jamison était en sécurité. Elle était en train de rentrer.

La mêler à cette affaire avait été une grossière erreur. Un mauvais calcul. Cela ne lui arrivait pas souvent, mais...

Le téléphone interrompit le cours de ses pensées. Pas la ligne intérieure sécurisée.

Son téléphone personnel.

Seule une poignée de personnes possédaient son numéro. Ce être devait Cassidy, sa fille. Mais un coup d'œil à l'écran le détrompa.

Numéro inconnu.

La tension s'empara de lui. Il répondit d'un bref « Allô ».

— Bonjour, mon vieux.

Lorsqu'il entendit la voix familière, ce fut pour lui comme si le temps s'arrêtait.

Vingt ans... Vingt ans s'étaient écoulés depuis la dernière fois qu'Anton Devast l'avait appelé.

Comment ce chien avait-il obtenu son numéro privé ?

— Tu m'as toujours sous-estimé, murmura Anton. Quel dommage.

Mercer ne répondit pas. Inutile de lui donner plus d'informations qu'il n'en possédait déjà. Le fait que Devast ait son numéro personnel signifiait qu'il était mieux renseigné et avait plus de relations que Mercer ne l'avait estimé.

— Je sais où est ta fille.

Erreur. Il ne savait même pas qui était sa fille.

Ma Cassidy est en voyage de noces avec l'un de mes meilleurs agents à son côté. Quelqu'un qui donnerait sa vie pour elle s'il le fallait. Elle ne risque rien ; tu ne peux rien contre elle.

— Ta fille est en train de voler dans les airs. Tu la crois en sécurité, hein ?

Anton se mit à rire.

— Mais elle ne l'est pas, crois-moi. Tu sais ce à quoi j'excelle, n'est-ce pas ? Allez, cherche.

Détruire. Semer la terreur.

— Il ne restera rien d'elle, reprit-il en riant de plus belle. Tu aurais dû accepter le marché. Ce serait toi qui serais à sa place à l'heure qu'il est et elle aurait encore toute la vie devant elle.

Clic.

Le front luisant de sueur, Mercer contempla son téléphone. Ce pouvait être un coup de bluff. Un stratagème pour le faire paniquer, le pousser à l'erreur.

A ceci près que…

Anton Devast ne lance jamais de menaces en l'air.

Ce salaud tenait toujours parole.

En un éclair, Mercer composa le numéro du seul agent qui pouvait peut-être encore l'aider.

Pourvu qu'il ne soit pas trop tard. Pourvu…

Le téléphone vibra dans la poche de Drew. Fronçant les sourcils, il le porta à son oreille. Dylan venait juste de lui procurer ce nouvel appareil. Peu de gens étaient donc susceptibles de le joindre.

— Récupérez Tina Jamison. Vite ! aboya la voix de Mercer.

Drew releva la tête. Tina avançait vers l'avion.

— Récupérez-la, Lancaster. Mettez-la à l'abri. Vous l'avez sauvée une fois. Débrouillez-vous pour la sauver maintenant !

— Tina ! rugit Drew.

Elle se retourna, la tête penchée sur le côté, le soleil dansant dans ses cheveux sombres et sur les verres des lunettes de rechange qu'on lui avait fournies.

Rachel était juste quelques pas derrière elle. Elle le regarda, les sourcils froncés.

— Que se passe-t-il ?

Rachel avait un téléphone. C'était à elle qu'avait été confiée la garde de Tina. Pourquoi Mercer ne l'avait-il pas appelée, elle ?

— Drew ? Qu'est-ce qui ne va pas ?

Tina s'avança de quelques pas dans sa direction, s'éloignant de l'avion.

Le pilote avait disparu. Où était-il ? A l'intérieur, en train de se préparer pour le décollage ?

Tina secoua la tête.

— Je ne comprends pas…

Mercer hurlait quelque chose dans son oreille.

Il devait…

L'avion explosa.

Bruce Mercer regarda le téléphone dans sa main. Il avait entendu une explosion. Et puis plus rien…

— Je n'arrive pas à joindre quelqu'un pour savoir ce qui s'est passé.

Il leva les yeux en entendant la voix de son assistante. Judith Rogers le contemplait, l'air soucieux.

— Continuez à essayer. Il y a quelqu'un… Forcément.

Il avait fait appel à Drew parce qu'il était certain que celui-ci ferait ce qu'il fallait pour protéger Tina. Bruce était fin observateur et il avait remarqué la façon dont Lancaster et le médecin se comportaient l'un vis-à-vis de l'autre.

Drew fera ce qu'il faut.

Judith ne parut guère rassurée.

— Et Tina… ?

— Elle va bien. Drew Lancaster était sur les lieux. Je lui ai demandé d'assurer sa protection. Elle est avec lui.

Mais il avait les paumes des mains moites.

— Espérons-le, dit-elle en se détournant.

Judith connaissait la plupart de ses secrets.

— Parce que, sinon, je me demande bien comment vous allez trouver le sommeil ce soir, lança-t-elle par-dessus son épaule.

Oui, elle connaissait ses secrets et ses fautes.

— Tina… Tina ! cria Drew.

Elle entrouvrit enfin les yeux. Drew était courbé au-dessus d'elle, le visage hagard.

— Je sens… de la… fumée…

Il passa les bras autour d'elle et la serra si fort contre lui qu'il lui coupa presque la respiration.

Les souvenirs affluèrent à la mémoire de Tina. Elle était sur le point d'embarquer quand Drew l'avait rappelée.

Elle s'était retournée, avait fait quelques pas… Et puis il y avait eu une énorme déflagration.

L'atmosphère était lourde, épaissie par la fumée. Tina s'écarta de Drew et regarda par-dessus son épaule. L'avion brûlait toujours sur le tarmac.

— Rachel ? souffla-t-elle d'une voix pleine d'appréhension.

— Ça va. Elle est avec Dylan.

Drew se redressa et aida Tina à se relever, elle aussi.

Mais elle ne parvenait pas à détacher ses yeux de l'avion en flammes. Le pilote avait-il pu sauter à temps ?

Des sirènes retentirent derrière elle.

— C'était une bombe… l'arme de prédilection de Devast.

La voix de Drew vibrait de fureur.

Elle se passa la langue sur les lèvres et sentit un goût de feu et de cendres.

— Et le pilote ? interrogea-t-elle. Il s'en est tiré ?

Drew secoua la tête.

— Pierce n'est pas sorti de l'avion.

Le cœur de Tina se comprima dans sa cage thoracique.

Trente secondes de plus et elle aurait été à bord, elle aussi.

Des volutes de fumée dense s'élevaient toujours en tourbillonnant, répandant dans l'air une odeur âcre, étouffante.

Inspirer. Expirer.

Mais la méthode qu'elle utilisait habituellement pour dissiper une crise ne fonctionnait pas.

Son cœur était comme pris dans un étau. Les poumons la brûlaient. Ses efforts pour inspirer lui faisaient pleurer les yeux. Les muscles de son cou et de son torse se raidissaient, eux aussi.

— Tina ? Tina, que se passe-t-il ?

Elle chercha son regard.

— J'ai… une crise…

Il lui fallait ses médicaments. Son inhalateur.

Mais il n'y avait pas d'inhalateur sur ce tarmac en feu. Pas de médicaments. Aucune aide… Une autre situation lui revint à la mémoire. Un autre lieu…

A la banque… Elle avait essayé de retrouver son souffle, mais rien à faire. La poitrine lui faisait mal. Les hommes armés criaient et semaient la terreur à l'intérieur de l'agence. Ses parents s'étaient précipités auprès d'elle parce qu'ils savaient ce qui lui arrivait. Son père avait voulu prendre dans la poche intérieure de sa veste l'inhalateur qu'il avait en permanence sur lui, depuis le jour où sa première crise l'avait conduite à l'hôpital, à l'âge de trois ans. Un des braqueurs avait hurlé quelque chose et, l'instant suivant… son père s'effondrait.

L'air sortit en sifflant de ses poumons. La fumée était tellement épaisse, noire… De la fumée partout. Impossible de faire entrer de l'air dans ses poumons…

— Au secours ! Il me faut de l'aide ! s'écria Drew en lui massant le dos. Allez, Tina… Essayez de respirer doucement…

Comme si ce n'était pas ce qu'elle s'évertuait à faire.

— Regardez-moi.

Les yeux de Tina se tournèrent vers lui.

— Bien. En même temps que moi… Inspirez, expirez…

Mais sa respiration était de plus en plus sifflante. Bientôt, l'air ne passerait plus du tout dans ses bronches.

Tina connaissait par cœur le déroulé d'une crise grave.

Le pilote est mort. J'aurais dû être dans cet avion. Les gens meurent… à cause de moi.

Du sang. Des morts. Partout.

— Tina. Tina ! Regardez-moi.

Mais des taches noires commençaient à danser devant ses yeux. Elle s'était mise à trembler.

Il la retint avant qu'elle ne s'écroule. La prenant dans ses bras, il courut en direction des ambulances qui arrivaient.

— Il me faut des secours ! Tout de suite !

Il y avait trop de fumée. Même quand un filet d'air réussissait à pénétrer dans ses voies respiratoires, il était chargé de fumée.

— Elle a les lèvres bleues, bon sang ! Dépêchez-vous !

Elle vit des gyrophares… Enfin autre chose que l'obscurité et la fumée… Les secouristes l'étendirent sur une civière, lui appliquèrent un masque à oxygène sur le visage.

Elle tendit la main vers Drew.

— Ne vous inquiétez pas, docteur. Je reste avec vous.

L'ambulance démarra.

Elle se sentait très faible. Avec précaution, elle se redressa dans son lit d'hôpital, vêtue de sa chemise de nuit en intissé, et souffla lentement.

Au moins suis-je encore en vie.

Sitôt dans l'ambulance, ils lui avaient administré un puissant bronchodilatateur. Le médicament avait mis fin à ce qui avait bien failli être la pire crise de sa vie.

Elle s'était sentie tellement impuissante. Une captive, prisonnière de son propre corps.

Et il l'avait vue… Il était resté tout le temps auprès d'elle.

Il savait désormais à quel point elle était faible.

La porte s'ouvrit. Elle ne leva pas les yeux. Dylan l'avait informée que des vigiles gardaient sa porte. Apparemment, elle ne pouvait plus aller nulle part sans garde du corps désormais.

Quelqu'un était déterminé à la tuer.

— Pourquoi ne m'avez-vous rien dit ?

C'était Drew. Elle savait que c'était lui qui venait d'entrer, bien sûr. Quand il était dans la même pièce qu'elle, elle ressentait physiquement sa présence avec une acuité sidérante… effrayante, presque.

Tina n'était pas sûre d'aimer se sentir à ce point en résonance avec une autre personne.

Il effleura son bras.

— Docteur ?

Elle s'obligea à redresser les épaules.

— Vous n'auriez rien pu faire, de toute façon, tant que nous étions en fuite. Je savais bien que vous n'aviez pas d'inhalateur dans votre poche ni dans votre sacoche de moto.

Elle avait fait de son mieux pour contrôler sa respiration.

Et ça avait fonctionné… jusqu'à ce que l'avion explose. Jusqu'à ce que la fumée ne l'étouffe. Jusqu'à ce que…

— Est-ce qu'on a retrouvé Pierce ?

Drew secoua la tête.

Evidemment. Elle ferma les yeux un instant, son dernier espoir envolé.

— Tina ?

Elle rouvrit les yeux.

— Comment Devast savait-il que je serais à bord de cet avion ?

La DOS avait organisé son évacuation. Elle aurait dû être en sécurité.

— J'ai infiltré son réseau, dit calmement Drew en étudiant son expression. Apparemment, il a réussi à placer quelqu'un dans le nôtre.

Elle avait mal à chacune de ses inspirations, mais c'était normal. D'expérience, elle savait que cela durerait pendant un certain temps.

— Une sorte… d'agent double ?

Il hocha la tête.

— Il semblerait.

— Qui ?

— C'est ce qu'il nous reste à découvrir. Et, croyez-moi, nous le découvrirons.

— Avant… ou après que je sois morte ? s'enquit-elle d'une voix atone.

Ses mains se pressèrent sur ses épaules.

— Non, Tina. Ça n'arrivera pas. J'y veillerai.

Ne comprenait-il donc pas ?

— Vous m'avez vue quand je suis prise d'une crise, reprit-elle, pinçant les lèvres. Je ne peux rien faire. Ça me rend trop vulnérable. S'il y a un agent double au sein de la DOS, il l'apprendra forcément.

S'il ne le sait pas déjà.

— Mais je suis là. Je ne…

— Vous ne pouvez pas sauver tout le monde, coupa-t-elle.

C'était la leçon que lui avait enseignée le drame qui s'était déroulé à la banque. Parfois, on ne pouvait rien pour ceux qui vous étaient le plus proches.

— Vous n'êtes pas tout le monde. Et vous ne mourrez pas.

Il se pencha vers elle.

— Vous m'avez fait la peur de ma vie, vous savez.

Comme si cet homme-là pouvait avoir peur de quelque chose.

Il effleura ses lèvres d'un baiser.

— Je vous voyais partir dans mes bras. J'étais impuissant.

Les larmes montèrent aux yeux de Tina. Son père était mort dans ses bras.

— Tina… Restez avec moi !

Cette injonction la ramena au présent. Elle battit rapidement des paupières et s'abîma dans les profondeurs dorées de ses yeux.

— Vous croyez que je ne vois pas quand vous vous éloignez de moi ? commença Drew en s'inclinant toujours plus vers elle. Que vous vous laissez rattraper par ce passé qui vous a si profondément marquée ?

Il serra les lèvres.

— Je n'aime pas vous voir ainsi. Quoi qu'il ait pu vous arriver, n'y pensez pas. Concentrez-vous sur le présent. Sur moi.

Il l'embrassa de nouveau, avec plus d'ardeur.

Ce n'était pas un baiser de réconfort, mais un baiser chargé de désir pur, animal.

Un baiser si torride qu'il éveilla en elle la même passion. Surtout fragilisée comme elle l'était par ce qui était arrivé. Elle n'avait plus de défenses pour se protéger de lui.

Elle succomba.

Sa bouche répondit à la sienne avec une ferveur proche du désespoir.

Elle éleva les mains, l'attira à elle, le cœur tambourinant à se rompre dans la poitrine.

Lorsque les lèvres de Drew se posèrent sur les siennes, elle ne se sentit pas faible. Elle se sentit sensuelle, forte, vivante.

Rien d'autre n'importait plus pour l'instant. Le désir lui noua le ventre. Elle voulait le sentir contre elle… En elle.

Ses ongles courts s'enfoncèrent dans la chair de ses bras.

La bouche de Drew l'abandonna, le temps de murmurer :

— Restez avec moi.

Il se mit à couvrir son cou de baisers.

La respiration de Tina s'accéléra.

Il s'immobilisa d'un coup.

— Ça va ? Seigneur, qu'est-ce que je suis en train de faire ? Vous n'êtes pas encore rétablie…

Exactement ce qu'elle avait craint. Maintenant qu'il connaissait son point faible, il ne la verrait plus du même œil.

— Tina ? Tina, répondez-moi. Vous allez bien ?

Elle allait merveilleusement bien quelques instants plus tôt. Malheureusement, la réalité s'était rappelée à elle.

— Un baiser ne va pas me tuer, vous savez. J'ai eu une crise violente, certes. Mais je ne veux pas que vous me traitiez comme si j'étais en porcelaine.

Il la contempla longuement, comme si ses paroles faisaient leur chemin dans sa tête.

— Entendu.

Elle sauta à bas du lit. Elle sentait encore le goût de ses lèvres sur les siennes. Le désir fusa en elle. Un désir fort, incandescent qui prenait corps sitôt qu'ils se touchaient. Etait-ce l'adrénaline ? Le danger ? Autre chose ?

— Qu'est-ce qui nous arrive ? murmura-t-elle.

Elle se força à lui rappeler la douloureuse vérité.

— Vous ne m'aviez même pas remarquée avant que ces hommes ne m'enlèvent…

Il serra sa main, secouant la tête avec véhémence.

— Vous vous trompez. Je n'avais d'yeux que pour vous.

Alors, pourquoi avait-il paru à peine la voir ? Il ne lui adressait la parole que lorsqu'il venait dans son cabinet, et encore... d'un ton plutôt bourru. Impersonnel. Jamais il n'avait tenté d'amorcer la conversation ou...

— Docteur, je vous ai désirée dès l'instant où je vous ai vue. Je suis entré dans ce cabinet pour une visite de routine, m'attendant à être accueilli par un médecin un peu austère, et, quand j'en suis ressorti... vous étiez dans tous mes rêves.

Sa révélation la laissa pantoise. Pas une fois il ne s'était départi de cette indifférence glacée qu'il semblait manifester envers un peu tout le monde à la DOS.

— Je vous avais bel et bien remarquée, continua-t-il. Mais je voyais bien que vous aviez peur de moi, donc... je faisais profil bas.

Elle ne tenta pas de nier. A quoi bon ? Il était effectivement dangereux. Capable de tuer aussi facilement que la plupart des hommes disent bonjour. Son parcours était entaché d'ombres — il le serait toujours.

— Et vous avez toujours peur, assena-t-il. Mais je n'ai plus l'intention de m'effacer. Vous ne vous débarrasserez plus de moi.

Elle allait répliquer que ce n'était pas elle qui l'avait repoussé quelques instants plus tôt, que c'était lui qui avait mis le holà, lorsqu'on frappa à la porte.

Tina darda instantanément le regard vers la porte. Elle s'ouvrit, livrant passage à un Dylan aux sourcils roussis et à la peau cloquée.

— Parfait timing, une fois de plus, grommela Drew entre ses dents. Ne change rien, surtout.

Tina lui lança une œillade torve pour le réduire au silence.

Ignorant Drew, Dylan concentra son attention sur Tina.

— J'ai des vêtements pour vous. Les médecins m'ont

donné un médicament à emporter. Ils auraient voulu vous garder en observation, mais…

— C'est trop dangereux, acheva Tina à sa place.

Plus longtemps elle resterait hospitalisée, plus grand serait le risque qu'elle soit localisée. Il était difficile d'assurer longtemps l'anonymat d'un patient dans un lieu public comme un grand centre hospitalier.

— Est-ce que cet homme — Anton Devast — me croit morte ?

Parce que, s'il pensait qu'elle avait péri dans l'explosion, elle était libre, non ?

Elle déchanta en voyant l'expression tendue de Dylan.

— Pas si un homme à lui était sur les lieux. Un type comme Devast ne laisse jamais rien au hasard.

Super. Elle lui arracha le sac des mains. La sécurité n'était pas pour demain.

— Mercer a reçu un appel, intervint Drew. Juste avant l'explosion, Devast l'a appelé sur sa ligne privée pour lui annoncer votre mort imminente.

Elle en resta sans voix. Même elle ne connaissait pas la ligne personnelle de Mercer et elle travaillait pour lui depuis la fin de son internat !

— C'est pour ça que vous m'avez appelée et que vous avez couru vers moi.

Drew acquiesça.

— Pour poser la bombe, reprit Dylan, il fallait qu'il sache à l'avance que notre équipe allait utiliser cet aérodrome pour vous évacuer. Ils ont dû entrer dans le système de la DOS et tabler sur le lieu de départ le plus probable.

Tina tressaillit. Si elle ne s'était pas attardée pour dire au revoir à Drew… Si elle n'était pas revenue sur ses pas quand il avait crié son nom…

Et s'il ne lui avait pas réitéré sa promesse…

Nus, tous les deux…

Vœu qui ne s'était d'ailleurs toujours pas concrétisé…

Tina s'éclaircit la gorge.

— Alors, qu'est-ce qu'on fait, maintenant ? Je rentre toujours à Washington ?

Après tout, c'était de sa vie dont il s'agissait. Elle avait besoin de savoir où elle en était.

Dylan coula un regard furtif en direction de Drew.

Un regard qui ne lui disait rien qui vaille.

— Qu'est-ce qu'on fait, maintenant ? répéta-t-elle d'un ton plus incisif.

— Devast a commencé sa carrière en fabriquant des bombes qu'il vendait au plus offrant. Il adore utiliser ses explosifs pour détruire tout ce qui se met en travers de son chemin.

Ça, elle s'en était rendu compte quand elle avait frôlé la mort, quelques heures plus tôt. Elle avait senti le souffle brûlant du feu sur sa peau lorsqu'elle avait été projetée dans les airs.

— Il a incendié le ranch qui servait de quartier général à son groupe, au Texas.

— CHAOS, souligna Drew.

Dylan hocha la tête. Tina fronça les sourcils, s'efforçant de comprendre.

— Vous voulez dire… qu'il aime semer le chaos, c'est ça ?

— Non, dit Drew en soupirant. Il est CHAOS. C'est le nom de la cellule terroriste qu'il a fondée. Leur objectif principal, c'est la destruction. Devast s'est servi de ses engins de mort pour l'établir et l'imposer sur le plan international en semant la peur, le feu et la destruction sur son passage. Il constitue une grave menace que nous devons éliminer.

— Et vous me communiquez ces renseignements parce qu'il a décidé de s'en prendre à moi ?

Mercer avait dû finir par donner son feu vert. En définitive, qu'avait-il fallu pour que ces informations lui soient dévoilées ? Oh ! pas grand-chose ! Quelques tentatives d'assassinat sur sa personne, rien de plus. Et, maintenant, pour la remercier d'avoir failli y rester, on lui octroyait royalement l'accès aux informations classifiées concernant CHAOS. *Merci, Mercer !*

— Non, ce n'est pas pour ça.

L'intensité, dans la voix de Drew, l'alarma.

Les pieds nus pendant du lit d'hôpital, elle attendit.

— On vous met au courant parce qu'on va avoir besoin de votre aide, avoua Dylan. La DOS a besoin de vous.

— Quoi ?

O.K., s'ils avaient besoin qu'elle soigne les blessés, pas de problème. Mais s'ils parlaient d'une mission de terrain…

— Attendez, vous vous adressez à la mauvaise personne…

— C'est bien le problème, continua Dylan, imperturbable. C'était un autre agent de la DOS, Rachel, qui était censée servir d'appât. Pas vous. Devast a mal interprété les signaux que nous avions laissés à son intention.

Les lèvres de Drew se serrèrent.

— Vous n'auriez jamais dû être mêlée à ça. Vous n'étiez même pas équipée d'un émetteur. Pas un instant nous n'avions envisagé que CHAOS vous prendrait pour cible.

Un émetteur. Elle se raidit. Tina avait posé moult émetteurs sur des agents. Ces petits dispositifs étaient implantés sous la peau, pour le cas où ils seraient capturés. Grâce au signal émis par la puce qu'il portait, la DOS pouvait suivre et localiser un agent pratiquement n'importe où.

— Quand nous avons compris que Drew n'était plus sur la base, nous avons activé son émetteur à distance. C'est ce qui nous a permis d'arriver si vite à Lightning. Nous étions déjà en route quand le message de Sarah nous est parvenu. Je suis désolé que vous vous soyez trouvée impliquée dans cette affaire. Ce n'était pas censé être vous.

— Mais, maintenant, c'est le cas.

Elle était mouillée jusqu'au cou, aux prises avec une organisation criminelle qui avait pour nom CHAOS. Le rêve.

Dylan hocha la tête.

— Oui. Et nous avons besoin de vous.

— Dylan…, proféra Drew, une mise en garde dans la voix.

Son ami le foudroya des yeux.

— Ce sont les ordres de Mercer. Tant que Devast sera en vie, elle ne sera pas en sécurité.

Sa mâchoire se contracta tandis qu'il arrêtait sur Drew un regard dur.

— C'est ce que tu veux ? Qu'elle soit constamment en danger, qu'elle passe son temps à regarder par-dessus son épaule en se demandant quand ils frapperont ?

Drew serra les poings.

Tina pressa le sac de vêtements contre sa poitrine.

— Que voulez-vous que je fasse ?

— Nous ne voulons pas que vous preniez la fuite. Nous ne voulons pas vous cacher.

Drew jura.

— Je t'ai dit que je n'aimais pas ce plan. On a d'autres possibilités.

— Aucune que nous puissions mettre en œuvre maintenant. Rien qui puisse être aussi efficace que…

— Que quoi ? s'enquit Tina.

Dylan hésita un instant avant de répondre :

— Nous voulons que vous nous aidiez à coincer Devast.

— Elle est vivante.

Rien ne transparut sur le visage d'Anton à l'annonce de la nouvelle.

— C'est décevant. Tu m'avais assuré qu'elle était dans l'avion.

— C'est cet agent… Il l'a retenue sur le tarmac. Je croyais qu'elle était déjà à bord de l'appareil, mais il l'a arrêtée pour la baratiner…

La voix grésillante, au bout de la ligne, marqua un temps d'arrêt, empreinte de dégoût.

— Il doit y avoir quelque chose entre ces deux-là. Je me demande comment cela a pu m'échapper.

— L'agent Lancaster est décidément un homme plein de mystères.

Drew Lancaster, et non pas Stone Creed. Cette identité-là n'était que le nom d'emprunt auquel l'agent avait eu recours pour infiltrer CHAOS. Mais Devast savait qui il était, maintenant. Et il était temps de déterrer tous les secrets de l'agent Lancaster.

Connais ton ennemi. Quand on connaissait les failles de son ennemi, l'attaquer était un jeu d'enfant.

— Ils ont conduit Tina Jamison à l'hôpital du coin, puis ils l'ont emmenée. Mais, ne vous inquiétez pas, je vais les localiser. Il me faut juste un peu de temps.

Anton soupira. Pourquoi tout le monde s'imaginait-il qu'il pouvait tolérer l'échec ?

— Le temps ne joue pas en votre faveur. Vous feriez bien de les retrouver très vite.

Mais il parlait déjà à un homme mort. Que cet homme lui ramène Tina Jamison ou pas, il était mort.

Anton n'avait que faire de traîtres. Comme cet agent qu'il avait au téléphone… Ils étaient prêts à vendre n'importe qui.

Il baissa les yeux et contempla la photo, sur son bureau.

Drew Lancaster.

Il avait déjà réussi à réunir quelques informations à son sujet. Né dans un trou perdu du Mississippi, abandonné par son père. Une adolescence difficile, plusieurs passages en foyers éducatifs. Toujours en marge de la loi.

La mère de Lancaster s'était tuée au travail.

Mais Drew Lancaster avait fini par s'arracher à la délinquance et par rejoindre l'armée.

Et il était devenu un excellent tueur.

Anton reposa le téléphone sur son socle, le regard toujours

rivé sur l'image de Drew Lancaster. Un homme sorti de rien. Qui n'existait que pour tuer.

Pour l'instant, Drew Lancaster était l'un des chiens d'attaque de Mercer, mais, ainsi que le savait Anton, les fidèles collaborateurs de Mercer pouvaient se laisser acheter… pourvu qu'on y mette le prix.

Et Anton était à son affaire quand il s'agissait d'évaluer le prix de quelqu'un.

Un sourire carnassier étira ses lèvres tandis qu'il regardait Lancaster. Encore un homme mort, à ceci près qu'il ne le savait pas encore.

Mais, avant que Drew Lancaster ne meure, Anton avait bien l'intention de se servir de lui.

7

Le panorama de Dallas s'étendait sous les yeux de Drew. Il considéra les immeubles, notant les évolutions architecturales de la ville noyées dans le rouge flamboyant du soleil couchant.

Tina et lui étaient installés dans une chambre d'hôtel grand luxe. Cinq étoiles au moins. Pas de draps poussiéreux ni de chaises bancales ici. Par sécurité, il avait retenu deux chambres adjacentes. Un peu plus loin dans le couloir, Dylan et Rachel en occupaient deux autres, également contiguës.

Dylan était fermement résolu à mener à bien le plan ridicule de Mercer. Ils voulaient que Tina continue à se faire passer pour la fille de Mercer afin de centrer l'attention de Devast sur sa personne, jusqu'à ce qu'ils puissent anéantir CHAOS et son chef.

C'était absurde. Tina n'était pas entraînée pour ce genre d'opération. La jeter dans la mêlée avait toutes les chances de la conduire droit à la mort.

Pas question que j'aie son sang sur les mains.

La porte s'ouvrit dans un grincement, derrière lui. Un bruit de pas s'approcha de lui.

Il ne bougea pas, contemplant toujours la ville baignée de rouge et d'or.

Un parfum de fraise flotta jusqu'à lui.

Il serra les poings.

— Pourquoi avez-vous accepté ?

Parce qu'elle avait dit « oui ». Rendant ainsi, d'un seul mot, la tâche de la sauver beaucoup plus difficile.

— J'ai accepté parce que Devast est déterminé à me tuer et que, quoi que vous fassiez ou disiez, il restera persuadé que je suis la fille de Mercer.

Par ma faute, songea Drew, rempli de remords. Ils s'étaient cru malins, lui et son équipe.

Il avait fallu faire disparaître de la circulation la véritable fille de Mercer, Cassidy Sherridan. Il y avait eu des fuites à son sujet — pas sur son nom, mais sur le fait que Mercer avait une fille dont il avait caché l'existence. Et les requins avaient commencé à tourner, alléchés par l'odeur du sang. Ils avaient dû trouver le moyen de détourner leur attention.

Il nous fallait un appât.

Mais cet appât était censé être Rachel. Pas Tina.

Ils avaient semé une profusion d'indices — appels téléphoniques, entretiens privés, rencontres secrètes attestant l'existence d'un lien occulte entre Rachel et Mercer. Ils avaient été certains que les requins mordraient à l'hameçon.

Ainsi, lorsque les requins passeraient à l'attaque, Rachel et l'équipe seraient fin prêts.

Mais le plus dangereux de tous s'en était pris à la mauvaise proie à La Nouvelle-Orléans. Drew ne savait pas pourquoi Tina se trouvait là-bas, mais le fait est que Devast avait établi le lien entre elle et Mercer.

— Je suis désolé, dit-il sincèrement à Tina.

Oui, il était désolé d'avoir gâché sa vie et de l'avoir, avec son équipe, entraînée dans ce terrible engrenage. Il se retourna.

Elle était à quelques pas de lui, ses grands yeux plantés droit dans les siens, les joues légèrement colorées.

Elle est si belle. Se rend-elle seulement compte de l'effet qu'elle me fait ?

— Pourquoi étiez-vous à La Nouvelle-Orléans ?

demanda-t-il à brûle-pourpoint. Vous n'étiez pas censée vous trouver là-bas.

— J'ai appris que la présence d'un médecin de la DOS serait peut-être requise sur place…

Elle eut un petit sourire désabusé.

— Etant donné les destinations vers lesquelles les agents sont parfois envoyés, je me suis dit que c'était là une bonne occasion pour moi de visiter La Nouvelle-Orléans. Je ne peux pas toujours aller… sur le terrain. Cela semblait…

— Sûr, acheva-t-il à sa place en s'avançant vers elle.

Elle hocha la tête.

— Oui, je me suis dit que ce serait parfait pour moi. J'avais besoin de sortir un peu de Washington, de changer d'air.

Un rire bref lui échappa.

— Pour ce qui est du changement, j'ai été servie.

— D'accord, vous vouliez quitter Washington, concéda-t-il, contenant la colère et la peur qui l'étreignaient. Mais de là à accepter de poursuivre cette mission, il y a un grand pas… Que vous avez franchi bien trop allègrement. Vous risquez votre vie. Vous n'êtes pas un agent de terrain, docteur. Votre place est…

— Je connais sa fille.

Bon sang. Il s'était demandé si Tina avait fait le rapprochement. Elle était fine mouche. Elle travaillait au siège quand Cassidy Sherridan avait débarqué, quelques mois plus tôt. Cassidy n'était pas venue de son plein gré. On la pourchassait ; elle avait failli être abattue dans la rue, juste devant les bureaux de la DOS.

— Elle essaie de trouver… une échappatoire, n'est-ce pas ? demanda Tina.

Oui, Cassidy voulait se libérer de cette prison dans laquelle elle avait vécu toute sa vie.

— Pas au prix de la vie de quelqu'un d'autre.

Jamais Cassidy n'aurait donné son aval à un plan tel que celui-ci.

— Il ne s'agit pas seulement d'elle, reprit Tina d'un ton songeur.

A quoi pensait-elle ? Depuis quand Tina lui cachait-elle des choses ?

— Moi aussi, je veux empêcher Devast de continuer à nuire. Je veux vous aider.

Il avait envie de la toucher. Ce n'était pas une bonne idée. Elle n'était pas encore remise, mais…

Sa main s'éleva comme mue par une volonté propre. Il effleura sa joue. De la soie tiède…

— Vous nous aidez en restant en vie.

— Mais je peux faire davantage, rétorqua-t-elle, agacée. O.K., je ne suis pas agent. Mais je travaille depuis des années pour la DOS. Je suis capable de garder la tête froide. Je ne paniquerai pas. J'ai mes médicaments maintenant ; en cas de crise, je pourrai la gérer.

Le problème, c'était qu'il ne voulait pas qu'elle se mette en première ligne. Il voulait la savoir à l'abri du danger. Il se força à retirer sa main et recula d'un pas pour ne plus être aussi tenté par son parfum de fraise.

— Retournez dans votre chambre. Il faut vous reposer.

Il tourna les talons.

— Arrêtez !

Ce n'était plus de l'agacement. Elle était franchement furieuse maintenant. Ses joues n'étaient plus délicatement rosées ; elles avaient viré à l'écarlate.

— Vous n'avez pas d'ordre à me donner, Lancaster. Que je poursuive cette mission ou pas, cela ne vous regarde pas. C'est mon problème. C'est ma vie.

— Une vie que vous pourriez perdre !

— Pierce Hodges a bien perdu la sienne à cause de moi ! Si nous n'arrêtons pas Devast, d'autres innocents pourraient y laisser leur vie.

C'était bien là le cœur du sujet.

— Mais vous êtes innocente.

Tina secoua la tête.

— Pas à ses yeux. Vous pensez vraiment réussir à le convaincre qu'il s'est trompé de personne ? Ma vie est liée à celle de Mercer depuis mes dix-huit ans. Vous avez tenté de le faire remonter jusqu'à Rachel, mais vous n'avez pas tenu compte du fait qu'il était lié à moi depuis beaucoup trop longtemps.

Dix-huit ans ?

— Je ne veux plus avoir d'autres morts sur la conscience.

— Vous ne savez pas à quoi vous vous exposez…

Elle releva le menton.

— Vous ne vous en souvenez peut-être pas, mais, quand nous étions dans cette salle de torture et que ce fumier s'apprêtait à me couper le doigt, je n'ai pas émis un son.

Il secoua la tête, préférant ne pas se rappeler la scène.

— Je ne craquerai pas. Je n'ai pas votre entraînement, je le sais. Mais je peux être utile.

Il la contempla.

Elle plissa les yeux et s'avança d'un pas déterminé vers lui.

— Je sais pourquoi vous êtes si hostile à cette idée, proféra-t-elle, plantant l'index contre son torse. C'est à cause de la crise à laquelle vous avez assisté. Vous me voyez comme une petite chose fragile… Que je ne suis pas ! Est-ce que c'est bien clair ? Oui, j'ai eu une crise d'asthme. Cela arrive parfois, surtout quand l'air que je respire est rempli de fumée ! Mais c'est terminé. Je vais bien maintenant.

Mais il n'oublierait jamais la peur qu'il avait éprouvée.

— Je ne vais pas risquer votre…

Les yeux de Tina brillèrent de fureur.

— Ce n'est pas à vous d'en décider. Encore une fois, c'est de ma vie dont il s'agit, agent.

Mais c'est comme si c'était la mienne.

— Vous me prenez pour une néophyte qui ne sait pas dans quoi elle se lance. Quelqu'un dont le métier est simplement de soigner, c'est bien ce que vous avez dit, non ?

A ceci près qu'il n'avait pas dit « simplement ». Elle sauvait des vies. Elle avait sauvé celle de nombreux agents. Son rôle était important.

— Eh bien, sachez que j'ai tué un homme quand j'avais dix-huit ans.

Encore ce nombre magique. Si ce n'est qu'il découvrait tout à coup qu'il était lié à une sombre histoire qui avait changé sa vie.

— Et je serai capable de recommencer si c'est nécessaire.

Elle secoua la tête, ses lèvres incurvées en un sourire triste.

— Tout le monde peut tuer, dans certaines circonstances…

Le sourire s'effaça tandis que son regard se perdait au loin, tourné vers le passé.

— Ils ne m'ont pas laissé le choix.

Le cœur cognant dans la poitrine, Drew demanda d'une voix neutre, qui ne trahissait pas son émotion :

— Qu'est-il arrivé ?

Il fallait qu'il sache. Ils en étaient arrivés au point où il lui semblait qu'il devait tout savoir d'elle.

Elle recula d'un pas.

Il la rattrapa par le poignet.

— Dites-moi ce qui s'est passé.

Elle ne pouvait pas lâcher une bombe de ce genre puis tourner les talons sans s'expliquer.

Elle rejeta les épaules en arrière, comme si elle se cuirassait physiquement pour affronter ses souvenirs.

— C'est l'une de ces histoires dont on dit après coup que les gens se trouvaient « au mauvais endroit, au mauvais moment ». Elles se terminent toujours mal, vous savez.

La douleur qui s'entendait dans sa voix serra le cœur de Drew.

— Mes parents et moi sommes entrés dans une banque au moment où se déroulait un braquage.

Elle se passa la langue sur les lèvres.

— Mon père était policier. Il portait son uniforme bleu, ce jour-là. Il lui allait si bien… J'étais fière de lui. Tellement fière…

Elle passa une main dans ses cheveux, le regard rivé sur lui, mais Drew comprit qu'elle ne le voyait pas. Elle était tout entière centrée sur son douloureux passé.

— Nous sommes entrés. Nous ne devions faire qu'entrer et sortir. Nous avions réservé une table au restaurant pour 18 heures. Le dîner n'a jamais eu lieu.

— Tina…

— Dès qu'ils ont vu mon père, les braqueurs ont paniqué. Ils lui ont crié de s'agenouiller et de mettre les mains en l'air…

Le pouce de Drew effleurait doucement la peau tendre, à l'intérieur de son poignet.

— C'est à ce moment-là que j'ai été prise d'une crise d'asthme. Elles étaient très fortes et plus fréquentes, à cette époque-là.

Elle marqua une pause.

— Mon père avait toujours mes médicaments sur lui. Il a voulu les prendre dans sa poche et les voleurs ont pensé qu'il allait dégainer son arme.

Bon sang.

— Ils l'ont abattu. Et puis, comme ma mère se jetait en avant, ils ont tiré sur elle aussi. Ma mère est morte sur le coup, mais pas mon père. J'avais son sang partout sur moi et je ne pouvais rien faire. J'essayais tant bien que mal de respirer tout en les suppliant d'aider mon père… J'ai levé la tête et j'ai vu le canon de l'arme pointé sur moi.

Drew garda le silence.

— Et puis il y a eu le hurlement des sirènes. Mais je

savais que je serais morte avant l'arrivée des secours. Je ne voulais pas mourir…

Drew l'écoutait, complètement immobile, un masque de marbre sur le visage, maintenant.

— J'avais tenté de stopper l'hémorragie de mon père. Mes mains n'étaient qu'à quelques centimètres de son holster… de son arme.

Une larme roula le long de la joue de Tina. Il l'essuya doucement.

— Je l'ai saisie et j'ai tiré avant le braqueur. Je l'ai tué.

— Vous avez sauvé votre vie.

Dix-huit ans, songea Drew, atterré. Jamais il n'avait imaginé qu'elle puisse avoir vécu une telle tragédie. Il s'était toujours plu à se la représenter vivant de belles choses. C'était ce qu'une femme comme elle méritait. Elle était… son rayon de soleil.

Mais elle était apparemment plus familiarisée avec le danger qu'il ne l'avait suspecté.

— Mon père est mort juste après l'arrivée de la police sur les lieux. Mercer était parmi eux.

C'était donc ainsi que Mercer était entré dans sa vie.

— Mon père et lui étaient amis. Il était présent aux funérailles. Il est resté avec moi et il m'a beaucoup soutenue par la suite. Il a supervisé mon entrée à l'université. En école de médecine.

En médecine. Bien sûr.

— Pour apprendre à sauver des vies, dit-il à haute voix.

— Oui. Mais, comme vous l'avez vu à Lightning, même avec l'aide de la médecine, on ne peut pas sauver tout le monde. Ni vous ni moi.

Elle s'écarta de lui et se dirigea vers la porte de communication qui reliait leurs deux chambres. La pièce lui parut aussitôt plus froide sans sa présence.

Tina se retourna.

— Je ne vous ai pas raconté cette histoire pour que vous ayez pitié de moi.

— Ce n'est pas ce que j'éprouve.

Elle était plus forte encore qu'il ne l'avait cru.

Et j'ai toujours pensé qu'elle était sacrément forte.

— Vous ne pouvez pas sauver tout le monde, répéta-t-elle en le regardant. Vous devriez l'avoir compris maintenant.

Il le savait. Et il ne voulait pas sauver tout le monde.

Il voulait la sauver, elle.

— Vous ne savez pas comment les choses vont se passer. Vous ne savez pas si vous pourrez me sauver. Que j'approuve ou non ce plan, Devast est à mes trousses.

Vous ne savez pas si vous pourrez me sauver.

Elle avait raison. Il n'avait aucune idée de l'issue qu'aurait cette affaire.

Tina se glissa dans sa chambre et referma doucement la porte.

Il demeura debout, là, dans le silence, tête baissée.

Tina avait tué un homme. Il n'osait même pas penser au nombre de vies que lui avait ôtées.

Elle est mon rayon de soleil.

Il releva la tête. Regarda la porte de communication.

Puis, comme hypnotisé, il s'avança vers elle.

Il ne frappa pas. Ne marqua pas la moindre hésitation. Il poussa le battant.

Tina était à côté du lit. Lorsque la porte claqua contre le mur, elle pivota sur ses talons et le contempla, surprise.

— Je ne sais pas si je parviendrai à vous sauver, mais une chose est sûre : je dois essayer par tous les moyens, proféra-t-il d'une voix chargée d'émotion.

C'était comme si une force inconnue le poussait irrésistiblement vers elle. Un papillon de nuit attiré par la flamme d'une bougie. Elle était la lumière qu'il convoitait.

— Parce que… j'ai besoin de vous.

Et il l'embrassa.

Sous la pression de ses lèvres, sa bouche était chaude, douce. Le feu s'empara de lui.

Ce n'était plus l'heure d'avoir peur. Ni celle de redouter la mort.

C'était leur moment.

— Cette promesse que je vous ai faite, grommela-t-il. Il faut que vous sachiez… je tiens toujours parole.

— Moi aussi, murmura-t-elle.

Les mains de Tina, entre eux, coururent sur son torse, traçant un chemin de feu au travers du coton fin de son T-shirt.

Puis, fébrilement, elle remonta le tissu.

Il envoya valser le T-shirt.

— Il n'y aura pas de retour en arrière, cette fois, vous le savez, souffla-t-il, la voix rauque.

— Je ne veux pas retourner en arrière.

De ces quelques mots, Tina scella leurs destinées.

Il la souleva et la déposa sur le grand lit qui leur tendait les bras, avec ses draps blancs, immaculés. Les cheveux de Tina s'étalèrent en corolle autour de sa tête.

Elle ouvrit les bras.

Elle était ce qu'il avait vu de plus parfait en ce monde. Et, cette fois, pour elle, parce que c'était elle, il allait faire la preuve qu'il pouvait être autre chose qu'un amant impatient, avide de plaisir immédiat.

Même s'il mourait d'envie de la posséder.

Il la débarrassa de son peignoir d'hôtel. Ses seins étaient ronds, parfaits, avec des pointes rose pâle.

Son bas-ventre se contracta. Il pressa sa bouche sur l'une d'elles.

— Vous sentez si bon… la fraise, chuchota-t-il.

Elle cambra le dos, s'arquant contre lui.

— C'est… ma lotion. J'en ai trouvé dans la boutique… de souvenirs.

Il prit mentalement note de lui en offrir un wagon.

— J'adore ce parfum sur vous…

Mais il adorait tout en elle. La toucher, l'embrasser. Sa bouche courut sur sa peau. Il emprisonna la pointe d'un sein entre ses lèvres sans lâcher la bride à la passion qu'il sentait croître en lui.

Il s'efforçait de se montrer doux et tendre.

Mais pas Tina.

Ses ongles lui labouraient le dos. De l'autre main, elle tâtonnait, cherchant à ouvrir la fermeture Eclair de son jean.

— Je ne veux pas attendre, dit-elle. Je veux… que vous veniez… maintenant.

Sa voix était comme le plus doux des péchés. Elle était tout ce qu'il avait jamais désiré…

Il jeta son jean par terre, non sans avoir puisé dans sa poche la protection qu'il avait pris soin d'y ranger. Oui… Lui aussi avait fait un tour dans la boutique de souvenirs.

Parce que je savais que je ne pourrais pas me maîtriser plus longtemps.

Et que la protéger en toute circonstance était sa priorité.

Contenant à grand-peine la frénésie qui s'emparait de lui, Drew déchira rapidement le petit étui. La protection en place, il faillit perdre la tête lorsqu'il se rendit compte que Tina était plus que prête à l'accueillir.

Il inspira à fond et se positionna au-dessus d'elle.

Les yeux grands ouverts, elle le contempla, le regard embrumé, les lèvres entrouvertes. L'expression même du désir. Mais il voulait davantage…

Il voulait lire le plaisir sur son visage.

— Pas de retour en arrière, répéta-t-il à voix basse.

Ce moment allait tout changer dans leurs vies. Il fallait qu'elle en ait conscience. Ce n'était pas juste une liaison d'un soir, engendrée par un trop-plein d'adrénaline.

Les mains de Tina se joignirent aux siennes. Leurs doigts s'entremêlèrent.

Il entra en elle.

C'était si bon. Drew murmura son nom. Il se retira, plongea de nouveau en elle. Les jambes de Tina s'enroulèrent autour de ses hanches. Le plaisir montait en lui, irrépressible, comme une lame de fond qui promettait de l'emporter à tout moment. Mais il ne s'agissait pas seulement de sexe. Non… Il avait connu beaucoup d'autres femmes avant Tina.

C'était plus. Tellement plus.

Ses va-et-vient s'intensifièrent. Il perdit le contrôle. Ou, plutôt, il lâcha complètement les rênes.

Il avait voulu lui prouver qu'il pouvait se montrer le plus attentionné des amants, mais le désir vibrant qui le tenaillait avait eu raison de ses bonnes résolutions.

Il sentit le doux fourreau de son sexe se resserrer autour de lui. Il plongea les yeux dans les siens, vit son regard briller puis devenir subitement vitreux, comme rendu aveugle par la passion.

Le plaisir déferla en lui. Le souffle court, il s'accrocha à elle comme si sa vie en dépendait.

Il accéléra l'allure, les yeux rivés à ceux de Tina. Le plaisir n'en finissait pas. Son dos se contracta, tous ses muscles lui faisaient mal mais il n'en avait cure.

Enfin, il se laissa emporter par l'extase la plus extraordinaire qu'il eût jamais connue.

Lorsque la tension retomba, que les frissons convulsifs qui secouaient leurs deux corps s'apaisèrent, Drew ne put penser qu'une seule chose…

Pas de retour en arrière. Jamais.

Il tenait toujours ses promesses.

Ce fut la sonnerie du téléphone qui le réveilla quelques heures plus tard. Un faible tintement lointain venant de son appareil, resté dans sa chambre.

Il s'était endormi dans le lit de Tina.

Il tourna la tête. Ses longs cils ombrant ses joues, elle respirait lentement, normalement.

Le téléphone continuait à sonner.

Drew se glissa hors du lit. Il enfila son jean et se dirigea sur la pointe des pieds vers sa chambre. Il attrapa le combiné. Numéro inconnu. Mais cela ne signifiait pas grand-chose. A la DOS, on utilisait couramment des téléphones à carte et des portables impossibles à localiser.

— Agent… Lancaster ?

Il alla se poster devant la fenêtre à la vue panoramique. La ville était plongée dans l'obscurité désormais, mais les lumières des gratte-ciel scintillaient toujours.

— Qui est-ce ?

— Je crois que vous me cherchez, dit la voix masculine, dépourvue d'accent. Moi aussi, d'ailleurs.

Drew se retourna vers la porte de communication. Il voyait Tina, toujours endormie. En sécurité dans son lit.

— Vous devez vous tromper de numéro, répondit-il, l'estomac noué, tous les sens en alerte.

Un rire lui répondit. Un rire à faire froid dans le dos.

— Non, j'ai composé le bon numéro et c'est bien vous que je cherche à joindre.

Drew tendit l'oreille, essayant de déceler le moindre bruit qui aurait pu lui donner une indication de l'endroit d'où appelait son interlocuteur.

— Combien vaut-elle, à votre avis ? interrogea la voix, toujours très calme et très courtoise.

— Désolé, mon vieux, je ne vois pas ce que vous voulez dire, répliqua-t-il avec la même désinvolture.

Il pouvait jouer à ce petit jeu-là toute la nuit si nécessaire.

Devast. Le grand patron l'avait appelé en personne. Sur ce qui était censé être une ligne sécurisée. Qui l'informait ? Ils avaient cru avoir identifié le traître qui œuvrait en sous-main à la DOS des mois plus tôt. Un type des services techniques qui reposait maintenant dans une tombe.

De toute évidence, quelqu'un d'autre était passé à l'ennemi. L'explosion de l'avion et le fait que Devast ait accès à ce numéro en étaient la preuve.

Un soupir résonna dans son oreille.

— Ne me faites pas perdre mon temps, agent Lancaster. Je sais exactement qui vous êtes, vous savez qui je suis et vous savez ce que je veux.

Tina.

Très bien. Puisqu'il en était ainsi, autant aller droit au but.

— Vous ne l'aurez pas.

Nouveau rire.

— Pourquoi ? Parce que c'est votre devoir de veiller à sa sécurité ?

Il essayait de le faire sortir de ses gonds.

— Plus ou moins.

Il s'éloigna de la fenêtre et tira les rideaux. La chambre était située à un étage si élevé qu'un coup de feu n'aurait sans doute pas pu l'atteindre, mais Drew n'avait jamais été du genre à tenter le diable.

— J'ai appris pas mal de choses sur vous, récemment. Comme vous avez tué mes hommes, vous comprendrez que j'ai cherché à en savoir un peu plus.

Ce type parlait de mort avec une facilité déconcertante.

— Vous n'avez pas l'air très ému de les avoir perdus.

— Et vous, pas très ému de les avoir abattus.

Une fois de plus, il se retourna pour regarder Tina qui dormait paisiblement, se croyant en sécurité.

Elle ne l'était pas.

Impossible de tracer cet appel, raisonna-t-il à toute vitesse. Il n'avait pas l'équipement voulu. Mais peut-être Devast essayait-il de le localiser, lui ?

Le réseau CHAOS était puissant. Et il avait infiltré la DOS.

— Je vais raccrocher, annonça-t-il.

Il n'allait pas mettre en péril la…

— Je vais vous faire une proposition, l'interrompit Devast. Considérez-la comme un accord commercial. Vous me donnez ce que je veux et je vous offre un million de dollars.

Quoi ? Un million de dollars ? Devast n'y allait pas de main morte !

— Comme je le disais, je suis bien renseigné sur vous, reprit Devast d'un ton beaucoup trop assuré. Je sais que vous auriez fait n'importe quoi pour de l'argent autrefois. Mentir. Tricher. Voler. Et maintenant… pour Mercer, pour l'argent qu'il vous verse, vous tuez.

Les mâchoires de Drew se contractèrent.

— Vous n'en savez pas autant que vous l'affirmez, rétorqua-t-il.

Il n'adjugeait pas exactement ses services au plus offrant.

— Donnez-moi ce que je recherche, dit Devast. Et je vous garantis que vous aurez suffisamment d'argent pour décrotter définitivement vos chaussures de cette saleté de boue du Mississippi.

Un bruissement de draps le fit lancer un coup d'œil par-dessus son épaule. Il se détourna et courba les épaules.

— Qui vous dit que cette boue me pose problème ?

Silence. Puis la voix reprit :

— Réfléchissez à mon offre. Réfléchissez-y bien. Je vous offre une chance. L'argent — et votre vie.

En échange de celle de Tina.

— Il n'y en aura pas de deuxième, agent Lancaster. C'est l'opportunité de votre vie. Sachez la saisir.

Le parquet craqua derrière lui. Un parfum de fraise l'enveloppa.

— Amenez-la-moi. Quarante-huit dix-neuf, Demopolis Way. La vieille usine, côté est.

Devast était certain de l'avoir mis dans sa poche avec son offre mirifique.

— Quand ?

— Au coucher du soleil. Ça vous laisse tout le temps de la soustraire aux autres agents.

Et cela laissait à Devast tout le temps de tendre son piège.

Nouveau craquement, derrière lui. Tina devait être suffisamment proche pour entendre ce qu'il disait.

— Je suis étonné que vous ne me demandiez pas de la tuer immédiatement.

Il entendit Tina retenir son souffle.

— Je ne souffrirai pas d'autres erreurs. Je veux voir la fille de Mercer mourir sous mes yeux.

Drew tourna la tête.

— Faites le bon choix, agent Lancaster.

On raccrocha.

La peur s'était peinte sur les traits de Tina.

— Drew, que se passe-t-il ?

Il regarda son téléphone. Devast les avait-il localisés ? Et si le traître, au sein de la DOS, s'était déjà introduit dans le système… Elle ne serait nulle part en sécurité.

Nulle part… si ce n'est avec lui. Drew se précipita vers elle et lui prit la main.

— Il faut partir… tout de suite.

Anton Devast sourit en reposant son téléphone. La graine était semée. Il ne restait plus qu'à attendre qu'elle prenne racine.

Drew Lancaster pouvait soit lui remettre la fille. Soit mourir.

Il ne devrait pas hésiter bien longtemps.

Anton regarda vers la droite. Dallas attendait. Comme sa proie.

Quand j'en aurai fini avec elle, je t'enverrai un morceau de son corps, Mercer.

Alors, son vieil ami comprendrait que la boucle était bouclée.

Un enfant contre un autre.

Juste retour des choses.

Mercer contempla la pierre tombale, puis se pencha pour arracher quelques mauvaises herbes.

Pas de fleurs. Pas de plaque commémorative. L'homme qui était enterré là était mort vingt ans plus tôt. Personne d'autre que Mercer ne venait jamais se recueillir sur cette tombe. Il le savait. Il faisait surveiller le cimetière depuis des années.

— Qui est-ce ?

Il ne se retourna pas en entendant la voix intriguée de l'agent qui l'accompagnait. Il mettait Cooper Marshall sur l'affaire parce qu'il avait besoin de renforts, désormais. Les choses allaient se corser ; Anton n'hésitait jamais à tuer et l'agent Marshall, ma foi… il n'hésitait pas davantage.

C'était aussi quelqu'un qui semblait ne pas connaître la peur. Ce qui était parfois un inconvénient.

Mais, parfois, un réel avantage.

— Quelqu'un qui a été pris dans des tirs croisés.

Des tirs croisés qui venaient de lui, Mercer.

— Sa mort a déclenché une guerre sans merci à laquelle je dois aujourd'hui mettre fin.

Il s'éloigna de la tombe. Son regard se promena autour de lui. Vingt ans s'étaient écoulés mais rien n'avait changé. Le feuillage des grands arbres était toujours aussi fourni et verdoyant. Un bel endroit.

Jon l'aurait peut-être aimé.

Le chagrin le submergea, mais Mercer chassa ces souvenirs.

— On vous a mis au courant de la situation, à propos du Dr Jamison ?

Mercer ne pouvait pas déployer trop d'agents sur l'affaire. Plus nombreux seraient ceux qui seraient dans la confidence, plus le risque serait grand que des informations sur sa prétendue fille fuitent — ce qu'il ne voulait pas.

Il avait déjà envoyé un message à Cale Lane, le mari de sa véritable fille. L'agent était sur le qui-vive et il avait ordre de ne pas ramener Cassidy sur le territoire des Etats-Unis avant que ce cauchemar ne soit terminé. Cale avait aussi interdiction d'informer Cassidy de ce qui se passait. Si elle apprenait que quelqu'un courait un risque pareil à sa place…

Elle rentrerait sur-le-champ.

Et, cela, il ne le voulait pas. C'était précisément pour éviter cela et la protéger qu'il avait élaboré ce plan, avec Rachel Mancini pour protagoniste.

Rachel était censée faire sortir les ennemis de leur trou — Devast, en particulier. Les agents auraient abattu Devast, et la « fille » de Mercer serait morte, prise dans un échange de tirs. Ils avaient si soigneusement préparé la mise en scène de la mort de Rachel…

Avec cette fausse mort, la traque de sa fille aurait définitivement pris fin. Cassidy aurait enfin pu mener sans crainte une vie normale. Chose qui ne lui était jamais arrivée.

Mais son plan minutieux avait échoué.

— Oui, monsieur, répondit Cooper.

Le regard de Mercer revint se poser sur lui.

— Le Dr Jamison s'est portée volontaire pour nous aider à coincer l'homme responsable de son enlèvement.

— Anton Devast, souligna Cooper, son regard bleu se portant sur la tombe — et sur le nom figurant sur la pierre tombale.

Jonathan Devast.

— Devast est dangereux et imprévisible.

Mercer inclina la tête sur le côté tandis qu'il étudiait Cooper.

— Vous êtes assez imprévisible, vous aussi.

Un point qui avait bien failli le faire recaler lorsqu'il avait postulé pour entrer à la DOS.

C'était un ancien sauveteur-parachutiste de la Force aérienne des Etats-Unis. Il se jetait tête baissée sur le danger chaque fois que l'occasion lui en était donnée. Littéralement.

Un petit sourire flotta sur les lèvres de Cooper.

— Oui, monsieur, on me l'a déjà dit.

Ils étaient seuls dans le cimetière. Personne pour les voir ni les entendre.

— Vous étiez en mission en Afghanistan au cours des sept derniers mois.

Mercer poussa un soupir.

— Et, moi, j'ai un problème. Il y a un traître parmi nous. Quelqu'un qui travaille pour la DOS, mais qui vend des informations à Devast. Etant donné que c'est moi qui ai envoyé personnellement l'avion vous chercher sur zone…

— Vous pensez que ce n'est pas moi.

— Je sais que ce n'est pas vous.

Il n'ignorait rien de Cooper Marshall. Absolument rien. C'était normal. L'homme était de sa famille.

Il savait même certaines choses dont Cooper lui-même n'avait pas connaissance.

— Donc, vous attendez de moi que je rejoigne l'équipe qui est sur l'affaire ?

— Non, réfuta Mercer. Je ne veux pas que vous preniez contact avec les autres agents.

Les sourcils blonds de Cooper s'arquèrent. Le soleil se reflétait dans ses cheveux. *Mais ils ne sont pas aussi clairs que ceux de ma Cassidy.*

Cooper s'éclaircit la gorge.

— Désolé. Je ne saisis pas très bien. Quelle sera ma mission, dans ce cas ?

— Veiller à rester invisible. Suivre Tina Jamison. Garder

l'œil sur elle en permanence et m'informer de tout ce qui pourrait constituer une menace contre elle.

— Mais n'est-ce pas ce que sont censés faire les agents qui sont avec elle ? Vous vous méfiez d'eux ?

Mercer voulait leur faire confiance. Sur le papier, Drew Lancaster, Rachel Mancini et Dylan Foxx étaient tous de bons agents.

Mais il n'en restait pas moins que l'un des agents qui travaillaient pour lui était un traître.

Donc, oui, il voulait leur accorder sa confiance, mais il n'était pas prêt à mettre en danger la vie de Tina.

— L'argent est un moteur extrêmement puissant en ce bas monde. Ce n'est pas la première fois qu'un agent de la DOS passe à l'ennemi.

Ce n'était pas la première et, malheureusement, ce ne serait pas la dernière. Quand on travaillait dans le domaine du renseignement, la trahison existait, c'était un fait.

Un fait qui avait tué sa femme.

Il avait fallu du temps, mais Mercer avait retrouvé celui qui s'était rendu coupable de la brutale attaque dont elle avait été victime. Celui qui avait été son ami.

Son regard s'arrêta sur la tombe.

— Je tiens à ce que Tina Jamison bénéficie d'une protection supplémentaire. Ce n'est pas un agent et je ne veux pas qu'elle sacrifie sa vie en essayant de…

Il s'interrompit. Cooper n'avait pas besoin de connaître tous les tenants et les aboutissants. *Tina veut s'acquitter de la dette qu'elle estime avoir envers moi.*

Il le savait parce qu'il la connaissait bien. Tina était intelligente, très intelligente. Elle l'avait toujours été. Il revit le bureau de son père, couvert de photos d'elle, lorsqu'elle était jeune, souriante, exhibant fièrement ses diplômes.

Mercer n'avait jamais pu montrer des photos de Cassidy. Mais il en avait une, qu'il conservait précieusement, à l'abri des regards.

Cassidy et sa mère, Marguerite.

Tina lui était immensément reconnaissante, elle le lui avait dit et répété. Mais il n'avait rien fait de si extraordinaire. Elle serait entrée en médecine et aurait obtenu ses diplômes même s'il n'avait pas été là.

Parfois, il se disait que tout ce qu'il avait fait, c'était la mettre en cage. Il lui avait offert un poste à la DOS parce que c'était un excellent médecin.

Mais… ne lui ai-je pas aussi proposé ce poste pour pouvoir avoir un œil sur elle ? Pour la protéger, comme son père l'aurait fait s'il avait vécu ?

Au final, cette protection s'était transformée en piège.

Comme pour Cassidy.

Et s'il avait su plus tôt, pour Cooper Marshall…

Il poussa un profond soupir.

— Vous êtes affecté à la sécurité de Tina Jamison. Vous la surveillez. Vous la protégez. Si vous estimez qu'elle coure le moindre risque, vous entrez immédiatement en action et vous la mettez à l'abri.

Il regarda Cooper dans les yeux. Pour que ne subsiste aucune ambiguïté, il précisa :

— Que ce soit bien clair, votre priorité n'est pas d'éliminer Devast. C'est de veiller à ce que le Dr Jamison reste en vie.

Parce que, s'il fallait faire un choix…

Cooper hocha la tête.

Mercer voulait être absolument certain que son agent ferait le bon.

8

— Il m'a proposé un marché, déclara Drew en arpentant l'espace confiné de la petite maison.

Une cachette sûre, à en croire ce qu'il lui avait dit. Il l'avait évacuée en toute hâte du grand hôtel, expliquant qu'ils avaient probablement été localisés.

Puis lui et les deux autres agents avaient traversé la ville, pied au plancher, jusqu'à cette nouvelle cache.

La petite maison de plain-pied était certes moins luxueuse que leur hôtel cinq étoiles. A première vue, le quartier où elle était située semblait laissé à l'abandon. Des habitations décrépites, des toits croulants, des fenêtres condamnées.

Les ruelles étaient mal éclairées et Tina n'avait pas vu âme qui vive dans le secteur.

Elle jeta un coup d'œil autour d'elle. Les fenêtres étaient munies de barreaux anti-effraction. Mais, au lieu de la rassurer, ils lui donnaient simplement l'impression d'être en prison.

— Tina, vous m'avez entendu ? reprit Drew en s'avançant vers elle, les sourcils froncés. Ce salaud m'a appelé. Je ne sais même pas comment il a découvert mon numéro…

— Sydney y travaille, murmura Rachel.

Elle avait un gros bleu à la tempe et une longue estafilade sur la joue, souvenirs de l'explosion qui avait failli leur coûter la vie, à elle et à Tina.

— Elle pense que quelqu'un est entré dans le système parce qu'il a aussi téléphoné à Mercer sur sa ligne privée.

Elle va remonter jusqu'au pirate… C'est juste une question de temps.

— Oui, mais, le temps, on n'en a pas, souligna Dylan, la mine grave. Ce qu'on a, c'est un terroriste qui nous garde dans le collimateur, où que nous allions. Il a déjà tué pour atteindre Tina et il recommencera. Il n'hésitera pas à descendre quiconque se dressera en travers de sa route.

Etait-ce pour cette raison qu'ils avaient choisi cette ruelle déserte ? Pour minimiser les dommages collatéraux ?

— Nous devons nous tenir prêts pour le moment où il passera à l'offensive, continua Dylan. Ça peut se produire n'importe quand.

Le regard de Tina dériva vers Drew. Il était bien silencieux depuis qu'ils avaient quitté l'hôtel. Trop silencieux.

— Il y a quelque chose que vous ne me dites pas, déclara-t-elle.

— Vous avez un tueur à vos trousses ! lança Rachel un peu trop vite. Ça ne vous suffit pas, Tina ?

Eh bien, justement, non, cela ne lui suffisait pas.

— Quels sont les termes de ce marché dont il a parlé ? insista-t-elle.

— Un million de dollars, révéla Drew, toujours sur la réserve. Si je vous donne.

— Oh. Je ne savais pas que je valais autant.

Poussée par une curiosité morbide, elle demanda :

— Que vous me donniez… vivante ou morte ?

Il darda sur elle son regard doré — qui paraissait bien sombre, tout à coup.

— Vivante, dit-il d'une voix glaciale. Je suppose qu'après ses diverses déconvenues il veut vous tuer de sa main. Pour être sûr qu'il n'y aura pas d'autre accroc.

Elle le contempla longuement. C'était comme si elle ne connaissait pas l'homme qui se tenait devant elle. Ces mots choisis, ce regard sombre, ce visage sans expression… Ce n'était pas l'homme qui lui avait fait l'amour si passionnément.

C'était l'agent impassible. Celui qui avait de la glace dans les veines.

Tina carra les épaules. Pas de retour en arrière, avait-il dit. Pourtant, il semblait avoir relégué aux oubliettes ce qui s'était passé entre eux. Tout cela à cause d'un appel téléphonique.

— Bien. Donc, je suppose que c'est le moment de saisir notre chance, déclara-t-elle.

— Vous êtes sûre ? demanda Dylan. Ne nous avançons pas trop tant que…

— On s'est déjà avancés.

Chaque fois qu'elle fermait les yeux, elle revivait le moment où l'avion avait explosé. *Pardon, Pierce.*

Les yeux la piquèrent, mais elle cligna résolument des paupières. Elle allait être forte, maintenant. Il le fallait. Tina leva la main et ajusta ses lunettes sur son nez. Rachel les lui avait rapportées. Elle lui en avait même fourni une paire de rechange pour le cas où celles-ci viendraient à être brisées.

La paire de secours était rangée dans son sac, à côté de son inhalateur.

Je ne peux pas me permettre d'être vulnérable. Plus maintenant.

— Il me faut une arme, annonça-t-elle fermement.

Elle entendit Drew expulser d'un coup l'air de ses poumons.

— Tina, réfléchissez. Nous pouvons coincer Devast autrement.

— Ah oui ? Et comment ? riposta-t-elle en se levant. Depuis combien de temps essayez-vous de l'atteindre ?

— Des années, grommela à contrecœur Dylan. On a eu de la chance que Drew ait réussi à infiltrer le groupe. Leur pilote avait été tué dans une explosion quelques mois plus tôt et ils avaient vraiment besoin de quelqu'un de compétent.

— Mais ce « coup de chance » ne se reproduira pas,

assena Tina. Devast se méfiera encore plus des nouveaux visages maintenant. Vous le savez comme moi, si nous voulons l'avoir, c'est moi seule qui peux vous y aider. Il n'y a que moi qui pourrai l'approcher.

Elle se força à sourire alors même qu'elle essuyait ses paumes moites sur son jean.

— Alors, comment les choses sont-elles censées se passer ? Il doit rappeler Drew ?

— Le lieu et l'heure du rendez-vous sont déjà fixés.

Elle cligna des yeux.

— Dans ce cas, il vous suffit d'appeler Mercer pour qu'il poste ses hommes et que le piège se referme sur Devast.

Ce ne serait pas si dangereux, finalement. Un sourire presque confiant fleurit sur ses lèvres.

— Il s'est pris à son propre piège.

Mais Drew secoua la tête.

— Ce n'est pas si simple, docteur.

Un frisson la parcourut. Il prononçait le mot « docteur » comme d'autres hommes appelaient leur amie « chérie ».

L'émotion transperçait le masque, de nouveau, et elle se félicita de retrouver le véritable Drew. Celui qui se cachait sous la carapace de dur.

— Expliquez-moi.

— S'il choisit le lieu, et que nous suivions ses instructions, peut-être que l'endroit sera bourré d'explosifs et qu'il fera tout sauter à notre arrivée.

— Tout cela pendant que lui sera bien à l'abri, souligna Rachel qui avait pris place sur le vieux canapé.

A côté d'elle, Dylan renchérit :

— On ne va pas se plier à ses consignes. On va faire en sorte que lui vienne à nous.

Tina hocha lentement la tête.

— Il m'a proposé un marché, reprit Drew. Pour nous assurer de la présence de Devast, il faut impérativement donner à l'affaire une tournure personnelle… entre lui et moi.

Tina jeta un coup d'œil aux barreaux des fenêtres.

— Il savait que nous étions à l'hôtel ?

Etait-ce pour cette raison qu'ils étaient partis en catastrophe ?

— Il connaissait mon numéro. Il m'a appelé et a délibérément fait durer la communication pour avoir le temps de localiser la position de mon téléphone.

Il haussa les épaules.

— Il aurait fallu être idiot pour ne pas décamper. Je n'allais pas attendre que l'hôtel explose sous nos pieds.

Et Drew était loin d'être idiot. La gorge de Tina se serra. Elle n'était pas plus partante que lui pour voir le sol exploser sous ses pieds.

Une affaire personnelle...

— Quels sont les points faibles de Devast ? demanda-t-elle, s'efforçant d'esquisser un début de plan. Il doit bien en avoir. Tout le monde en a.

Rachel poussa un soupir.

— Si c'est le cas, nous ne l'avons pas encore trouvé.

Le téléphone de Drew se mit à sonner sur la table où il l'avait posé en arrivant dans la maison. Tina regarda l'appareil.

— Si c'est Devast, Sydney va tracer l'origine de l'appel, annonça Rachel, l'excitation perçant dans sa voix.

Drew s'avança. Son visage ne traduisait aucune émotion.

— Syd le repérera peut-être, fit observer Tina à voix basse. Mais lui aussi pourra remonter jusqu'à nous. Alors, c'est à celui qui prendra l'autre de vitesse, si je saisis bien ?

Elle ne comprenait pas l'objectif visé par les agents.

Avant de décrocher, Drew répondit :

— Je vous l'ai dit : il faut que les choses prennent une tournure plus personnelle.

Il prit l'appel, activant le haut-parleur.

— Vous m'appelez déjà ?

Tina s'étonna du ton moqueur qu'il employait.

Un rire résonna dans la pièce. Les bras de Tina se couvrirent de chair de poule.

— Vous êtes parti bien vite de cet hôtel, agent Lancaster. Pensiez-vous vraiment pouvoir m'échapper ?

Le regard de Drew se fixa sur Tina.

— J'ai une longueur d'avance sur vous, continua la voix dure. Ce ne sont pas ces barreaux qui la protégeront. Si vous n'acceptez pas mon marché, alors, c'est moi qui viendrai la chercher.

Ces barreaux. Il savait où ils étaient.

Rachel sauta sur ses pieds et bondit vers la fenêtre de droite, le pistolet au poing, pour scruter les environs.

— Les médecins, les officiers de police, les agents… Tout le monde a un prix.

Drew ne quittait pas Tina des yeux.

— Mais vous n'avez pas trouvé le mien, riposta-t-il. Vous ne m'avez pas acheté, moi.

Silence.

— Pourquoi vous payer puisque je peux avoir ce que je veux gratuitement, maintenant ? Merci de m'avoir indiqué où elle se trouvait.

— Venez, essayez donc, répliqua Drew d'un ton qui ne véhiculait pas la moindre appréhension — seulement un sinistre défi. Reste à voir à quel rythme vos hommes tomberont. J'en ai fait mon affaire avant, je recommencerai.

— Nous verrons bien.

— C'est ça, nous verrons. Vous la voulez, n'est-ce pas ? Eh bien, il va falloir que vous veniez me chercher… en personne.

Et, sans attendre la réponse, il raccrocha.

Dylan était allé surveiller l'arrière de la maison. Drew se rapprocha de Tina.

— Il sait, dit-elle. Il a parlé des barreaux comme s'il pouvait nous voir. Quand allez-vous me donner une arme ?

Si Devast s'apprêtait à investir leur cache — pas si sûre, finalement —, il lui en fallait une.

Les doigts de Drew se refermèrent autour de son épaule.

— Vous restez près de moi, d'accord ? Personne ne vous attrapera. J'ai tout prévu.

Super. Ç'aurait pu être rassurant si des coups de feu n'avaient éclaté avant même la fin de sa phrase.

Tina sursauta.

— Deux hommes ! cria Dylan.

— Trois hommes sur l'avant ! lança Rachel en même temps.

Devast n'avait pas menti. Il savait où ils étaient. Les avait-il suivis ? Comment était-ce possible ? Ils avaient fait tellement attention en fuyant l'hôtel ! Ils avaient changé de véhicule, semé de fausses pistes…

— Comment a-t-il su ?

Même s'il avait réussi à retracer l'origine de l'appel téléphonique, il n'aurait pas pu intervenir aussi rapidement. Il fallait un certain temps pour établir une triangulation et dépêcher une force d'attaque…

Son équipe était déjà là. Il n'avait pas eu à attendre la localisation de l'appel.

Les yeux de Tina s'agrandirent comme la vérité lui apparaissait dans toute son évidence. Les émetteurs GPS insérés sous la peau des agents ! S'il avait eu accès au système de la DOS, Devast pouvait avoir retrouvé Drew en suivant ces signaux.

Tandis que Rachel et Dylan continuaient à vider leurs chargeurs sur leurs assaillants, Drew l'entraîna dans le couloir. Elle tenta d'abord de se dégager, mais elle se jeta au sol lorsqu'une balle siffla près de son oreille. Drew s'était aplati par terre, lui aussi. Elle releva la tête.

— Vous avez dit que Devast avait pénétré le système de Syd ?

Quelques mois plus tôt, le système informatique de la

DOS avait subi une attaque. Des informations relatives aux agents avaient été compromises.

Ils avaient cru la fuite sous contrôle, mais…

Peut-être Syd ne cherchait-elle pas au bon endroit…

— Si, comme ça semble être le cas, Devast sait que je suis avec vous, peut-être qu'il vous suit à la trace, souffla-t-elle.

Littéralement. Il avait peut-être accès en temps réel au dispositif qu'elle avait elle-même implanté sous sa peau !

— Si le système de la DOS a été piraté, votre émetteur l'est aussi, expliqua-t-elle en courbant la tête comme d'autres détonations éclataient. Il faut le désactiver.

La seule façon de le faire était d'extraire la puce qu'elle lui avait posée.

— Pas encore. Je veux qu'il continue à pouvoir me localiser pour le moment, répondit-il en l'attrapant par la main et en s'élançant avec elle vers le fond du couloir. Règle numéro un : rester en vie.

Quoi ? Il savait que Devast le pistait grâce à son signal GPS ?

Drew la poussa dans une chambre, sur l'arrière. Les fenêtres étaient condamnées. Comme stratégie de repli, on faisait mieux, songea Tina.

Il roula rapidement le vieux tapis jeté sur le plancher, mettant au jour une trappe.

— Il y a un sous-sol ?

Il souleva la trappe qui s'ouvrit en grinçant.

— C'est notre plan d'évacuation d'urgence. Vous ne pensiez tout de même pas qu'on vous avait amenée ici sans être sûrs de pouvoir vous en faire sortir vivante ?

Les tirs retentissaient toujours dans les autres pièces.

— Mais… Rachel et Dylan ?

— Ils nous rejoindront. Ils laissent juste un petit quelque chose pour Devast, répondit-il, une étincelle dans le regard. Il fallait absolument qu'on gagne du temps, donc on a concocté un petit piège.

Tina le contempla, stupéfaite.

— Après ce qu'il a dit lorsqu'il m'a appelé à l'hôtel, j'ai compris qu'il me suivait à la trace. J'ai donc décidé de l'amener jusqu'ici. Pour qu'il comprenne qu'il ne peut pas se contenter de lancer ses chiens à mes trousses. Il va devoir se découvrir.

Rachel et Dylan firent irruption dans la chambre.

— Ça y est. Les minuteries sont enclenchées. Allons-y.

Les minuteries ? Le regard de Tina alla des deux agents à Drew.

— On va se servir de leurs propres techniques contre eux.

Drew prit sa main.

— Il y a un passage secret sous la maison. Restez près de moi. Et baissez la tête.

Un tunnel ? Ce qui signifiait poussière, moisissures et… *Se concentrer sur sa respiration. Inspirer… Expirer.* Elle avait son inhalateur. Tout irait bien. Elle pouvait y arriver. Il le fallait. Elle inclina brièvement la tête.

Il n'y avait ni poussière ni moisissures. Juste un petit souterrain. Un étroit boyau d'environ un mètre de diamètre. Elle se mit à ramper, décomposant consciencieusement ses mouvements pour avancer plus vite.

Le bruit de leurs respirations résonnait dans l'espace exigu. Rachel avait pris la tête du groupe. Tina était juste derrière elle. Drew la suivait et Dylan fermait la marche.

— On y est, annonça Rachel en s'arrêtant.

Elle poussa une autre trappe qui les conduisit à l'intérieur d'une autre maison.

Tina émergea à son tour du tunnel, aidée de Drew.

— On n'est qu'à quatre cents mètres de la maison. Il faut veiller à ne pas trahir notre position.

Ils restèrent donc dans le noir. Mais Tina ne tarda pas à s'apercevoir qu'ils avaient prévu tout un équipement. De la nourriture, de l'eau. Une trousse de premiers secours. Des jumelles — dotées d'un système de vision nocturne, bien entendu. Ces agents ne faisaient décidément pas les choses à moitié.

Rachel empoigna les jumelles et les braqua, entre les lames des persiennes qui obturaient la fenêtre, en direction de leur ancienne cache.

— Ils encerclent la maison. Vas-y.

Tina se retourna, presque inquiète de ce qu'elle allait voir.

Dylan sortit un petit boîtier de sa poche.

— Il est temps que Devast récolte un échantillon du CHAOS qu'il aime semer, souligna sombrement Drew.

Dylan appuya sur un bouton. Une violente explosion secoua la rue. A travers les persiennes, Tina vit de hautes flammes s'élever dans le ciel.

La maison où ils avaient trouvé refuge avait disparu.

— Ils reculent, murmura Rachel.

Bien sûr. Le feu les y obligeait. Les doigts de Drew glissèrent le long de son bras.

— Il a essayé de vous tuer en faisant sauter l'avion. Donc, on lui rend la monnaie de sa pièce.

Elle le regarda, les sourcils froncés.

— Vous croyez qu'il va avaler ça ? Qu'il va me croire morte ?

Drew alla prendre la trousse de secours qu'elle avait remarquée et revint vers elle.

— Non, je pense que l'explosion va achever de le mettre en rage. Et, quand il va voir que mon signal GPS se remet à se déplacer rapidement, il va le suivre. Et se lancer de nouveau à mes trousses.

Au lieu de laisser Tina jouer les appâts dans la partie mortelle qui était engagée, il se mettait lui-même en première ligne.

— Pourquoi ? murmura-t-elle.

— Parce que je ne veux pas qu'il vous approche.

Voilà pourquoi il n'avait pas voulu lui expliquer son plan, se dit-elle. Il n'avait nullement l'intention de l'utiliser pour mener cette enquête à son terme. Elle avait accepté de coopérer mais, en réalité, c'était lui qui menait la danse comme il l'entendait.

Drew lui tendit la trousse.

— Tenez. Je veux que vous me retiriez l'émetteur. Il émet un signal sur un rayon d'environ mille cinq cents mètres. Donc, pour le moment, Devast peut encore croire que j'ai péri dans cette explosion.

— Qu'allez-vous faire de cet émetteur ?

Un muscle joua sous sa mâchoire.

— Rachel et Dylan vont le garder. Ils vont attirer Devast dans le piège que Mercer lui a tendu pendant que, moi, je vous ferai sortir d'ici. Plus aucun signal ne le conduira jusqu'à nous. Vous serez en sécurité.

Ses yeux scintillèrent.

— Ma mission consiste à vous protéger. C'est ce que je fais.

Rachel et Dylan se dirigèrent vers l'autre pièce, disant qu'ils devaient prendre contact avec Mercer.

Les mains moites, Tina baissa les yeux et ouvrit la trousse. Elle en sortit un flacon d'antiseptique et un petit bistouri.

Elle désinfecta rapidement la peau de Drew, puis pratiqua une petite incision.

Pas un trait de son visage ne bougea.

Doucement, elle retira la puce.

— Voilà, dit-elle en appliquant une compresse sur la plaie qu'elle recouvrit d'un pansement.

Tina donna la puce à Rachel qui était revenue.

— On se retrouve au lieu de rendez-vous, comme prévu ? demanda celle-ci en empochant l'émetteur.

— A l'aube, confirma Drew, acquiesçant d'un signe de tête.

Rachel jeta un coup d'œil à Tina.

— C'est la meilleure solution, argua-t-elle. Mercer a

donné son accord. Il tient à être sûr que Devast ne pourra plus jamais nuire ni à vous ni à aucun membre de la DOS.

Rachel hocha la tête une dernière fois, puis tourna les talons.

— Il faut vider les lieux, déclara Drew. Pour le cas où ces types soient un tant soit peu malins et qu'ils décident de fouiller les maisons du coin.

Il se dirigea vers une commode et fourragea dans un tiroir. Un moment plus tard, il avait revêtu un T-shirt propre et il lui lançait… un blouson en cuir ?

— Je sais que vous adorez faire de la moto, dit-il avec un sourire en coin. En route… Elle est garée quelques rues plus loin. Dans dix minutes, nous serons loin.

Elle enfila le blouson.

Il lui tendit alors une perruque blonde.

— Pour le cas où ils vous verraient, expliqua-t-il, laconique, en ajustant sur sa tête une casquette de base-ball. Il ne faut pas qu'ils puissent nous reconnaître ; cela ferait capoter tout notre plan.

Elle noua ses cheveux en chignon serré puis mit la perruque. En un clin d'œil, elle s'était transformée en blonde platine. Il lui demanda aussi de retirer ses lunettes, qu'il rangea dans sa poche.

Quelques minutes plus tard, ils se glissaient au-dehors par la porte arrière. Elle entendit des cris, le crépitement des flammes, au loin.

— Rasez les murs et restez près de moi, souffla Drew à son oreille.

Oui… Sentant quelque chose dans la poche du blouson, elle plongea la main à l'intérieur.

Un inhalateur. Drew avait pensé à tout.

Ils naviguèrent sans bruit dans les ruelles bordées de maisons inhabitées. Le quartier semblait complètement désert, mais ils ne pouvaient pas courir le moindre risque, elle le savait.

Ils venaient de tourner le coin d'une rue lorsque, tout à coup, Drew la plaqua contre un mur de briques et s'inclina vers elle.

— Que se passe-t-il ? murmura-t-elle, prise de court.

Il la réduisit au silence en écrasant ses lèvres sur les siennes. Au même moment, elle entendit des pas qui venaient dans leur direction.

La main de Drew s'insinua entre leurs deux corps. Que diable voulait-il…

Sa bouche libéra ses lèvres pour embrasser sa mâchoire, approcher de son oreille.

— Je prends mon pistolet, chuchota-t-il.

Oh.

Les pas se rapprochaient. Ils ne s'en étaient pas encore sortis, apparemment. Au temps pour leur plan mirifique.

— Trouvez-vous une chambre ! proféra une voix ombrageuse.

Puis le bruit de pas passa juste devant Tina et Drew avant de s'éloigner.

Tina risqua un coup d'œil. Elle vit l'arrière d'une tête masculine, coiffée elle aussi d'une casquette de base-ball. L'homme poursuivait son chemin sans plus s'occuper d'eux.

Les muscles de ses épaules se décrispèrent.

— On y est presque, dit Drew. Allons-y. Prête ?

Tina déglutit avec peine et hocha la tête, jetant un dernier regard en direction de l'homme. Il avait disparu.

Glissant sa main dans celle de Drew, ils s'élancèrent dans l'obscurité.

Le trajet lui parut durer une éternité, mais elle savait qu'il n'avait pas duré plus de cinq ou six minutes. Enfin, elle prit place sur la moto. L'engin vibra sous ses jambes lorsque Drew lança le moteur.

La moto bondit dans la nuit.

*
* *

Cooper Marshall regarda les feux de la moto disparaître au loin tandis qu'il enfonçait sa casquette sur ses yeux.

Il disposait d'un moyen de transport, lui aussi, mais il ne voulait pas suivre Drew Lancaster de trop près.

Il n'avait pas prévu que Tina et Drew déboucheraient de cette rue. En voyant les flammes, il s'était dit qu'il était arrivé trop tard pour venir en aide au médecin.

Bien joué, Lancaster. Il fallait reconnaître que l'évacuation de Tina avait été rondement menée — l'agent avait du style, indiscutablement.

Et Cooper avait eu de la chance. Si cette rue avait été mieux éclairée, Drew l'aurait reconnu.

Ce n'était pas ce que souhaitait Mercer. Du moins, pas pour l'instant.

Il se demanda si Mercer savait que Drew en pinçait pour le bon docteur. Parce que, pour Cooper qui les avait vus ensemble, cela ne faisait aucun doute. Il ne faisait pas semblant de l'embrasser quand il les avait dépassés, quelques minutes plus tôt.

Il faudrait qu'il en informe le chef. L'armure de glace et de détachement qui était la marque de fabrique de l'agent semblait bel et bien en phase de dégel.

Bien souvent, c'était quand les affaires devenaient trop personnelles que les problèmes survenaient.

— Je n'ai pas donné l'ordre de poser une bombe ! proféra Anton. Qu'est-ce qui s'est passé ?

Il avait envie de jeter le téléphone contre le mur.

— Je… Je sais pas, patron. La maison a explosé. Ils étaient à l'intérieur. Ils doivent être morts.

Anton serra les dents. Il pivota et pianota rapidement sur son clavier. Il obtint immédiatement le signal qu'il cherchait. D'après l'émetteur, Drew Lancaster se déplaçait rapidement le long de Bridge Avenue.

Il plissa les yeux. *Je te tiens.* Drew avait-il vraiment cru pouvoir disparaître avec la proie d'Anton en lui jetant de la poudre aux yeux ?

Il l'avait pourtant prévenu. Il aurait dû prendre l'argent. Maintenant, il allait mourir.

Et elle aussi.

Les bras encerclant la taille de Drew, Tina attendit que la moto se soit totalement immobilisée.

Drew jeta un coup d'œil à sa montre. Il était près de 3 heures du matin. Presque l'heure de fermeture du bar devant lequel il s'était arrêté.

Parfait.

Drew mit le deux-roues sur béquille.

— Pourquoi nous arrêtons-nous ici ? s'enquit calmement Tina.

L'établissement ne donnait pas l'impression d'être un endroit très sûr, mais c'était justement pour cette raison qu'il l'avait choisi. Les apparences étaient parfois trompeuses.

Il coinça le casque sous son bras et prit celui de Tina.

— Vous avez besoin de vous reposer.

Et lui aussi.

— Demain matin, cette affaire sera terminée.

Parce que, entre-temps, Devast aurait suivi les petits cailloux qu'ils avaient semés et qui l'auraient conduit droit à Mercer.

Drew avait dit à Tina qu'il devait inciter Devast à intervenir personnellement. C'était précisément ce à quoi il s'était employé. La bombe qui avait fait sauter la maison de Moyers avait dû achever de l'exaspérer. Sitôt que Devast avait capté le signal de son émetteur et compris qu'il avait échappé aux flammes…

Le fumier avait dû décider de s'occuper en personne de son cas.

Après tout, Devast ne lui avait-il pas dit qu'il n'accordait jamais de seconde chance ? Ses hommes ne parvenaient pas à attraper Drew et Tina.

Donc, il faut bien que tu te charges de la sale besogne toi-même, hein, Devast ?

Devast suivrait la piste qu'ils avaient préparée spécialement à son intention. Mercer et les agents de la DOS le captureraient.

Et Tina serait à jamais délivrée de l'épée de Damoclès qui était suspendue au-dessus de sa tête.

Il poussa la porte du bar, balaya la salle du regard par précaution puis, satisfait, salua la serveuse d'un signe de tête.

La jeune femme rousse haussa les sourcils en le voyant. Comme Sarah, elle était en lien avec la DOS. De ses yeux bruns, elle indiqua la porte marquée « Privé ».

Un groupe jouait une mélopée lente. Trois couples oscillaient encore sur la piste de danse poussiéreuse.

— Venez, docteur, dit-il.

Un sourire triste passa sur les lèvres de Tina, mais elle lui emboîta le pas. Une fois franchie la porte « Privé », ils empruntèrent un étroit escalier. Drew était déjà venu une fois ou deux ici. Il y avait fait halte entre deux missions, donc il savait exactement où trouver la clé qui donnait accès à l'appartement situé au-dessus du bar. Ils entrèrent et il verrouilla la porte à double tour derrière eux.

— Le bar ferme à 4 heures, annonça-t-il en posant les casques de moto. Ensuite, ce sera le silence total et vous aurez tout le temps de vous reposer.

Le même sourire — un peu triste et un peu perdu — étira brièvement ses lèvres tandis qu'elle retirait sa perruque blonde.

— Et, quand je me réveillerai, je pourrai reprendre le cours de ma vie ?

Il hocha la tête.

— Oui, c'est ce qui est prévu.

C'était le plan qu'il avait hâtivement mis au point lorsqu'il avait compris la façon dont s'y prenait Devast pour le localiser.

Les échos de la musique leur parvenaient, étouffés, du rez-de-chaussée.

Tina se passa une main lasse dans les cheveux.

— Jamais je n'aurais cru que ma vie pourrait basculer ainsi en quelques jours.

— Bientôt, vous serez de nouveau en sécurité.

— En sécurité…

Elle parut s'abîmer quelques instants dans ses réflexions.

— Oui, je n'aurai plus rien à craindre.

Elle regarda le lit. Un petit lit d'une place.

Drew s'éclaircit la gorge.

— Vous prenez le lit.

Il dormirait dans le fauteuil. Si tant est qu'il parvienne à dormir. Depuis qu'il avait reçu cet appel de Devast, la tension ne l'avait plus quitté. Ce devait être de l'adrénaline pure qui coulait dans ses veines.

Devast n'est pas le premier à avoir cru pouvoir acheter ma loyauté.

Mais ce n'était pas tant de loyauté que de Tina qu'il s'agissait.

Il était des choses en ce monde que rien ni personne n'avait le pouvoir d'acheter.

Au lieu de s'avancer vers le lit, Tina s'approcha de lui.

Sa tension grimpa d'un cran. Bon sang, si elle avait l'intention de tester son pouvoir de séduction sur lui, elle n'allait pas avoir besoin de faire beaucoup d'efforts.

Sitôt qu'elle était près de lui, le désir le submergeait. Un désir brûlant… Sauvage. Rien de très sécurisant, songea-t-il. Alors que tout ce à quoi elle semblait aspirer, c'était la sécurité, justement.

— Drew…

Et cette façon qu'elle avait de prononcer son nom… Cette voix un peu voilée, sexy.

— Voulez-vous danser avec moi ?

Ce n'était pas ce à quoi il s'était attendu. Il la contempla, surpris.

Puis il vit la couleur envahir ses joues. Elle était embarrassée parce qu'elle croyait qu'il allait refuser…

— Pardon, dit-elle très vite en se détournant. C'est idiot. Je…

Il l'attrapa par les épaules et la fit pivoter sur elle-même.

— Je vous préviens, je ne suis pas très bon danseur.

Elle leva les yeux.

— Moi non plus.

Non. Elle ne comprenait pas.

— Ma vie est faite de missions à accomplir, de violence. Suivre les ordres, faire le travail, c'est ça, mon quotidien.

Sa main gauche vint se caler dans le creux de sa taille. De la droite, il saisit sa main et emprisonna ses doigts dans sa paume.

Ses seins frôlèrent son torse lorsqu'elle se rapprocha de lui. Son parfum fruité l'enivrait plus que n'aurait pu le faire le plus savoureux des vins.

— Je n'ai pas eu souvent l'occasion de danser quand j'étais jeune, lui confia-t-il. Ni de faire grand-chose de bien, d'ailleurs.

A part courir les rues et s'engager sur la mauvaise pente, au grand dam de sa pauvre mère qui ne savait plus à quel saint se vouer pour le remettre dans le droit chemin. Il avait bien failli lui briser le cœur de chagrin.

Ses pieds se déplaçaient lentement. Prudemment.

— Je ne serai jamais très à l'aise dans ce genre d'exercice.

Non, il n'avait rien de ces hommes policés capables de s'adapter à toutes les situations, de s'intégrer facilement dans n'importe quel bal ou réception.

Elle suivait son rythme, mais ses mouvements étaient gracieux, parfaits.

Son docteur…

Il prit son temps, s'appliquant à lui donner ce qu'elle recherchait parce qu'une seule chose importait à ses yeux : la rendre heureuse.

— C'est très réducteur de vous définir uniquement par le maniement des armes et le combat, dit doucement Tina en renversant la tête pour planter dans ses yeux un regard qui parut le sonder jusqu'à l'âme.

Elle ne comprenait pas. C'était le combat, justement, qui l'avait sauvé.

— Quand j'ai eu dix-huit ans…

Ses doigts se resserrèrent autour des siens. A dix-huit ans, elle avait vu ses parents mourir sous ses yeux. Et lui, à cet âge, tentait désespérément de trouver sa voie.

— Je me suis trouvé confronté à un choix. Soit je reprenais ma vie en main et rejoignais l'armée, soit j'allais croupir en prison.

— En prison ?

— Je n'étais pas un enfant de chœur quand j'étais adolescent, je vous l'ai dit. Je glissais sur la pente fatale. J'étais suffisamment lucide pour savoir ce qui m'attendait au bout de l'impasse, et ce n'était pas réjouissant.

Le groupe jouait toujours et il continua à danser avec elle, l'enlaçant plus étroitement tandis qu'ils tournaient lentement au milieu de la pièce.

— Mon père était… absent, l'endroit où nous habitions… disons, très défavorisé. Il n'y avait pas d'avenir pour nous. Ma mère faisait son possible, mais elle n'arrivait pas à joindre les deux bouts pour nous élever, moi et mes trois sœurs.

L'espace d'un instant, elle s'immobilisa.

— La délinquance était le moyen de rapporter de l'argent à la maison. Donc, je me débrouillais. Je faisais ce que je pouvais. Je suivais ma propre loi.

Il attendit, certain qu'elle allait cesser de le contempler avec tant de confiance dans le regard.

Mais non.

— J'ai volé, avoua-t-il. J'ai triché. Je me suis retrouvé à l'arrière d'un fourgon de police une bonne douzaine de fois.

— Quel a été le déclic qui vous a fait changer ?

Il avait été content de gagner de l'argent. Il pouvait enfin acheter de jolis vêtements à ses sœurs et à sa mère. *Ma mère…*

— Ma mère. Elle pleurait à cause de moi et se désespérait de me voir m'engager dans une voie sans issue. Quand la police est venue me chercher pour me conduire au centre de détention pour mineurs, elle m'a supplié de tout arrêter.

Il voyait encore son visage baigné de larmes.

— Moi qui voulais l'aider, tout ce que je réussissais à faire, c'était lui faire encore plus de peine.

— Je suis désolée, murmura Tina.

Drew secoua la tête. Il ne lui racontait pas son enfance pour lui inspirer de la pitié. C'était bien la dernière chose qu'il attendait d'elle.

— Je voulais qu'elle soit fière de moi. Pas qu'elle baisse les yeux de honte.

Subitement, Drew comprit pourquoi il parlait à Tina de son passé, alors qu'il avait toujours fait son possible pour enfouir ses souvenirs du Mississippi au plus profond de lui.

Il voulait qu'elle sache qu'il n'était plus corruptible aujourd'hui. Que jamais il ne la vendrait pour de l'argent, quelle que soit l'énormité du montant qu'on lui proposait.

Qu'il valait mieux que ça.

Il prit une grande inspiration.

— Je suis entré dans l'armée. Je lui envoyais mes chèques. Elle s'en servait pour subvenir aux besoins des filles…

Kim, Heather et Paige.

— Et les choses ont commencé à changer pour ma famille. Et pour moi.

Comprenait-elle le message qu'il tentait de faire passer ?

— Je ne suis plus celui que j'étais à cette époque.

Tina secoua la tête.

— Bien sûr que non.

Et cette confiance aveugle était toujours là, au fond de ses yeux. Il revit ce moment où elle s'était retournée vers lui, sur ce maudit toit d'immeuble. Elle l'avait instantanément reconnu en dépit de son masque.

Ce jour-là, déjà, la confiance avait été présente dans son regard.

— Pourquoi me faites-vous tellement confiance ?

Elle n'aurait pas dû. C'était dangereux. Il était dangereux.

— Vous connaissez le genre de missions que je mène. Vous savez tout ce que j'ai fait.

— Oui.

Elle se haussa sur la pointe des pieds et effleura ses lèvres.

Elle savait et, pourtant, elle n'avait pas peur. Elle le prenait tel qu'il était — bon, dangereux et toute la palette des qualificatifs qui avaient leur place entre ces deux extrêmes.

Quant à lui… eh bien, il la voulait tout simplement.

La bouche de Drew se pressa contre la sienne. Submergé par le désir, il mordilla doucement sa lèvre inférieure jusqu'à lui tirer un petit gémissement.

Ils ne tanguaient plus au son de la musique. Ils étaient au pied du petit lit.

Les mains de Tina descendirent le long de son torse, s'arrêtèrent sur son cœur.

— Avant de retrouver ma vie paisible, murmura-t-elle contre sa bouche, je veux encore être avec vous.

Le lit grinça sous leur poids, le vieux matelas se creusa. Mais il n'en avait cure. Il la dévêtit, l'embrassant, caressant chaque centimètre carré de peau soyeuse qu'il découvrait.

Les lèvres de Tina couraient dans son cou, le creux de sa clavicule, titillant le lobe de son oreille, le faisant frissonner de plaisir.

Il avait cherché à refréner son ardeur la première fois.

Cette fois, sachant qu'elle allait bientôt lui échapper…

Il écarta d'emblée toute idée de contrôle.

Seule la passion demeura au programme. Les vêtements qui volaient… Les caresses frénétiques… Les baisers torrides…

Plus il la touchait, plus il avait envie de la toucher. Le goût de ses lèvres, son parfum, sa splendeur… Tout en elle le rendait fou. Il enfonça ses doigts dans ses cheveux tandis qu'elle s'arquait avec volupté contre lui.

Il la propulsa jusqu'aux limites de l'extase, se délectant du plaisir qu'il lisait sur son visage.

Puis il entra en elle et se mit à aller et venir, toujours plus vite, toujours plus fort. Il l'abandonna, le temps de prendre une protection dans son portefeuille, mais ce bref laps de temps lui parut une éternité loin d'elle.

Enfin, il la retrouva.

Le lit se mit à buter rythmiquement contre le mur tandis que les hanches de Tina se soulevaient pour mieux venir se souder à lui.

Il joignit ses mains aux siennes. Leurs corps se mouvaient en cadence, parfaitement accordés.

Soudain, il la sentit se raidir contre lui. Elle enroula fièvreusement ses jambes autour de ses reins et le pressa contre lui comme le plaisir inondait ses traits.

La passion l'emporta à son tour, déferla en lui avec une force qui le laissa pantelant, murmurant son nom.

Son cœur battait si fort qu'il crut qu'il allait exploser. Il chercha son souffle, le regard perdu dans celui de Tina.

Elle lui sourit.

Toujours cette incroyable confiance.

Il avait tellement peur de la décevoir. De la détruire comme il avait détruit tant de choses dans sa vie.

Je ne veux pas la détruire.

Parce qu'elle était en train de devenir ce qu'il y avait de plus important dans sa vie.

Le signal GPS s'était immobilisé. Devast considéra l'usine désaffectée où il l'avait conduit.

Pas de véhicule garé devant. Rien ni personne alentour.

Ainsi donc, c'était la destination qu'avait choisie Mercer pour finir la partie. Intéressant.

Tu ne devrais pas me sous-estimer, Mercer.

Anton allait lui montrer à qui il avait affaire.

Il rangea sa voiture. Il était venu seul. A quoi bon sacrifier encore des hommes ? Il n'était là que pour transmettre un message.

Anton se dirigea vers l'entrée principale. Il avait attendu si longtemps ce moment. Il prit soin de se déplacer lentement. Veilla à prendre appui sur sa canne. Après tout, il était faible. Fragile.

Quelqu'un d'extrêmement serviable avait ouvert la chaîne qui maintenait la porte close.

Il fit mine de batailler quelques instants pour soulever la lourde chaîne. Elle tomba sur le sol. Il poussa le battant.

La porte s'ouvrit dans un grincement. Anton entra dans l'usine.

Silence total.

— Je sais que vous êtes là ! cria Anton. A quoi bon jouer ce petit jeu ?

Des pas étouffés retentirent derrière lui. Devant. Sur sa gauche, sa droite.

Et ils passèrent à l'attaque.

On lui enfonça le canon d'une arme dans le dos tandis qu'un couteau venait se poser contre sa gorge.

— On vous tient, gronda une voix masculine.

Anton haussa les épaules.

— Oui… C'est ce qu'on dirait.

Mais parler à des sous-fifres ne l'intéressait pas.

— Où est Mercer ?

Parce que, pour cette affaire-là, nul doute que Mercer s'était déplacé.

Les lumières de la vieille usine s'allumèrent, rangée après rangée.

Anton ne cligna même pas des yeux sous l'éclat puissant des lampes.

Je sais que les apparences peuvent être trompeuses. N'était-ce pas lui qui avait enseigné cette leçon à Mercer ?

Il regarda sur sa gauche. L'homme armé d'un couteau avait des cheveux courts, bruns, et un regard dur qui témoignait qu'il avait souvent côtoyé la mort de près.

Bien. Il ne serait donc pas surpris lorsqu'il la rencontrerait de nouveau.

Anton frappa le bout de sa canne sur le sol.

— J'ai demandé Mercer, déclara-t-il en rentrant un peu plus les épaules pour accentuer l'impression de fragilité qu'il donnait. Je sais… qu'il est là.

Il toussa.

— Où… est-il ?

— Ici, Anton, lança la voix de Mercer, résonnant dans l'usine vide.

O.K. Il était là. Le vieux démon sortait de l'ombre et s'avançait vers lui, l'air confiant.

Tu crois que tu as gagné.

Il était temps qu'il se rende compte que ce n'était pas le cas.

Il se pencha un peu plus en avant. Tant pis pour le couteau dont la pointe s'enfonça un peu dans sa chair. Peu importait. Ce n'était pas un peu de sang qui allait lui faire peur.

Il n'était pas du genre geignard.

Cela dit, Mercer non plus.

Il resserra sa prise autour de sa canne et la projeta subitement en avant. Avant que le couteau n'ait pu lui trancher la jugulaire, il enfonça le pommeau de la canne dans le flanc de l'homme, qui recula en trébuchant. Mais, déjà, Anton repassait à l'attaque.

Il fit volte-face et actionna le mécanisme qui déployait sa lame.

La lame effilée pénétra l'abdomen de l'idiote qui avait braqué son pistolet sur lui.

Le coup partit. La balle le toucha à la poitrine.

Il avait bien fait d'enfiler un gilet pare-balles.

Il se mit à rire en voyant l'agent s'écrouler. Il riait encore en se retournant pour regarder Mercer.

Et le pistolet que Mercer pointait sur lui.

— Rachel ? cria l'agent au couteau qui se penchait maintenant au-dessus de sa partenaire.

Quelle pitié. Ça n'allait pas être facile de la sauver. Anton lui avait porté un joli coup.

— C'est fini, Anton, dit Mercer, d'une voix dépourvue d'intonation, dure.

Il était temps de lui expliquer un peu la situation.

— Pas exactement, non, riposta-t-il calmement. A vrai dire, ça ne fait que commencer.

Mais, histoire de s'amuser un peu, il jeta sa canne à terre et ouvrit grand les bras, comme s'il se rendait.

— Tu ne peux pas me tuer tout de suite, n'est-ce pas ?

Mercer et son code de l'honneur. Il ne tirerait jamais sur un homme désarmé.

Les yeux de Mercer étincelèrent.

— Si.

Le sourire d'Anton disparut.

— Mais ce serait dommage. Parce que tu signerais l'arrêt de mort de trois femmes innocentes.

Mercer hésita.

O.K. Le code de l'honneur. Cela conduirait Mercer à sa perte, mais… pas tout de suite.

D'autres devaient mourir d'abord. Que valait une vengeance si votre victime ne souffrait pas ?

— Où est l'agent Lancaster ? reprit Anton en lançant un coup d'œil à la ronde.

D'autres agents étaient là, il en était sûr, mais ils se tenaient en retrait. Sur ordre de Mercer, évidemment.

— Il ne s'est pas joint à cette petite fête ? continua-t-il.

Lancaster avait dû mettre la fille de Mercer à l'abri avant de l'attirer ici.

Malin, mais pas suffisamment. Anton l'aurait bientôt à sa merci.

— Il me faut une ambulance ! Vite ! rugit l'agent, visiblement ébranlé.

Il devait vraiment tenir à cette femme. Comment l'avait-il appelée… Rachel ?

Mercer porta le téléphone à son oreille et aboya un ordre.

Ah, peut-être Lancaster allait-il venir aider ses camarades…

— L'agent Lancaster n'est pas ici, répondit Mercer.

Anton se mit à rire.

— Bien joué.

Mais pas assez bien.

Des bruits de pas précipités résonnèrent derrière lui. D'autres agents, suivis des secouristes.

Il jeta un coup d'œil à l'agent blessé. Une jolie femme, mais qui était en train de se vider de son sang sur ce sol poussiéreux.

— Emmenez-la vite à l'hôpital, dit-il, jugeant son conseil très judicieux. Sinon, tu auras une mort de plus sur la conscience, Mercer.

Les doigts de Mercer se resserrèrent autour du pistolet.

— C'est fini, Anton. Les bombes. Les menaces. Les morts… Terminé.

Quelqu'un lui passa les menottes.

Anton secoua la tête.

— C'est vraiment regrettable que Lancaster ne soit pas là. Mais tu peux peut-être lui faire passer un message ?

Mercer s'avança droit vers lui. Lorsqu'il fut à quelques centimètres de lui, il baissa le ton et déclara :

— C'était un accident. Tu le sais. Pourquoi diable as-tu déclaré cette guerre ?

Ce n'était pas un accident. Une vie perdue en appelait une autre.

— Dis à Lancaster que je sais quel est son prix, maintenant.

Le dégoût s'entendait dans la voix de Mercer lorsqu'il rétorqua :

— L'agent Lancaster n'est pas à vendre. Emmenez-le ! lança-t-il en se tournant vers ses hommes. Sécurité maximum. On va…

— Trois vies ! clama Anton tandis que des mains le saisissaient. La première des femmes mourra dans trois heures, la deuxième, dans six heures, et la dernière, dans neuf heures. Si j'étais toi, j'appellerais Lancaster. Je pense que cette information devrait capter son attention.

Mercer éleva une main et les agents qui s'apprêtaient à emmener Anton s'immobilisèrent.

— De quoi parles-tu ?

Anton se rengorgea d'aise. Ah, il avait enfin réussi à dérouter son vieil ami.

— J'ai dit à l'agent Lancaster que je voulais ta fille. Mais, au lieu d'accéder gentiment à ma demande, il l'a cachée.

— Je n'ai pas de fille, dit sèchement Mercer.

— Mais, bien sûr que si, voyons. La fille de Marguerite. La belle Marguerite. Elle est morte pour toi.

— C'est toi qui l'as tuée.

Un muscle tressauta sous la peau de sa mâchoire. *Ah, enfin, le masque tombait.*

— Tu n'y es pas du tout, proféra Anton, les souvenirs affluant à sa mémoire.

Des souvenirs sombres, douloureux.

— Et tu fais perdre un temps qui serait précieux à Lancaster. Je te l'ai dit… Une femme mourra toutes les trois heures.

— Quelles femmes ? Qui sont-elles ?

Ah, enfin, on arrivait au point d'orgue de son petit scénario… Anton s'en délecta d'avance.

— Les sœurs de Lancaster.

9

— Il n'y a plus de musique, nota doucement Tina.

Elle ne savait même pas quand le groupe avait cessé de jouer tant elle était absorbée par Drew — et par l'infini plaisir qu'il lui avait donné.

Ils étaient toujours au lit, blottis l'un contre l'autre. Le rythme régulier du cœur de Drew, sous sa main, la rassurait.

Mais elle se sentait toujours rassurée par sa présence.

Il dit que je vais bientôt retrouver la sécurité, mais c'est ici, maintenant, que je me sens en sécurité — auprès de lui.

Elle déposa un baiser sur son épaule, puis sur la cicatrice qui lui barrait la joue. Ce n'était pas la seule…

Il avait souffert. Il avait survécu.

Les doigts de Drew frôlèrent sa mâchoire.

— Dis-moi… Pourquoi une fille comme toi s'intéresse-t-elle à un type comme moi ?

Elle fronça les sourcils. *Un type comme moi.*

— Parce que tu es quelqu'un de bien. Tu es fort, courageux, sexy.

— Tu devrais me fuir, reprit-il, secouant la tête, ses cheveux paraissant plus sombres encore contre le blanc de l'oreiller. Ne jamais me laisser t'approcher. Parce que, chaque fois que je pose la main sur toi, j'ai envie que ça ne s'arrête jamais. Je veux davantage, toujours davantage.

A ces paroles, la gorge de Tina s'assécha subitement.

— Tant mieux parce que… moi aussi.

Qui sait ? Peut-être ne serait-ce pas impossible ? Ils

parviendraient peut-être à trouver une solution. Elle regarda la fenêtre. Le jour se levait. Ils avaient dû appréhender Devast maintenant. Elle était libre. La mission de Drew touchait à sa fin.

Peut-être même pouvaient-ils s'accorder encore un peu de temps ensemble… Oui, elle serait vraiment partante pour prolonger un peu ces précieux moments.

Le coup frappé à la porte la tira en sursaut de sa rêverie éveillée.

La tension resurgit instinctivement en elle. Leurs dernières visites surprises n'avaient pas exactement été de bonnes surprises.

— Ne t'inquiète pas. Je n'ai pas emporté de téléphone par mesure de sécurité supplémentaire. C'est Kelly, du bar, en bas. Elle devait me prévenir quand les choses seraient réglées.

Quand les choses seraient réglées. Bien sûr. Le cauchemar était fini.

Drew attrapa ses vêtements et s'habilla. Ne voulant pas être surprise, nue, dans cette chambre, Tina l'imita sans perdre de temps.

Le tambourinement recommença sur la porte, plus fort.

— Ouvrez ! cria une voix de femme. J'ai des ordres — ils ont besoin de toi, Drew.

Le Drew qui avait été dans ses bras quelques instants plus tôt disparut. Toute émotion quitta son visage tandis qu'il se dirigeait rapidement vers la porte.

Le regard brun de la jeune femme rousse se porta droit sur Tina, à l'arrière-plan, puis revint sur Drew.

— Il y a un problème. Un gros problème. Ils tiennent Devast… Mais il prétend qu'il a tes sœurs.

Tina s'avança, tendit la main vers lui.

— Drew…

Il se dégagea d'un mouvement d'épaule.

— Ce n'est pas possible. Ce salaud bluffe. C'est encore une de ses ruses.

La rousse pâlit.

— Pas d'après Mercer. Il veut que tu les rejoignes immédiatement. Les femmes…

Elle marqua un temps d'hésitation, le regard empli de compassion.

— Devast dit qu'elles seront tuées l'une après l'autre s'il n'obtient pas satisfaction.

Le regard de Kelly s'arrêta sur Tina.

— C'est vous qu'il veut.

L'ascenseur tinta, les portes coulissèrent et Drew traversa en trombe le troisième étage des bureaux du F.B.I. à Dallas, Tina à son côté. Il avait beau être en proie à la plus grande confusion, une pensée demeurait constante à son esprit : *c'est à moi de la protéger.*

La rage bouillonnait en lui, juste sous la surface. Il n'avait pas vu ses sœurs depuis plus d'un an. Sachant qu'il avait des ennemis, il s'efforçait de les tenir à l'écart de sa vie tumultueuse.

Mais il leur faisait parvenir de l'argent. Sa mère était décédée quelques années plus tôt, mais il avait continué à envoyer les chèques à ses sœurs. Tous les mois, avec une régularité de métronome. Il tenait à aider sa famille.

Et, maintenant, elles sont peut-être en danger à cause de moi.

Il serra plus fort la main de Tina. Elle était la seule chose qui le raccordait encore à un semblant de raison.

Kelly leur avait dit de retrouver Mercer dans les bureaux du F.B.I. Comme d'habitude, il avait fait jouer ses contacts et obtenu qu'ils leur libèrent le troisième étage.

Des agents se levèrent à son approche, l'air suspicieux.

O.K., il devait avoir l'air d'un fou, mais il n'était pas d'humeur à laisser quiconque lui chercher des noises.

Il faillit perdre son sang-froid lorsque l'un des types du F.B.I. s'avança pour lui barrer la route.

— Doucement, tonna la voix de Mercer depuis le fond du couloir. C'est l'agent Lancaster. Si j'étais vous, je ne me frotterais pas à lui.

L'agent fédéral retourna à sa place initiale.

— Où est Devast ? demanda Drew à son patron.

Mercer indiqua la porte par laquelle il était sorti.

— Là-bas. Aucun risque qu'il nous échappe. Deux agents sont dans la pièce, avec lui. Deux autres gardent la porte.

— Est-ce qu'il a les sœurs de Drew ? questionna Tina.

Mercer reporta son regard sur elle.

— Je suis désolé que vous ayez été entraînée dans cette affaire, docteur Jamison.

Il l'attira un peu à l'écart de Drew.

— Mais, rassurez-vous, vous ne risquez plus rien maintenant. Devast ne vous menacera plus.

Mais Tina secoua la tête.

— Ne me donnez pas du « Dr Jamison », riposta-t-elle sèchement en redressant le menton. Je sais que nous jouons cette petite comédie habituellement, mais... pas maintenant. Je ne vais pas faire semblant...

Elle s'interrompit, prit une profonde inspiration et répéta :

— Est-ce que Devast a les sœurs de Drew ?

Mercer regarda Drew. Au bout d'une seconde d'insoutenable tension, il déclara :

— Nous avons eu confirmation qu'elles sont portées disparues.

Drew recula d'un pas, sous le choc. *Kim. Heather. Paige.*

— Nous n'avons pas encore la preuve que c'est Devast qui les tient. Il est venu seul à l'usine, sans le moindre renfort, et il a dit...

— Je veux lui parler, assena Drew, certain qu'en cinq

secondes il saurait si Devast disait vrai ou si c'était encore une de ses mystifications.

Mercer hocha la tête. Il pointa du doigt le fond du couloir.

— Il est dans la deuxième salle. La pièce est équipée d'un miroir sans tain, donc…

— Regardez si vous voulez, je m'en moque.

Les mots avaient du mal à sortir tant il avait la gorge nouée.

Ses sœurs… Jamais le côté obscur de sa vie n'aurait dû les affecter. Jamais.

Kim allait bientôt se marier.

Heather… Heather venait juste d'accepter un nouveau poste d'enseignante.

Et la cadette de la fratrie… Paige était entrée à l'université deux mois plus tôt.

— Ne le tuez pas.

La voix de Mercer lui fit relever brusquement la tête.

— Vous m'entendez, agent Lancaster ? Ne… le… tuez… pas, répéta-t-il en détachant les mots. C'est un ordre.

Il pense que Devast ne ment pas.

Tina se planta devant lui.

— Drew… Que puis-je faire ?

— Rien.

La rage menaçait de perforer la glace.

— S'il les a, je trouverai où elles sont.

Et il les arracherait aux griffes de cette ordure.

Il fit un pas de côté pour contourner Tina et s'éloigna.

Au signe de tête de Mercer, les deux hommes qui montaient la garde devant l'une des portes s'écartèrent.

Drew poussa le battant. Devast était assis à une petite table. Ses poignets étaient menottés aux pieds de la table. Il leva la tête et regarda Drew s'avancer, le sourire aux lèvres.

— Alors… Prêt à négocier avec moi, maintenant, agent Lancaster ? demanda-t-il posément. Vous voyez, je vous avais bien dit que je connaissais votre prix.

*
* *

Tina avait les yeux rivés sur le miroir sans tain. Mercer, debout à côté d'elle, observait la scène en silence.

— Vous ne connaissez rien de moi, répondit Drew à Devast, d'une voix froide, métallique — totalement dépourvue d'émotion.

Voilà l'agent sans état d'âme dont on parle… Le robot de glace.

Anton Devast, lui, était d'apparence âgée et fragile, mais on sentait qu'il transpirait le mal par tous les pores. Il secoua la tête.

— C'est là que vous vous trompez. Vous êtes obsédé par le besoin de vous racheter, de réparer vos erreurs. Mais vous avez beau faire, vous n'arrivez pas à laver le sang que vous avez sur les mains.

Drew posa les mains à plat sur la table et se pencha vers Anton.

— La DOS vous a eu. Vous avez donné tête baissée dans le piège que nous vous avons tendu. Alors, maintenant que vous êtes fait comme un rat, vous tentez désespérément un dernier coup de bluff, un baroud d'honneur — si tant est que vous sachiez ce que veut dire ce mot. Mais laissez-moi vous dire que…

— Mercer n'arrive pas à localiser vos sœurs, n'est-ce pas ? coupa Anton d'une voix aimable que démentait son sourire satisfait. Je suis sûr qu'il dit que ce n'est qu'une question de temps, qu'il a dépêché des agents sur place, dans le Mississippi, etc., etc.

Anton secoua la tête.

— Je lui ai indiqué clairement la façon dont les choses se passeraient. Une femme, toutes les trois heures. Il ne reste pas beaucoup de temps avant que la première ne meure.

Tina braqua un regard stupéfait sur Mercer.

— Pourquoi ne pas nous avoir dit… ?

— On ne négocie pas avec des terroristes, l'interrompit-il d'une voix détachée.

Mais son regard ne l'était pas, lui.

— Anton Devast est un terroriste, recherché dans plus d'une douzaine de pays. Nous n'accepterons aucune de ses demandes. D'autant moins que cette demande touche un membre du personnel de la DOS qu'il entend tuer.

Moi.

— J'exige une preuve de vie.

L'attention de Tina se reporta immédiatement de l'autre côté de la vitre d'observation.

Le sourire d'Anton s'élargit.

— Je savais que vous me demanderiez ça. Elle va arriver. Mercer va recevoir un appel d'un moment à l'autre.

Drew ne quittait pas le tueur des yeux.

— Si vous avez mes sœurs, ne vous avisez pas de leur faire le moindre mal ou je vous le ferai regretter.

Anton arqua un sourcil.

— Si elles souffrent, ce sera par votre faute. Je vous ai offert une belle somme d'argent. Vous auriez dû l'accepter.

Anton haussa les épaules, son mouvement quelque peu entravé par les menottes.

— Vous auriez même pu le leur envoyer, comme tous les autres chèques que vous leur faisiez parvenir.

— Nom d'un chien, proféra Mercer, les dents serrées. C'est comme ça qu'il est remonté jusqu'à elles. Par le biais des chèques que leur adressait Lancaster.

Tina dut se retenir de se précipiter dans cette pièce pour aider Drew. Elle avait cru le cauchemar terminé, mais il menait en ce moment le combat le plus difficile de toute sa vie.

S'efforçant de dominer l'émotion qui l'étreignait, elle dit :

— Ses sœurs sont sa seule famille.

Il avait essayé de dissimuler son émotion lorsqu'il lui avait parlé d'elles, mais sa voix avait bien failli se briser quand il avait fait allusion aux « filles », elle l'avait remarqué.

Sans elles, Drew serait perdu.

Elle le vit se redresser de toute sa hauteur, fusiller l'homme menotté du regard.

— Je vais vous anéantir, gronda-t-il.

— Des promesses, toujours des promesses, railla Anton.

Pas une goutte de sueur ne perlait à son front. Il avait beau être dans les locaux du F.B.I., capturé par la DOS, cerné par une armée d'agents fédéraux, il était toujours aussi suffisant.

— C'est Devast qui tire les ficelles, murmura Tina.

Parce que c'était lui qui avait toutes les cartes en main.

— Je ne peux pas négocier, répéta Mercer.

Elle coula un regard vers lui. Même au plus fort de la tension, il gardait la tête froide. Tandis qu'elle l'observait, elle le vit sortir précipitamment son téléphone de sa poche et consulter l'écran.

— Sydney est connectée à mon téléphone depuis Washington. Elle peut localiser l'origine de tous les appels entrants. Si ce bâtard envoie vraiment une preuve de vie, on devrait pouvoir les retrouver.

La porte s'ouvrit brusquement. Drew passa la tête dans l'embrasure.

— Est-ce que vous avez reçu un appel ?

Mercer secoua la tête.

— Pas encore. Il…

Le téléphone se mit à sonner dans la main de Mercer à cet instant précis. Il baissa les yeux. Tina suivit son regard. Le message « Numéro inconnu » s'affichait sur l'écran. Mercer porta l'appareil à son oreille.

Tina entendit clairement le cri, à l'autre bout de la ligne.

Drew se rua vers Mercer et lui arracha le combiné des mains.

— Qui est là ? Qui est à l'appareil ? lança-t-il.

— Drew ! Drew, c'est toi ? C'est... C'est Paige. Ils m'ont dit que tu allais venir me chercher. S'il te plaît, viens vite ! Je t'en supplie !

Plus un muscle ne bougeait sur le visage de Drew. Il laissa — délibérément ? — passer quelques instants avant de répondre d'une voix glaciale :

— Qu'est-ce que je t'ai offert pour tes sept ans ?

— Une boîte à bijoux. Tu avais gravé mon initiale sur le couvercle, répondit la voix effrayée. On n'avait pas un sou, mais tu disais qu'un jour tu m'achèterais des bijoux à mettre dedans.

Elle s'interrompit, se remit à crier.

— Ne lui faites pas de mal ! explosa Drew.

Envolées la glace et la maîtrise. Seules subsistaient dans sa voix la peur et la fureur.

On raccrocha.

Mercer lui prit le téléphone des mains.

— Sydney a peut-être localisé l'origine de l'appel, dit-il d'un ton bref.

— Si la communication a duré assez longtemps.

Drew se retourna et contempla Anton à travers le miroir.

Anton regardait dans sa direction comme s'il pouvait le voir.

Tina tendit le bras, mais il s'écarta vivement d'elle.

Sa main, suspendue à mi-course, se referma. Elle la laissa retomber.

— On va les retrouver, Drew. Quoi qu'il faille faire...

— La DOS ne négocie pas avec les terroristes, coupa-t-il.

C'était mot pour mot ce qu'avait dit Mercer. Drew les débitait comme une leçon apprise de longue date. Il la regarda puis répéta, à voix basse cette fois :

— La DOS ne négocie pas avec les terroristes.

Il jeta un bref coup d'œil à Mercer.

— Considérez qu'à partir de cette minute je ne fais plus partie de la DOS.

Puis il pivota sur lui-même et retourna dans la salle d'interrogatoire.

— Sydney ? dit Mercer, le téléphone collé à l'oreille. Dites-moi que vous l'avez. Ils nous ont fourni une preuve de vie et il ne nous reste qu'une heure avant qu'il ne mette à exécution sa menace, pour la première femme.

Tina attendit, immobile, s'efforçant de respirer à fond.

— Où ça, en Louisiane ? demanda Mercer. Il me faut quelque chose de plus précis. Tout de suite !

Une personne connaissait l'endroit précis où elles se trouvaient, songea Tina. L'homme qui narguait Drew en ce moment même, un sourire cynique aux lèvres, de l'autre côté de cette fichue vitre.

Son sang ne fit qu'un tour.

Profitant de ce que Mercer lui tournait le dos, toujours au téléphone, elle se rua vers la porte et sortit. Les hommes qui gardaient l'autre porte se raidirent en la voyant approcher, mais ils savaient qu'elle suivait l'interrogatoire en compagnie de Mercer. De plus, ils la connaissaient puisqu'elle les avait tous reçus en visite médicale. Elle se borna donc à déclarer :

— Mercer veut que j'assiste Lancaster.

N'ayant pas l'habitude de l'entendre mentir, ils la laissèrent passer.

Rapidement, elle se glissa à l'intérieur au moment où Anton disait :

— Si vous voulez les revoir en vie, donnez-moi ce que je veux.

— Eh bien, me voilà, proclama-t-elle.

Drew fit volte-face.

— Tina.

Elle ne le regarda pas, se concentrant sur Anton.

— Vous me vouliez… Je suis là.

Le sourire se dissipa tandis qu'il l'étudiait.

— Ce que je veux, c'est vous voir morte.

Drew avança et vint se placer devant Tina.

— Ça n'arrivera pas.

— Dans ce cas, vous ne reverrez pas vos sœurs vivantes, lâcha Anton d'un ton mauvais. Si vous vouliez tellement les garder en vie, vous vous pencheriez, vous prendriez ce couteau que vous avez à la cheville et vous le lui planteriez en plein cœur tout de suite.

Tina se crispa malgré elle.

— Si je la tue, proféra Drew d'un ton âpre, qui me dit que vous ne tuerez pas quand même mes sœurs ? Je ne suis pas idiot, je connais vos façons de procéder, et ce n'est jamais à la loyale.

La porte s'ouvrit de nouveau et alla claquer contre le mur.

Tina jeta un coup d'œil par-dessus son épaule. Mercer se tenait dans l'entrée de la pièce. Ses yeux s'arrêtèrent sur elle.

— Dehors ! ordonna-t-il.

Anton rit.

— Elle est courageuse, hein ? Entrer comme ça, contre ton avis… Peut-être qu'elle tient plus de Marguerite que je ne le croyais.

Marguerite. Tina avait déjà entendu parler d'elle. Pas par Mercer, mais par son vrai père. Alors qu'il discutait un jour avec la mère de Tina, il avait dit : « Bruce ne sera plus jamais le même. La perte de Marguerite l'a brisé. »

Mercer s'avança et attrapa Tina par le poignet.

— Allez, dehors. Tout de suite.

On ne négocie pas avec des terroristes.

— J'ai un marché à vous proposer, annonça Tina.

Le silence se fit dans la pièce. La tension était à son maximum.

Tina dégagea son bras. Elle passa devant Drew et se planta devant ce démon qui était assis, menotté à la table. Combien de vies avait-il prises ?

Vous ne détruirez plus personne.

— On ne peut pas avoir confiance en vous, commença-t-elle en regardant Anton droit dans les yeux.

— Ni en lui, rétorqua-t-il en désignant Mercer du menton. Vous le prenez pour quelqu'un de bien ? Pour celui qui est du côté de la loi ?

Il pinça les lèvres avec mépris.

— Vous allez perdre la vie par sa faute, ma petite. A cause de ce qu'il m'a fait. Votre père se prétend du côté de la justice, mais il a tué mon fils, Jonathan.

Mercer passa en trombe devant Drew. Il frappa du poing sur la table, si fort que le plateau se fendilla sous le choc.

— Cette attaque t'était destinée, à toi ! Comment aurais-je pu deviner que tu avais entraîné ton fils dans cette vie ? C'était toi qui étais derrière l'agression dans laquelle Marguerite a perdu la vie. Tu l'as tuée…

— Elle ne devait pas mourir !

Anton essaya de se lever, mais les menottes le ramenèrent en arrière.

— Je voulais la prendre en otage. Ta fille, aussi. C'était pour faire pression sur toi parce que tu étais sur le point de découvrir…

— Que tu étais un salaud de traître qui avait vendu non pas un, mais deux pays ? Exact, Anton, je l'avais découvert !

Ils se rejetaient mutuellement la faute, s'écharpaient à propos de vies perdues depuis longtemps. Mais qu'en était-il de celles qui étaient aujourd'hui entre les mains d'Anton ?

— On ne peut pas vous faire confiance, ni à l'un ni à l'autre, assena Tina. Et le temps passe alors qu'il n'en reste plus beaucoup.

Inspirer… expirer. Inspirer, expirer.

Anton et Mercer reportèrent leur attention sur elle. Elle se concentra sur celui des deux qui menait la danse, alors même que c'était lui le prisonnier.

— Nous savons qu'elles sont en Louisiane, reprit Tina en faisant appel à tout le sang-froid dont elle était capable. Et nous ne tarderons pas à savoir où, exactement. Alors, vous feriez aussi bien de nous le dire.

Peut-être qu'elle était en train d'apprendre à se comporter en… agent fédéral ?

Anton l'observa pendant quelques instants puis regarda Drew.

— Vous n'avez toujours pas pris ce couteau. Il faut croire que la vie de vos sœurs ne vous importe pas tant que ça, finalement.

Tina plissa les yeux, s'efforçant de trouver une issue à ce cauchemar. Puis elle secoua la tête.

— Vous êtes trop intelligent pour ça. Vous n'auriez pas tout misé sur le fait que Drew me tuerait.

— Drew ? murmura Anton. Comme c'est charmant… et familier. Moi qui croyais qu'il n'était que l'agent Lancaster…

Elle avait gaffé.

— Drew et Tina, continua Anton sur sa lancée. Je comprends mieux pourquoi ses sœurs lui paraissent tout à coup moins importantes.

— Sortez de cette pièce, ordonna Drew en regardant Tina, puis Mercer. Tous les deux.

Il contourna la table à laquelle Anton était attaché, l'air menaçant.

— Coupez les caméras. Interdisez l'accès à la salle. Laissez-le-moi. Je me charge de le faire parler.

Anton secoua la tête d'un air faussement désolé.

— Tttt… Ça ne servira à rien. Demandez à Mercer… Je ne craquerai pas.

Il fallait que cela cesse.

— Voilà ce que je vous propose, reprit Tina, parlant haut et clair. Emmenez-nous tous les deux, Drew et moi, à l'endroit où vous retenez ses sœurs. Dès que Drew les aura retrouvées… vous pourrez me tuer.

Ou, beaucoup, beaucoup mieux, ils auraient d'ici là trouvé une autre solution.

— Ça suffit ! gronda Mercer en l'attrapant de nouveau.

Mais elle n'en avait pas fini. Ignorant la brûlure, dans sa poitrine, elle poursuivit, très vite :

— Vous avez posté des hommes dans le secteur, c'est évident. Un homme comme vous ne laisse rien au hasard. Vous saviez que l'agent Lancaster ne me tuerait pas sans s'être assuré au préalable que ses sœurs étaient en sécurité. Vous vouliez un échange... Eh bien, je vous en propose un. Faites venir vos hommes. Demandez-leur de nous conduire jusqu'à elles. Ensuite, je... j'échangerai ma vie contre les leurs.

Anton sourit.

— Je me demandais si quelqu'un finirait par entendre raison.

Tina songea à part soi que lui n'avait pas entendu raison depuis bien, bien longtemps.

La tension redoubla dans la salle d'interrogatoire tandis qu'Anton réfléchissait.

— Mercer reste avec moi, déclara finalement Anton en inclinant la tête. Je veux voir son visage quand il apprendra que vous êtes morte.

Il acceptait.

— Vous et votre agent... je vais vous expliquer où aller. Vous n'avez pas besoin que mes hommes vous emmènent. Ils vous attendront là-bas.

Pour mieux nous piéger, pensa Tina. Mais elle garda le silence. Il continuait à parler et c'était exactement ce qu'elle voulait.

— Elles sont dans un des cimetières pour chars de mardi gras à La Nouvelle-Orléans, près du fleuve.

Il donna l'adresse sans se faire prier, comme si ça n'avait pas d'importance.

— Allez-y. Seuls. L'endroit est truffé d'explosifs. Si d'autres que vous essaient d'entrer, mes hommes ont ordre de tout faire sauter. Et de tuer les femmes.

Ebranlée, mais cherchant toujours à gagner du temps, Tina se passa la langue sur les lèvres.

— Nous ne pourrons pas arriver à temps. Il faut nous…

Il se mit à rire.

— Apportez-moi un téléphone. Je vais dire à mes hommes de les garder en vie jusqu'à votre arrivée.

On ne peut pas avoir confiance en vous.

— Souvenez-vous, ma petite, seulement vous et l'agent Lancaster. Faites venir des renforts ou la police, et vous assisterez à un joli feu d'artifice !

Drew entraîna Tina hors de la salle d'interrogatoire. Il la poussa dans le premier bureau vide qui se présenta. Au regard qu'il jeta à Mercer et aux autres agents, personne n'essaya de leur emboîter le pas.

— Tu es complètement folle ! Tu te rends compte de ce que tu fais ?

— J'essaie de sauver ta famille, riposta-t-elle, les joues en feu, les yeux brillants.

— En te sacrifiant ?

Il avait envie de la secouer pour lui faire entendre raison. De tuer Anton Devast.

— Je ne mourrai pas.

Elle avait dit ça avec une telle assurance…

— Il s'agissait juste de gagner du temps… Le temps que nous trouvions une solution.

Oh ! bon sang ! Toujours cette satanée confiance. Il fallait vraiment qu'elle cesse de le voir à travers des lunettes roses ! *Regarde-moi tel que je suis.*

— Quand nous entrerons là-bas et que nous les aurons rejointes, nous devrons affronter au moins une douzaine d'hommes d'Anton. Tu crois qu'ils me laisseront gentiment repartir avec mes sœurs ?

— C'est pour ça que nous aurons des renforts. Anton

a dit que nous devions venir seuls. Mais nos agents seront tapis en embuscade. Ils attendront le moment propice pour donner l'assaut et…

Elle ne comprenait pas. Tina n'avait pas vécu sa vie entière au contact du mal. Elle ne saisissait pas la façon dont les hommes comme Anton fonctionnaient.

— Peut-être qu'il a donné l'ordre de tout faire sauter à la minute où nous franchirons la porte. Tu peux me dire à quoi serviront les renforts si nous sommes tous morts ?

Tina tressaillit.

— Mon plan vaut ce qu'il vaut, dit-elle doucement. Mais je n'en avais pas d'autre. Au moins, maintenant, nous savons où sont tes sœurs.

Et tout ce que j'ai comme monnaie d'échange, c'est toi.

— Quand je pense que tu n'es même pas sa fille.

Il allait retourner voir Anton, lui dire la vérité.

— Ça n'a plus d'importance…

Puis elle partit d'un petit rire. Un rire amer qui ne lui ressemblait pas.

— Au point où nous en sommes, peut-être même que seul le mensonge compte. Si Anton découvrait maintenant que je ne suis pas celle qu'il croit, je ne donnerais pas cher de la peau de tes sœurs. Il veut que nous allions à La Nouvelle-Orléans. Il veut que nous entrions dans le lieu où elles sont détenues. Et c'est ce que nous allons faire. Tant que nous sommes en vie, nous avons une chance.

— Je déteste l'idée de te faire courir un risque pareil.

Elle combla la distance qui les séparait et effleura la marque qui lui barrait la joue. Ses cicatrices ne l'avaient jamais rebutée.

Je ne peux pas la laisser mourir.

Mais il ne pouvait pas non plus laisser souffrir ses sœurs.

— Nous n'allons pas nous jeter dans la gueule du loup désarmés, reprit-elle. On sera connectés en permanence à la DOS. Mercer et les autres pourront nous suivre à la trace grâce à nos mouchards. Il y aura des tireurs d'élite positionnés tout autour du bâtiment où elles sont retenues...

Elle parlait à toute allure maintenant.

— Ils connaîtront la position des hommes d'Anton par notre intermédiaire. A tout moment, ils pourront intervenir en cas de pépin. On peut y arriver !

Il l'attira dans ses bras et l'embrassa avec la ferveur du désespoir.

Elle faisait bonne figure, essayait de se montrer brave, mais elle avait tort. Même les missions préparées les plus minutieusement pouvaient tourner au drame en un clin d'œil. On ne pouvait jamais tout prévoir.

Ils allaient accepter le marché de dupes d'Anton, mais quant à savoir s'ils en sortiraient vivants...

Rien n'était moins sûr.

— J'ai confiance en toi, murmura Tina tout contre sa bouche. On va y arriver.

Drew cala son front contre le sien.

— Je ne veux pas te perdre.

— Tu ne me perdras pas.

La porte s'ouvrit derrière elle, livrant passage à Mercer. Il s'immobilisa sur le seuil.

— C'est du suicide, assena-t-il d'une voix abrupte.

Un pli profond creusait son front. Jamais Drew ne l'avait vu aussi soucieux.

Sans quitter le cercle des bras de Drew, Tina se retourna.

— Ce serait du suicide si nous ne revenions pas, souligna-t-elle, les épaules calées contre le torse de Drew. Mais nous reviendrons.

La pomme d'Adam de Mercer monta et descendit.

— Jamais je n'ai voulu ça pour toi. Si ton père était ici, il...

— Mon père était un homme courageux. Il n'aurait jamais permis que trois femmes innocentes meurent.

Mercer s'avança.

— Toi aussi, tu es innocente.

— Ce sont… les sœurs de Drew.

Sa voix se brisa.

Le cœur de Drew se contracta douloureusement. Elle avait décidé de mettre sa vie en jeu… pour lui.

— Tu ressembles beaucoup à ton père, murmura Mercer. Il était si fier de toi…

Mercer carra les épaules et se tourna vers Drew.

— Je sais que vous préféreriez avoir votre propre équipe, Lancaster, mais Mancini est hors jeu. Elle se rétablit à l'hôpital. Elle vient de sortir du bloc opératoire. Dylan est en route pour l'aéroport. Deux autres agents de la DOS — Gunner Ortez et Logan Quinn — vous rejoindront à La Nouvelle-Orléans. Gunner est mon meilleur tireur d'élite. Il aura les yeux rivés en continu sur ce bâtiment.

Gunner Ortez était le mari de Sydney. Pour les avoir vus à l'œuvre, Drew savait quel duo de choc Gunner et Logan Quinn formaient.

— Il y aura d'autres agents sur zone, évidemment, ajouta Mercer. Vous serez tous deux équipés d'émetteurs et constamment reliés à nous. Au premier signe que le plan est compromis, vous prononcerez le mot de code pour appeler les troupes. Compris ?

Drew hocha la tête, la mine sombre. De son point de vue, ils allaient droit dans le mur.

— C'est quoi, le code ? questionna Tina à voix basse, le corps tremblant contre Drew.

— Echappatoire.

Mercer jeta un coup d'œil au miroir sans tain. Devast croyait les manipuler comme des pantins.

Il se trompait.

Mercer reporta son regard sur Cooper Marshall.

— Vous connaissez vos instructions…

Drew et Tina ne seraient pas seuls dans cet entrepôt. Hors de question.

— Désamorcer les bombes. Eliminer les suspects. Vous aurez votre propre équipe sur place. Tous les moyens sont bons, vous avez carte blanche.

Il prit une profonde inspiration.

— N'oubliez pas : la priorité, c'est d'évacuer les civils. Je veux que le Dr Jamison revienne vivante.

— Oui, monsieur.

Anton était assis, toujours menotté mais l'air toujours aussi content de lui.

Il veut voir ma tête quand ma fille mourra.

Comme ce fumier l'avait regardé en face quand il avait appris la mort de sa femme, Marguerite. Dire qu'il avait fait semblant de compatir…

Mais la comédie était terminée.

Mercer vérifia son arme. La fin était proche — la fin d'Anton.

10

Ils étaient de retour à La Nouvelle-Orléans. C'était étrange de se retrouver ici, dans la ville même où elle avait été enlevée.

— Retour à la case départ, murmura-t-elle comme l'avion se posait.

Deux agents les attendaient au pied de la passerelle. Tina reconnu Gunner Ortez et Logan Quinn. Gunner était marié à son amie intime, Sydney. En temps normal, Gunner se montrait plutôt réservé avec elle — comme avec tout le monde, d'ailleurs. L'archétype du grand brun ténébreux. Mais, lorsqu'elle posa le pied sur le tarmac, il la prit dans ses bras.

— Il ne t'arrivera rien, promit-il à son oreille. Syd me tuerait si tu revenais de cette mission avec ne serait-ce qu'une ecchymose.

Tina laissa échapper un petit rire étranglé.

— Merci, Gunner.

— Je ne te quitterai pas des yeux, continua-t-il en s'écartant juste assez pour poser sur elle son regard calme, déterminé. Pas un seul instant.

C'était rassurant, songea Tina, ravalant les larmes qu'elle sentait venir. Puis elle suivit les agents en direction du hangar. Quelques minutes plus tard, elle était équipée d'un micro et d'un gilet pare-balles.

Elle en avait déjà porté les rares fois où elle s'était

rendue sur le terrain. Le lourd gilet protecteur aurait dû la rassurer. Mais non.

On arrima un holster à sa cheville dans lequel on glissa un couteau. Les agents lui donnèrent même une arme à feu. *Enfin.*

— Ils prendront certainement ces armes sitôt que vous serez entrée, la prévint Logan Quinn. Mais ils ne les trouveront pas toutes.

Drew avait été suréquipé. De multiples armes à feu. Plusieurs armes blanches.

On lui donna à elle aussi des armes de secours. Equipée comme elle l'était maintenant, elle aurait constitué une menace sérieuse si elle avait reçu la formation adéquate.

— Contentez-vous de viser et de faire feu, lui conseilla Logan en la regardant au fond des yeux.

Logan Quinn — Alpha One. Chef d'une unité d'élite de la DOS connue sous le nom des Agents de l'ombre. Au combat, il était insurpassable.

— Si vous les voyez avancer vers vous, c'est pour vous tuer. N'ayez aucune hésitation.

Tina hocha la tête. Elle aurait aimé avoir quelques minutes seule en tête à tête avec Drew.

Le temps de lui dire au revoir.

Il se tenait très droit. La peur devait le tenailler, mais il ne montrait rien.

Il aboyait des ordres. Inspectait les équipements.

Comment pouvait-il être aussi calme ?

— Si tu ne compartimentes pas, observa Gunner, suivant son regard, à côté d'elle, tu ne vaux rien sur le terrain. Il faut savoir faire abstraction de tout pour être efficace et totalement concentré.

C'était exactement ce que faisait Drew.

Mais elle en était incapable.

Son cœur saignait pour lui. Elle voulait qu'il retrouve sa famille. Qu'il soit heureux.

Parce que je l'aime.

Et qu'on ne vienne pas lui dire que c'était trop rapide, trop soudain. Elle le connaissait depuis des années, avait passé la presque totalité de ce temps-là à fantasmer sur lui. Et puis, ils s'étaient trouvés réunis sur le terrain. Et la réalité avait dépassé ses attentes.

Elle n'oublierait jamais le moment où ils avaient dansé ensemble, au-dessus de ce bar, au Texas. Il avait baissé sa garde et lui avait permis de voir qui il était vraiment.

Le téléphone de Logan sonna. Il s'écarta d'elle.

Gunner se détourna.

Tina fit un pas vers Drew et lui toucha le bras.

— Je… Est-ce qu'on peut parler un instant ?

Son regard vint se planter dans le sien.

— Je t'ai évacuée de cette ville il y a seulement quelques jours.

Elle hocha la tête.

— J'étais littéralement terrifiée, à ce moment-là.

D'un ton toujours impassible, il souligna :

— Et, moi, j'étais furieux. J'avais envie de pulvériser ces types qui avaient osé s'en prendre à toi.

Il marqua une pause.

— D'ailleurs, je les ai pulvérisés.

Il y avait une telle intensité dans sa voix… Drew était entièrement vêtu de noir et semblait se fondre dans les ombres.

— Lorsque je t'ai vu sur le toit de cet immeuble, reprit Tina, j'ai su que je m'en tirerais.

Il serra les lèvres.

— Cesse d'avoir tellement confiance en moi.

Elle secoua la tête.

— C'est impossible. Et j'ai besoin que, toi aussi, tu me fasses confiance, Drew. Je vais y arriver.

— Et si tu es prise d'une nouvelle crise ? S'ils pointent

une arme sur ta tempe ? Tu crois que tu y arriveras s'ils s'apprêtent à te tirer une balle dans la tête ?

A cette évocation effrayante, Tina déglutit. Mais elle rejeta les épaules en arrière.

— Je ferai ce qui est nécessaire.

— On croirait entendre Mercer.

Mais sa main vint se poser sur son épaule.

— Je ne veux pas que tu fasses « ce qui est nécessaire ». Je veux que tu sauves des vies. Je veux que tu sois en sécurité.

Il secoua la tête.

— Mais j'aurais dû m'en douter. Je détruis tout ce que j'approche.

— Tu ne m'as pas détruite, protesta-t-elle posément.

Il la rendait plus forte. Il…

— On a confirmation des coordonnées précises de l'endroit, annonça Logan en revenant vers eux.

— On va vérifier qu'il n'y a pas de civils dans le coin, les assura Gunner. Si besoin est, on dégagera la zone — discrètement.

Pour le cas où le bâtiment exploserait.

— Bien… Il est temps d'y aller, reprit Logan. Dylan Foxx nous retrouvera sur place. On va encercler le bâtiment et on se tiendra prêt à intervenir à votre signal.

Drew recula d'un pas. Il ne regardait pas Logan. Il n'avait d'yeux que pour Tina.

— Vous allez vous en sortir vivante, docteur.

Tina prit ses mains.

— Vous aussi, agent Lancaster.

Mais il ne répondit pas. Un étau glacé enserra le cœur de Tina.

Le bâtiment de briques à un étage se profilait, menaçant, au bout de la rue, cerné par une haute clôture surmontée de fil de fer barbelé.

Quatre voitures étaient garées devant. Deux 4x4 et deux camionnettes.

Un homme montait la garde devant l'entrée principale.

— J'ai un homme posté sur l'arrière, annonça la voix de Gunner dans l'écouteur de Drew. Et un autre, côté est.

— Un troisième a pris position à l'ouest, ajouta Logan.

Ils étaient tous reliés par radio, mais l'émetteur placé dans le conduit auditif de Drew était si discret que les hommes d'Anton ne le décèleraient pas avant qu'il ne soit trop tard.

Drew sortit de la voiture de location. Il contourna le véhicule et ouvrit la portière à Tina. Elle descendit, pâle, mais le regard résolu. Le soleil scintillait dans ses cheveux.

— Tu es la femme la plus extraordinaire que j'ai rencontrée, docteur, dit Drew.

Elle cligna des yeux et le regarda, l'air un peu perdu.

Il se pencha et souffla à son oreille.

— Et je préférerais mourir que de les laisser te faire du mal.

Il fallait que ce soit bien clair.

Il donnerait sa vie plutôt que la laisser sacrifier la sienne.

Leurs mains se joignirent. Ensemble, ils avancèrent vers le bâtiment.

Le garde se tendit. Il pointa son arme sur eux.

— Je suis l'agent Lancaster. Je crois que vous m'attendez. Que vous nous attendez.

Les hommes postés par Gunner allaient se concentrer sur ce garde. S'il faisait mine de vouloir tirer, Gunner l'abattrait et les agents embusqués tout autour de la propriété investiraient les lieux.

Mais le vigile ne fit pas feu. Il s'approcha de la barrière et ouvrit le cadenas qui maintenait la grille fermée. Il les escorta jusqu'à la porte, qu'il ouvrit. L'intérieur était plongé dans l'obscurité.

Une odeur de sang monta aux narines de Drew.

Paige.

Mais il ne s'élança pas en avant. Du coin de l'œil, il avait vu la bombe, placée là, juste à quelques pas de l'entrée, sur sa gauche.

— Tiens, tiens, tiens… Notre ami Stone. Comme on se retrouve, lança une voix familière.

Bon sang. Drew se tourna vers la droite, d'où venait la voix. L'homme qui sortait de l'ombre avait les cheveux blonds. Des yeux marron qui le dévisageaient d'un air mauvais. Et un couteau à la main.

Carl Monroe.

Il était caché derrière l'un des grands chars de défilé qui étaient entreposés dans le grand hangar.

— J'espérais bien te revoir…

Son regard dériva vers Tina.

— Vous revoir tous les deux.

— Ils sont à l'intérieur, déclara Mercer en lançant un regard noir à Anton.

Il poussa le téléphone en direction d'Anton, dont il avait libéré la main droite.

— Appelle-les, maintenant. Dis-leur de relâcher les sœurs de Lancaster. Si elles ne sont pas sorties dans soixante secondes…

Anton se mit à rire et prit l'appareil.

— Je me fiche bien de ses sœurs. Elles n'étaient qu'un moyen de parvenir à mes fins.

Son regard s'arrêta sur Mercer.

— A ta fin.

Mercer soutint son regard.

Anton composa un numéro, un coin de la bouche soulevé en un rictus méprisant.

— Carl ? Est-ce que Lancaster et la fille sont avec toi ?… Bien. Alors, écoute-moi attentivement : libère les sœurs de l'agent.

*
* *

Deux hommes s'étaient avancés derrière Drew et Tina. Ils les dépouillèrent de leurs armes — du moins de certaines d'entre elles. Il restait au moins trois couteaux à Drew, calcula-t-il rapidement. Ils auraient dû mieux chercher.

Le téléphone de Carl sonna. Il décrocha, écouta, puis lança en raccrochant :

— Amenez les femmes !

Drew retint son souffle. Des pas retentirent dans le fond du bâtiment, s'approchèrent d'eux. Il tendit le cou, mais les chars l'empêchaient de voir…

Enfin, elles apparurent.

Ce fut Paige qu'il vit la première. Un filet de sang coulait le long de sa joue, se mêlant aux larmes. Incapable de s'en empêcher, il fit un pas dans sa direction.

Le canon de son propre pistolet vint se poser contre sa tempe.

— Tttt… Pas de ça, proféra Carl. Dites à vos sœurs que vous les aimez, Stone. Ensuite, je les laisserai partir.

Kim et Heather étaient derrière Paige. Elles avaient l'air effrayées, mais elles ne semblaient pas blessées.

— Drew ? murmura Paige, les larmes ruisselant le long de ses joues. Que… Qu'est-ce qui se passe ?

La jolie petite Paige… Elle ressemblait tant à leur mère, avec ses longs cheveux blonds et ses grands yeux bleus.

— Ne t'inquiète pas. Vous serez bientôt libres. En sécurité.

— Toi aussi ?

Non.

— Non, ma belle, l'agent reste encore un peu avec nous, intervint Carl.

— Dans ce cas, je reste aussi, commença bravement Paige.

— Alors, tu mourras, toi aussi, gronda Carl en faisant signe à un de ses hommes, qui éleva son arme.

— Non ! s'écria Tina en se plaçant entre l'arme et Paige. Nous avons conclu un marché. Vous ne pouvez pas les tuer !

La voix tremblante, elle reprit :

— Laissez-les partir.

Drew la regarda, rempli d'admiration.

Carl sourit.

— O.K. C'est vous que nous voulons, de toute façon.

D'un geste, il montra la porte.

— Allez-y, ordonna-t-il à Paige et à ses sœurs. Avant qu'on vous descende, vous aussi.

Kim et Heather entraînèrent Paige vers la sortie. Lorsqu'elles eurent franchi le seuil, Drew exhala lentement son souffle.

Elles étaient saines et sauves.

Dylan, Gunner et Logan allaient les prendre en charge.

La porte se referma derrière elles.

— A nous, maintenant, dit Carl en s'écartant de Drew.

Drew, parfaitement immobile, banda ses muscles, se tenant prêt à passer à l'attaque.

Carl continua à reculer. Un pas, puis un autre…

Il pointa l'arme sur la tempe de Tina.

— O.K., patron, dit-il dans le combiné. Je presse la détente quand vous voulez.

Anton regarda Mercer. Il avait attendu ce moment si longtemps.

— Dis à ton homme d'attendre, lui enjoignit Mercer.

Comme s'il était en position de lui dicter quoi que ce soit… à lui !

— L'agent est-il toujours là ? demanda Anton d'un ton suave. Est-ce qu'il voit bien Tina Jamison ?

Il voulait que l'agent assiste à ce qui allait suivre.

— Oui, répondit Carl.

Carl. Un homme utile. Ils avaient un point commun, tous les deux : ils aimaient voir souffrir leurs victimes.

— Ne tire pas, Carl.

Il vit les épaules de Mercer se décontracter. *Ne te réjouis pas trop vite, mon vieux.*

— Je veux que tu te serves de ton couteau, Carl, reprit-il en guettant la réaction de Mercer. Je veux que tu fasses durer le plaisir. Que tu la fasses souffrir…

— Non !

Mercer se retourna en entendant la porte de la salle d'interrogatoire taper contre le mur.

Une belle blonde se tenait sur le seuil, les yeux luisants de colère… *Les yeux de Marguerite.*

— Dehors ! aboya Mercer.

Un grand brun était juste derrière elle, le visage fermé, dur comme le granit.

— Agent, vous avez entendu mon ordre !

L'homme avança d'un pas.

— Elle a voulu venir. Je ne pouvais pas lui cacher plus longtemps ce qui se passait.

— Nom d'un chien, jura Mercer. Je vous ai dit de…

— Je n'ai pas la fille de Mercer, souffla Anton, contemplant, interdit, la jeune femme qui venait de faire irruption dans la pièce.

Il avait Marguerite devant elle.

Mercer se rua vers Anton.

— Tu es à l'article de la mort. Tu crois que je ne sais pas que le cancer te ronge de nouveau ? Combien de temps te reste-t-il ?

Il prit le téléphone et le pressa contre l'oreille d'Anton.

— Dis à ton homme de ne rien faire. Dis-lui de ne pas toucher un cheveu de Tina Jamison.

La blonde s'avança à son tour tandis que l'agent qui l'accompagnait refermait la porte.

— C'est moi, la fille de Mercer. La femme que vous voulez tuer n'a rien à voir dans tout ça. Relâchez-la.

— Patron ? Patron ? grésilla la voix de Carl dans le téléphone.

— Je ne pourrai pas exercer ma vengeance, déclara Anton d'une voix plate. Mais ce n'est pas grave. Je voulais le voir souffrir, comme, moi, j'ai souffert…

Il se força à détacher ses yeux de Marguerite.

Non, ce n'est pas Marguerite.

Il ne savait pas comment elle s'appelait.

— Et c'est ce qui va arriver, Mercer. Parce que cette femme, là-bas… Elle n'est peut-être pas de ton sang, mais je sais que tu tiens à elle. Je l'ai entendu dans ta voix quand tu lui parlais. Il y a parfois des liens qui sont aussi forts que ceux du sang, n'est-ce pas ? Vas-y, Carl, ordonna-t-il en haussant le ton. Tue-la.

— Non ! hurla la blonde.

Carl sourit et posa le téléphone.

— C'est bon. J'ai mes ordres. Elle va mourir. Je vais la lacérer de coups de couteau jusqu'à ce qu'elle me supplie d'arrêter.

Tina garda le silence.

— Ça m'étonnerait, gronda Drew.

Des pas furtifs, derrière lui… Il se tendit. Deux hommes, armés. Venaient-ils le tuer ? *Essayez donc, les gars.*

— Ils vont vous conduire dehors, déclara Carl. A moins que vous ne préfériez rester ici, avec elle ?

Pourquoi se proposaient-ils de le faire sortir ? Ça n'avait pas de sens. Anton Devast était un sadique. Pas du genre à épargner qui que ce soit, a fortiori un agent de la DOS qui l'avait roulé dans la farine.

Pourquoi a-t-il libéré mes sœurs ? Pourquoi me libérer, moi ?

Ce n'était pas logique.

Des mains le saisirent aux épaules et l'entraînèrent vers la porte.

Tina ne disait rien. Elle le regardait juste s'éloigner, avec ce regard toujours aussi déterminé.

Le couteau était si près de sa gorge. S'il se débattait maintenant, ce fumier de Carl n'aurait qu'un geste à faire pour lui trancher la carotide.

Non, il ne pouvait pas courir ce risque. Il devait attendre le moment propice. *Tiens bon, Tina. Je vais te sortir de là.*

Ce fut le message qu'il s'efforça de lui faire passer par son regard mais, tout haut, il se borna à dire :

— Au revoir, docteur.

Elle se retenait de pleurer.

Ils le traînèrent hors du bâtiment.

Lorsqu'il tenta de se retourner, ils l'en empêchèrent et le poussèrent vers la sortie.

— Allez, ouste, héros, va-t'en !

Carl se servait-il déjà de son arme contre Tina ? Pas un son ne lui parvenait de l'intérieur du bâtiment.

— Je vous préviens : il n'y aura pas d'échappatoire pour vous deux, gronda-t-il, formulant le code qui allait déclencher l'offensive des agents de la DOS. Vous ne ressortirez pas d'ici vivants.

Les deux hommes le toisèrent d'un air dédaigneux.

Drew se trouvait juste en face de l'entrée principale. Plus que quelques pas et il serait dehors.

A ceci près qu'il n'avait pas l'intention de s'en aller.

— Pourquoi vous borner à bêtement obéir aux ordres ? demanda-t-il en tâtonnant pour s'emparer du poignard qu'il avait, sous sa ceinture. *Il a échappé à votre fouille, celui-là.* Devast vous manipule. Vous ne comprenez pas qu'il va vous tuer, vous aussi ?

Les hommes se mirent à rire. Drew affermit sa prise sur le poignard.

— C'est toi qui ne comprends pas. Tu ne croyais tout

de même pas qu'on allait te laisser partir ? lança le plus grand des deux.

— Dix, neuf, huit..., commença son acolyte.

Drew se figea.

— Que diable...

— On a posé des bombes sur vos chères sœurs, agent Lancaster. Je ne pense même pas qu'elles aient compris ce qui leur arrivait quand on leur a mis ces colliers autour du cou.

Drew bondit vers la porte.

— Vos agents les ont réceptionnées, n'est-ce pas ? Toute la cavalerie qui nous encercle... Ils vont sauter tous ensemble !

Une déflagration retentit, secouant la terre sous les pieds de Drew et le projetant dans les airs.

Tina poussa un cri en entendant l'explosion.

Le couteau appuya un peu plus sur le côté de son cou.

— Je pense que ça va occuper vos agents pendant un moment, observa Carl en souriant. Je vais pouvoir prendre tout mon temps avec toi, ma belle. M'amuser un peu.

Des hommes se repliaient en courant dans l'entrepôt, rejoignant leurs complices. Tous se ruèrent vers le fond. Carl s'efforça de l'entraîner, elle aussi.

D'autres explosions retentirent, mais *à l'intérieur*, cette fois. Les détonations se succédaient à un rythme hallucinant. Les hommes de Devast détruisaient tout derrière eux — empêchant quiconque de les poursuivre tandis qu'ils battaient en retraite dans le cimetière de chars de carnaval.

Des bouts de chars volaient autour d'elle. La tête d'un dragon en papier mâché s'enflamma non loin d'elle.

— Devast a tout prévu, lança Carl en la tirant par les cheveux pour lui renverser la tête en arrière. Il a fait en sorte qu'on puisse prendre le large… avec toi. Mercer recevra des morceaux de ton corps pendant des semaines !

Ils étaient fous à lier.

— Je ne…

La fumée commençait à remplir le hangar. Gênant sa respiration.

Respire. Calmement.

En même temps que ses armes, ils lui avaient pris son inhalateur à son arrivée.

Les flammes lui échauffaient la peau. La fumée lui piquait les yeux.

D'un coup de pied, l'un des terroristes fracassa la porte de derrière. Une bouffée d'air frais lui parvint, qu'elle inspira à pleins poumons.

Puis la DOS ouvrit le feu. Sous les tirs nourris des armes automatiques, les hommes de Devast se rabattirent précipitamment dans le bâtiment. Tina essaya de se mettre à couvert, mais Carl la maintenait toujours d'une main de fer.

Du coin de l'œil, elle vit un homme se ruer à l'intérieur. Les cheveux blonds, il était entièrement vêtu de noir. Tina eut le temps d'entrevoir la forme massive d'un gilet pare-balles. Un pistolet dans chaque main, il vidait son chargeur sur les criminels qui avaient cru s'être ménagé une retraite facile.

Avec les agents ultra-aguerris de la DOS, rien n'était jamais facile. Devast avait sous-estimé ses adversaires.

— Arrêtez ! hurla Carl en se servant de Tina comme d'un bouclier. Jetez vos armes et reculez ou je la tue !

Mais l'homme secoua la tête. Il éleva les pistolets…

Droit sur… elle ?

— Vous ne vous en tirerez pas. Vous êtes cuits. La DOS ne négocie pas avec les terroristes.

Elle ne reconnaissait pas cette voix, en revanche, elle ne reconnaissait que trop bien la devise de Mercer.

Il va me tirer dessus. Pour abattre Carl, il était obligé de la toucher, elle, d'abord.

Mais, avant que le coup de feu ne parte, quelqu'un les percuta de toute sa force. Carl et elle furent violemment projetés au sol. Elle entendit l'un des os de Carl craquer. Dans sa chute, le couteau lui avait entaillé la peau, au niveau de la clavicule. Elle sentit le sang engluer sa chemise tandis qu'elle roulait sur le côté pour échapper à Carl.

Elle se redressait à genoux et vit…

Drew.

Il était revenu ! Elle était sûre qu'il reviendrait ! Le bonheur et l'espoir s'insinuèrent en elle.

Mais l'expression de son visage accrocha tout à coup son regard. Brutal. Sauvage.

Il martelait le visage de Carl de coups de poing sans plus s'arrêter.

— Venez !

C'était l'agent de la DOS — celui qu'elle ne connaissait pas. Il lui prenait le bras, l'aidait à se relever.

— J'ai ordre de vous faire sortir d'ici !

Les flammes se propageaient tout autour d'eux.

— Vite… Tout va sauter !

Elle tourna la tête. Carl était allongé sur le sol, inerte. Drew se relevait.

— Drew ! Viens vite !

Il releva les yeux.

Le cœur de Tina cessa de battre.

Quelque chose n'allait pas. Ses traits étaient crispés en un masque de fureur, mais ses yeux… Ses yeux étaient complètement vides — comme morts.

— Drew ?

Une nouvelle détonation secoua le bâtiment. Des fissures craquelèrent les murs encore debout et des plaques de plâtre tombèrent du plafond, les manquant de peu.

— Les bombes étaient réglées pour commencer à sauter

aussitôt que Lancaster serait sorti ! cria l'agent. Allez, venez, il faut sortir !

Mais Drew était revenu pour elle dans cet enfer.

Le souffle de plus en plus laborieux, elle tenta vainement de s'arracher à la poigne de fer du mystérieux agent.

Drew était toujours pétrifié sur place.

Il fallait qu'il bouge parce que Carl reprenait ses esprits. Il tendait la main vers son couteau. Elle l'avait cru inconscient, mais non… Il attendait seulement le bon moment pour attaquer.

Elle le vit se remettre d'un bond sur ses pieds, se ramasser sur lui-même, prêt à bondir sur son adversaire.

— Attention ! Derrière toi ! cria-t-elle.

Le crépitement des flammes était tel qu'elle n'était pas sûre qu'il l'ait entendue.

— Drew !

Au dernier moment, il fit volte-face. Il attrapa la main de Carl avant que la lame ne l'atteigne, lui imprima une violente torsion. Carl poussa un hurlement de douleur — elle l'entendit malgré l'incendie qui faisait rage autour d'eux — puis Drew lui planta le couteau en pleine poitrine.

Cette fois, Carl tomba à la renverse et ne se releva pas.

Drew la contempla de ce regard effrayant, qui n'était pas le sien.

Il secoua la tête, comme s'il émergeait d'un cauchemar, puis il courut dans sa direction. Tina cessa de lutter pour se libérer et ils s'élancèrent vers la sortie, suivis de Drew.

La fumée l'étouffait, les poumons la brûlaient, mais elle ignora la crise qui venait.

L'air frais n'était plus qu'à quelques mètres.

Quelques pas…

— Il y a une bombe ! cria Drew. Au-dessus de la porte de derrière ! Le compte à rebours est enclenché !

Elle leva les yeux. Elle vit les secondes qui se décomptaient en rouge sur l'écran d'affichage. Cinq… Quatre.

Ils s'élancèrent. Elle hoquetait, privée d'air, mais c'était comme si ses jambes avançaient toutes seules. Ils n'étaient plus qu'à…

Lorsque la dernière bombe explosa, le souffle projeta Tina comme une poupée désarticulée.

11

Anton Devast inclina la tête.

— Et il ne reste plus rien.

Depuis un moment, il avait gardé les yeux rivés sur la pendule accrochée au mur blanc de la salle d'interrogatoire. Si Carl avait suivi ses ordres, s'il avait respecté à la lettre le plan de Devast, le cimetière de chars de défilé, à La Nouvelle-Orléans, n'était plus désormais qu'un tas de ruines.

Le téléphone collé à l'oreille, Mercer s'efforçait de faire sortir sa fille de la salle.

La porte se referma derrière lui.

Anton poussa un soupir. Ce n'était pas la vengeance idéale qu'il avait souhaitée.

Mais il faudrait s'en contenter.

— Tina !

Drew essuya d'un revers de main le sang qui lui coulait dans les yeux. Ses vêtements étaient roussis, il avait des cloques sur les bras et… *Bon sang, où était Tina ?*

Elle était devant lui quand la dernière explosion s'était produite. Il avait essayé de l'attraper, mais le souffle l'en avait empêché.

Il tourna la tête, à droite, à gauche. De la fumée… Partout. Il ne voyait rien. Tina ne pourrait pas respirer avec une fumée pareille. Elle…

Peut-être était-ce pour cela qu'elle ne lui répondait pas ? Peut-être était-elle en proie à une violente crise d'asthme ? C'était la fumée qui l'avait déclenchée, l'autre fois…

— D… Drew ?

Un murmure à peine audible. Un appel étranglé.

Mais ce fut le son le plus doux qu'il eût jamais entendu. Elle était en vie ! Il s'avança à tâtons dans la direction d'où venait la voix, accélérant l'allure à chaque pas, la main déjà plongée dans la poche secrète de son blouson pour en sortir l'inhalateur.

— Ne bouge pas… Je suis là… Tiens.

Elle prit l'inhalateur, levant les yeux vers lui.

Le feu ronflait derrière eux, les flammes montant de plus en plus haut dans le ciel. Des sirènes retentirent au loin.

— Il faut l'éloigner du bâtiment, dit une voix masculine.

Drew releva les yeux. L'autre agent était là, lui aussi. Cooper Marshall. Drew le connaissait de réputation mais il n'avait jamais fait équipe avec lui. Les cheveux blonds de Cooper lui collaient aux tempes, trempées de sueur. Il tenait toujours un pistolet dans la main gauche.

— Eloignez-la, répéta-t-il plus fort. Je vous couvre.

Pour le cas où des hommes de Devast seraient encore en vie.

Drew souleva Tina dans ses bras… Elle était saine et sauve.

Quand il avait appris, pour ses sœurs…

Non.

Drew chassa immédiatement cette pensée. C'était à peine s'il arrivait à se mouvoir…

Il devait se concentrer sur Tina.

Paige avait voulu rester avec lui.

Il serra les dents à s'en démonter la mâchoire. Refoula les larmes qui lui brouillaient la vue.

Ses bras étreignirent plus étroitement Tina. Il continua

à avancer en la tenant serrée contre lui. La fumée était si épaisse que c'était à peine s'il voyait où il mettait les pieds.

Elle avait son médicament. Elle était en vie. Avec lui.

Ses sœurs, elles…

Je suis tellement désolé. Elles étaient mortes, toutes les trois, à cause de lui.

Le gémissement des sirènes se rapprochait. Il distingua le gyrophare d'une ambulance.

Abruti de chagrin, il s'orienta dans cette direction.

La police était arrivée, elle aussi. Drew aperçut Gunner et Logan. Ils tenaient à distance les autorités locales.

Ils devraient tous attendre d'être sûrs qu'il n'y avait plus d'autres bombes. Les secours et la police demeureraient contenus dans une zone sécurisée tant que l'équipe de déminage n'aurait pas terminé l'inspection des lieux.

Plus que quelques pas…

Les secouristes s'approchèrent d'eux en courant. Ils prirent Tina en charge, l'étendirent sur une civière, mais elle se débattit.

— Drew…

— Tu ne risques plus rien. Tu es en sécurité, dit-il en effleurant sa joue du dos de la main, laissant une trace de cendre. C'est fini.

Il avait l'impression d'avoir une boule de plomb à la place du cœur. Son corps entier était comme engourdi. Il avait dû faire appel à tout son sang-froid bien des fois, sur le terrain. Mais, là, c'était différent…

J'ai perdu toute ma famille.

Tina attrapa sa main pour le retenir.

— Que… Qu'est-ce qui s'est passé ?

Les infirmiers essayaient de s'occuper d'elle, mais elle ne cessait de les repousser et de se cramponner à Drew.

— Quelque chose ne va pas, murmura-t-elle. Je le vois à… tes yeux. Il est arrivé quelque chose… n'est-ce pas ?

Que voulait-elle dire, à propos de ses yeux ? A part le

fait qu'ils le brûlaient comme s'ils étaient en feu… Drew secoua la tête.

— Drew ? Dis-moi…

Ses épaules s'affaissèrent.

— Ils ont tué mes sœurs.

Il aurait dû se méfier, voir que l'échange se déroulait trop facilement. Sa négligence avait coûté la vie à Kim, Heather et Paige.

— Drew !

Il redressa la tête d'un coup. Cet appel frénétique… On aurait dit la voix de Paige.

— Je… Je… les vois, dit Tina entre deux accès de toux tandis que son regard se portait derrière son épaule. Elles… ne sont pas… mortes.

Il pivota sur lui-même.

Emergeant de la fumée, la silhouette de Dylan apparut, flanquée de… Paige, Kim et Heather !

Vivantes ! Elles étaient toutes les trois vivantes !

Drew secoua la tête. Comment était-ce possible ? L'explosion…

Sa sœur cadette s'élança vers lui. Riant et pleurant tout à la fois, elle se jeta dans ses bras avec une telle force qu'il recula d'un pas.

Abasourdi, Drew croisa le regard de Dylan.

— Devast avait déjà utilisé ce système de colliers au Brésil, il y a deux ans, expliqua son ami. Ces victimes-là n'avaient pas pu être sauvées. Je n'allais pas permettre que cela se produise deux fois.

Puis Kim et Heather se joignirent aux effusions, l'embrassant en pleurant et se pendant à son cou.

Il entendit claquer la porte de l'ambulance.

Se retournant, il essaya de se dégager, mais ses sœurs le retinrent.

— J'ai bien cru que notre dernier jour était arrivé, disait

Paige, les larmes roulant silencieusement le long de ses joues. Alors, c'est ça… ton métier ?

— Tu risques ta vie tout le temps, comme ça ? renchérit Heather, le visage grave, tiré.

Il ne pouvait pas répondre. Les familles ne devaient jamais être au courant de leurs missions.

Elles n'étaient pas non plus censées être prises en otage.

— Je suis désolé, dit-il d'une voix assourdie par l'émotion.

Dylan posa la main sur l'épaule de Heather.

— On va vous conduire à l'hôpital, mesdemoiselles. Juste pour vérifier que vous allez bien.

L'ambulance de Tina était partie.

Une autre attendait, portes ouvertes. Les secouristes vinrent chercher ses sœurs.

Drew reporta son attention sur Dylan.

— Merci.

Dylan lui répondit d'un bref signe de tête.

— Tu sais bien que je te couvre toujours.

C'était vrai.

Drew tourna la tête et regarda le brasier, derrière eux.

La destruction et la mort. Encore.

A ceci près qu'il y avait eu des survivants, cette fois. Des vies innocentes avaient été sauvées.

Devast ne nuirait plus à personne.

Non, espèce de salaud, tu ne connaissais pas mon prix.

Et il ne le connaîtrait jamais.

Le précieux oxygène pénétrait jusqu'au fond de ses poumons. Ils s'en étaient tous sortis vivants, songea Tina, le masque sur le visage, indifférente aux cahots de l'ambulance sur la petite route.

Sa dernière image avait été celle des sœurs de Drew lui sautant au cou.

La mission était terminée.

Elle allait maintenant retourner à sa vie, et Drew, à la sienne.

Ils se verraient à la DOS — quand il ne serait pas en mission.

Il lui resterait ses souvenirs… Comment pourrait-elle jamais oublier ?

— Mademoiselle ? Mademoiselle, vous avez mal ?

Une larme roula sur sa joue comme elle secouait la tête. Ils ne pouvaient rien faire pour apaiser le genre de douleur qu'elle éprouvait.

— Quelqu'un va-t-il me dire où elle est ? tonna Drew en tapant du poing sur le bureau d'accueil des infirmières.

— Monsieur, calmez-vous.

— Je me calmerai quand vous m'aurez dit où est la patiente qui vient d'être admise dans votre hôpital ! Le Dr Tina Jamison ! Elle est arrivée en ambulance il y a deux heures.

Les deux heures les plus interminables de sa vie. Il était resté sur place pour s'assurer que les bombes de CHAOS avaient toutes été désamorcées, jusqu'à la dernière.

Il avait participé aux recherches menées par l'équipe de déminage et leurs chiens renifleurs d'explosifs. Ils avaient passé au crible tous les alentours — fouillé le moindre recoin. Ils en avaient trouvé deux.

Les démineurs les avaient désactivées juste à temps.

Le corps couvert de sueur, il foudroya l'infirmière du regard. Il revenait de l'enfer et il voulait maintenant retrouver son ange. *Tout de suite.*

— Je suis désolée, monsieur, mais nous n'avons aucune Tina Jamison ici. Vous devez vous tromper d'hôpital.

Non, il ne se trompait pas ! Et il était à deux doigts de mettre l'endroit à feu et à sang pour obtenir satisfaction !

— Ils l'ont ramenée à Dallas.

Il se raidit en entendant la voix de Gunner. Drew se retourna.

Gunner pencha la tête sur le côté.

— Viens avec moi.

Il l'aurait suivi n'importe où si celui-ci était en mesure de lui fournir des informations au sujet de Tina. Il lui emboîta rapidement le pas. Lorsqu'ils se furent isolés dans un coin tranquille, Drew demanda d'une voix pressante :

— Comment se fait-il que je n'aie pas été prévenu de son transfert ?

— Parce que tu étais encore sur place, avec les démineurs. Mais ta dulcinée va bien, rassure-toi. Son état était stabilisé quand elle a embarqué à bord de l'avion.

Ta dulcinée. Gunner avait toujours été un fin observateur. Drew hocha la tête et s'efforça de calmer les battements effrénés de son cœur.

— Tu l'as vue ?

— Oui. Cooper était avec elle. Bon sang…

Gunner se passa une main sur le visage en commentant :

— Ce type-là est un fantôme. Je ne savais même pas qu'il travaillait sur l'affaire Devast jusqu'à ce que je le voie sauter dans l'ambulance, au côté de Tina.

Cooper l'avait accompagnée dans l'ambulance ?

— Apparemment, il avait reçu des ordres stricts de Mercer. Il devait veiller à tout prix à la protection du Dr Jamison.

Drew se raidit.

— Mercer ne me jugeait pas à la hauteur ?

Gunner ne cilla pas.

— Il sait que c'est toujours délicat lorsqu'un agent, même le meilleur, est personnellement impliqué dans une affaire.

— Rien ne m'importait plus que sa sécurité. Je revenais la chercher quand…

— Mourir pour elle ne lui aurait pas sauvé la vie. Et

nous savons tous les deux que c'est exactement ce que tu aurais fait.

C'était un simple constat. Froid, dépassionné…

Mais vrai. Drew ne détourna pas les yeux.

— Est-ce qu'elle sait ? demanda posément Gunner.

Il avait un avion à prendre pour Dallas.

— Est-ce qu'elle sait quoi ?

Gunner partit d'un rire bref. Drew le contempla, déconcerté. De ce qu'il en savait, Gunner ne riait jamais.

Cela dit, lui-même n'avait-il pas la réputation d'un agent dépourvu de tout sentiment — toujours de glace ?

Même si, pour l'instant, c'était plutôt du feu qui courait dans ses veines.

— Ecoute, accepte un conseil amical de la part de quelqu'un qui est passé par là avant toi : saisis ta chance. Ne laisse pas ce qui compte le plus au monde pour toi te filer entre les doigts.

Drew secoua la tête.

— Mais je ne suis pas sûr d'être celui qu'il lui faut…

— Laisse-la libre d'en décider elle-même. Et concentre-toi sur ce que tu veux, toi.

Puis Gunner se détourna.

— Allez, je rentre à la maison. Ma femme m'attend.

Sa femme. Sa femme, enceinte. Gunner avait une épouse qui l'aimait — et des jumeaux qui allaient bientôt naître.

— Comment fais-tu pour… ?

Drew s'interrompit.

— Tu n'as pas eu peur ? reprit-il. Que le métier que nous faisons… rejaillisse sur ta famille ?

Mais non, bien sûr. Sydney, aussi, faisait partie de la DOS. Elle avait été sur le terrain pendant des années. Elle connaissait les risques.

— Laisse tomber, dit-il en secouant la tête. Je n'aurais pas dû…

— La peur de tenter de vivre sans elle était plus grande encore, proféra Gunner à voix basse.

Drew pensa à sa propre vie. Les missions qui s'enchaînaient… Les retours chez lui.

La solitude.

Il en était venu à attendre avec impatience chacune de ses visites médicales à la DOS. *Parce que la perspective de voir Tina me réchauffait le cœur.*

Alors, qu'allait-il faire ? Continuer à vivre dans l'attente de ces visites, tous les deux mois ? A poser un couvercle hermétique sur ses sentiments ?

Je lui ai dit qu'il n'y aurait pas de retour en arrière. Parce qu'il ne voulait pas retrouver une vie dont Tina ne faisait pas partie. Il avait trop besoin d'elle.

Il descendit le couloir pour rejoindre ses sœurs dans la salle où elles avaient été emmenées. Des policiers gardaient la porte pour veiller à ce qu'elles ne soient pas dérangées.

On avait posé des points à Paige. Kim et Heather s'en étaient sorties avec seulement quelques contusions. Elles avaient eu de la chance.

Il entra dans la pièce et referma la porte derrière lui.

Tout d'abord, personne ne parla. Il y avait si longtemps, songea Drew, qu'il ne les avait pas vues toutes les trois…

— Tu m'as manqué, finit par déclarer Paige.

Elle avait un bandage sur le cou, et un autre, sur le bras.

— Tu nous as manqué, à toutes les trois, souligna Kim.

Drew déglutit avec peine. La glace fondait.

— Pourquoi ne rentres-tu jamais à la maison ? s'enquit Heather.

Il n'avait pas de maison. Du moins, il n'en avait plus.

Paige s'avança vers lui. La cadette. Le bébé de la famille. Savait-elle qu'il avait conservé précieusement chacune de ses lettres ?

— Parce que je ne voulais pas que…, commença-t-il.

Il s'interrompit et s'éclaircit la gorge.

— Je ne voulais pas que la vie que je mène vous fasse courir de risque.

C'était pourtant ce qui était arrivé. Leurs mondes s'étaient télescopés.

— C'est ma faute si vous avez été enlevées. Un homme… extrêmement dangereux a remonté la piste jusqu'à vous grâce aux chèques que je vous envoyais.

Paige se planta devant lui.

— Mais il a été arrêté, n'est-ce pas ?

Drew acquiesça d'un signe de tête.

Les lèvres pâles de sa petite sœur s'incurvèrent.

— Ce n'est pas de ton argent que nous avons besoin, tu sais. C'est de toi.

Lui aussi avait envie de retrouver sa famille.

Il avait envie d'avoir… une vie. Plus seulement un bouclier de glace.

Peut-être Gunner avait-il raison… Peut-être était-il temps pour lui de courir le risque — et de prendre ce qu'il désirait le plus au monde.

Ils remontèrent lentement le couloir des bureaux du F.B.I., à Dallas. Cooper Marshall était à son côté. Depuis le dénouement de l'enquête, à La Nouvelle-Orléans, il ne l'avait pas quittée d'une semelle.

C'était elle sa mission — du moins, tant qu'ils n'auraient pas franchi cette porte, au bout du corridor.

Tina s'arrêta devant le Q.G. temporaire de Mercer. Il avait réquisitionné le plus grand bureau des locaux. Pardi ! Typique de Mercer, ça. Il arrivait toujours à se faire des amis à droite et à gauche.

— Merci, agent Marshall, dit Tina. Vous m'avez ramenée à bon port.

Cooper inclina brièvement la tête. Il ne parlait pas beaucoup. L'homme était du genre intense et taciturne.

Il lui vint à l'esprit que c'était ainsi qu'elle aurait décrit Drew, autrefois. A ceci près…

Qu'il se montrait plutôt loquace lorsqu'ils étaient ensemble.

Mais nous ne le sommes plus. Cette mission touche à sa fin. Notre histoire, aussi.

La porte s'ouvrit sur Mercer.

— Docteur Jamison, entrez…

Cooper s'apprêtait à lui emboîter le pas lorsque Mercer éleva une main devant lui.

— Désolé, mon garçon, dit-il, l'air de ne pas l'être le moins du monde. Cet entretien est confidentiel.

Sur quoi, il ferma la porte au nez de Cooper.

Tina s'avança dans le bureau d'un pas hésitant et jeta un coup d'œil à la ronde. Elle comprit instantanément pourquoi Cooper s'était vu interdit d'entrer.

Deux autres personnes étaient dans la pièce.

Elle connaissait l'agent Cale Lane. Elle l'avait soigné à une ou deux reprises. Quant à l'autre personne — une très jolie femme blonde… Il s'agissait de Cassidy Sherridan.

La vraie fille de Mercer.

Et celle-ci était en train de se précipiter vers elle et de… lui donner l'accolade !

— Je suis absolument navrée, déclara-t-elle en la pressant contre elle. Dès que j'ai su ce qui se passait, je suis venue. Et j'ai dit à Anton qui j'étais.

— Alors que je vous avais demandé de la tenir à l'écart de tout ça, gronda Mercer à l'adresse de Cale.

— Je ne mens pas à ma femme, répliqua Cale Lane d'un air résolu, protecteur.

Cassidy recula d'un pas et étudia Tina.

— Je ne pourrai jamais me faire pardonner.

— Mais vous n'avez rien à vous faire pardonner. Vous ne m'avez rien fait. C'est Anton le coupable.

Elle regarda Mercer qui observait la scène, un peu en retrait, les bras croisés, mais le regard préoccupé.

— Son réseau est-il détruit ? Est-ce que c'est fini ?

— Oui.

Elle poussa un soupir de soulagement.

— Alors, nous avons sauvé des vies. Le jeu en valait la chandelle.

— Mais votre vie n'aurait jamais dû être mise en danger, assena Cassidy.

Tina sourit.

— Et la vôtre, si ? Ce n'est pas votre faute si vous êtes… qui vous êtes.

Elle se sentait… différente aujourd'hui, dans cette pièce, face à Mercer et à Cassidy. Avant de se retrouver plongée en plein cauchemar, Tina avait toujours été impressionnée par Mercer et par ses agents.

Elle avait toujours eu peur, aussi… De tant de choses. De mettre les autres en péril par sa vulnérabilité. D'être de nouveau victime d'une agression traumatisante comme celle qui avait si tragiquement marqué sa jeunesse…

Elle remonta ses lunettes sur son nez — une nouvelle paire de remplacement puisqu'elle avait perdu celle qu'elle portait lors de l'explosion.

— Je me terre dans mon bureau depuis trop longtemps, déclara-t-elle fermement. Je veux que ça change.

Elle ne resterait pas enfermée dans son cabinet. Elle ne voulait plus vivre à travers les actions des autres — par procuration.

L'heure était venue pour elle de vivre ses propres aventures.

Peut-être pas des aventures aussi destructrices que ce dont elle venait de faire l'expérience, mais…

— Vous m'avez permis de rester à l'abri, dit-elle à Mercer parce qu'elle l'avait percé à jour désormais.

Il serra les mâchoires.

— Je voulais simplement que tu sois en sécurité.

Cassidy laissa échapper un petit rire.

— Oh ! Mercer… Cette sacro-sainte sécurité ! Tu nous as parfois mises en cage en son nom.

Et Tina entendait bien maintenant se libérer. De la surprotection de Mercer comme de sa peur.

Hantée par le passé, elle s'était réfugiée dans une frilosité maladive… sclérosante. Elle n'allait pas passer sa vie entière dans la crainte de ce qui pourrait advenir.

Mercer la regarda bien en face.

— Et Lancaster ?

Il était toujours tellement perspicace, songea Tina.

— Il a mené sa mission à bien. C'est fini maintenant.

Il n'avait jamais été question d'avenir entre eux. Ni de sentiments.

Tina savait ce qu'il en était de son côté. Mais du sien ?

Peut-être ne parviendrais-je même pas à briser sa carapace de glace.

Elle avait pourtant bel et bien eu l'impression d'y être arrivée, mais…

On frappa frénétiquement à la porte.

Mercer tourna vivement la tête. Immédiatement, Cale entraîna Cassidy vers une porte de côté.

Lorsqu'ils eurent disparu, Mercer ouvrit le battant.

— Je suis en conférence privée. Que voulez-vous ?

Cooper fit un pas de côté. Deux agents du F.B.I. en costume sombre contemplèrent Mercer, l'air désemparé.

— Le prisonnier a été pris d'un malaise, monsieur. On a appelé les secours, mais…

— C'est peut-être une ruse, souligna Mercer en leur emboîtant prestement le pas.

Tina les suivit. Un seul prisonnier pouvait provoquer pareille réaction chez Mercer.

Ils suivirent un dédale de couloirs qui les conduisit à une petite salle qu'elle n'avait encore jamais vue. Une pièce aveugle à laquelle une unique porte donnait accès.

Anton Devast était allongé sur un lit étroit, contre le mur. Deux agents étaient penchés au-dessus de lui.

Les yeux d'Anton s'écarquillèrent lorsqu'il aperçut Tina.

— Ce… n'est… pas… possible… Morte…

Non, elle ne l'était pas.

Elle s'agenouilla près du lit. Sa respiration était saccadée, irrégulière ; le rythme de son cœur, beaucoup trop lent.

Elle nota la coloration bleutée de sa peau et ses yeux creusés.

Il produisit un effort visiblement surhumain pour tendre la main vers elle, mais elle retomba.

Ses yeux se révulsèrent, ses lèvres tremblèrent comme il essayait de parler.

Mais c'était trop tard.

Anton Devast avait encore les yeux fixés sur Tina lorsqu'il mourut.

Les choses avaient repris leur cours normal à la DOS.

Tina entra dans son cabinet, revêtue de sa familière blouse blanche. Après la mort de Devast, elle avait été emportée par un vrai tourbillon — à l'initiative de Mercer, bien entendu. Avant d'avoir compris ce qui lui arrivait, elle s'était retrouvée dans un avion, rentrant à Washington.

En compagnie, évidemment, de son fidèle ange gardien, l'agent Cooper Marshall.

Elle n'avait pas revu Drew, n'avait reçu aucune nouvelle de lui.

Il semblait s'être volatilisé dans la nature.

Avait-il accepté une autre mission ? Infiltré quelque nouvelle organisation ? Ici, aux Etats-Unis, ou à l'autre bout de la planète ?

Elle n'en avait aucune idée.

Les cheveux tirés en un petit chignon serré, elle s'affaira

dans son cabinet, rangeant des piles de dossiers, triant la paperasse qui s'était accumulée.

Moins d'une semaine… Comment une vie pouvait-elle changer à ce point en un laps de temps aussi court ?

C'était pourtant ce qui était arrivé. Sa vie avait basculé, irrévocablement.

Elle comprenait mieux maintenant ce que lui avait dit Drew… *Pas de retour en arrière.* Elle aurait dû prêter plus attention à cet avertissement. Son ancienne vie s'était évanouie, vaporisée par la chaleur de la passion qui était née entre eux.

Sa nouvelle vie lui semblait froide. Stérile et austère sans lui.

Il me manque.

Le grincement de la porte lui annonça l'arrivée d'un visiteur.

— Je suis à vous dans un instant, lança-t-elle sans se retourner, rangeant un dossier dans l'armoire de classement.

— Prends ton temps, répondit une voix familière au phrasé lent, typique des natifs du Mississippi.

Drew.

Elle referma la porte de l'armoire et se retourna. Il se tenait sur le seuil, l'épaule calée contre le chambranle, les yeux rivés sur elle.

Il la dévorait littéralement des yeux.

Mais sans doute devait-il penser la même chose d'elle.

— Je n'ai pas pu te revoir avant ton départ de La Nouvelle-Orléans. Et, ensuite, je t'ai manquée, à Dallas.

— Mercer voulait que je rentre…

— Je me moque royalement de ce que veut Mercer.

Tina promena son regard sur lui. Grand. Ténébreux. Dangereux. Drew tel qu'en lui-même. Mais ses yeux… Ses yeux brillaient d'émotion.

Devait-elle croire ce qu'elle voyait au fond de ses prunelles ?

— Arrête, dit-il en se plantant devant elle.

— Que j'arrête quoi ?

Pourquoi sa voix était-elle tellement voilée ?

— De me regarder comme ça. D'habitude, je lis de la confiance dans tes yeux. Cette confiance qui me donne envie d'être l'homme que tu vois en moi.

Et qu'il était.

— Comment est-ce que je te regarde ? s'obligea-t-elle à demander.

— Comme si… tu avais perdu confiance.

Un pli profond creusa son front.

— Arrête, docteur. J'ai vraiment essayé, tu sais. Je voulais te rattraper, mais j'arrivais toujours avec un temps de retard.

— Je… J'ai cru que tu étais affecté à une autre mission.

Il hocha la tête avec conviction.

— C'est le cas. Je suis en mission. La mission la plus importante de ma vie.

Oh. Il était donc venu la voir pour qu'elle lui donne son feu vert médical. Elle s'éclaircit la gorge.

— Eh bien… Compte tenu des circonstances, peut-être qu'un autre médecin pourrait…

— Je ne veux pas d'autre médecin.

Enroulant une main autour de sa taille, il la souleva de terre et la déposa sur la table d'examen. Il plongea son regard pénétrant dans le sien.

— C'est toi que je veux. Tu es la femme que je veux.

Et il l'embrassa comme si c'était sa dernière heure.

Comme si sa vie dépendait d'elle.

Elle lui retourna son baiser avec la même ardeur, nouant ses bras autour de son cou, le pressant contre elle.

Et tant pis s'ils étaient sur son lieu de travail. Il était enfin de nouveau dans ses bras et elle entendait bien profiter pleinement de ce moment.

C'était sa nouvelle philosophie. Saisir les opportunités qui se présentaient à elle. S'y accrocher.

Comme elle était en cet instant accrochée à lui.

Elle tressaillit de plaisir lorsqu'il promena lascivement sa langue sur ses lèvres.

— Je t'aime.

Il lui fallut plusieurs secondes avant d'assimiler le sens des mots qu'il avait murmurés tout bas, contre sa bouche.

Elle esquissa de la tête une dénégation incrédule.

— Je voulais te le dire à La Nouvelle-Orléans. Je voulais te le dire à Dallas. Bon sang, à Lightning, déjà, j'avais envie de te le dire.

Etait-ce possible ? Non, elle avait dû mal entendre.

— Je n'ai jamais aimé d'autre femme. Je ne me suis jamais senti aussi proche de quelqu'un auparavant.

Il emprisonna son menton dans sa main.

— Tu as su vaincre toutes mes défenses. Tu m'as donné envie de choses… De choses auxquelles je n'osais pas croire.

Si c'était un rêve, songea Tina, éperdue, mieux valait qu'elle ne se réveille jamais.

Son bel agent ténébreux la regardait au fond des yeux — il la regardait comme si elle était son univers.

— Je sais que tu n'éprouves pas les mêmes sentiments pour moi, reprit-il, mettant dans ses paroles une fière détermination qui lui serra le cœur. Mais laisse-moi une chance de te montrer que nous pouvons former un couple uni. Loin des bombes, des dangers, des menaces. Seulement toi et moi. Laisse-moi le temps de…

— Non.

Il laissa retomber sa main.

Un grand silence se fit dans le cabinet. Il déglutit. Et ce son, infime, résonna dans la pièce comme une explosion.

Tina secoua la tête pour le détromper. Il aurait été cruel de laisser le malentendu perdurer plus longtemps.

— Non… Non ! Tu m'as mal comprise. Je n'ai pas

besoin de te laisser une chance de me prouver quoi que ce soit parce que je t'aime, moi aussi.

Il la regarda, interloqué.

Ah, tout de même. Enfin, elle réussissait à le surprendre, elle aussi. Ce n'était que justice. Car, après tout, n'avait-il pas tout chamboulé de fond en comble dans sa vie ?

— Je t'aimais à La Nouvelle-Orléans. Je t'aimais à Dallas. Et je t'aimais déjà à Lightning, moi aussi.

Dieu sait pourtant qu'elle avait tenté de le lui faire comprendre de mille et une façons.

Elle s'inclina vers lui et effleura ses lèvres, puis elle passa les bras autour de lui, laissa glisser ses mains le long de sa veste.

Elle fronça les sourcils en sentant une petite protubérance dans sa poche. Elle plongea la main à l'intérieur et en ressortit… un inhalateur.

Elle le regarda avec des yeux ronds.

— Tu l'as gardé depuis… ?

— Depuis que je sais que tu peux en avoir besoin à tout moment, acheva-t-il à sa place. Je veux te savoir en sécurité. Toujours. Et je veux te garder toujours auprès de moi. Je veux être l'homme que tu désires. Celui qui te fait sourire quand tu te réveilles, le matin…

Une lueur malicieuse étincela dans son regard.

— Et celui qui te fait soupirer d'aise le soir.

Elle se pelotonna contre lui.

— Ça tombe merveilleusement bien. Parce que tu es exactement cet homme-là.

Et c'était vrai. Ce n'était pas comme si elle s'était jetée dans l'inconnu en s'éprenant à la légère d'un dangereux agent secret.

Ce dont il s'agissait là, c'était de confiance mutuelle.

D'amour.

— Mes sœurs souhaitent te rencontrer, annonça-t-il

tandis que ses lèvres s'abaissaient de nouveau vers les siennes. Elles veulent connaître la femme qui m'a sauvé.

— Mais je ne t'ai pas…

— Si, docteur. Tu es la femme la plus courageuse, la plus forte que je connaisse. Et je ne sais pas si je mérite ma chance, mais j'ai bien l'intention de ne jamais te laisser partir.

Elle renversa la tête en arrière.

— Tu n'auras pas de mal à y parvenir. Parce que c'est moi, figure-toi, qui ai bien l'intention de te garder pour toujours ! riposta-t-elle en riant.

— Toujours ? interrogea-t-il, le regard empli d'espoir, d'amour, de bonheur.

— Toujours, promit-elle.

Elle l'embrassa, certaine d'avoir trouvé l'homme qu'il lui fallait. Celui qui lui était destiné.

Epilogue

Posté devant la baie vitrée de son bureau, Bruce Mercer contempla les rues affairées de Washington, en contrebas. Les trottoirs bondés de piétons pressés, les voitures, pare-chocs contre pare-chocs.

Tous ces gens qui vivaient leur vie entière sans avoir conscience des périls qui menaçaient le monde. Des périls que ses agents affrontaient tous les jours.

Avec cette dernière affaire, ils étaient passés près de la catastrophe. Il avait failli perdre Tina, et l'identité de Cassidy avait failli être révélée.

Heureusement que seul Anton avait été témoin de sa confession.

Devast avait mis la main sur des informations qu'il n'aurait jamais dû réussi à obtenir. Certes, il était mort aujourd'hui, mais l'affaire n'était pas terminée. Pas tout à fait. Car il y avait un traître au sein de la DOS.

Ce traître devait être mis hors d'état de nuire.

Mercer quitta son poste d'observation et se retourna vers l'homme qui était assis, silencieux, dans le fauteuil en cuir.

— Il s'en est fallu de peu que cette affaire ne se termine mal, mais vous avez fait du bon travail, agent Marshall.

Cooper Marshall inclina la tête.

— Je voudrais que vous vous occupiez d'une autre affaire, maintenant, dit Bruce en s'avançant vers lui. Je veux que vous trouviez le traître qui se cache parmi nous et que vous mettiez fin à ses agissements.

Cooper le considéra pendant un moment.

— Vous êtes sûr que c'est l'un des nôtres ?

— Oui.

Ce qui rendait la chose d'autant plus déplaisante.

— Ne faites confiance à personne, Marshall. L'homme — ou la femme — qui est prêt à vendre ses équipiers est sans doute l'ennemi le plus dangereux que vous aurez jamais eu à affronter.

Un ennemi qui était au cœur de la DOS. Il ou elle se promenait peut-être en ce moment même d'un bureau à l'autre.

Mercer croyait avoir fait le ménage à la DOS. Mais il s'était trompé. Il avait fait confiance à la mauvaise personne. Et ses agents, désormais, en payaient le prix.

Je ne veux pas qu'ils le paient de leur vie.

— Coincez-moi ce traître, ordonna Mercer. Tous les moyens seront les bons.

JULIE MILLER

Protège-moi

BLACK *ROSE*

éditions HARLEQUIN

Titre original : YULETIDE PROTECTOR

Traduction française de VERONIQUE MINDER

83-85, boulevard Vincent-Auriol, 75646 PARIS CEDEX 13.
Service Lectrices — Tél. : 01 45 82 47 47

www.harlequin.fr

Prologue

Septembre

— Je te jure sur ma vie que je te sortirai de là ! murmura-t-elle dans le téléphone.

A travers la vitre de l'Hygiaphone, elle lui lança un regard appuyé. Il avait les yeux cernés, la bouche marquée par un pli amer. Sous la lumière crue des néons, et avec sa combinaison orange de prisonnier, son teint paraissait grisâtre.

Il semblait découragé. Il doutait ? Avec tous les efforts qu'elle déployait ?

— Tu n'as pas peur que mes visiteurs soient filmés ? demanda-t-il tout bas en jetant un coup d'œil furtif autour de lui. Tu prends peut-être des risques inutiles, en venant.

S'il n'avait pas eu cet air hagard et si perdu, s'il n'avait eu autant besoin du réconfort qu'elle savait si bien lui apporter, elle aurait été extrêmement contrariée par son attitude sceptique et presque résignée. Mais elle éprouva plutôt un élan de compassion et, songeant simultanément aux gardiens qui ne devaient pas les quitter des yeux, elle lui adressa son plus beau sourire.

— Tu sais bien que je serais incapable de t'abandonner à ton sort, Brian. Ne t'inquiète pas. Tu as eu tant de visiteurs, depuis ton incarcération, que je vais passer inaperçue.

— C'est donc toi qui as organisé ce déferlement de visites ?

— Eh oui !

Elle n'avait pas ménagé ses efforts, depuis qu'il avait été arrêté, et elle se félicita *in petto* de son habileté.

— Tes amis et associés sont sincèrement inquiets de ton sort. J'ai expliqué à certains qu'il était dans leur intérêt de rester dans tes bonnes grâces car, une fois que tu auras été acquitté et que tu sortiras de prison, tu sauras les en remercier…

Il rapprocha sa bouche du combiné du téléphone en se frottant la tempe, comme si le stress subi au cours de ces deux derniers jours lui avait donné une migraine continue.

— Comment peux-tu être aussi sûre que je vais être acquitté ? La police a un témoin. Les experts parlent de preuves accablantes, de traces de mon ADN.

Elle balaya ces arguments d'un geste insouciant.

— Nous démonterons point par point l'accusation. Le versement de la caution va te permettre de bénéficier d'une liberté conditionnelle. Voilà de bonnes nouvelles !

En le voyant effleurer, sur son bras, les hématomes et égratignures que lui avait valus quelques jours auparavant une arrestation plutôt musclée, elle sentit de nouveau son cœur bondir vers lui.

— Mais si cette fille réussit à m'identifier et accepte de témoigner, je suis fichu, reprit-il à mi-voix.

— T'identifier ? répliqua-t-elle avec un petit rire. Comment ? Tes victimes sont d'abord inconscientes et la plupart du temps encapuchonnées. De plus, tu ne quittes jamais ton masque de chirurgien.

Elle se rapprocha de la vitre de séparation, y posa sa main bien à plat et déploya les doigts en regrettant de ne pouvoir mieux le rassurer.

— Aucun jury ne te condamnera après une plaidoirie brillante ! assura-t-elle dans un souffle. Tu es un homme connu. Tu es doué, intelligent et charismatique. Ta propension à la violence est anecdotique, inconnue du plus grand nombre. Et puis, de toute façon, qui n'a jamais eu des désirs de meurtre ou de vengeance au cours de son existence ? Tout le monde en a à un moment ou à un autre ! Mais toi, oh ! toi, tu passes à l'acte ! Tu en as le courage et comme je t'en admire… Les gens sont si lâches ! La violence qui nourrit ton désir de vengeance a pour but une catharsis, un mieux-être pour la société ! Tu es un grand idéaliste, Brian. Tu œuvres pour un monde meilleur où le génie prévaudra sur la fortune et le matérialisme !

— Il n'empêche que je croupis pour le moment en prison. L'audition de la demande de libération sous caution aura bientôt lieu, mais…

— Tu n'y crois pas, c'est ça ? l'interrompit-elle, dépitée. Moi, si ! Je sais qu'elle ne sera pas rejetée !

Un frémissement de bonheur la parcourut lorsque, à son tour, il posa sa main bien à plat sur la vitre, pour épouser les contours de la sienne. C'était leur seul contact intime pour le moment. Aussi longtemps qu'il l'aimerait, elle l'aiderait et le soutiendrait pour que, ensemble, ils atteignent leur but.

Un monde où la richesse ne serait pas le critère déterminant de la société.

— Tu crois donc que je pourrais être libéré sous caution et que nous pourrons continuer notre œuvre ?

— Oui ! Tu dois me faire confiance !

Elle retira sa main avant de revenir au cœur du problème. Brian avait toujours admiré son sens pratique à la fois complémentaire et opposé à ses velléités d'idéalisme. C'était d'ailleurs pour cette raison qu'ils avaient été attirés l'un par l'autre, naguère. Mais c'était aussi pourquoi ils se disputaient si souvent.

— Si tu m'avais écoutée, si tu m'avais laissé gérer la situation, tu n'en serais pas là, reprit-elle.

— Tu te rends compte de ce que tu dis ? C'est comme me trahir ! Je ne le tolérerai pas !

— Chut !

Craignant que l'agitation subite de Brian n'attire l'attention, voire les soupçons, elle glissa un regard vers le gardien,

— Tu es un émotif et un grand sensible, c'est ton talon d'Achille, Brian. Moi, au contraire, je suis rationnelle et réfléchie. Je suis ton cerveau. Alors encore une fois, fais-moi confiance, laisse-moi m'occuper de tout. Combien de fois t'ai-je déjà sauvé la mise ? Tu te souviens de notre accord ? Je m'occupe de toi, je gère les petits détails déplaisants. Si brillant sois-tu, Brian, je n'en suis pas moins consciente que parfois ton idéalisme, ce besoin de catharsis et de purification, auxquels j'adhère pourtant sans réserve, sont maladifs. Mais je les accepte, tant que tu m'aimes en retour. Aime-moi. Compte sur moi. D'accord ?

— Moi ? Malade ? se récria Brian.

Il secoua la tête et se renversa sur sa chaise, en lui adressant ce regard glacé qui en avait intimidé plus d'un.

— C'est à cause d'une femme, si j'ai investi mon énergie dans cette mission messianique !

Pas le moins du monde impressionnée, elle lui sourit tendrement.

— Et c'est grâce à une femme que tu seras tiré d'affaire, précisément pour poursuivre cette mission glorieuse. N'est-ce pas, Brian ?

Elle attendit patiemment sa capitulation. Finalement, les épaules de Brian s'affaissèrent, et il poussa un gros soupir, comme s'il était accablé par l'adversité. Enfin il acquiesça. Il s'inclinait ! Sa victoire était totale.

— Je t'aime…, murmura-t-elle, ne se tenant plus de joie.

Elle mima un baiser.

— De plus, Brian, mon chéri…

Des règles bien précises régissaient leur relation ; elle devait les lui rappeler, toujours s'assurer qu'il ne les avait pas oubliées.

— Je ferai tout ce qui est en mon pouvoir pour te sortir de là, martela-t-elle, mais souviens-toi : si jamais tu me trahis, si jamais tu parles de moi, de nous, à qui que ce soit, à un compagnon de cellule, à un policier ou même à une vulgaire mouche sur le mur de ta cellule, je te jure que je te détruirai impitoyablement !

Sur ces mots, elle lui adressa un nouveau sourire plein de douceur.

— Maintenant, Brian chéri, dis-moi que tu m'aimes. Dis-le !

Elle soutint son regard sombre toujours empreint de méfiance et de défi, mais il le détourna vite.

— Je t'aime.

Ravie, elle sourit, raccrocha le téléphone, se leva et sortit du parloir.

1

Décembre

— C'est lui ! J'en suis absolument certaine ! Je reconnaîtrais sa voix entre mille. Ses yeux. Et ce regard… La corpulence, aussi. C'est lui, l'homme qui a tenté de me tuer !

Bailey posa sa main tremblante sur la vitre qui séparait la salle sombre du commissariat central du KCPD — Kansas City Police Department — de la pièce vivement éclairée où se trouvaient les suspects.

Assaillie par le souvenir de la tentative de meurtre à laquelle elle avait survécu par miracle, elle ferma les yeux un moment.

Les hommes alignés de l'autre côté de la vitre sans tain étaient vêtus de noir et portaient des masques de chirurgien. Elle n'avait pas besoin de les regarder pour de nouveau entendre les paroles du tueur, sentir les odeurs, revivre les humiliations, la violence et la douleur qui l'avaient éprouvée et avaient fait basculer sa vie un an plus tôt.

Le poing du criminel s'abattant sur sa tempe quand elle l'avait supplié de cesser de la frapper et de la supplicier. La douleur pulsant, martelant, et lui donnant le vertige. Une insoutenable nausée et des haut-le-cœur dus à l'odeur de son après-rasage, pourtant luxueux, se mêlant à celle de la sueur et de la peur…

Son impuissance parce qu'elle était ligotée, à sa merci.

Son impression de devenir folle de douleur, et sa panique à la pensée de bientôt perdre la vie sous les coups réitérés.

La voix menaçante de cet individu ne cessant de lui intimer le silence.

Son regard sombre au-dessus d'un masque de chirurgien. Ses allées et venues d'un pas saccadé. Son désir de la tuer en prenant tout son temps, car il se délectait de son sentiment de puissance.

Sa propre voix sans timbre, presque inaudible, et implorant la pitié. La terreur qu'il lui remette le capuchon pour de nouveau l'aveugler, la murer dans le noir absolu.

Il l'avait laissée pour morte.

Il n'avait eu que le temps de prendre la fuite devant l'arrivée inespérée de la police.

Elle avait eu de la chance.

Beaucoup de chance, même s'il n'avait été arrêté que neuf mois plus tard…

Elle avait été la seule victime du Tueur à la rose rouge à avoir survécu, mais elle était marquée à vie et savait qu'elle ne pourrait jamais effacer de sa mémoire le souvenir de cette terrible nuit qu'elle revivait maintenant avec d'autant plus d'acuité qu'elle venait d'identifier son agresseur. Bien que ce dernier, au milieu d'autres suspects, n'ait lu que le texte d'une banale brochure touristique vantant les charmes de Kansas City, elle avait immédiatement reconnu sa voix qui, comme ce soir-là, était froide, dénuée de toute émotion.

— C'est lui, j'en suis convaincue, répéta-t-elle, en rouvrant les yeux au moment où un policier menottait l'homme qu'elle venait de désigner.

Quand ce dernier retira son masque de chirurgien, elle le reconnut. Ce visage, elle l'avait souvent vu dans les pages Société et Affaires des journaux de Kansas City.

Un architecte, un promoteur immobilier réputé. Un homme sophistiqué…

— C'est… C'est Brian Elliott qui… C'est lui le Tueur à la rose rouge…

Sa voix vacilla. Elle se tut.

— Vous acceptez de témoigner lors de son procès ? lui demanda Dwight Powers, le procureur. De l'identifier ? De le désigner devant le jury ?

Elle refoula les émotions qui lui nouaient la gorge et l'empêchaient de répondre. Elle avait beau se savoir à l'abri et invisible derrière le miroir sans tain, elle frissonna et recula instinctivement lorsque son agresseur regarda tout à coup précisément dans sa direction.

Comme s'il la voyait.

Pétrifiée par ce regard absolument glacé, elle hocha la tête et serra plus fort contre elle son manteau qu'elle portait plié sur son bras.

Brian Elliott était double. Un homme d'affaires brillant et charmant, mais aussi un fou avide de vengeance et de violence. Elle avait été la victime de ses délires, de sa haine, comme si elle avait été la cause de sa rage. A cet instant précis, elle percevait son exécration et la sentait même ciblée sur sa personne.

Elle le revit porter ses coups, se délecter de ce qu'il lui faisait endurer. Un nouveau frisson, plus violent encore que le précédent, la secoua.

Une froide voix féminine l'arracha au souvenir du drame qu'elle avait vécu.

— Cette identification est sujette à caution !

Le procureur lui présenta Kenna Parker, l'avocate de Brian Elliott, une star du barreau qui, à l'évidence, commençait à justifier ses honoraires exorbitants par une intervention sans ambiguïté.

— Je suis sincèrement désolée pour les épreuves que vous avez traversées, miss Austin, poursuivit-elle après un bref salut de la tête. Mais si vous acceptez de témoigner devant la cour, comme vous le demande M. Powers, je peux vous assurer que les questions que je vous poserai lors du contre-interrogatoire seront extrêmement déplaisantes. Si vous êtes tellement certaine que mon client est votre agresseur, pourquoi ne pas l'avoir identifié plus tôt ? Brian Elliott est une personnalité connue et reconnue, à Kansas City.

— Je ne le connaissais pas. Enfin… je veux dire… pas personnellement, balbutia Bailey qui, dans son trouble, n'en soutint pas moins le regard sans aménité de l'avocate. De plus, je l'ai identifié à sa voix, j'ai reconnu son regard.

— Si mes souvenirs sont bons, vous avez été sérieusement blessée à la tête, enchaîna froidement Kenna Parker. Il est fort possible que votre mémoire, vos souvenirs vous trahissent.

Avant que Bailey n'ait le temps de protester, Harper Pierce, l'avocat de la famille Austin, intervint.

— Etes-vous en train de menacer ma cliente, Kenna ?

Kenna Parker lui adressa un sourire onctueux.

— Bien sûr que non, cher confrère ! Je suis assez bonne avocate pour me dispenser de menacer, directement ou non, un témoin à charge. Maintenant, si vous voulez bien m'excuser, je dois aller m'entretenir avec mon client.

Sur ces mots, elle salua tout le monde d'un petit hochement de tête courtois, puis se dirigea vers la porte, les talons de ses escarpins italiens claquant sur le sol.

— Chef Taylor, s'il vous plaît, dit-elle en arrivant devant la porte que le commissaire Mitch Taylor bloquait.

Il croisa les bras sur sa robuste poitrine.

— Mes hommes ont fait du bon boulot. Ils ont procédé à l'arrestation d'un criminel, maître Parker. D'un homme extrêmement dangereux.

— Vraiment ? Vous savez comme moi que l'accusé est, par défaut, considéré comme innocent jusqu'à ce que l'accusation ait prouvé sa culpabilité, répliqua-t-elle, attendant toujours qu'il s'efface pour la laisser sortir.

— Dois-je vous préciser que la Constitution des Etats-Unis ne le garantit pas expressément ?

— En effet. Mais ce principe peut être déduit des cinquième, sixième et quatorzième amendements de la Constitution. Permettez-moi de vous rappeler la décision de la Cour suprême *Coffin vs United States* du 4 mars 1895 qui établit le principe de la présomption d'innocence pour les personnes accusées de crimes. Concernant l'affaire qui nous occupe, j'ai l'intime conviction que vos hommes ont trouvé un bouc émissaire afin de boucler une enquête embarrassante et de vous débarrasser de la pression des médias.

Le chef Taylor ouvrit enfin la porte. Tout le monde tourna les yeux vers le couloir, où se pressaient des journalistes. Dès qu'ils virent l'avocate, les questions fusèrent.

— Maître Parker, votre client sera-t-il bientôt un homme libre ?

— Est-il toujours en liberté sous caution ?

— Le témoin l'a-t-il identifié comme étant le Tueur à la rose rouge ?

— Qui est le témoin à charge ?

De nouveau en proie à la nausée, Bailey posa la main sur son estomac et recula. Elle avait l'impression qu'une bande de vautours se rapprochait.

— Oh ! Mon Dieu…

Dwight Powers la prit par le coude.

— Mitch ? lança-t-il au chef Taylor. Vous pouvez me virer tout ça ?

— Avec plaisir, répondit le policier en sortant du bureau.

D'une voix autoritaire qui fit trembler Bailey, il s'adressa aux journalistes.

— C'est un commissariat, ici, pas une salle de presse ! Tout le monde dehors ! Kate Kilpatrick, le porte-parole de la police de Kansas City, répondra à toutes vos questions plus tard, lors d'un point presse.

— Ce n'est pas Brian Elliott, là-bas ? s'exclama une journaliste. Pouvons-nous lui parler ?

— Mon client bénéficie de la libération conditionnelle. Nous ferons une déclaration tout à l'heure, promit Kenna Parker.

— Joe ! Sarge ! Amenez-vous ! cria le chef Taylor tandis que Bailey terrifiée se cachait derrière Harper. Faites sortir tout ce monde de mon commissariat ! Je ne veux pas que ce malade joue les vedettes dans nos locaux. Les journalistes pourront lui parler dehors, si ça leur chante, une fois qu'il sera replacé sous surveillance électronique !

— Oui, chef, s'empressa de répondre un policier qui s'approchait. Madame Owen, monsieur Knight, dit-il à deux journalistes particulièrement virulents. Par ici, je vous prie. Je vais vous raccompagner jusqu'à la sortie.

Dès que le chef Taylor eut refermé la porte derrière lui, les protestations des journalistes devinrent presque inaudibles. Le procureur lâcha Bailey qui s'efforçait de se ressaisir.

Loretta Austin-Mayweather, la mère de Bailey, prit alors la parole.

— Je déteste cette Kenna Parker, Dwight. Vous croyez qu'elle a préparé son coup, rameuté les journalistes et voulu organiser une conférence de presse sauvage pour intimider Bailey ?

— C'est possible, madame. Kenna Parker est réputée coriace. Elle utilisera toutes les stratégies possibles et imaginables pour instiller le doute dans l'esprit des jurés et désarçonner votre fille. Et comme l'issue du procès dépend, justement, de votre fille…

Comme il se tournait vers elle, Bailey se redressa et prit une profonde inspiration.

— Ne vous inquiétez pas, monsieur Powers, vous pouvez compter sur moi. Je témoignerai au procès du Tueur à la rose rouge, dit-elle d'une voix déterminée.

Loretta posa la main sur le bras de son mari, dont les traits étaient marqués par l'inquiétude et la fatigue.

— Y a-t-il quelque chose que tu puisses faire, concernant Kenna Parker, pour protéger Bailey, Jackson ? J'ai déjà perdu Kyle, je ne supporterais pas de perdre mon autre enfant.

Bailey éprouva envers sa mère une pointe d'agacement qui, très vite, se mua en un élan de compassion. Sa famille, ses proches et amis avaient été ébranlés par la mort violente de Kyle. Toujours traumatisée, sa mère avait été incapable de lui témoigner la moindre empathie lors de l'épreuve qu'elle avait à son tour traversée. Le stress, le chagrin avaient transformé Loretta, qui avait beaucoup maigri et pris l'habitude de boire chaque soir un verre de vin ou deux, avant d'aller se coucher. Cela faisait maintenant des mois qu'elle évitait toute conversation portant sur autre chose que le temps qu'il faisait, ses galas de charité et divers potins mondains.

Chacun avait ses stratégies pour faire face à l'adversité, songea-t-elle en espérant que ses propres efforts pour reprendre sa vie en main et confronter son agresseur la conduiraient vers la résilience.

— Rassurez-vous, Loretta. Bailey ne fera rien qui mette sa sécurité en péril, intervint Harper Pierce.

Puis il s'adressa à Bailey avec un regard appuyé.

— N'est-ce pas ?

Elle détourna la tête, plus gênée que contrariée par l'expression insistante et surtout autoritaire qui se peignait sur son séduisant visage.

Autrefois, dans une autre vie, elle avait été fiancée à Harper et sur le point de l'épouser. En ce temps-là, elle ne se posait pas de questions. Elle se réjouissait essentiellement de devenir la parfaite petite épouse d'un ténor du barreau et de tenir à ses côtés son rang dans la bonne société de Kansas City. A cette époque, un seul regard de Harper lui aurait rendu tout son courage. Aujourd'hui, son attitude protectrice et un peu condescendante la mettait mal à l'aise et lui posait un nouveau problème à surmonter.

— Tu ne me convaincras pas de renoncer à témoigner, Harper, dit-elle d'une voix ferme.

Elle n'était plus la jolie femme docile, prête à lui être agréable et à partager ses goûts et ses centres d'intérêt. Depuis qu'elle avait frôlé la mort, elle faisait passer ses besoins en priorité.

— En revanche, je te promets d'être aussi prudente que possible, maman.

Bailey s'approcha de sa mère pour l'enlacer avec sollicitude, puis elle lui sourit, touchée par la vulnérabilité qu'elle lisait dans son regard si bleu, le même que le sien.

— Dwight Powers m'a garanti l'anonymat le plus longtemps possible, poursuivit-elle. Le Dr Mille m'a également appris à gérer mon stress, et des techniques d'autodéfense. Je serai prudente, je ne prendrai aucun risque inconsidéré.

— J'aurais préféré que tu ne te fasses pas couper les cheveux, ma chérie, répondit Loretta comme si elle ne l'avait pas entendue, en tendant la main vers son carré. Tu avais de si beaux cheveux, avant…

Oui, mais elle préférait sa coupe courte, songea Bailey qui se souvenait avec horreur que son tortionnaire avait empoigné ses longues boucles blondes à plusieurs reprises pour la traîner derrière lui.

Elle soupira.

— Ecoute, maman…

— Jackson ? l'interrompit Loretta en serrant le bras de son mari. Tu pourras tout arranger, n'est-ce pas ?

Le beau-père de Bailey n'était pas indifférent à l'afflux d'émotions mais, comme d'habitude, il semblait un peu ailleurs. Il n'en était pas moins très réactif et avait un don inné pour régler les problèmes, quels qu'ils soient.

Il sourit aussitôt et passa un bras réconfortant autour de la taille de sa femme.

— Oui, bien sûr, ma chérie. Je ferai tout ce qu'il faut pour protéger ma famille.

Il s'adressa ensuite au procureur.

— A votre avis, Kenna Parker va-t-elle évoquer cette terrible affaire avec mon beau-fils, lors du procès ?

— Mais non ! Pourquoi ? protesta Bailey.

Après avoir effectué des transactions financières hasardeuses, son frère, criblé de dettes et acculé, avait kidnappé leur demi-sœur Charlotte. L'homme violent qui avait été arrêté et, par la suite, tué en prison n'avait rien à voir avec le frère qu'elle avait aimé et admiré. Bailey n'avait pas la même personnalité que lui. Elle était plus forte et n'avait commis aucun délit. De plus, elle était une battante.

Du moins l'espérait-elle.

— Ce que Kyle a fait n'a rien à voir avec ce qui m'est arrivé ! ajouta-t-elle.

L'air soucieux, Jackson Mayweather regardait le chef Taylor et le procureur Powers dans l'attente d'une réponse.

— Il est possible en effet qu'elle évoque ce tragique épisode familial pendant le procès, et l'utilise pour mettre en doute l'authenticité du témoignage de Bailey, dit enfin Dwight Powers, également soucieux. Kyle a menti, naguère. S'il y a un menteur dans la famille, pourquoi pas deux ? Tel pourrait être l'argument de Parker, si spécieux soit-il. Mais, bien entendu, j'objecterais.

— Vous savez que je ne mens pas ! s'exclama Bailey. Je n'ai pas non plus perdu la tête ni oublié ce que j'ai vu et entendu cette nuit-là. Tous les détails sont au contraire gravés dans ma mémoire. Et pour toujours, malheureusement !

Dwight Powers opina.

— C'est justement ce point que je compte exploiter. La police m'a communiqué de nombreux éléments à charge pour nourrir mon argumentation. Mais le jargon médico-légal risque d'être abscons pour la plupart des jurés. Je veux donc que vous soyez le visage de toutes les autres victimes du Tueur à la rose rouge, Bailey. Je veux que vous suscitiez la sympathie, l'empathie et la compassion du jury qui devra adhérer sans réserve à votre récit. Alors les jurés reconnaîtront Elliott coupable des faits qui lui sont reprochés et le condamneront à la prison à vie. Quoi qu'il en soit, Kenna Parker fera tout son possible pour vous discréditer, et discréditer votre témoignage…

— Elliott a malheureusement de nombreux atouts dans sa manche, renchérit le chef Taylor sombrement. D'abord Kenna Parker, l'une des meilleures avocates de Kansas City, qui de plus lui a obtenu la liberté conditionnelle. Elle s'est installée ici il y a seulement un an ou deux, mais elle a déjà la réputation d'être redoutable et de gagner ses procès. Ensuite, son ex-femme, Mara Boyd-Elliott, le grand patron du *Kansas City Journal*, l'un des plus importants de la région, le soutient.

— Les amis d'Elliott sont nos ennemis.

Le chef Taylor opina.

— Mes hommes le surveillent jour et nuit, ce qui ne l'empêche pas de continuer ses activités professionnelles ou privées, comme courir les magasins pour acheter ses cadeaux de Noël. Il se comporte comme s'il allait passer en correctionnelle, et non aux assises et être condamné à vingt ans de prison ou plus.

Il s'interrompit et pointa l'index sur le procureur.

— Mes gars ont travaillé jour et nuit pendant des mois pour résoudre cette affaire et mettre la main sur ce type. S'il s'en tire à bon compte, leur moral en prendra un coup et de nouveau la psychose régnera en ville. Vous êtes certain de battre Parker, Dwight ?

— Comment ? Vous en doutez ? N'oubliez pas que j'ai moi aussi ma réputation. J'ai gagné des procès autrement plus difficiles !

A son crédit, Dwight Powers ne semblait être intimidé ni par la réputation de sa redoutable collègue ni par la pression que le chef Taylor exerçait sur lui, pas plus que par la fortune et l'immense influence de Jackson Mayweather.

L'un des meilleurs avocats de Kansas City allait la défendre. Les meilleurs policiers du KCPD avaient uni leurs efforts et enquêté sans relâche jusqu'à l'arrestation de Brian Elliott… Les espoirs de nombreuses personnes reposaient sur elle, se résuma Bailey.

C'était une pression extraordinaire qui pesait sur ses épaules encore bien fragiles. Refoulant avec détermination ses appréhensions, elle rassura de nouveau Dwight Powers sur sa présence et sa volonté de témoigner au procès. Oui, il pouvait compter sur elle pour envoyer Brian Elliott en prison jusqu'à la fin de ses jours !

— Je parlerai de la rose qu'il a laissée près de moi, de la camionnette dans laquelle il m'a transportée et séquestrée, après m'avoir enlevée dans cette rue sombre. Je parlerai de son incroyable violence. De son désir de vengeance. Je me souviens de tout ce qui s'est passé. De sa délectation face à ma peur tandis qu'il me promettait une mort lente et cruelle…

Loretta Mayweather laissa échapper un petit cri que Bailey ignora pour poursuivre.

— J'ai l'esprit clair. Je suis lucide. Mes souvenirs sont cohérents.

Dwight Powers sortit de sa sacoche un stylo et un bloc jaune sur lequel il nota quelque chose.

— Vous confirmerez qu'il portait un masque de chirurgien et une casquette de base-ball ? Vous confirmerez qu'il vous a conduite et séquestrée dans un entrepôt près de l'un de ses sites de construction ? Vous réussirez à soutenir vos affirmations ? Vous en êtes certaine, Bailey ?

Elle acquiesça. Oui, elle réussirait ! Pour faire condamner son agresseur. Pour elle. Il fallait qu'elle affronte cet individu dans une salle de tribunal et devant témoins, sinon elle ne pourrait jamais surmonter ses peurs et son traumatisme.

— Je parlerai. Je dirai tout ! assura-t-elle.

— Oh non, mon cœur, pas tout ! s'exclama Loretta avec une expression horrifiée. Tu as toujours été une enfant si sensible… Et revivre ce cauchemar…

— Maman ! l'interrompit Bailey, excédée par son attitude puérile. J'ai vingt-six ans. Je ne suis plus une enfant, et je réussirai. Seulement, j'ai besoin de ton soutien, pas de lamentations ou de grands discours pour me convaincre de renoncer.

Elle lui montra le miroir sans tain.

— Si je refuse de paraître au procès, de contribuer à sa condamnation, je resterai une victime jusqu'à la fin de mes jours !

Sur ces mots, elle serra les poings tandis que des larmes de colère lui montaient aux yeux.

— Il ne gagnera pas ! Il ne gâchera pas davantage ma vie !

Jackson s'approcha de Loretta et l'enlaça, pressant au passage la main de Bailey.

— Nous comprenons que ce procès et ton témoignage sont nécessaires à ta guérison, mais rien n'est plus difficile pour un parent que de voir son enfant souffrir. Essaie un peu de nous comprendre, Bailey, et sois patiente avec nous. Tu sais que nous te soutiendrons, quelle que soit ta décision. Sache que nous t'aimons et que nous serons toujours là pour t'épauler. Mais notre impuissance face à ce que tu as subi est terrible.

Voyant des larmes couler en abondance sur le visage de sa mère, Bailey refoula les siennes et se força à sourire à son beau-père avant de reprendre à l'intention du procureur.

— J'obéirai à vos instructions. Je répondrai aux questions de Kenna Parker, quelles qu'elles soient. Parce que le pire, pour moi, c'est de savoir que cet ignoble individu pourrait être innocenté, recouvrer sa liberté, et tuer une autre femme, d'autres femmes… Je veux de nouveau me sentir en sécurité à Kansas City. Je veux que Brian Elliott finisse ses jours en prison !

Powers eut un petit hochement de tête approbateur et lui serra la main.

— Très bien. Alors à lundi matin, au tribunal. Grâce à votre témoignage, Bailey, et avec mon réquisitoire, il sera reconnu coupable. Je vous promets que Brian Elliott ne célébrera pas cette nouvelle année avec ses amis et sa famille !

— Merci, miss Austin, d'être aussi courageuse, enchaîna le chef de la police en lui serrant la main à son tour.

Il ouvrit la porte.

— Je suis désolé, mais je vais devoir vous laisser, j'ai une réunion. L'un de mes hommes va néanmoins se charger de vous et vous raccompagner.

Ce disant, il lui désigna un policier de grande taille aux cheveux auburn qui attendait dans le couloir et qui, à leur vue, se détacha du mur auquel il était adossé. Avec des gestes précis, il boutonna sa veste grise, cachant ainsi son badge et l'arme qu'il portait à la ceinture.

Bailey se figea en reconnaissant Spencer Montgomery, dont le visage dur et cependant beau affichait une expression impassible. C'était lui qui avait enquêté sur les transactions financières illégales de son frère. A l'époque, leurs relations avaient été pour le moins tendues. Elle n'avait pas supporté ses questions intrusives. Quant à lui, il avait été exaspéré par ses réticences à répondre et par son désir de protéger sa famille. Mais il avait aussi dirigé l'enquête sur le Tueur à la rose rouge et l'avait arrêté en personne. A cet égard, il était un héros et le resterait. Il devait être soulagé qu'elle ait bel et bien identifié le suspect et n'ait pas réduit à néant une enquête ardue qui avait duré presque un an.

En dépit du fait qu'elle appréciait et estimait son intelligence, elle sentit l'appréhension l'envahir tandis qu'elle sortait de la salle.

— Inspecteur Montgomery…

Il lui adressa un hochement de tête poli.

— Si vous avez un moment, miss Austin, j'aimerais m'entretenir avec vous avant que vous ne preniez congé. C'est important.

A la vue de sa mine fermée, elle sut qu'elle n'allait pas apprécier cet entretien.

2

Bailey Austin s'était fait couper les cheveux.

Il avait tout de suite remarqué sa nouvelle coupe, ses courtes mèches blondes qui encadraient son visage à l'expression plus grave que dans ses souvenirs. Bailey Austin était jolie naguère, bien sûr, et elle l'était toujours, mais elle était aussi devenue… intéressante. Du moins, plus intéressante qu'autrefois, se corrigea-t-il, un peu déconcerté et agacé par le cheminement de ses pensées.

C'était en effet ridicule et absurde de la dévisager avec un tel intérêt. La dernière fois qu'il l'avait vue, c'était à l'hôpital. Agressée par un tueur en série, elle avait été laissée pour morte. Ses hommes avaient mis presque un an à identifier et arrêter l'individu. Il s'agissait du célèbre architecte et promoteur immobilier, Brian Elliott.

Elle semblait aller bien, du moins sur le plan physique. Son regard bleu était redevenu vibrant et expressif. Ses cheveux blonds évoquaient la brillance et la couleur de l'or, même sous les sinistres néons du couloir du commissariat. Ses gestes élégants, ses mouvements fluides révélaient et mettaient en valeur sa grâce féminine. Elle était très élégante dans son pantalon en lainage et son pull en cachemire.

Il se savait doté d'un sens du détail qui confinait à l'obsession mais, dans ce cas, il était conscient de l'aspect un peu trop complaisant de sa contemplation.

Le chef Taylor s'approcha d'eux.

— Si vous voulez bien nous excuser un instant, miss

Austin… A vous de jouer, maintenant, Spencer, reprit-il tandis que Bailey rejoignait ses parents et leur avocat qui sortaient à leur tour de la salle.

— Oui, chef.

— Vous êtes l'un de mes meilleurs inspecteurs, et c'est pour ça je vous ai confié la direction et la coordination de l'enquête sur le Tueur à la rose rouge.

Spencer respectait cet homme un peu enrobé, aux tempes grisonnantes, qui était un commissaire d'exception, sans doute le plus influent de la ville. Un mot de lui suffisait pour assurer une promotion ou une rétrogradation. Entièrement dévoué à la protection et à la défense de ses concitoyens, il avait gravi opiniâtrement tous les échelons du KCPD. Comme Spencer poursuivait les mêmes buts, il avait vu dans cette affaire une excellente opportunité de faire évoluer sa carrière.

— J'apprécie votre confiance, chef.

— Mais votre tâche est loin d'être terminée, reprit Taylor.

Il faisait évidemment allusion au procès de Brian Elliott et à son issue, ainsi qu'à sa dernière mission dans cette enquête : retrouver la complice du Tueur à la rose rouge, une femme qui se faisait appeler la Nettoyeuse, parce qu'elle effaçait et nettoyait ses traces sur les scènes de crime.

— Vous vous souvenez de notre discussion d'hier, Spencer ?

« Je veux que vous gardiez un œil sur Bailey Austin. Je veux que vous vous rendiez disponible, à tout hasard, au cas où surviendrait un événement qui l'empêcherait de témoigner contre Elliott. Vous voyez de qui, de quoi je veux parler. La Nettoyeuse. »

A la suite de cette conversation, il avait quitté le bureau de son supérieur avec la conscience aiguë de ce qu'il avait à faire. La Nettoyeuse semblait avoir complètement disparu de la circulation depuis l'arrestation d'Elliott — arrestation qui avait marqué la fin des crimes en série qui avaient trop longtemps ébranlé et terrorisé Kansas City.

Elliott bénéficiait de la liberté conditionnelle sous caution et portait un bracelet électronique, mais il restait placé sous la surveillance du KCPD vingt-quatre heures sur vingt-quatre. Etait-ce l'extrême vigilance de la police qui avait provoqué la fuite, la disparition de sa complice ? Avait-elle décidé d'abandonner Elliott à son sort et s'était-elle finalement désintéressée de lui, mettant ainsi fin à une relation fusionnelle pathologique ? Ou alors, et telle était l'opinion du chef Taylor et la sienne, la Nettoyeuse attendait-elle patiemment son heure pour sauver son homme ?

Spencer gardait son équipe en alerte maximum jusqu'à ce que la Nettoyeuse soit à son tour arrêtée, ce qui assurerait l'évolution de sa carrière au sein de la police.

— Oui, chef. Je m'en souviens parfaitement. Je vais en faire part à miss Austin.

Le chef Taylor fit un geste vers le petit groupe qui se tenait un peu à l'écart.

— Je pense que vous connaissez déjà tout le monde.

Spencer acquiesça.

— Nous nous sommes rencontrés plusieurs fois. Dans le cadre d'une autre enquête.

— Une enquête que vous avez conclue brillamment, déclara Taylor.

Il adressa un petit clin d'œil à Bailey.

— Je vous laisse en de bonnes mains, miss Austin, vous pouvez me faire confiance !

Sur ces mots, il enfila le couloir à la hâte pour rattraper le procureur.

— Dwight, attendez-moi !

Bailey serrait son sac et son manteau contre elle, attendant sans doute qu'il lui explique pourquoi le chef

Taylor tenait tant à ce qu'il s'entretienne avec elle. Loretta Austin-Mayweather, Jackson Mayweather et Harper Pierce s'étaient quant à eux approchés et l'entouraient, comme pour la soutenir.

— J'aimerais rentrer à la maison maintenant, Jackson, dit Loretta.

Elle le toisa et ajouta du bout des lèvres :

— Je n'ai absolument rien à dire à cet individu. Bailey, tu viens ?

Lors de son enquête sur les agissements de Kyle Austin, Spencer avait interrogé tous les membres de la famille. Même si Kyle, le frère de Bailey, n'était pas le meurtrier présumé, il ne s'en était pas moins rendu coupable d'autres crimes — détournement de fonds, harcèlement et enlèvement de sa demi-sœur. Mais le meurtrier n'avait pas apprécié que son *modus operandi* soit copié et avait froidement descendu Kyle.

Spencer n'ayant ni enfants ni famille, il ne pouvait comprendre ou concevoir les sentiments d'un père ou d'une mère ayant perdu un fils ou une fille. Il pouvait seulement compatir et, dans ce cas précis, il se souvenait surtout que, sans l'intervention du KCPD, c'est toute la famille Austin-Mayweather qui aurait pu être victime des actes désespérés de Kyle et du tueur dont il avait adopté le MO.

— Inspecteur Montgomery, dit Jackson Mayweather en le saluant d'un hochement de tête courtois.

Il semblait pressé, à moins que, en homme pondéré détestant les conflits, il ne veuille au plus vite désamorcer la situation en éloignant sa femme. Quoi qu'il en soit, il passa le bras autour des épaules de celle-ci.

— Allons-y, ma chérie. Le chauffeur nous attend devant la porte.

— Bailey ? Viens-tu ? lança Loretta par-dessus son épaule alors qu'ils se dirigeaient vers la sortie.

Sa voix avait claqué, sèche et autoritaire.

Bailey soupira, signe qu'elle s'exhortait à la patience, et sourit par politesse.

— Maman… C'est l'inspecteur Montgomery qui a arrêté le Tueur à la rose rouge, et il a besoin de me parler.

Harper Pierce, un champion de la casuistique que Spencer avait toujours trouvé antipathique, posa alors sa main au creux des reins de Bailey.

— Dans ce cas, qu'il prenne rendez-vous ! Allons-y, Bailey !

Avant que Spencer n'ait le temps de s'étonner de son vif déplaisir à le voir agir en propriétaire avec elle, Bailey se dégagea d'un mouvement brusque.

— Cela t'ennuierait d'aller rejoindre Jackson et ma mère, Harper ? Je suis certaine qu'elle a plus besoin de ton soutien que moi.

— Mais je ne vais tout de même pas te laisser avec…

— Je t'en prie, Harper, va les rejoindre !

Sa voix mélodieuse avait perdu toute douceur, son visage s'était fermé, et elle s'était crispée. Redoutait-elle les gestes trop impétueux et trop fermes d'un homme, après avoir failli être tuée ? Cette attitude de repli était-elle une conséquence directe de son agression ? Ou alors ne supportait-elle pas le contact de son ex-fiancé ?

Il croisa le regard soupçonneux de Pierce, qui semblait lui reprocher l'hostilité soudaine de Bailey.

— Je vais appeler l'ascenseur, nous t'attendons, insista Pierce.

— Ce ne sera pas utile.

— Enfin, Bailey…

— Ne vous inquiétez pas, je raccompagnerai miss Austin jusqu'à sa voiture, intervint Spencer, impatient de le voir rejoindre Loretta et Jackson.

Il avait besoin de quelques minutes pour avoir avec Bailey la conversation à laquelle le chef Taylor tenait tant.

— Comment savez-vous que je suis venue avec ma

voiture ? demanda-t-elle en haussant un sourcil lorsqu'elle reporta son attention sur lui.

Il jeta un regard entendu sur le Plip avec lequel elle jouait, et sourit.

— Je suis dans la police…

Elle sourit à son tour et parut se détendre un peu.

— Sans blague ?

Puis elle ajouta gentiment, à l'intention de sa mère et de son beau-père qui attendaient plus loin dans le couloir :

— Allez-y. Moi, je dois rentrer à la maison et préparer mon entretien d'embauche de demain.

— Tu ne pourrais pas remettre cette entrevue ? demanda Loretta qui semblait plus agacée que blessée par la dérobade de sa fille. Les Butler-Smythes viennent dîner ce soir, tu te souviens d'eux, n'est-ce pas ? Leur fils Cameron rentre de Chine. Il était si gentil avec toi, à l'école, et je pensais que tu pourrais…

— Non, maman, je ne peux pas !

Il vit le rose aux joues de Bailey. C'était le signe soit de son impatience croissante, soit de sa détresse contenue face aux efforts de sa mère pour régenter sa soirée, et sa vie.

— J'ai des courses à faire, avant de rentrer à la maison. De plus, je veux finir de ranger mon appartement et aussi peindre les encadrements des fenêtres.

A sa place, il se serait épargné la peine de se justifier, mais il comprenait qu'elle essayait d'adoucir son refus par des raisons banales et cependant logiques.

— Et puis, tu sais que je ne suis pas d'humeur très sociable, actuellement. Si tu veux que j'assiste à ton bal de Noël, samedi, je dois économiser mon énergie afin de pouvoir faire face à tes invités, tu le comprends ?

Le soupir appuyé de Loretta indiqua qu'elle se rendait aux arguments de sa fille.

— Très bien. Je serai ravie si tu assistes à mon bal. S'ils savent que tu es présente, les invités accourront !

Spencer eut un élan de sympathie envers Bailey. Lundi prochain, elle allait devoir témoigner contre un tueur en série et elle était peut-être en danger. Or sa mère ne pensait qu'à un événement mondain et s'avisait même de jouer les entremetteuses.

Elle se crispa de nouveau mais continua de sourire quand sa mère revint sur ses pas pour l'embrasser sur la joue.

— Mes amitiés à Cam et à ses parents, surtout, dit-elle. Excuse mon absence.

Spencer sentit glisser sur lui le regard peu amène de Loretta, qui semblait le considérer comme directement responsable de la défection de sa fille. Enfin, elle caressa le front de Bailey et redressa le pendentif de son collier.

— Je t'appelle demain. Pour te parler du bal de Noël.

Bailey opina.

— Bien sûr. A demain.

— Et si tu as besoin d'un cavalier pour cette soirée, fais-le-moi savoir.

Elle serra les dents lorsque Pierce se pencha à son tour pour l'embrasser sur la tempe d'une façon si ostensible que Spencer dut se contenir pour ne pas le repousser.

Quand Pierce s'éloigna enfin pour aller rejoindre Loretta et Jackson Mayweather, elle esquissa un faible sourire.

— Excusez-moi pour ma famille et aussi... pour l'attitude de Harper, dit-elle, les lui montrant par-dessus son épaule.

— Ils vous protègent, et c'est normal.

— Ils sont surtout étouffants.

Un silence tomba.

— Eh bien, joyeux Noël ! Oui, merci, et à vous aussi.

Il écarquilla les yeux.

— Pardon ?

Manifestement amusée de sa surprise, elle sourit.

— Je vous ai souhaité un joyeux Noël et j'ai répondu à votre place, en employant la formule d'usage. Une façon de détendre l'atmosphère...

— Ah oui, je vois.

La voyant tenter d'enfiler son manteau sans lâcher son sac et son Plip, il décida de tester sa théorie selon laquelle elle pourrait être réfractaire au contact d'autrui et à trop de proximité. Sans gestes brusques, afin de lui permettre d'anticiper ses intentions, il lui prit son manteau et le lui tint. Après une brève hésitation, elle le remercia et l'enfila. Il lui arrangea le col, lissa les plis sur les épaules et lui tapota le bras sans qu'elle ne s'écarte de lui. Conclusion, ce qu'elle n'avait pas apprécié, c'était l'attitude possessive de Pierce.

— Joyeux Noël, Bailey.

Il se tut tout à coup, déconcerté par la douceur avec laquelle il avait prononcé ces mots et le plaisir avec lequel il prolongeait le contact, humant son parfum d'agrumes et savourant la tiédeur qui se dégageait d'elle.

Quand il recula et retira ses mains de ses épaules, il crut la sentir tressaillir. Il crut aussi l'entendre soupirer. Elle semblait avoir apprécié qu'il l'aide à mettre son manteau ou, du moins, n'y avait-elle pas répugné.

Parfois, l'attention qu'il portait aux plus petits détails, de la déformation professionnelle sans nul doute, l'agaçait.

Reste professionnel, Montgomery. Oublie que Bailey Austin t'attire. Tu sais parfaitement que ça ne t'apportera rien de bon !

— Vous êtes sûre que ça ira, lundi, au procès ? demanda-t-il plus brusquement qu'il ne l'aurait voulu.

— Vous avez peur que je me laisse désarçonner, que je lâche prise ? Que je réduise votre enquête sur Elliott à néant en refusant de témoigner contre lui ?

Sur ces mots, elle passa la bandoulière de son sac sur son épaule, et prit une grande inspiration. Ils restèrent l'un en face de l'autre, silencieux, jusqu'à ce qu'elle lève les yeux vers lui.

A son regard bleu se superposèrent soudain des prunelles

marron dont il gardait le plus vif souvenir et qui le rendirent aveugle à ce qui l'entourait. Dans un effort pour se ressaisir et juguler la douleur avant qu'elle ne jaillisse, il cilla. Enfin, il mit les mains dans ses poches et fit quelques pas dans le couloir, comme s'il réfléchissait.

— Le chef Taylor veut que je prenne des précautions pour votre sécurité. Il veut être certain que vous serez prête lundi.

— Vous êtes inquiet ? Vous croyez que je vais renoncer ?

Sa voix accusatrice le fit s'immobiliser.

— C'est un procès extrêmement important, miss Austin.

— A qui le dites-vous ! lâcha-t-elle, amère.

Elle mit son Plip dans sa poche en soupirant.

— Tout le monde a l'air de penser que je vais me rétracter, paniquer, fuir ou me cacher, reprit-elle, toujours amère. Mais je dois témoigner ! Je dois l'affronter ! Voilà une des leçons que je dois tirer de ce qui m'est arrivé. Faire du positif à partir du négatif !

Il fronça les sourcils en voyant le rose lui monter aux joues. Si elle s'énervait maintenant, comment gérerait-elle ses émotions lorsque Kenna Parker attaquerait, lui poserait des questions uniquement destinées à la déstabiliser, à instiller le doute dans l'esprit de jurés afin de la décrédibiliser ?

— C'est une pression énorme, dit-il seulement en revenant vers elle.

— Je réussirai !

Il posa la main sur ses doigts crispés sur la bandoulière de son sac.

— Avez-vous déjà témoigné, miss Austin ? Vous êtes-vous déjà mise à nu et avez-vous déjà mis à nu vos peurs, votre âme et votre pire cauchemar sous les yeux de son responsable, la cause de votre traumatisme ?

— Non, mais…

Elle ne termina pas sa phrase et il ne la relança pas non

plus. Il attendit simplement qu'elle assimile la portée de ses mots.

Soudain, elle pâlit et baissa les yeux.

— Vous allez passer par des moments vraiment difficiles, reprit-il. Vous êtes certaine d'être prête à cette nouvelle épreuve ?

— J'aurais pensé que vous me soutiendriez, que vous m'encourageriez, au lieu de m'énumérer les raisons pour lesquelles je pourrais échouer.

L'air à la fois frustré et énervé, elle lui lança un regard noir.

— L'enquête sur le Tueur à la rose rouge vous a occupé à plein temps pendant des mois. Par conséquent, je pensais sincèrement que vous seriez de mon côté et que vous prendriez mon parti. Mais vous doutez de moi. Comme tout le monde.

— Je ne suis ni un rêveur ni un idéaliste, miss Austin. Je m'en tiens aux faits.

Alors qu'elle parlait de plus en plus fort et s'énervait, lui au contraire s'exprimait calmement.

— Il peut se passer un tas de choses entre maintenant et lundi, poursuivit-il. Vous pouvez paniquer et renoncer à témoigner. Et la complice d'Elliott va probablement tenter de vous intimider. Vous êtes peut-être en danger.

— La complice d'Elliott ? La Nettoyeuse ?

— Oui. Et je doute que vous ayez envie de vous retrouver nez à nez avec cette femme. Je vous conseille donc de vous enfermer dans votre appartement. Ne laissez personne entrer chez vous la nuit. Faites-vous escorter jusqu'à votre voiture. Ne fréquentez que les gens que vous connaissez bien. Et, s'il se produit quoi que ce soit d'anormal — quoi que ce soit, vous m'entendez ? —, appelez-moi ou appelez le 911, avant qu'il ne soit trop tard.

Au fur et à mesure qu'il parlait, son regard s'écarquillait et elle s'empourprait.

— « Trop tard » ?

— Je ne suis pas là pour vous donner des illusions, miss Austin, mais pour être concret. Je vous énumère juste un éventail de possibilités.

Après un long moment de silence, elle détacha son regard du sien et reporta son attention sur son manteau, qu'elle boutonna.

— Ne vous inquiétez pas, lâcha-t-elle d'un ton désabusé. Je n'ai jamais pensé que vous étiez un doux rêveur. Même si votre métier consiste à protéger la veuve et l'orphelin envers et contre tout.

Elle noua sa ceinture d'un geste déterminé.

— Maintenant, dites-moi quel est le but de cette leçon de morale. M'inciter à rester vigilante ? A être raisonnable ? Avez-vous d'autres recommandations à me prodiguer ? Faites vite, dans ce cas, parce que je dois rentrer chez moi, m'y enfermer et rester cachée à trembler en me lamentant sur mon incompétence et ma pusillanimité.

— Je n'ai jamais dit que vous étiez incompétente ou pusillanime !

— Mais vous sous-entendez que je suis incapable d'être vigilante.

En lui tenant tête, voulait-elle lui prouver qu'il se trompait à son sujet ? Lui montrer qu'elle était plus forte et plus volontaire qu'il ne le pensait ? Et puis, au fait, pourquoi argumentait-il avec tant de feu, lui qui jamais ne se laissait emporter dans une discussion ?

Il se posait toujours ces questions quand une porte s'ouvrit derrière lui. Au même instant, il vit Bailey pâlir. Inquiet, il se retourna à la hâte.

Deux policiers faisaient sortir Brian Elliott de l'une des salles d'interrogatoire. Son costume élégant et son air méprisant et dédaigneux lui donnaient une ressemblance frappante avec certains hommes d'affaires listés par le magazine *Forbes* comme étant à la tête des plus grosses fortunes du pays. Pourtant, Elliott n'avait pas de quoi pavoiser. Il était en liberté conditionnelle et portait un bracelet électronique à la cheville.

Mara Boyd-Elliott, son ex-femme, et Kenna Parker, toutes deux grandes, minces, à la chevelure blond platine, vêtues de luxueux manteaux et portant d'élégantes sacoches en cuir, l'encadraient. Le trio semblait plutôt sortir d'une réunion où de gros intérêts financiers avaient été en jeu que d'une salle d'interrogatoire d'un commissariat de police.

Voyant le groupe se rapprocher, Spencer se plaça devant Bailey et sentit aussitôt ses doigts saisir son veston. A ce contact, une étrange émotion l'envahit.

Elliott le reconnut et lui sourit, puis il ralentit subitement le pas en entendant le cri étouffé dans le dos de Spencer qui, cette fois, tendit le bras derrière lui pour saisir le poignet de Bailey.

— Inspecteur, nos petites conversations dans la salle d'interrogatoire m'ont manqué ! s'exclama-t-il plein de superbe. Dites-moi, avez-vous arrêté d'autres innocents, récemment ?

Son ex-femme posa la main sur son épaule.

— Brian, ne me fais pas regretter d'avoir payé ta caution, je t'en prie. J'accepte de te soutenir, mais il est inutile de provoquer la police.

Elliott se dégagea brusquement.

— Tu as payé la caution pour que ton journal ait l'exclusivité des déclarations de mon avocate, pendant le procès !

Mara Boyd-Elliott poussa un gros soupir.

— Ce n'est pas la seule raison. J'ai toujours de l'affection pour toi, Brian. Et je crois… en… en ton innocence.

Elle avait eu des difficultés évidentes à formuler cette profession de foi, comme si elle n'y croyait pas. Comment pouvait-elle avoir la conscience tranquille, après avoir payé sa caution et fait remettre en liberté conditionnelle un criminel dans le but d'avoir l'exclusivité et de vendre un maximum d'exemplaires de son quotidien ?

Devait-il lui rappeler que le sang qui avait été retrouvé sur la scène de crime était en tout point conforme à l'ADN de Brian Elliott ? Que le rapport des experts psychiatriques était sans appel sur sa personnalité psychotique ? Que le témoin était formel ?

Sachant pertinemment quels arguments l'avocate d'Elliott lui opposerait, il s'en abstint. Elle affirmerait, par exemple, que l'état de la scène de crime avait été modifié soit par l'altération, la falsification ou l'effacement des traces ou indices, soit par l'apport, le déplacement ou la suppression d'objets quelconques par la police. Ou que des documents publics ou privés avaient été détruits, soustraits, recelés ou altérés. Que l'échantillon de sang avait été contaminé et pouvait correspondre à d'autres suspects. Quant aux rapports de psychiatrie légale et de criminologie clinique, ils étaient subjectifs, et établissaient surtout la partialité des méthodes employées. Enfin, elle soutiendrait que le témoin était traumatisé ou qu'il avait été suborné.

Elle remettrait en question le récit de Bailey et chercherait à la décrédibiliser. Cela reviendrait à nier l'enquête qu'il avait menée, et son propre besoin de protéger la vérité incarnée par Bailey qui, cachée derrière lui, crispait toujours les doigts sur son veston.

— Faites sortir votre client en vitesse, maître Parker ! intima-t-il sèchement à l'avocate.

Au même moment, Elliott fit un pas de côté et se pencha pour regarder derrière lui.

— Attendez… Est-ce que je vous connais, miss… ?

Spencer sentit la main glacée de Bailey glisser dans la sienne. Instinctivement, il entrelaça ses doigts aux siens pour lui offrir son soutien.

Courage, Bailey ! eut-il envie de lui dire en la sentant trembler. *Sois aussi forte que tu affirmes l'être !*

Kenna Parker s'interposa entre lui et son client.

— Brian, vous ne devez avoir aucun contact avec le témoin de la partie civile !

Elliott l'ignora.

— Vous êtes la fille, non, la belle-fille de Jackson Mayweather je crois… J'ai signé quelques contrats avec Jackson, et j'ai fait de nombreux dons à la fondation de votre mère qui œuvre pour les hôpitaux de la ville et les enfants. Admirable !

Il se montrait sous son meilleur jour et conversait comme s'il participait à quelque événement mondain. Cherchait-il à établir un contact avec Bailey dans le but de la faire douter, voire de la culpabiliser et, surtout, pour qu'elle retire son témoignage sous prétexte qu'il connaissait ses parents et était bien sous tous rapports ?

— Vous pensez vraiment que je vous ai agressée et que j'ai voulu vous tuer, miss Austin ? poursuivit-il, l'air sincèrement outragé.

— Si je le pense ? s'exclama Bailey qui, à la grande surprise de Spencer, avait cessé de trembler.

Serait-elle plus volontaire qu'il ne l'avait cru ? A moins qu'elle ne soit sur le point de s'évanouir…

— Brian ! Plus un mot ! lança Kenna Parker.

Mara Boyd-Elliott semblait pour sa part avoir envie de prendre ses jambes à son cou.

— Chéri, nous devons y aller !

— Ne sois pas condescendante avec moi, Mara ! rétorqua Elliott en agitant frénétiquement ses poignets menottés.

Bailey serra plus fort la main de Spencer. A l'évidence, elle n'était pas du tout sur le point de s'évanouir. Au contraire, elle bandait sa volonté.

— Faites-le sortir d'ici ! ordonna-t-il aux deux femmes.

Ces dernières commencèrent à le pousser pour l'éloigner. Elliott, qui s'était ressaisi, s'arrêta.

— Ça va, dit-il, l'air contrit, à son ex-femme qui ne cachait pas sa contrariété.

Puis il reporta son attention sur lui.

— Je suis désolé pour ce qui est arrivé à votre petite amie. Il est vrai que j'ai commis de nombreuses erreurs au cours de ma vie, mais je ne suis pas le monstre que vous croyez que je suis. L'homme que vous recherchez est toujours en liberté, Montgomery, et il attend son heure pour de nouveau agresser des innocentes.

Sur ces mots, il fit un geste en direction de son avocate et de son ex-femme, comme si leur présence était un gage de son innocence.

— Je ne suis pas un tueur en série.

— Partez ! ordonna de nouveau Spencer.

Accompagnée de deux policiers, une jeune femme brune qui venait de s'engager dans le couloir, un portable plaqué à l'oreille, se figea à leur vue.

— Monsieur..., fit-elle en ouvrant de grands yeux.

C'était Regina Hollister, l'assistante personnelle d'Elliott. Elle hésita, s'excusa auprès de la personne qu'elle avait au téléphone, et s'approcha.

— Votre voiture vous attend devant le commissariat, monsieur.

— Faites-le sortir d'ici, à la fin ! ordonna de nouveau Spencer, furieux et prêt à s'en charger lui-même.

Les deux policiers obtempérèrent, tandis que Kenna Parker s'approchait de l'assistante de son client.

— Sa voiture est vraiment devant ? Là où sont les journalistes ?

Regina Hollister opina.

— Si vous préférez, je peux demander au chauffeur d'aller nous attendre ailleurs. Je l'ai en ligne, justement, ajouta-t-elle, prête à reprendre sa communication téléphonique un instant interrompue.

— Non ! Surtout pas ! Nous allons au contraire utiliser

la presse à notre avantage ! répondit Kenna Parker qui se retourna pour s'adresser à son client. Brian, les policiers vont certes vous remettre votre bracelet électronique, mais ils vont vous retirer les menottes avant que nous quittions le commissariat. Je ne veux pas que vous fassiez de commentaire, mais je veux que vous montriez à tout Kansas City que vous êtes libre !

— En apparence. Et pour le moment seulement, intervint Spencer. Toujours sous surveillance. Ne portez pas votre bracelet électronique trop serré, Elliott, et profitez de vos derniers instants de liberté conditionnelle.

Voyant son client sur le point de riposter, Kenna Parker lui posa un doigt sur la bouche et l'y laissa jusqu'à ce qu'il sourie et acquiesce.

Spencer resta immobile jusqu'à ce qu'Elliott, les policiers, son avocate, son ex-femme et son assistante tournent dans le couloir pour se diriger vers les ascenseurs et disparaissent de leur vue.

Il poussa un soupir de soulagement. Bailey était toujours pressée contre son dos, la main crispée sur la sienne. Elle semblait puiser toute sa force dans cette étreinte.

Plusieurs secondes s'écoulèrent pendant lesquelles il ne bougea pas, lui caressant le dos de la main avec son pouce pour lui décrisper les doigts. Tout à coup, il eut l'impression d'être projeté dans le passé. Dans une situation à peu près identique, il s'était trop investi personnellement, et cela avait eu de terribles conséquences. Ce souvenir lui causa un choc qui l'obligea à s'écarter et à rompre le contact, tandis qu'il s'efforçait de reprendre l'attitude d'un policier devant protéger un témoin à charge.

— Je dois faire mon boulot avant tout, marmonna-t-il.

— Pardon ? fit Bailey, surprise, et encore toute proche.

Il ne devait pas se laisser envahir par des sentiments susceptibles de gravement interférer avec sa mission. Il inspira, expira, puis se tourna vers elle.

— Ça va ? demanda-t-il.

— Oui…, murmura-t-elle d'un ton qui ne le convainquit pas.

Elle ferma les yeux et secoua la tête, comme si elle essayait de dissiper une image ou une impression désagréables. Puis elle rouvrit les yeux et riva son regard azur au sien.

— Quand il était près de nous, j'ai senti… l'odeur de… de son après-rasage, vous savez… quelque chose de très sophistiqué, de très cher sans doute…

Sa voix tremblait. Elle déglutit avant de poursuivre d'un ton plus ferme.

— Il portait précisément cet après-rasage, ce soir-là. Brian Elliott est l'homme qui a voulu me tuer.

— Je n'en doute pas, répondit-il. C'est en tout cas le genre de détail qui gagnera le jury à notre cause.

Bailey lui sourit. Emu, il lui sourit en retour.

— Merci, inspecteur, dit-elle en posant sa main sur la sienne. Merci d'avoir été là lorsque…

Elle frissonna.

— Il était si près… Il aurait pu me toucher.

— Brian Elliott ne vous touchera plus jamais, Bailey ! répliqua-t-il avec une véhémence et une solennité qui ne lui ressemblaient pas. Et vous pouvez m'appeler Spencer, s'entendit-il ajouter.

Il recula un peu, rompant définitivement le contact. Sa mission ne consistait pas à gérer les émotions et les tourments d'une victime obligée d'affronter son agresseur, mais d'assurer sa protection.

Quoi qu'il en soit, il existait entre eux un rapport de séduction inconscient qui le troublait et, par conséquent, lui déplaisait. Bailey Austin avait besoin d'un homme amoureux pour l'entourer de tendresse et d'un thérapeute pour surmonter le traumatisme dû à une tentative de meurtre. Elle n'avait pas besoin de quelqu'un comme lui.

Il devait rester distant. Déjà il regrettait de prendre cette affaire trop à cœur et de s'être laissé émouvoir. Dans les faits, gérer la sécurité d'un témoin à charge ne faisait pas partie de ses attributions. Son enquête sur le Tueur à la rose rouge touchait en effet à sa fin et, s'il avait accepté de garder un œil sur Bailey Austin, c'était pour rendre service au chef Taylor.

Jamais plus il ne voulait risquer d'aimer et de perdre la femme qu'il aimait.

Jamais !

Fort de cette conviction, il ignora le regard interrogateur de Bailey, et fit un mouvement du menton vers les bureaux open space du commissariat.

— Laissez-moi le temps de prendre mon manteau. Je vais vous accompagner jusqu'à votre voiture.

Quelques instants plus tard, ils ressortirent dans le couloir et prirent la direction des ascenseurs. Il pressa le pas pour se distancier d'elle, étirer au maximum le lien qui s'ébauchait entre eux afin de le rendre aussi lâche que possible.

— Je vais vous donner ma carte ainsi que celle de mon équipier, dit-il sans la regarder. Contactez-nous si vous avez besoin de quoi que ce soit.

Il marchait si vite qu'il entendait, derrière lui, accélérer le staccato de ses talons sur le carrelage tandis qu'elle s'efforçait de soutenir son rythme.

Il était soucieux. Tout à l'heure, elle avait perdu tout courage lorsqu'elle avait revu son agresseur… Il soupira. Et alors ? Lui, il avait bien oublié sa promesse de ne plus se laisser émouvoir par un témoin à charge sous sa protection.

Ça n'arriverait plus jamais ! se promit-il, la rage au cœur.

3

Une légère odeur de linge fraîchement repassé flottait dans l'ascenseur. Un demi-sourire aux lèvres, Bailey la humait tandis que Spencer Montgomery, qui se tenait un peu devant elle, suivait des yeux les voyants signalant leur progression vers le troisième étage du parking couvert.

Après avoir circulé dans le dédale de couloirs du commissariat au pas de charge, ils étaient sortis discrètement par une porte latérale et avaient affronté la neige et l'air glacé avant d'entrer dans le parking qui se trouvait à un bloc de là. Ainsi avaient-ils évité les médias amassés devant le commissariat pour assister au point presse improvisé par l'avocate de Brian Elliott.

Le parking affichait complet, mais ils étaient seuls au moment où il l'avait pressée d'entrer dans l'ascenseur. Le silence qui régnait dans la cabine avait un effet apaisant. Après les événements de cette matinée, elle recouvrait enfin sa sérénité, bien que la présence de l'officier de police ne soit pas vraiment une sinécure.

Depuis qu'il lui avait proposé de l'accompagner jusqu'à sa voiture, tout était allé très vite. Il avait soigneusement empilé les dossiers sur son bureau, rangé sa chaise dessous, l'avait présentée, en deux mots, à son équipier, un certain Nick Fensom, et était ressorti de l'open space avec une telle hâte qu'elle avait dû courir derrière lui. Hors d'haleine, elle avait seulement hoché la tête en réponse à ses explications et recommandations réitérées.

En sortant du commissariat et jusqu'au parking, elle avait grelotté mais, à présent, elle reprenait son souffle et avait moins froid. Elle éprouvait aussi une curieuse envie de poser la tête sur son épaule, et de sentir son odeur de propre, de savonnette discrète et mêlée à celle de l'air froid et de la neige.

Spencer Montgomery était avant tout franc et viril. Son odeur, en particulier, réveillait en elle quelque chose de féminin et depuis longtemps oublié, contrairement à celle de l'après-rasage de Brian Elliott dont elle avait gardé le souvenir et dont les effluves, tout à l'heure, avaient ravivé les plus horribles souvenirs.

Sa présence et son odeur avaient le pouvoir de calmer ses nerfs à fleur de peau et, paradoxalement, de la secouer de frissons de fièvre. Elle en était étonnée car, depuis qu'Elliott l'avait agressée, elle ne supportait plus une trop grande proximité.

Tout à l'heure, dans le couloir, quand elle s'était cramponnée à sa main, elle avait eu aussi, mais plus intensément, cette réaction de froid et chaud. Elle avait puisé en lui la force et le soutien dont elle avait besoin. Sa réponse, une pression inattendue, lui avait permis de se ressaisir et de ne pas céder à ses premières impulsions, à savoir la peur panique et le désir de répliquer aux provocations d'Elliott qui avait eu le front de nier l'avoir agressée.

Certes, elle avait eu une discussion un peu vive avec le policier. Ensuite, il ne l'avait pas ménagée en l'obligeant à cavaler derrière lui, de son bureau au parking, et elle était contrariée qu'il la considère comme pusillanime et n'ayant aucune idée du défi qui l'attendait.

Malgré tout, elle avait trouvé revigorant de pouvoir parler sans détours et d'évacuer ses émotions sans que son interlocuteur ne se sente gêné à l'idée de la heurter en évoquant un sujet sensible, ne s'excuse ou change carrément de conversation. Il avait campé sur ses positions et s'était exprimé franchement, sans se soucier de la froisser ou de la stresser. Son entourage l'ayant traitée comme une petite fille terrorisée et traumatisée pendant près d'un an, elle avait apprécié sa considération et se sentait redevenir femme, avec lui.

Lui qui sentait si délicieusement bon…

Qui avait su s'interposer entre elle et son agresseur…

Qui lui faisait redécouvrir des sensations et des émotions agréables…

Après avoir été surprotégée par ses proches et après avoir adopté ses propres stratégies d'autoprotection pour survivre à ce qu'elle avait subi, constater que ce séduisant officier de police à l'esprit pratique éveillait sa curiosité et lui rendait une normalité la surprenait.

L'ascenseur ralentit et un bref « ding » signala l'arrivée au troisième étage.

— Vous montez dans votre voiture et vous rentrez tout de suite chez vous. D'accord ?

Le léger sourire de Bailey disparut dès que Spencer lui eut rappelé, d'un ton plutôt sec, qu'elle était continûment en danger. L'attirance qu'elle avait sentie s'ébaucher entre eux rendait ses pensées plus roses qu'elles ne l'avaient été depuis un an, mais lui, de toute évidence, y résistait… Parce qu'elle était avant tout un précieux témoin à charge qu'il devait protéger et qu'il n'y avait donc aucune place pour des effusions ? Si tel était le cas, il avait raison. Chacun à sa place. A chacun son rôle…

Elle se donna donc l'ordre de ne plus s'emballer et de veiller à n'entretenir avec lui que des relations neutres.

— Compris. De toute façon, j'ai beaucoup à faire chez moi, ce soir.

Les portes de l'ascenseur s'ouvrirent. Spencer lui prit le bras pour sortir et la conduire d'un pas pressé vers sa Lexus.

— Regardez toujours autour de vous dans les parkings. Verrouillez vos…

— … portières. Oui, je sais. Je dois avoir mon Plip en main et ma carte magnétique avant d'entrer dans mon immeuble. Je dois toujours contacter un membre de ma famille ou un proche pour lui signaler que je suis arrivée chez moi sans encombre.

— Je constate que vous avez retenu mes recommandations. Bravo.

Il ralentit le pas pour s'adapter au sien et la regarda. Elle vit passer sur ses traits l'ombre d'un sourire qui le métamorphosa. Il devait vraiment être très beau quand il se déridait, songea-t-elle, admirative. Lui arrivait-il de sourire franchement ? De rire ?

— C'est la énième fois que vous me les répétez, il est normal que je les aie retenues. Rabâchage et bourrage de crâne semblent être des méthodes en vigueur dans la police.

Cette fois, elle crut l'entendre rire. Elle vit en tout cas son souffle tiède former un petit nuage dans l'air glacé mais, comme il avait tourné la tête au même moment, elle ne put voir l'expression sans doute plus douce de son visage, de sa bouche et de son regard pers.

Il lâcha son bras lorsqu'ils arrivèrent au pilier près duquel sa Lexus était garée.

— Ecoutez, Bailey, je n'ai jamais pensé que vous étiez stupide ou pusillanime. Je crois au contraire que vous êtes une femme extraordinairement courageuse. Je voulais seulement vous mettre en garde, tout à l'heure. Votre impétuosité m'a contrarié, je le reconnais, et il se peut que je me sois mal exprimé. Je le regrette. D'ordinaire, je ne perds jamais mon sang-froid.

Ah bon, il avait perdu son sang-froid ? Quand ? se demanda-t-elle, étonnée. Seul Brian Elliott avait failli perdre le sien. Spencer s'excusait pour rien.

— Vous avez agi en policier, vous n'avez pas besoin de vous justifier, Spencer.

— Si. Vous avez raison de vouloir témoigner. Tout le

monde s'en réjouit, moi le premier. Mais je suis très inquiet parce que je crains que vous ne compreniez ni ne conceviez bien les dangers auxquels vous vous exposez, pas plus que tout ce à quoi vous allez être confrontée pendant ce procès. Brian Elliott ne sera pas menotté, dans la salle du tribunal, et son avocate va tout faire pour vous acculer. De plus, si jamais la Nettoyeuse décide d'intervenir au cours des jours à venir…

Tirant sa carte de visite de sa poche, elle l'agita.

— Je vous appellerai ou j'appellerai votre équipier. Au pire le 911.

Elle crut de nouveau le voir sourire, mais cette impression fut très fugitive car il soupira aussitôt.

— Je dois cesser de vous faire des recommandations, c'est ça ?

— Plutôt de me traiter comme une enfant.

— Message reçu. Vous avez vos clés de voiture ?

Elle sortit son Plip et pressa dessus pour déverrouiller ses portières à distance.

— Oui, monsieur.

— Ecoutez…

Il s'interrompit et lui reprit le bras, puis se figea tandis que son regard passait derrière elle.

— Bon sang, il ne manquait plus que ça ! grommela-t-il.

Bailey se retourna et vit une femme brune descendre d'une voiture garée juste en face de sa Lexus. Elle vint vers eux, l'air insolent, et brandit un micro.

— Miss Austin, c'est vous le témoin star dont Dwight Powers ne cesse de parler ?

Une journaliste !

Un cameraman descendit de voiture à son tour, et la journaliste lui fit signe d'approcher.

— Vanessa Owen, de Channel Ten News, reprit-elle. Puis-je vous poser quelques questions, miss Austin ?

Bailey se raidit. Non ! Elle ne voulait répondre à aucune

question. Quand la torche de la caméra l'éblouit, elle s'efforça de rester calme et serra les poings.

— Laissez-moi tranquille. Je suis un témoin parmi d'autres, et je n'ai rien à vous dire.

— Faux. Vous êtes la seule à avoir survécu à l'agression du Tueur à la rose rouge.

Sur ce, la journaliste s'adressa à Spencer.

— Brian Elliott est-il, comme l'affirment la police et le procureur, le Tueur à la rose rouge ?

— Assez de questions, miss Owen, répliqua-t-il en passant devant elle pour poser la main sur l'objectif de la caméra.

Il se campa ensuite entre la journaliste et Bailey, et passa à l'offensive.

— A moi de vous interroger, miss Owen. Il paraît que vous entretenez avec Brian Elliott des rapports plus qu'amicaux. En clair, vous avez une liaison.

— Parlez au passé, inspecteur… Montgomery, si je ne m'abuse, dit-elle en faisant mine d'hésiter. A la tête de la prestigieuse équipe qui a enquêté sur le Tueur à la rose rouge ! Permettez-moi de vous dire ceci, inspecteur : Brian Elliott et moi avons assisté à quelques événements mondains, rien de plus. Vous n'êtes pas loin de la diffamation, alors vérifiez vos informations avant de les assener comme des accusations.

Les lèvres carminées de Vanessa Owen esquissèrent un sourire qui n'atteignit cependant pas son regard.

— De mon côté, j'applique ces règles de déontologie, ajouta-t-elle.

Spencer ne se laissa pas décontenancer.

— Je suis certain que le public serait très intéressé d'apprendre vos relations avec Elliott. Relations qui peuvent pour le moins faire douter de votre impartialité dans une affaire qui a ébranlé l'opinion…

Puis il se pencha vers elle et continua.

— A moins que vous ne vous soyez rapprochée de Brian Elliott en connaissance de cause, pour avoir un scoop… Si tel est le cas, vous avez fait obstruction à une enquête en protégeant un criminel au lieu de le dénoncer.

Avec un rire amusé, la journaliste fit signe à son cameraman de regagner sa voiture.

— Bien joué, inspecteur. J'ai compris le message. Je ne tenterai plus d'interviewer miss Austin. Du moins, pour le moment.

Sur ces mots, elle adressa un bref hochement de tête à Bailey et conclut à l'adresse de Spencer :

— Mais c'est l'histoire la plus sensationnelle depuis des années, et j'ai le sentiment que le KCPD et le procureur nous cachent des éléments de première importance. Croyez-moi, inspecteur, c'est moi qui aurai l'exclu. Je révélerai la véritable histoire du Tueur à la rose rouge. Ni le procureur ni vos hommes ne m'empêcheront de raconter le plus important scoop de ma carrière.

— Dites la vérité et ça suffira, la coupa Spencer en lui tournant le dos.

Bailey l'imita et poussa un cri à la vue d'un homme brun tranquillement adossé au pilier près de sa voiture.

— Ça vaut aussi pour vous, Knight ! ajouta Spencer à son intention. Quels que soient les griefs que vous avez contre le KCPD, vous et Owen, je vous déconseille d'utiliser miss Austin pour de nouveau accuser d'incompétence ou d'inefficacité de la police dans vos articles du *Kansas City Journal*.

Gabriel Knight, qui était justement en train de griffonner sur son bloc, se redressa.

— C'est votre interprétation, très partiale, de mes papiers, inspecteur.

Bailey avait gardé les yeux fixés sur Spencer. Elle ne put s'empêcher de saisir la manche de son manteau.

— J'ai moi aussi quelques questions, reprit Gabriel

Knight. Quelle a été votre stratégie pour retrouver, acculer et capturer Brian Elliott ?

Il remit son bloc et son stylo dans la poche de son manteau.

— Et où en êtes-vous dans votre enquête sur sa complice, la Nettoyeuse ?

Spencer coupa court.

— C'est toujours un plaisir de bavarder avec vous, Knight. Je présume que vous connaissez déjà miss Austin, sinon vous ne seriez pas là.

Bailey crispa la main sur son bras pendant qu'il faisait les présentations.

— Pourquoi n'êtes-vous pas avec les autres journalistes devant le commissariat ? demanda-t-elle.

— Parce que c'est ici, dans ce parking, que se trouve l'information, répondit Vanessa Owen qui avait suivi l'échange.

— J'ai entendu cent fois Brian Elliott clamer son innocence, renchérit Gabriel Knight avec une expression d'ennui. Le témoin à charge, la pauvre héritière, dont l'identité reste ignorée — sauf de quelques journalistes perspicaces — est beaucoup plus intéressant.

— Eloquent comme toujours, Gabe, ironisa Vanessa Owen.

Bailey se tendit, mais Spencer resta imperturbable.

— Si vous voulez évoquer le KCPD, contactez-moi ou contactez Kate Kilpatrick, le porte-parole de la police. Si vous voulez savoir quelle sera la stratégie de Dwight Powers, adressez-vous directement à lui. Mais la victime a droit à son intimité. Je vous conseille donc de laisser miss Austin tranquille. Et de respecter le secret. Donc, pas un mot dans vos journaux respectifs.

Gabriel Knight hocha la tête.

— Vous misez tout sur le récit de la pauvre héritière, inspecteur ?

Pensait-il qu'elle affabulait ? se demanda Bailey, indignée.

— Je ne suis pas un joueur, Knight, riposta froidement Spencer avant qu'elle n'ait eu le temps de protester.

Puis il posa sa main gantée sur la sienne, qu'elle n'avait pas retirée de son bras.

— Je n'ai foi qu'en la vérité.

Sa virulence pour prendre sa défense l'étonna autant que l'attitude dubitative et insultante de Knight à son encontre. Décontenancée, elle dévisagea Spencer pour jauger sa sincérité, mais son visage fermé ne trahissait rien de son état d'esprit.

Le journaliste leva son appareil photo.

— Magnifique ! Je peux vous citer mot pour mot ? persifla-t-il.

Comme Spencer gardait le silence, il baissa son appareil photo et rendit les armes.

— Je vous souhaite bonne chance pour la semaine prochaine, miss Austin.

— A lundi au tribunal, inspecteur, renchérit Vanessa Owen qui, manifestement, ne voulait pas être en reste. Je vous préviens, vous ne pourrez pas protéger votre petite amie de la presse bien longtemps.

« Petite amie » ?

Vanessa Owen jeta un coup d'œil appuyé sur la grande main de Spencer, toujours posée sur la sienne, puis son regard remonta jusqu'à son visage, le défiant de nier.

Il ne dit mot.

— Ma collègue a raison, renchérit Gabriel Knight, rompant l'épais silence qui s'était soudain abattu sur le parking.

Puis il adressa un clin d'œil à Bailey.

— A bientôt, au bal de Noël de samedi. Je dois en effet y accompagner mon boss. Elle veut que je trouve une belle histoire pour les fêtes de fin d'année. Le genre qui tire les larmes dans les chaumières.

Bailey frissonna.

Elle savait que de nombreux journalistes seraient présents à cette soirée mondaine, car sa mère comptait beaucoup sur la publicité afin de générer un maximum de dons. De plus, les donateurs, souvent des personnalités, tenaient à ce que leur présence — et donc leur générosité — soit reconnue par les médias et, à travers eux, par le grand public. Malgré tout, Bailey avait espéré, à tort manifestement, que les journalistes s'intéresseraient plus aux besoins des enfants hospitalisés ou aux décorations de Noël, aux smokings et aux belles robes des invités qu'à sa personne. Elle n'avait pas prévu la présence d'un journaliste d'investigation qui, sous prétexte de trouver une belle histoire de Noël, l'épierait et peut-être la harcèlerait.

— A plus tard ! conclut Knight qui adressa ensuite un signe de tête à sa collègue. Au revoir, Vanessa.

— Salut, Gabe !

Tandis que les deux journalistes regagnaient leurs véhicules, Spencer la lâcha, puis lui ouvrit sa portière de voiture. Un peu honteuse de s'être de nouveau cramponnée à lui, Bailey hésita à s'excuser de peur qu'il ne lui reproche son émotivité et mette en doute sa force de caractère.

Pour s'épargner cette humiliation, elle choisit de parler des journalistes.

— Gabe Knight est déplaisant. J'ai l'impression qu'il est furieux contre le KCPD.

— Il est très critique à l'égard de la police ; il prend systématiquement nos informations et communiqués à contre-pied. Quant à Vanessa Owen, c'est une ambitieuse et une opportuniste. Méfiez-vous d'elle.

Là-dessus, il lui fit signe de monter dans sa Lexus.

— Ne vous laissez pas piéger par Knight, pendant le bal, d'accord ? Vous n'êtes pas obligée de lui parler.

Bailey boucla sa ceinture de sécurité et mit le contact.

— Et en ce qui concerne les autres journalistes ? Ma mère va vouloir qu'ils fassent une photo de famille…

— Ce n'est pas un problème, pas plus que de vous entretenir avec les autres invités. Ne dites que : « Joyeux Noël » ou encore : « Avez-vous sorti votre carnet de chèques ? »

Il sourit et sortit son téléphone de sa poche.

— Je vous laisse, maintenant. Je dois passer un appel important. Vous avez bien ma carte de visite ?

Elle hocha la tête en levant les yeux au ciel. Une pensée lui vint tout à coup.

— Spencer, attendez ! s'exclama-t-elle alors qu'il allait refermer sa portière. Le patron du *Kansas City Journal* sera présent au bal. Gabriel Knight a dit qu'il l'accompagnerait. C'est l'ex-femme de Brian Elliott. Mara Boyd-Elliott !

— Qui a payé sa caution, répondit Spencer tout en composant son numéro.

— Si elle a payé un demi-million de dollars pour son ex-mari, elle doit être capable de tout pour lui, non ?

Mara Boyd-Elliott était-elle la Nettoyeuse ? Ou alors la Nettoyeuse la faisait-elle chanter pour qu'elle soutienne son ex-mari ? Si Mara Boyd-Elliott assistait au bal de charité de sa mère, valait-il mieux qu'elle l'évite ou plutôt qu'elle lui demande ce qui l'avait poussée à payer la caution d'Elliott ? Se pouvait-il, au contraire, qu'elle ait besoin d'aide pour se débarrasser de cet homme qui était en réalité un terrible fardeau ?

— Laissez-moi faire mon boulot de policier, Bailey, lui dit-il comme s'il devinait ses pensées. Contentez-vous de vous présenter au tribunal lundi matin et souvenez-vous des règles de sécurité de base que je vous ai inculquées.

Il se plaqua le portable contre l'oreille.

— Salut, Nick, dit-il à son interlocuteur. Il faut que je te…

Tout en parlant, il claqua sa portière et attendit qu'elle actionne le verrouillage central avant de s'éloigner et de se concentrer sur sa communication téléphonique. Arrivé devant l'ascenseur, il se retourna et continua sa conversation sans prêter attention au froid hivernal ni aux deux journalistes trop curieux toujours présents.

Soyez vigilante. Laissez la police faire le reste.

Bailey comprit le message muet qu'il lui adressait du regard. Elle lui fit un petit signe de la main, passa la marche arrière puis se dirigea vers la sortie, quittant à contrecœur le policier dont la présence était si rassurante, et auquel elle s'était souvent raccrochée, au cours des deux dernières heures.

Un sentiment de solitude qu'elle avait momentanément oublié s'abattit soudain sur elle. Avec son sens du devoir et des responsabilités poussé à l'extrême et, à vrai dire, presque obsessionnel, Spencer Montgomery l'intriguait. Mais c'était sa solidité qui l'avait aidée, tout à l'heure, dans le commissariat, et ensuite face aux journalistes.

Obligée de patienter avant de s'engager dans la circulation, elle dut s'arrêter à la sortie du garage. Elle ne put s'empêcher de regarder dans la direction des ascenseurs, dans l'espoir de voir Spencer Montgomery en sortir. Puis la circulation se fluidifia et elle redémarra, laissant derrière elle cette matinée trop riche en émotions.

Elle secoua la tête, frappée d'être à ce point attirée par un homme qui faisait preuve d'un tel self-control. Auprès de lui, elle avait ressenti toute la gamme des émotions qu'une femme normale devait ressentir…

Cependant, tant que le procès n'aurait pas eu lieu et que Brian Elliott ne serait pas derrière les barreaux pour toujours, elle ne retrouverait pas totalement sa normalité ni ne serait une femme normale, avec une vie normale.

4

Lors de son arrivée, l'immeuble en brique qui datait des années 1910, récemment restauré, lui avait paru charmant. Moins d'une heure plus tard, Bailey en sortit en claquant la porte.

Elle fulminait. Ni le froid mordant ni les flocons de neige qui lui piquaient les joues comme des aiguilles ne réussirent à calmer sa colère. Son pas rageur claqua sur le trottoir jusqu'à ce qu'elle s'enfonce dans la neige immaculée qui recouvrait le verglas dans le parking.

Au cours de la dernière demi-heure, elle avait tellement souri que les muscles de son visage lui faisaient mal. Et tout ça pour quoi ? Pour rien !

Le directeur du musée était sans doute en train de plaisanter avec son assistante au sujet de la jolie blonde qu'il venait de rencontrer. La riche héritière Bailey Austin voulait gagner sa vie à la sueur de son front et faire carrière. Impayable !

La neige cessa soudain de tomber et le soleil réapparut. Eblouie par le scintillement de la neige et du verglas, Bailey sortit ses lunettes de soleil de son sac en s'approchant des cornouillers aux branches festonnées de blanc et de surcroît décorées de guirlandes de Noël. Un peu plus tôt, leur vue l'avait mise d'humeur joyeuse et même remplie d'espoir.

Maintenant accablée, elle ne voyait plus qu'une banale rangée d'arbres qui séparait le parking de la rue, et qui lui rappelait par ailleurs qu'elle s'était garée trop loin de l'entrée de l'immeuble. Cette longue marche dans la neige et le froid était non seulement imprudente mais aussi, comme l'anxiété qui avait précédé ce rendez-vous, une perte de temps et d'énergie.

Cet entretien d'embauche, comme ceux qu'elle avait eus la semaine dernière, et quinze jours plus tôt, s'était soldé par un échec. Elle n'avait aucune expérience, donc aucune chance de décrocher un boulot. Un détail cependant retenait l'intérêt de ses interlocuteurs, l'immense fortune de son beau-père.

Elle sortit son Plip puis, la bouche et le nez dans son écharpe, imita le directeur du musée qu'elle venait de rencontrer.

— Nous sommes si contents que la famille Mayweather s'intéresse à notre musée !

Elle appuya sur son Plip pour déverrouiller ses portières et continua, d'une voix plus forte.

— Mais moi, je ne vous intéresse pas, cher monsieur !

Après avoir jeté son sac à main sur le siège passager, elle prit le grattoir pour déneiger son pare-brise et referma sa portière. Un peu de neige tomba sur ses bottes. Enervée, elle tapa des pieds et tourna les yeux vers les fenêtres du bureau où s'était déroulée son entrevue.

— En définitive, tout ce qui vous intéresse, monsieur Stern, c'est le carnet de chèques de Jackson Mayweather !

Ces mots se diluèrent dans un petit nuage de buée qui se dissipa plus vite que sa colère.

Là-dessus, elle tira les essuie-glaces dont les balais étaient collés par le givre et gratta son pare-brise avec énergie. Ses efforts la réchauffèrent et la calmèrent, ce qui lui donna une idée quant à la manière d'occuper sa fin d'après-midi. Plutôt que d'aller courir les magasins pour faire ses derniers achats de Noël comme elle l'avait prévu, elle irait à son club de sport. Sa thérapeute lui avait conseillé de pratiquer une activité physique régulière pour évacuer ses bouffées de colère et de frustration, des signes évidents de dépression et de stress post-traumatique. Pour dissiper son manque d'assurance et le sentiment d'impuissance qui l'assaillait de nouveau, une bonne suée serait plus efficace qu'une séance de shopping.

Impatiente de se rendre à son club pour se décharger de cette énergie négative et recouvrer, en partie, le contrôle de sa vie, elle contourna le capot pour dégager au plus vite l'autre côté du pare-brise. Elle se sentait piégée entre le sentiment de son inutilité et son besoin d'être reconnue. Elle ne voulait plus être la « pauvre riche héritière », la belle-fille d'un homme fortuné qui pratiquait l'art du bien recevoir et du sourire permanent. Toute cette bonne éducation et ce savoir-vivre ne lui avaient guère servi le soir où elle était tombée entre les griffes d'Elliott.

Si seulement elle avait été plus maligne, plus courageuse ou plus sage, et avait mieux eu sa vie en main ! Si elle avait été plus autonome, moins dépendante, Brian Elliott ne l'aurait pas repérée et ne l'aurait pas choisie comme victime. Elle avait été une proie si facile…

Elle avait accepté de témoigner à son procès pour rebondir et vaincre le traumatisme. Les murs d'impuissance et de frustration qui s'étaient lentement érigés autour d'elle étaient désormais si hauts que, tôt ou tard, ils finiraient par s'effondrer sur elle et anéantiraient le peu d'assurance qu'il lui restait. A long terme, elle risquait purement et simplement de s'endurcir ou de sombrer dans la folie.

Il fallait qu'elle agisse, qu'elle prenne sa vie en main et ne laisse plus jamais quiconque la gérer à sa place. Elle avait aussi besoin de se sentir utile à quelque chose, d'être nécessaire à une cause.

C'était vital pour sa survie mentale.

Si elle avait échappé à la mort, c'était certainement pour une raison précise. Pour témoigner ? Certes, mais pas seulement. C'était aussi pour changer de vie.

Du coin de l'œil, elle vit une sorte de flash, qui évoquait un rayon du soleil frappant une vitre. Ce fut si soudain qu'elle fut aussi surprise que si un coup de feu avait retenti.

Apeurée, elle se pressa d'instinct contre sa voiture.

L'instant d'après, il y eut un nouveau flash qui dirigea son attention vers l'extrémité du parking. Elle se rendit compte qu'il s'agissait de l'objectif d'un appareil photo sur lequel le soleil se reflétait, d'où l'impression de flash. On la photographiait ?

— Hé ! Vous !

Un journaliste l'avait filée pour obtenir une interview avant le procès ? Pour plaquer un commentaire stupide sur son attitude successivement nerveuse, pensive et peureuse ? Vanessa Owen ? Gabriel Knight ? On un paparazzo en quête d'images inédites ? Sensationnelles ? Mais qu'y avait-il de sensationnel dans une photo la représentant dans un parking enneigé ? Certes, ce ne serait pas la première fois qu'un paparazzo voulait voler une image de la riche héritière Mayweather, même dans des circonstances banales, mais elle ne se sentait pas d'humeur à être photographiée et avait encore moins envie d'attirer l'attention et de voir demain un mauvais cliché d'elle dans la presse.

— Qu'est-ce que vous voulez ? s'écria-t-elle.

La silhouette qu'elle avait repérée disparut. Peu après, elle entendit une portière claquer. Le cœur battant, elle s'abrita derrière sa voiture, puis se mit sur la pointe des pieds pour tenter d'identifier le photographe. Elle ne vit plus rien ni personne, et n'aurait pas su dire non plus si l'inconnu était monté dans une voiture, ni laquelle.

Elle scruta les alentours mais ne vit aucun mouvement, n'entendit aucun bruit, sauf ceux de la circulation dans la rue proche.

— Où est-il passé ? murmura-t-elle.

Non mais quelle idiotie de la photographier dans un vulgaire parking ! Au fait, comment cet individu l'avait-il reconnue, engoncée comme elle l'était dans son manteau ? Et comment savait-il où elle se trouvait ?

Appelez-moi si vous vous sentez déstabilisée ou menacée.

La recommandation de Spencer Montgomery lui revint à la mémoire à bon escient. Elle sortit sa carte de visite, puis hésita.

Ce paparazzo représentait-il vraiment une menace ? Au point d'appeler Spencer à la rescousse ?

Hier, il avait consciencieusement fait son devoir en lui transmettant les consignes du chef Taylor pour qu'elle soit vigilante. Il lui avait aussi inlassablement répété qu'elle n'avait pas la moindre idée de l'épreuve qui l'attendait en témoignant au procès de Brian Elliott, et qu'elle devait s'y préparer. Spencer désirait qu'elle témoigne, bien entendu, mais il doutait d'elle. Pourtant, elle savait qu'elle relèverait brillamment ce défi. Il le fallait. Pour elle. Pour les autres victimes.

Et pour sa propre survie.

Entendant un bruit de moteur, non loin, elle dressa l'oreille. Nul doute que l'attention du paparazzo devait toujours être focalisée sur elle et qu'il devait avoir pris de nombreuses photos à son insu.

Puis ce fut un crissement de pneus, un bruit mat étouffé par la neige fraîche, qui attira son attention. Elle tourna les yeux et vit la fumée du pot d'échappement d'une voiture noire à environ trente mètres de là.

Elle observa le véhicule en train de reculer mais qui dédaigna la sortie sud du parking, pourtant la plus proche, pour tourner et redescendre la rangée parallèle à celle où sa Lexus était garée. Il venait dans sa direction.

— Quel imbécile ! lâcha-t-elle, sortant de sa stupeur.

Elle ne perdit pas de temps à chercher à identifier le conducteur, à savoir s'il s'agissait d'un journaliste d'information ou d'un paparazzo. Elle se rua vers la portière côté conducteur puis monta en toute hâte dans sa voiture dont elle verrouilla les portières.

Protégez-vous, Bailey.

Bailey jeta le grattoir sur le tapis de sol et mit le contact. Tout en essayant de calmer son souffle qui s'était fait haletant, elle mit en marche les essuie-glaces pour chasser ce qu'il restait de givre sur son pare-brise et passa une vitesse en vérifiant dans ses rétroviseurs la progression de la voiture noire.

Le conducteur n'avait pas encore atteint l'extrémité du parking où il pouvait soit prendre la sortie nord, soit tourner et remonter la travée où elle se trouvait.

Elle n'attendit pas de voir ce qu'il allait faire et recula rapidement pour se diriger vers la sortie sud, sans songer à sa destination. Partir était tout ce qui lui importait.

Son cœur se mit à battre plus vite quand elle aperçut le véhicule dans son rétroviseur. Impossible de voir le conducteur à travers les vitres teintées.

Elle accéléra tandis que la voiture, derrière elle maintenant, accélérait aussi. Le conducteur n'avait pas pris la sortie nord. C'était donc elle qu'il ciblait.

En sortant du parking, elle réfléchit à son itinéraire pour rejoindre son club de sport, et mit son clignotant pour prendre directement à gauche. Une centaine de mètres plus loin, elle dut s'arrêter à un feu rouge. Dans son rétroviseur, elle vit le véhicule noir quitter le parking à son tour.

— Allez, passe au vert ! murmura-t-elle en serrant le volant de toutes ses forces. Allez ! répéta-t-elle.

Depuis combien de temps l'individu l'épiait-il ? Comment savait-il qu'elle viendrait dans ce quartier ? L'avait-il suivie depuis chez elle, depuis ce matin ? Elle avait déjeuné avec sa mère à la fondation Mayweather, après quoi elle s'était rendue à son entretien. La pistait-il depuis plusieurs jours ? Savait-il où elle vivait ? Avait-il visité son appartement pendant son absence ? Pourquoi n'avait-elle pas perçu sa présence plus tôt ?

Pendant le déjeuner, elle s'était disputée une fois de plus avec sa mère. Contrariée, puis en colère après avoir échoué à son entretien d'embauche, elle avait oublié les règles élémentaires de sécurité : rester vigilante et attentive à ce qui l'entourait. Toujours faire savoir où l'on se trouvait, et avec qui. Elle entendait déjà le détective Montgomery : « Je vous l'avais bien dit ! »

Et il aurait raison ; elle s'était montrée imprudente.

Ce feu rouge était incroyablement long. Frustrée, elle tapa du poing sur le volant. Le soir où Brian Elliott l'avait enlevée, elle était aussi très en colère, se souvint-elle subitement. Parce que sa mère et Harper planifiaient son mariage. Parce que son avenir était déjà sous contrôle… Enervée, avide de solitude et d'air frais, elle était sortie en courant de Fairy Tale Bridal Shop et n'avait eu conscience du danger que lorsqu'il avait été trop tard.

Peut-être devait-elle envisager de prendre un garde du corps.

La voiture noire se rapprochait, sur la file à sa droite, comme si elle allait tourner dans la direction opposée à la sienne. La vitre côté conducteur était à demi baissée et elle aperçut de nouveau l'objectif de l'appareil photo sur lequel le soleil jetait sa lumière.

Etait-ce bien un appareil photo ?

N'était-ce pas plutôt le canon d'une arme ?

Avec un cri de désespoir, elle enfonça l'accélérateur. La Lexus fit un bond et fonça tout droit, franchissant le carrefour dans un vrombissement de moteur. Des coups de Klaxon furieux retentirent, tandis que les véhicules auxquels elle avait coupé la route freinaient bruyamment et zigzaguaient pour éviter une collision. Elle réussit par miracle à traverser les quatre voies et regarda dans son rétroviseur.

Le feu qu'elle venait de griller était passé au vert entre-temps, et elle vit la voiture noire tourner à droite et s'éloigner.

S'était-elle imaginé que son conducteur la poursuivait ? La menaçait ? Sans doute, oui...

Un soulagement si intense l'envahit qu'elle en fut étourdie. A l'intersection suivante, un nouveau feu rouge la contraignit à s'arrêter et elle ferma un instant les yeux pour se reprendre.

Des coups de Klaxon lui firent rouvrir les yeux, et elle se rendit compte que le feu était passé au vert ; elle redémarra et poursuivit sa route au hasard. Se souvenant des techniques de relaxation que le Dr Mille lui avait apprises, elle inspira, expira profondément, et tenta de discipliner ses pensées. Avait-elle été en danger ? La menace n'avait-elle existé que dans sa tête ? S'agissait-il simplement d'un paparazzo ? Dans ce cas, elle n'aurait pas dû s'inquiéter ; ce ne serait pas la première fois qu'elle verrait sa photo dans la presse.

Cependant, dans le contexte actuel, attirer l'attention sur elle était malvenu. Inquiétant.

Elle se calma quand une autre explication lui vint à l'esprit. Sa mère avait-elle averti les journalistes de sa présence au bal de Noël pour le promouvoir, comme elle l'avait fait dix ans plus tôt pour le bal Bleu et Or ? A l'époque, sa mère avait transformé son « entrée dans le monde », selon les termes consacrés, en un coup de publicité génial qui avait effectivement attiré les donateurs — et, par voie de conséquence, les dons. Sans doute voulait-elle mettre en lumière son retour sur la scène mondaine après un an d'absence et en tirer profit, au propre comme au figuré, pour ses bonnes œuvres. La curiosité de la presse était énervante, mais rarement dangereuse.

Quoi qu'il en soit, la présence de ce paparazzo méritait une conversation à cœur ouvert avec sa mère pour lui rappeler son désir d'éviter toute publicité jusqu'au procès, et non un appel au secours à l'inspecteur Montgomery. Heureusement qu'elle ne l'avait pas contacté ! Il aurait secoué la tête, consterné par son imagination et sa paranoïa. S'il avait eu connaissance de sa peur, disproportionnée, face à la simple curiosité d'un journaliste de la presse people, il aurait été conforté dans son idée qu'elle ferait un piètre témoin, lundi. Sans compter qu'elle aurait eu droit à un rappel des règles de prudence…

Elle ne voulait pas que Spencer Montgomery doute de sa fiabilité. C'était tentant de s'en remettre à la protection de la police, mais Spencer n'était pas un garde du corps prêt à accourir chaque fois qu'elle paniquait. A ses yeux, elle était un témoin précieux mais aussi une « pauvre riche héritière » pusillanime, et elle le regrettait. Elle aurait préféré qu'il pense à elle comme à une femme sensée et autonome.

Parce qu'elle pensait tout le temps à lui, et pas uniquement quand elle se croyait menacée.

Malgré elle, elle sourit. Ses angoisses cédaient la place à des pensées plus intimes et agréables. Elle avait senti que le bel officier de police, si secret et mystérieux, était attiré par elle et en avait eu la confirmation quand des crépitements d'électricité avaient jailli entre eux, lors de l'étreinte de leurs mains dans le couloir du commissariat. Il avait éveillé au plus profond de son être quelque chose de très féminin, le désir d'aimer et d'être aimée. Certes, il était distant, mais il compensait sa froideur par une solidité à toute épreuve qui la rassurait. C'était un battant dont le regard pers et impénétrable, si viril, la faisait fondre, le genre d'homme sur lequel une femme pouvait s'appuyer avec confiance.

Quel sens aurait pris sa vie si elle avait été fiancée avec Spencer Montgomery, un an plus tôt, et non avec Harper ? se demanda-t-elle contre toute attente. Serait-elle sortie en fulminant d'un magasin de robes de mariée choisi sans qu'on lui ait demandé son avis par une organisatrice de mariage ? Aurait-il respecté ses choix ?

Elle revint vite à la réalité. Spencer attendait la condamnation du Tueur à la rose rouge sur la foi de son témoignage. Ce serait le couronnement d'une enquête longue et ardue, et c'est pourquoi il l'entourait d'une telle sollicitude qui ne pouvait la laisser indifférente. N'était-il pas logique de s'éprendre d'un policier à ce point inquiet pour sa sécurité et qui avait réussi à gagner sa confiance ?

Quoi qu'il en soit, elle devait apprendre à se débrouiller seule. S'affirmer, gagner son autonomie et considérer son témoignage au procès comme un acte thérapeutique et de résilience. Elle n'était pas encore prête à tomber amoureuse, à s'engager. Il fallait d'abord qu'elle mûrisse, s'accomplisse. Et le chemin était encore long…

Quels que soient ses sentiments pour Spencer Montgomery, elle devait ne les interpréter que comme un coup de cœur de collégienne pour son héros. C'était de toute façon un signe positif d'ouverture, après un an de marasme pendant lequel elle était restée renfermée sur son traumatisme.

— Dites-moi, docteur, est-ce que je vais bien ? demanda-t-elle en se regardant dans le rétroviseur et comme si elle s'adressait à sa thérapeute.

Elle attendit un instant.

— Mais c'est à vous de me donner la réponse, Bailey, reprit-elle, se mettant à la place du Dr Mille.

Elle opina, toujours comme si elle assistait à sa séance de thérapie bi-hebdomadaire.

— Apprenez à doser l'expression de vos émotions, Bailey ! A les défouler pour les maîtriser, continua-t-elle. Trouvez une activité qui ait un sens, pour vous reconstruire et restaurer votre confiance en vous. Vous devez vous occuper l'esprit et refuser de sombrer.

Elle adressa un clin d'œil à son reflet, sa façon d'acquiescer au conseil de sa thérapeute.

— Oui, docteur.

Il fallait qu'elle apprenne à se fier à ses instincts, à se libérer de ses tensions et de son agressivité pour s'en débarrasser et laisser la place à une gamme de sensations plus douces. La douceur, elle en avait oublié le sens après tant de violence…

— C'est bien de le penser, c'est mieux de le dire, et encore mieux de le faire ! martela-t-elle.

Comment rejoindre son club de sport, maintenant qu'elle avait pris la direction opposée ?

Le rythme de son pouls se normalisait au fur et à mesure que ses pensées se recentraient. Elle tourna à la première intersection pour revenir dans son quartier et s'arrêta à un feu.

Pendant qu'elle attendait, elle observa distraitement les voitures. Grises ou bleu métallisé, blanches ou noires. *Noires…* Un frisson la parcourut, en dépit de ses exhortations au courage qui, quelques instants plus tôt, l'avaient rassérénée.

Là, au carrefour, n'était-ce pas précisément la voiture qui, tout à l'heure, l'avait suivie ? Ce paparazzo l'avait-il retrouvée et continuait-il à la filer ?

Dès que le feu passa au vert, elle redémarra et refoula les doutes et les peurs qui l'assaillaient de nouveau pour éviter que son imagination ne s'emballe. Elle s'engagea dans la première rue qu'elle vit, puis dans la suivante, sans cesser de consulter son rétroviseur. Cet individu serait-il revenu derrière elle alors que, s'en croyant débarrassée, elle ne prêtait plus attention à ce qui l'entourait ? Un pick-up la séparait de cette voiture noire… Soudain, elle en repéra une autre, plus loin.

Et une autre encore ! Tout à coup, elle voyait des voitures noires partout. Le conducteur de celle qui se trouvait dans sa file n'essayait-il pas, sans succès heureusement, de doubler le pick-up pour se rapprocher ? Et celui-là, sur l'autre file, parallèle à sa Lexus ? N'était-ce pas le meilleur moyen de la suivre sans éveiller ses soupçons ? Dans laquelle de ces voitures noires se trouvait ce maudit paparazzo ?

— Stop, ça suffit ! s'écria-t-elle en ralentissant pour tourner au carrefour suivant. La menace n'existe que dans ma tête !

Mais si le pick-up continua tout droit, la voiture noire qui le suivait s'engagea derrière elle. Malheureusement, les vitres teintées l'empêchaient de distinguer le conducteur. Etait-ce un homme ? Une femme ? La Nettoyeuse ? La complice d'Elliott ne voulait certainement pas qu'elle témoigne.

Elle s'énerva ; elle se détestait de perdre son sang-froid. Dans le seul but de se prouver qu'elle était complètement paranoïaque, elle continua de tourner, mais la voiture noire la suivait toujours. Etait-ce une coïncidence ?

De plus en plus inquiète, elle consulta pour la millième fois son rétroviseur.

— Eh bien non, ce n'est pas un effet de mon imagination ! s'exclama-t-elle pour finir.

Elle mit de côté son désir d'autonomie, sa fierté et sa crainte de se ridiculiser auprès du premier homme qui l'attirait depuis son agression. Elle avait une responsabilité envers le procureur, envers toutes les femmes de Kansas City et, surtout, envers elle-même, pour sa sécurité.

Tant pis pour sa paranoïa. Mieux valait prévenir que guérir !

Aussi, après s'être engagée sur l'Interstate toujours embouteillée pour se perdre dans le nombre, tendit-elle une main tremblante vers son sac pour en sortir la carte de Spencer et son téléphone.

5

Spencer se renversa sur sa chaise et décrocha.

— Montgomery, j'écoute.

— Ne dites pas que je suis folle, par pitié !

C'était une étrange entrée en matière, mais il avait reconnu la voix de son interlocutrice, douce, distinguée, et il ne se formalisa pas. En vérité, il aurait reconnu ce timbre de voix entre mille, car il ne cessait de penser à Bailey Austin.

— Bailey ?

— Oui ! C'est bien moi ! Je sais que vous êtes très occupé, mais… vous avez dit que si jamais j'avais l'impression…

Le long silence qui suivit lui permit d'identifier des bruits de circulation, en fond, et d'en déduire où elle se trouvait. Sur la route. L'Interstate, sans doute.

— Je ne sais pas quoi faire ! Voilà ! ajouta-t-elle enfin.

Son ton pressant révélait une panique croissante. Il se redressa.

— Où êtes-vous exactement, Bailey ?

Sa réponse se faisant attendre, il insista.

— Bailey ? Où êtes-vous ? Répondez ! Que se passe-t-il ?

Nick Fensom, son équipier, assis en face de lui, lui jeta un regard interrogateur.

— Un problème, Spence ?

Possible, oui. Encore faudrait-il qu'il puisse déterminer lequel.

— Bailey ? répéta-t-il. Parlez !

— Ecoutez, Spencer… C'est ma faute, ce n'est rien, répondit-elle plutôt sèchement. Je suis désolée de vous avoir dérangé.

— Attendez !

Il referma le dossier qu'il était en train de consulter pour lui accorder toute son attention.

— Vous m'avez appelé pour une raison précise. Dites-moi laquelle.

Face à son silence persistant, son inquiétude se mua en une vague irritation. Soit elle ne répondait pas parce qu'elle cherchait un mensonge plausible, soit elle était dans la confusion la plus complète.

Il allait de nouveau insister, quand elle reprit la parole.

— Il y a une voiture noire. Je vous jure qu'elle me suivait. Mais elle vient de tourner et, moi, je continue tout droit. Donc, elle ne me suivait peut-être pas. Maintenant, je compte toutes les voitures noires, et il y en a des centaines, bien entendu. Il est fort possible que j'aie imaginé…

De toute évidence, elle ne mentait pas et tenait un discours assez cohérent. Il doutait qu'il s'agisse de paranoïa et avait plutôt tendance à penser qu'un fait tangible concernant une voiture noire l'avait affolée. Il se fiait toujours à son intuition.

— Vous avez vu le conducteur ? demanda-t-il.

— Non.

— Sa plaque d'immatriculation ?

— Le Missouri… Mais je n'en suis pas sûre.

— Vous êtes en sécurité, maintenant ?

— Oui oui !

Elle eut un petit rire qu'il ne trouva pas très convaincant.

— J'ai survécu aux périls des embouteillages typiques à cette heure de la journée.

— Qu'est-ce qui a déclenché votre impression d'être suivie ? demanda Spencer prudemment en se levant et en refusant d'un geste l'aide que Nick lui proposait *sotto voce*.

— En fin de compte, personne ne me suit ! dit-elle avec fermeté. Je suis désolée de vous avoir dérangé. C'est vrai, tout à l'heure, il y avait ce journaliste, donc j'ai pensé…

Elle avait parlé posément, mais elle se tut, comme si elle cherchait son souffle. Spencer patienta. Bailey Austin avait décidé de l'appeler, poussée par une peur réelle qui avait été suscitée par un événement réel. Un journaliste. Il l'avait effrayée. Comment ?

— C'était Gabe Knight ? insista-t-il. Vanessa Owen ?

— Je ne sais pas. Je l'ai mal vu.

— Où êtes-vous ?

— En route pour mon club de sport. J'ai besoin de me perdre dans le bruit et la foule. Pour me rassurer, vous comprenez ? Il y a toujours du monde à mon club, après les heures de bureau.

Une décision raisonnable, songea-t-il, approbateur.

— Vous voyez, Spencer, je tente de suivre vos conseils, reprit-elle. Je reste nerveuse, après ma confrontation avec Brian Elliott hier…

La peur pouvait l'amener à renoncer à témoigner et ça, c'était exclu. Le chef Taylor comptait sur lui pour la protéger afin qu'elle soit présente au procès lundi. Et, lui, il comptait sur elle.

— Bailey ?

— J'aurais dû réfléchir avant de téléphoner. Je vous ai dérangé pour rien. Excusez-moi encore. Au revoir.

— Non, ne…

Elle raccrocha et il se rendit compte tout à coup que son inquiétude dépassait le cadre professionnel. Il était certes un policier occupé — par choix, parce qu'il ne voulait pas avoir une minute de libre et rester seul avec ses pensées —, mais il était surtout un policier doté d'une intuition exceptionnelle qui lui permettait de distinguer la paranoïa de la véritable menace, donc de réagir vite et avec efficacité.

Bailey regrettait de l'avoir contacté « pour rien », mais il savait que la menace était réelle.

Aussi, une petite heure plus tard, franchit-il le seuil du club de sport de Bailey pour s'assurer que le témoin à charge, le seul capable de mettre le Tueur à la rose rouge derrière les barreaux, n'était pas en danger. Il avait aisément trouvé le club qu'elle fréquentait, et qui était effectivement bondé à cette heure de la journée.

Après s'être présenté à l'accueil, il agrafa son badge à la pochette de son veston, et chercha Bailey, qu'il trouva finalement dans la salle de musculation.

Pour commencer, il s'assura qu'il n'y avait aucun journaliste, caméra de télévision ou appareil photo. Premier soulagement.

Bailey se trouvait tout au fond. Elle portait un pantalon de yoga gris, un petit débardeur rose, des gants de boxe de type mitaines, et donnait des coups dans un punching bag. En s'approchant, il remarqua les traces de transpiration sur son débardeur. Elle était concentrée, occupée à libérer ses tensions, et il l'en admira d'autant plus qu'il ne s'octroyait jamais ce luxe.

— Comment s'est déroulé votre entretien d'embauche ? lui demanda-t-il.

Elle sursauta et saisit le punching bag entre ses bras pour l'immobiliser. Son regard bleu s'étrécit, au fur et à mesure que le choc de la surprise s'estompait.

— Vous m'avez fait une peur bleue ! s'exclama-t-elle d'un ton de reproche. La prochaine fois, annoncez-vous mieux !

Sa poitrine se soulevait au rythme de sa respiration haletante. Son visage était empourpré, et son front luisant de sueur. Elle était gracile, mince et nerveuse, bien différente de la femme élégante qui se cramponnait à sa main, hier, au commissariat. Jamais elle n'avait été aussi attirante. *Désirable. Sexy.*

Ces mots lui étaient venus à l'esprit avec tout un cortège de sensations. Gêné, il détourna le regard pour refouler ce nouvel élan qui le portait irrésistiblement vers elle, et en profita pour examiner ce qui l'entourait. Bailey n'avait pas remarqué son arrivée, pas plus qu'elle ne semblait avoir remarqué ce jeune boxeur tout proche qui lui lançait par moments des œillades concupiscentes tout en tapant dans un punching bag. En se voyant observé, il esquissa un geste contrit, détourna aussitôt son attention de Bailey et se remit à taper énergiquement sur son sac.

Conscient d'avoir une attitude trop protectrice et presque possessive, Spencer mit les mains dans les poches de son pantalon et haussa les épaules avec nonchalance.

— Au lieu de m'accabler de reproches, vous devriez être plus vigilante, pour identifier au plus vite la menace et le danger. Et vous méfier de tout ce qui est insolite, inhabituel.

— Je n'aurais pas dû vous appeler. Je me suis trompée.

Elle ponctua ces mots par un coup de poing dans le punching bag.

— Je vous l'ai déjà dit au téléphone.

— C'est exact.

Les émotions de Bailey affleuraient et il se raidit pour ne pas se laisser émouvoir. Non seulement elle était trop sensible, trop touchante pour sa tranquillité, mais elle était aussi le principal témoin à charge dans une affaire susceptible de faire évoluer sa carrière et de l'élever dans la hiérarchie. Et surtout, après le drame qu'elle avait vécu, elle avait besoin d'un compagnon tendre et prévenant, pas d'un homme comme lui, qui refoulait ses propres émotions. Ce rappel le ramena à la raison et lui permit de se ressaisir.

— Pourquoi êtes-vous venu ? demanda-t-elle.

— Parce que vous m'avez contacté, répondit-il de sa voix la plus froide. Et maintenant, j'aimerais savoir pourquoi.

Elle ferma les poings et se mit en position.

— Parce que votre carte de visite était dans ma poche.

Je l'en ai sortie et j'ai composé votre numéro sans réfléchir. Après, tout s'est arrangé. Je suis arrivée ici sans problème. J'espère que je ne vous ai pas interrompu dans votre travail.

— Ma journée est terminée.

— Alors je regrette que vous vous soyez dérangé pour moi après vos heures de service. Vous avez tout de même le droit d'avoir une vie privée.

Vu qu'il n'en avait pas, cela ne le dérangeait pas de faire des heures supplémentaires.

— Pourquoi vous seriez-vous trompée ? Peut-être que ce journaliste vous a vraiment suivie. Et peut-être a-t-il abandonné après avoir compris que vous l'aviez débusqué.

— Votre explication est destinée à me calmer ? A me rassurer ? A me faire comprendre que je ne suis pas folle ? A moins qu'elle n'ait pour but de m'obliger à reconnaître qu'on est vraiment à mes trousses, alors que je me tue à vous répéter que non ?

La pugnacité de Bailey l'émut, exacerbant le désir de protection particulièrement développé chez lui, mais qu'il tenait verrouillé depuis le plus grand drame de sa vie.

Rappelé une fois de plus à l'ordre par ses souvenirs, il ignora de nouveau l'élan qui le portait vers elle et adopta son attitude de policier froid et efficace, s'épargnant ainsi la peine de lui servir une formule réconfortante et creuse.

Au lieu de lui demander une relation précise des faits, il préféra orienter la conversation sur d'autres sujets afin de la mettre en confiance et de la rendre plus loquace. Il était certain qu'elle ne l'avait pas contacté pour rien. Elle affirmait aller bien, mais on l'avait effrayée. Qui ? Comment ? Il ne voulait pas compromettre le fruit de mois de travail en affirmant, à tort sans doute, que la présence et les agissements d'un paparazzo n'étaient qu'une coïncidence.

— Votre entretien d'embauche s'est déroulé conformément à vos désirs ?

Elle poussa un gros soupir.

— C'était une vaste fumisterie.

— J'en déduis que vous n'avez pas décroché le job ?

— Non.

Il se raidit lorsqu'elle assena quelques violents coups dans le punching bag.

— M. Stern a demandé combien Jackson donnerait à son musée s'il me confiait le poste de chargée de relations publiques. Comme si mon beau-père devait m'acheter ce boulot ! C'était d'ailleurs la seule raison pour laquelle il envisageait de m'embaucher.

Hors d'haleine, elle le regarda en inclinant la tête et en fronçant les sourcils.

— Il ne m'a même pas demandé si j'avais de l'expérience professionnelle ! D'accord, je n'en ai guère, j'ai seulement eu des petits boulots quand j'étais encore étudiante. Mais il a à peine regardé mon CV, les projets de campagne que j'avais réalisés pendant mes études, durant un stage senior. La seule qualification qui l'intéressait, c'était la fortune de Jackson. J'adore mon beau-père, mais…

Un nouveau coup dans le punching bag ponctua ces mots. Même si ce geste impétueux rappela à Spencer la « jeune et riche héritière », comme il l'avait autrefois qualifiée en son for intérieur, il vit dans son geste, son regard et son visage aux traits tirés une véritable lassitude, et pas seulement une blessure d'amour-propre.

Son agression l'avait changée. L'ancienne Bailey était tranchante, immature et impulsive ; la nouvelle Bailey était mystérieuse, plus complexe et tellement fascinante.

Sexy et énigmatique… Une combinaison séduisante mais dangereuse pour un homme qui refusait tout engagement sentimental. Il fit un effort pour ignorer l'émotion qui faisait couler son sang plus vite dans ses veines.

Il avait peine à se maîtriser, et aurait dû prendre congé. La dernière fois qu'il s'était aussi complètement investi dans la sécurité et la protection d'un témoin à charge, il en était tombé fou amoureux, et avait perdu de vue sa mission qui avait connu une issue tragique. Cette fois, sa volonté serait plus forte que son attirance, se répéta-t-il. Il était obsédé par la nécessité de boucler son enquête sur le Tueur à la rose rouge, et non par Bailey Austin. Son obsession était purement professionnelle et prouvait à quel point il était un policier exigeant.

Impossible donc de s'en aller maintenant, alors qu'il n'avait pas encore obtenu les réponses qu'il cherchait !

— Pourquoi la boxe ? reprit-il.

Bailey fronça les sourcils comme si elle cherchait à deviner quels motifs sous-tendaient ses questions, mais elle joua le jeu.

— Ma thérapeute me l'a conseillé pour me muscler, me fortifier et me libérer de mes tensions.

Elle haussa les épaules, sourit et poursuivit.

— Je ne savais même pas que j'avais un tempérament de puncheuse. J'ai toujours été considérée comme la plus calme de la famille !

Discipliner ses émotions ou ses sentiments était la règle dans le monde feutré et nivelé où elle évoluait. Cependant, personne ne sortait indemne d'une tentative de meurtre.

« Ou du meurtre d'une personne aimée qu'on avait juré de protéger », murmura une petite voix.

Après son drame personnel, il avait choisi de juguler ses émotions et de ne s'en remettre qu'à sa raison. Contrairement à lui, Bailey apprenait à gérer le flux d'émotions exacerbées, positives et négatives, qu'elle avait toute sa vie contenues, voire ignorées. Elle n'était plus cette jeune et riche héritière perpétuellement souriante ; elle avait acquis une personnalité, était devenue plus vulnérable et sensitive. Et elle acceptait bravement de faire face à son agresseur et de témoigner.

S'il voulait qu'elle puisse faire condamner un tueur en série à la prison à vie, il devait assurer sa sécurité. Donc écouter et prendre en considération ses peurs et décider de mesures pour la protéger. La boxe était son défouloir et sa catharsis ? Parfait. Il allait en profiter pour lui donner une petite leçon d'autodéfense.

Il retira son manteau et sa veste, les déposa sur le tapis de sol avant de déboutonner ses manches et les rouler sur ses avant-bras.

En le voyant s'approcher du punching bag, elle recula.

— Qu'est-ce que vous faites ?

— Qui est votre adversaire ? Nommez-le-moi.

Elle étrécit les yeux mais soutint son regard.

— Disons que c'est le directeur du musée, le crétin qui vous a reçue tout à l'heure, reprit-il.

— Crétin ?

— C'est un crétin, oui, s'il n'a pas perçu votre désir d'obtenir le poste à pourvoir.

La voyant sourire, il eut l'impression enivrante d'être son héros. Il se reprocha cette pensée, mais n'en sourit pas moins.

— Imaginez que ce punching bag, c'est lui.

Elle le dévisagea, sourcils froncés.

— Je comprends où vous voulez en venir, Spencer, dit-elle enfin. Vous voulez me redonner confiance en moi, n'est-ce pas ? Me prouver que je ne suis pas paranoïaque. Parce que vous pensez vraiment qu'on a cherché à me déstabiliser. Selon vous, je ne me suis pas laissé effrayer par un paparazzo en quête d'un scoop quelconque avant le bal de Noël de ma mère…

Elle se tut un moment, pensive, puis poursuivit :

— Le procureur m'avait promis l'anonymat jusqu'au début du procès. Personne ne connaît l'identité du témoin à charge, sauf les personnes présentes au commissariat hier.

— Plus Brian Elliott. Et deux journalistes.

Cette fois, elle pâlit.

— Eh bien, ça a le mérite d'être clair.

— Je suis policier, Bailey. Pas thérapeute. Vous émettez

des suppositions, je les valide. Ou pas. Je préfère jouer cartes sur table. Si vous avez perçu une menace, aujourd'hui, alors oui, je suis certain qu'elle existait. Vanessa Owen aime le sensationnel ; Gabriel Knight aussi. Elliott ou son avocate ont peut-être révélé votre nom à la presse. Elliott a pu contacter la Nettoyeuse pour lui demander de vous intimider. Il y a une infinité de scénarios possibles pour expliquer ce qui s'est passé aujourd'hui. Fiez-vous à votre instinct, Bailey. Ne l'ignorez pas, ce serait un risque.

— Toujours rester vigilante…

— Oui.

Il s'approcha d'elle jusqu'à discerner les nuances de bleu de ses prunelles, puis recula et tint le punching bag devant lui.

— Commençons par quelques règles de base de d'autodéfense. M. Stern est-il grand ?

— Assez oui, répondit-elle, s'arrachant à la stupeur qui l'avait saisie. Plus que moi. Mais moins que vous.

— Dirigez votre colère sur lui. Défoulez-vous. Après, vous vous sentirez mieux. Vous devez frapper le cou, le nez, le ventre ou l'entrejambe. Si vous visez le sternum ou la mâchoire, vous ne réussirez qu'à vous blesser la main.

Elle ferma les poings et se mit en garde.

— C'est bien. N'oubliez pas : chaque coup doit porter.

Il assura sa prise sur le punching bag.

— A vous ! Cou. Nez. Ventre. Entrejambe.

Elle obtempéra et, dans un premier temps, cogna sans réelle conviction. Il l'encouragea pour qu'elle frappe plus fort et plus vite.

— C'est mou, ça, Bailey ! On dirait que vous vous battez contre un édredon ! Un peu de nerf, que diable ! Maintenant, allez-y franchement !

Serrant les dents, elle leva brusquement le genou et frappa la partie inférieure du punching bag avec une telle force qu'il recula. Il lâcha le sac, leva la main en signe de reddition et sourit.

— Bravo ! Vous apprenez vite ! Si vous m'aviez frappé, je serais au tapis, vous pouvez me croire ! Du moins, je serais assez mal en point pour que vous ayez le temps de prendre la fuite !

— A vous entendre, c'est facile, répliqua-t-elle en souriant à son tour. Comme si je pouvais mettre aussi facilement un agresseur K.-O. !

Il rabattit ses manches et en reboutonna les poignets.

— C'est vrai que, dans la vraie vie, votre punching bag ne se laisserait pas faire et riposterait.

Bailey éclata de rire.

— Quoi qu'il en soit, la prochaine fois qu'un punching bag m'attaquera, je saurai quoi faire. Alors, merci.

Quand elle se redressa après avoir ramassé sa serviette-éponge, il constata que son regard avait repris son expression vulnérable et pensive. Il se raidit contre l'émotion qui l'envahit de nouveau, et s'ordonna de rester professionnel et insensible à sa fragile beauté.

Bailey Austin est un témoin à protéger, un point c'est tout.

— Vous savez, on me considère la plupart du temps comme futile et insignifiante, lui confia-t-elle. Inutile… C'est une des raisons qui m'ont poussée à accepter de témoigner. J'ai eu une très belle vie, très protégée, avant de croiser la route de ce tueur en série. Mais vaine. Et maintenant…

Elle enleva ses gants et essuya son front en sueur.

— Après avoir été inutile, je ne suis plus rien. Ma famille prend des gants pour s'adresser à moi, mon ex-fiancé essaie toujours d'organiser mon existence, mes amis sont mal à l'aise et évitent de me parler de leurs problèmes parce qu'ils pensent que je suis incapable de gérer des événements négatifs ou difficiles. Si je perds patience ou si je m'énerve, on attend calmement que la crise passe. Si je pleure, on me console. Si je panique à cause d'un paparazzo…

Elle s'interrompit et baissa les yeux.

— La police arrive tout de suite à la rescousse…, acheva-t-il.

— Plus ou moins, oui. Je veux exister par moi-même, Spencer. Etre autonome. Lucide. Je veux…

Sa serviette sur l'épaule, elle s'approcha de lui. Pris de court, il suspendit son souffle et attendit sans comprendre tandis qu'elle levait les mains vers son cou. Il resta immobile pendant qu'elle redressait sa cravate.

— Votre nœud de cravate était de travers… Vous voyez, Spencer. J'ai une bonne éducation, je sais sourire aux gens en les écoutant poliment, faire un nœud de cravate, dire de belles paroles… mais je ne sais rien faire d'autre. Je suis inutile et futile.

Mû par une impulsion, il lui prit les mains et les tint pressées contre sa poitrine. Elle posa sur lui un regard interrogateur.

— Votre désir de témoigner est incroyablement brave, répliqua-t-il. Qui oserait ainsi faire face à son meurtrier ? Personne ne peut comprendre le courage et la force d'âme dont vous allez avoir besoin ! Je ne suis pas certain, d'ailleurs, que vous les compreniez vous-même.

Lui comprenait ses tourments émotionnels mieux qu'elle ne pouvait se l'imaginer.

— Un syndrome de stress post-traumatique se manifeste différemment selon les individus qui en souffrent, poursuivit-il à mi-voix. Par la colère ou la dépression. Il prive certains de leur assurance et leur vole leurs choix, tandis que d'autres le gèrent en serrant les dents, l'ignorant et le refoulant.

Désespoir et colère montèrent en lui ; sa voix se tendit. Bailey fronça les sourcils.

— Spencer, vous…

Les yeux marron d'Ellen Vartran emplirent son champ de vision, et il ressentit comme une sensation de brûlure au souvenir de son sang coulant entre ses doigts tremblants. Il avait oublié sa mission pendant quelques heures pour obéir aux impulsions de son cœur. Certes, il avait été débordé par le nombre de tueurs et par leur stratégie, mais c'était Ellen qui avait payé le prix fort.

— Inspecteur Montgomery ? Spencer ?

Il sentit les doigts de Bailey jouer sur sa chemise. Le retour à la réalité chassa le passé. Il refoula le déchirant sentiment de culpabilité dont il n'avait jamais pu se départir et prit une profonde inspiration.

— J'ai été confronté au syndrome de stress post-traumatique.

— Que s'est-il passé ?

La douceur de sa voix fissura la cuirasse qui lui permettait de ne pas sombrer. Etre attiré par Bailey Austin était une chose. En tomber amoureux en était une autre, toute différente.

Il résista, haussa les épaules et ramassa sa veste.

— Je suis policier. Je vois beaucoup de drames.

— Ah… Je pensais que vous faisiez allusion à un événement personnel…

Elle avait découvert son talon d'Achille… Il lui tourna le dos pour enfiler sa veste et se donner le temps de se recomposer un visage avant de lui faire face de nouveau.

— Vous avez la preuve de mon inutilité, je ne sais même pas gérer une conversation à cœur ouvert, lâcha-t-elle avec amertume.

Il regretta de se replier ainsi après un début de confidence, mais il était temps de revenir aux faits, à sa mission et d'oublier qu'il était en train de tomber amoureux de la femme qu'il devait protéger.

— Parlez-moi de la voiture qui vous suivait, reprit-il d'une voix beaucoup plus froide qu'il ne l'aurait voulu.

Inutile de s'en excuser, le mal était fait. Bailey prit sa bouteille d'eau sans le regarder.

— Excusez-moi, inspecteur, répondit-elle d'un ton glacé. Pendant un moment, j'ai oublié que vous étiez un policier tenace.

Luttant manifestement pour se maîtriser — comme lui —, elle but longuement au goulot.

— Avant, vous me laissez le temps de prendre une douche et de me changer ?

— Je vous attends.

Déconcertée et vexée, Bailey se dirigea vers les vestiaires. Elle avait trouvé naturel de s'ouvrir à Spencer Montgomery, si solide et si patient, puis elle avait vu son regard assombrir, devenir distant. Elle avait perçu une douleur indéfinissable et avait été impressionnée par son geste, inattendu et lui ressemblant si peu, de presser ses mains contre sa poitrine.

Mais, dès qu'elle avait tenté d'approfondir la connexion qui enfin concrétisait leur attirance, il s'était refermé et l'avait repoussée. Elle avait été furieuse, inquiète et méfiante jusqu'à ce qu'elle croise de nouveau son regard pers et sente revenir la complicité magnétique qui les liait malgré eux.

Même si le souvenir d'un passé dont elle ne savait rien avait durci son regard et le son de sa voix, elle avait compris qu'ils avaient un point commun : ils avaient survécu à une tragédie personnelle. L'humiliation qu'elle avait ressentie, quand il s'était dérobé à son intérêt, se dissipa tandis qu'elle prenait sa douche, se lavait les cheveux et humait l'odeur vivifiante de son shampooing aux agrumes. Lorsqu'elle sortit des douches, enveloppée d'une grande serviette blanche, elle avait recouvré son calme.

Spencer Montgomery s'était senti obligé de venir à son club de sport à la suite de son coup de téléphone hystérique. Son inquiétude était professionnelle, mais sincère. Il l'avait plus et mieux écoutée que ne l'avaient fait un ex-fiancé mielleux et une mère hystérique au cours de l'année qui venait de s'écouler. Sans oublier la leçon d'autodéfense qu'il lui avait donnée pour l'aider à gérer ses angoisses. Il avait fait bien plus que ce que l'on attendait de lui, et elle ne pouvait lui reprocher de vouloir maintenir leurs relations sur un plan strictement professionnel.

Quand elle eut enfilé ses tongs, elle resserra sa serviette autour d'elle et revint vers son casier, en se promettant de s'excuser pour sa virulence et de répondre à ses questions.

Elle posa ses affaires de toilette et sa tenue de boxe sur le banc, et composa le code d'ouverture de son casier. Face au miroir fixé à l'intérieur du battant, elle arrangea ses cheveux du bout des doigts, puis se baissa et prit le sac contenant ses vêtements.

Lâchant tout à coup la sangle matelassée, elle ferma le poing et le porta à sa poitrine en essayant de donner un sens à ce qu'elle voyait : trois photos en noir et blanc qu'elle venait de découvrir sous le sac et qui avaient dû être glissées sous la porte du casier.

Ces clichés la représentaient. En train de déneiger le pare-brise de sa voiture. De regarder dans la direction de l'immeuble où elle venait d'avoir son entretien d'embauche. De serrer le volant de sa Lexus, l'air paniqué.

Ces photos avaient été prises environ deux heures plus tôt par quelqu'un qui n'était manifestement ni un journaliste ni un paparazzo. Son visage avait en effet été barré sur deux d'entre elles et, sur la troisième, un message avait été rédigé avec un feutre à la pointe épaisse.

« Si tu témoignes, ta famille enverra un avis de décès au lieu de cartes de vœux. »

Elle se recroquevilla et, glacée, regarda autour d'elle avec angoisse, consciente de n'être nulle part en sécurité. Son intimité avait été profanée, et cette pensée lui était insupportable. Elle dut prendre sur elle pour ne pas s'effondrer.

— Inspecteur Montgomery ! cria-t-elle d'une voix étranglée, une fois qu'elle se fut un peu ressaisie et eut recouvré l'usage de la parole.

La Nettoyeuse avait retrouvé sa trace ! La complice de Brian Elliott l'épiait. Elle s'était trouvée là où elle se tenait maintenant !

— Spencer ! Spencer ! Spence ! hurla-t-elle après s'être éclairci la voix.

Des voix de femmes outrées s'élevèrent.

— Monsieur ! Vous n'avez pas le droit d'entrer dans le vestiaire des femmes !

— Sortez tout de suite d'ici !

Puis ce fut la voix de Spencer.

— Bailey ?

Il la rejoignit à la hâte, l'air inquiet, et son arme à la main.

— Que s'est-il passé ? demanda-t-il en lui saisissant le bras pour l'obliger à le regarder.

Elle lui montra son casier.

— Regardez. Je n'ai rien imaginé…, dit-elle en frissonnant.

Desserrant sa pression, il lui caressa le bras pour chasser ses frissons, puis il regarda autour d'eux avant de reporter son attention sur elle.

— Vous allez bien ?

Pour toute réponse, elle hocha lentement la tête.

— Dites-le, Bailey. J'ai besoin de savoir si vous êtes en état de choc.

Elle hocha de nouveau la tête.

— Je crois que ça va, murmura-t-elle.

— Ne bougez pas !

*
* *

Avec une autorité telle qu'aucune ne protesta, il ordonna aux sportives curieuses de quitter le vestiaire. Ensuite, il sortit son téléphone et appela son équipier. Bailey crut comprendre qu'il interrompait quelque événement familial. Tout en parlant, il vérifia les casiers, les douches ainsi que les toilettes.

Pendant ce temps, elle resta immobile, frissonnante dans sa serviette de bain. Il tenta de la rassurer du regard, cherchant manifestement à savoir si elle allait aussi bien qu'elle l'avait affirmé. Enfin, il rangea son arme, sans cesser de parler au téléphone.

— Oui, Nick ! Au cours de ces deux dernières heures. Peut-être moins. Une complice d'Elliott est venue là. Ou un complice. Quelqu'un que la Nettoyeuse fait chanter. Voire la Nettoyeuse en personne…

Il s'approcha d'elle et tendit son bras libre. Pendant une seconde, déroutée, elle se demanda ce qu'il faisait. Puis il lui passa le bras autour des épaules et l'attira contre lui. Sachant qu'il désirait la réconforter, elle se détendit et se laissa aller contre lui, souriant presque au contact râpeux de son veston sur sa joue et ses épaules nues. Il était solide. Chaud. Il incarnait la sécurité.

— Oui, j'ai sécurisé le périmètre, continua-t-il à l'intention de son équipier. J'ai fait évacuer le vestiaire, et je garde les yeux sur miss Austin.

Il bougea la tête, donc effleura, du menton, son front et ses cheveux encore humides.

— Non, non. Il n'y a pas de caméra de sécurité, mais j'obtiendrai une liste de noms à l'accueil. Viens avec Annie et l'équipe du labo. Vite.

Leurs regards se croisèrent.

— Oui, Nick. Elle est en sécurité, maintenant.

Il fit glisser sa main sur son dos pour renforcer sa pression, l'empêchant de s'écarter de lui.

— Oui, je crois que ça va aller, grommela-t-il, l'air subitement contrarié.

Puis il reprit d'une voix normale :

— Merci, Nick.

Après avoir raccroché, il la lâcha et recula, comme s'il se rendait compte tout à coup de l'incongruité de leur étreinte prolongée.

— Mes hommes sont en route, lui annonça-t-il d'un ton détaché. Je vais rester avec vous jusqu'à leur arrivée. Oh ! mais vous avez froid..., constata-t-il ensuite, remarquant la chair de poule sur ses épaules et ses bras.

Elle avait également très peur, mais elle le lui tut pendant qu'il retirait sa veste.

— C'était elle, n'est-ce pas ? C'est un message de la Nettoyeuse.

Spencer lui posa sa veste sur les épaules sans répondre. Aussitôt, elle se sentit enveloppée par sa chaleur et son odeur. C'était différent de leur étreinte, mais tout aussi agréable. Ce nouveau geste protecteur lui permettait de s'ancrer, de reprendre pied.

— Je n'ai pas été paranoïaque, reprit-elle. Cette... cette créature m'a épiée et suivie, cet après-midi.

— Elle ou quelqu'un d'autre.

Il referma les pans de son veston autour d'elle avec une hésitation qui ne lui ressemblait pas.

— Vous pourriez remettre votre tenue de sport, même si elle n'est plus très fraîche ? enchaîna-t-il. J'aimerais que le labo de la police passe au crible le contenu de votre casier et vos affaires pour y relever d'éventuelles empreintes. Si vous prenez des vêtements propres dans votre sac, des indices risquent d'être détruits.

Elle s'enveloppa mieux dans le veston pendant que Spencer reculait, rétablissant entre eux la distance qu'il tenait, paradoxalement, à garder.

— Pas de problème, dit-elle en reprenant son pantalon

de yoga et son petit haut rose qui étaient restés sur le banc. Ne vous inquiétez pas, j'ai toujours l'intention de témoigner au procès, lundi.

— Je n'en doute pas. Je sais que vous avez du cran.

Il lui releva le menton avec une douceur qui la stupéfia.

— Vous êtes différente à chaque nouvelle rencontre, Bailey.

Sur ces mots, il lui sourit, lui caressa la joue du bout des doigts et, soudain, elle eut plus chaud. Spencer Montgomery commençait-il à s'ouvrir ?

— C'est une bonne chose ? demanda-t-elle.

— Je ne sais pas encore.

Sans le quitter des yeux, elle inclina la tête et appuya sa joue sur sa main pour mieux en goûter la sensation, mais il la retira aussitôt. Il semblait mener contre lui-même une bataille qui durcissait ses traits.

— En revanche, ce que je sais, c'est que je ne la laisserai pas de nouveau vous approcher.

Après un silence, il lui montra ses vêtements.

— Habillez-vous vite, maintenant.

6

Les décorations de Noël et les guirlandes lumineuses qui délimitaient les toits et ornaient la pointe du Country Club Plaza se reflétèrent dans le rétroviseur de Spencer pendant qu'il se garait devant l'immeuble de Bailey, à côté de sa Lexus.

Il garda son manteau ouvert pour avoir un accès rapide à son arme ainsi qu'à son badge, et descendit de son véhicule dont il verrouilla les portières. Le froid, plus mordant à présent que la nuit était tombée, le saisit et lui arracha un frisson tout en aiguisant ses sens en alerte tandis qu'il regardait attentivement autour de lui. L'endroit était sûr, conclut-il, satisfait.

Bailey vivait dans un quartier agréable, fréquenté par des bobos et des retraités fortunés. La rue était bien éclairée et son immeuble disposait d'un parking privé. L'entrée principale et les deux portes latérales comportaient un Digicode ; sinon, l'accès s'effectuait uniquement par carte magnétique.

Cependant, les gros tas de neige qui s'élevaient sur le bord des trottoirs et délimitaient le parking récemment déneigé ne lui plaisaient guère, car ils offraient de nombreuses cachettes. Et, comme il s'était remis à neiger, ils seraient sans doute encore plus hauts demain.

— Vous avec l'intention de geler sur pied ?

La voix de Bailey lui parvint en même temps que le

bip signalant le verrouillage à distance de ses portières de voiture.

— A moins que vous n'ayez entendu ou repéré quelque chose ? reprit-elle en regardant à son tour en direction de la rue. Vous croyez qu'on nous a suivis ?

— Non. Tout va bien.

Le souffle de Bailey formait une légère buée blanche dans cette nuit à la température polaire, mais il remarqua surtout son regard cerné et le pli amer de sa bouche. Son expression exprimait sa part d'ombre, née de l'épreuve à laquelle elle avait survécu par miracle.

— Alors quel est le problème ? reprit-elle.

Sa bouche était généreuse et bien ourlée, remarqua-t-il également, l'écoutant d'une oreille. Bailey Austin était jeune, plus jeune que lui, et il avait beau se raisonner, il était séduit, à son corps défendant, par sa féminité juvénile.

Il chercha son regard par-dessus sa voiture afin de se prouver qu'il était capable de la regarder droit dans les yeux et, en même temps, de rester de marbre.

— Je vous accompagne jusqu'à votre appartement.

Elle contourna sa Lexus.

— Vous n'avez pas répondu, Spencer !

Il posa sa main au creux de son dos pour la conduire vers l'entrée de son immeuble dont presque toutes les fenêtres étaient éclairées.

— Vous connaissez vos voisins ? biaisa-t-il.

— La plupart d'entre eux. Vous n'avez toujours pas répondu à ma question, Spencer, insista-t-elle en sortant sa carte magnétique de son sac. Quelque chose a attiré votre attention ?

— Vous habitez à quel étage ? éluda-t-il de nouveau.

— Au deuxième.

— Très bien. Du moment que vous n'êtes pas au rez-de-chaussée ou au premier étage…

— Intéressant. Mais pas très réconfortant. Je vous préviens, j'attends votre réponse.

Elle leva un regard interrogateur sur lui.

Comme ils arrivaient devant l'entrée de son immeuble, il lui fit signe d'ouvrir. Il remplissait son rôle de policier consciencieux raccompagnant une femme effrayée à son domicile. Il ne s'agissait en aucun cas d'un investissement sur un plan plus personnel, se répéta-t-il avec détermination.

— Je veux vérifier que tout est en ordre dans votre appartement. Il ne faut rien laisser au hasard.

Avec un soupir de frustration, elle glissa sa carte dans la serrure électronique. La porte s'ouvrit.

— Ecoutez, Spencer, s'il y a bien une chose sur laquelle je crois pouvoir compter, c'est votre franchise. Alors répondez-moi, à la fin, même si votre réponse doit me déplaire !

Il ne céda à son insistance que lorsqu'ils furent dans le hall, avec son tapis or et beige, et sur le côté duquel se trouvait un ascenseur en fer forgé.

— Vous avez tort de vous inquiéter. Pour le moment, tout va pour le mieux. Depuis que nous avons quitté votre club de sport, je n'ai rien remarqué. Personne ne vous a accordé une attention particulière.

Sauf lui.

D'où ses réticences à répondre, à entretenir une conversation, même banale.

Tout en parlant, il retira sa main qu'il avait jusque-là laissée sur le dos de Bailey. Dans le vestiaire du club de sport, tout à l'heure déjà, il avait commis l'erreur d'établir un contact physique. Il l'avait certes fait pour la réconforter, mais aussi pour se rassurer lui-même. Il avait cédé à une impulsion, et sans aucun doute à la facilité, mais il ne voulait pas que son envie permanente de la toucher devienne une habitude, un acte spontané.

— Vous pensez qu'il y aura encore des menaces ? insista-t-elle.

Maintenant qu'elle était en sécurité dans son immeuble, il n'avait plus aucune raison de rester, voire de la raccompagner jusqu'à sa porte. Pourtant, malgré lui, il prit l'escalier derrière Bailey, car le vieil ascenseur se faisait attendre.

— La Nettoyeuse va attendre de voir votre réaction à cette première intimidation, déclara-t-il en montant quelques marches quatre à quatre pour passer devant elle. Mais je veux parer à la menace d'escalade.

Arrivés au deuxième étage, ils se dirigèrent vers la porte portant le numéro 10.

— Merci pour votre franchise, Spencer.

Elle introduisit sa clé dans la serrure.

— J'ai toujours peur, mais vous êtes là, et je sais à quoi m'attendre.

— Non, Bailey, vous n'en avez aucune idée, répondit-il d'une voix nette, accédant ainsi à son désir de recevoir des réponses franches et directes. Si ces photos et le message ne vous font pas renoncer à témoigner au procès, la Nettoyeuse cherchera certainement un autre moyen de vous intimider. A moins qu'elle ne s'épargne la peine de vous harceler en vous supprimant purement et simplement.

La main sur la clé, Bailey se figea et pâlit.

— Me supprimer ?

— Bailey, écoutez, je…

Au même instant, la porte de l'appartement 12 s'ouvrit. Bailey sursauta tandis qu'il posait la main sur son holster, prêt à dégainer.

Une jeune femme blonde souriante, pieds nus et portant un sweat-shirt de Park University, sortit dans le couloir.

— Salut, Bails ! Je n'avais pas rêvé, j'avais bien entendu des voix. Contente de te revoir ! Tu rentres tard ! Comment s'est déroulé ton entretien d'embauche ? Et puis, dis-moi, qui est ton séduisant compagnon ?

Voyant Bailey reprendre des couleurs, il se détendit.

— Ah... Euh... bonsoir, Corie, balbutia-t-elle enfin en lui souriant. Mon entretien d'embauche a été un fiasco.

— Désolée. Ça se passera sûrement mieux la prochaine fois.

La sémillante voisine, plus petite que Bailey, lui rappelait cette dernière lors de leur toute première rencontre.

— Tu ne m'avais pas dit que tu avais un rendez-vous galant ce soir ! s'exclama Corie en lui donnant un petit coup de coude taquin. Et moi, pendant ce temps, je suis seule à la maison à me faire les ongles des pieds ! Mais peut-être ai-je droit à des présentations en guise de consolation ?

— Désolée de te décevoir, Corie, mais il ne s'agit pas d'un rendez-vous galant. Corie Rudolf, Spencer Montgomery.

Elle avait fait les présentations courtoisement, sans plus. La petite blonde tendit la main et remarqua son badge.

— Oh ! Vous êtes policier ?

— Oui, madame. KCPD.

— Moi, je suis comptable. Eckardt and Galloway. Vous êtes pris ?

Direct, songea-t-il, mais il n'avait ni le temps ni l'envie de flirter.

— Enchanté de faire votre connaissance, dit-il simplement. Vous devez être d'origine allemande, si j'en crois votre nom de famille.

Corie sourit.

— Gagné.

Elle s'adressa à Bailey.

— Il est charmant, Bails. Et je m'y connais.

Bailey ne renchérit pas et parut même dubitative, nota-t-il, partagé entre la déception et le soulagement que l'attraction ne soit que chimique entre eux et non étayée par des sentiments plus tendres.

— Tu voulais me voir, Corie ? reprit Bailey, mettant ainsi fin aux tentatives de séduction de sa voisine.

— Ah oui ! Bien sûr ! Attends ! s'exclama Corie en claquant des doigts.

Elle retourna dans son appartement et revint presque aussitôt avec un petit paquet.

— Il y a eu une livraison pour toi, aujourd'hui.

Spencer s'interposa pour le prendre.

— Vous aviez commandé quelque chose ? demanda-t-il à Bailey.

— J'ai fait mes achats de Noël par internet, répondit-elle. Avec livraison par FedEx.

— Parfait, fit-il en vérifiant l'adresse de l'expéditeur.

Il reconnut une boutique en ligne et se détendit, même si la coïncidence avec les menaces qu'elle avait reçues un peu plus tôt le mettait sur le qui-vive.

— Je suis censée vérifier tout ce que je reçois, désormais ? reprit Bailey un peu étonnée.

— Mieux vaut prévenir que guérir.

— Que se passe-t-il ? s'enquit Corie dont le sourire avait faibli. Le livreur de FedEx avait besoin d'une signature sur son bordereau, j'ai donc signé. J'espère que j'ai bien fait, Bails ?

— Oui, évidemment ! la rassura Bailey. Tu te souviens de notre accord ? Arroser nos plantes, relever le courrier et prendre les paquets l'une de l'autre en cas d'absence. Je te remercie.

— Ouf ! J'ai cru qu'il y avait un problème, dit Corie avec un soupir de soulagement.

Savait-elle que Bailey avait été agressée et qu'elle avait failli mourir de la main du tristement célèbre Tueur à la rose rouge, un an plus tôt ? se demanda Spencer, qui doutait néanmoins que ce genre de confidence puisse surgir au détour d'une conversation entre voisins.

De plus, il avait la nette impression que Corie Rudolf passait plus de temps à sortir et à s'amuser qu'à écouter les éventuels épanchements d'une amie au cours d'une soirée en tête à tête.

— Parce que j'ai bien envie de commander mes cadeaux de Noël par internet et de passer par FedEx rien que pour revoir ce livreur, poursuivit Corie. Il était très mignon, et célibataire, en plus ! Enfin a priori… J'ai vérifié, quand il a retiré ses gants. Je n'ai aucune pudeur, n'est-ce pas, monsieur le policier ? conclut-elle, avec un sourire coquin.

Mais Spencer se désintéressa d'elle pour reporter son attention sur Bailey.

— Je vais entrer chez vous pour vérifier que tout est en ordre pendant que vous continuez de converser avec votre voisine.

Il adressa une dernière remarque à Corie.

— Et vous, n'ouvrez à personne, à l'avenir. Sauf si, évidemment, vous connaissez l'identité de votre visiteur.

— Oui, inspecteur ! répliqua Corie avec un petit rire nerveux.

Puis elle reprit son sérieux.

— Vous êtes sûr que tout va bien ?

— L'inspecteur Montgomery a dirigé l'enquête sur le Tueur à la rose rouge, lui expliqua Bailey d'un ton neutre. Il est très vigilant.

— Le procès de cet individu commence lundi, non ? J'ai regardé le journal télévisé sur le câble, ce soir. Figure-toi que Vanessa Owen a dit avoir obtenu des infos confidentielles !

En entrant dans l'appartement de Bailey, Spencer perdit le fil de la conversation. Il secoua la tête et poussa un soupir en refermant la porte derrière lui. Corie Rudolf l'étourdissait à jacasser sans même reprendre son souffle. Comme Bailey semblait plus adulte qu'elle !

Quoi qu'il en soit, Bailey Austin n'était pas une femme pour lui ! se répéta-t-il avec conviction.

Après avoir posé ses clés sur la console de l'entrée, il embrassa du regard la salle à manger, très grande et de style classique, dont la table était décorée, en son centre, d'un poinsettia. Sur le bar du coin cuisine se trouvaient trois pères Noël de bois peint et aux joues rubicondes. Une odeur de sapin flottait dans l'air. Dans le salon, un immense arbre de Noël se dressait entre deux fenêtres, décoré de lumignons et de guirlandes dorées. Un ange blanc le surmontait et une douzaine de cadeaux se trouvaient déjà à son pied.

— Comment l'as-tu fait entrer, Bailey ? soliloqua-t-il, admirant sa volonté de célébrer Noël, en dépit des événements.

En même temps, il s'inquiétait de l'aide qu'elle avait pu recevoir pour monter l'arbre jusque dans son appartement.

S'était-elle adressée à une amie ? A un employé de son beau-père ? Au pire, à un inconnu qu'elle avait payé et qui aurait pu avoir le temps de poser une caméra ou un autre gadget espion, voire de faire une empreinte de la serrure ?

La vulnérabilité de Bailey le préoccupait. Il inspecta les fenêtres et leurs rebords extérieurs qui disparaissaient sous une couche de neige vierge et immaculée. Conscient qu'un intrus pouvait descendre du toit en rappel, il vérifia aussi l'escalier de secours.

La salle de bains était une pièce aveugle et, à cet égard, relativement sûre, même si la porte ne fermait pas à clé. Il se rendit dans la chambre, regarda sous le lit, et avisa les persiennes qui sécurisaient les fenêtres. Puis il jeta un coup d'œil au dressing contigu.

Il retourna enfin dans la cuisine où Bailey était en train de poser sur le dossier d'un tabouret de bar son manteau qu'elle venait de retirer.

— Alors ? lui demanda-t-elle.

Avant de lui répondre, il regarda dans la direction de la porte d'entrée pour s'assurer qu'elle avait mis la chaîne de sécurité.

— Votre appartement est indiscutablement prêt pour

Noël… Je suis ravi que les fenêtres disposent de bonnes fermetures et que des rideaux ou des persiennes les masquent. Personne ne peut donc prendre de photos. Votre environnement est sûr. Je n'ai constaté aucun signe d'intrusion, et vous n'avez pas été épiée.

— J'en suis soulagée.

Elle posa son sac à main sur le comptoir, et fit bouffer ses cheveux.

— Vous ne fêtez pas Noël ?

— Je n'en ai pas le temps.

— Quel dommage ! Vous n'avez pas de parents ou des proches ? Quelqu'un avec qui passer cette journée si particulière ?

Sur ces mots, elle se jucha sur un tabouret pour ôter ses bottes.

— J'ai l'impression d'entendre votre amie Corie, laissa-t-il tomber.

Quand elle se pencha, il prit une de ses mèches blondes entre ses doigts mais la lâcha dès qu'elle se redressa.

— Je n'ai plus mes parents, et je suis fils unique.

Le souvenir d'Ellen sortant de la douche et rejetant ses longs cheveux bruns en arrière tenta de remonter à la surface de sa mémoire, mais il le refoula aussitôt.

— Je n'ai personne, insista-t-il.

Il saisit le bord de granite du comptoir pour juguler ses émotions.

— Spencer ? Aurais-je de nouveau touché une corde sensible ?

Sur ces mots, elle glissa sa main vers la sienne, qu'il sentit littéralement pulser au contact de sa timide caresse. Il ferma le poing et elle recula comme si elle s'était brûlée.

— Désolée…

Elle descendit de son tabouret si rapidement qu'il comprit qu'elle était blessée par sa dérobade. Pendant qu'elle se rendait dans l'entrée pour y poser ses bottes, il s'efforça de se maîtriser. Il se répéta que Bailey ne pouvait l'atteindre, du moins qu'il devait se rendre inaccessible à ses tentatives pour fissurer sa cuirasse. En même temps, il devait veiller à ce que leurs rapports quasi magnétiques ne lui fassent pas perdre sa vigilance.

— Je suis invité chez mon équipier, le soir et le jour de Noël, lui dit-il lorsqu'elle revint. Il a une grande famille, et tous me font toujours une place à leur table. Un jour, il y a longtemps, j'ai complimenté sa grand-mère, Connie, pour son gâteau aux cerises. Depuis, elle m'a adopté !

Lui faire ces confidences, c'était comme lui tendre le rameau d'olivier. Toujours sur ses gardes et lointaine, au propre comme au figuré, elle le dévisagea un moment en silence.

— Le gâteau aux cerises aurait donc attendri l'inaccessible Spencer Montgomery ? demanda-t-elle enfin. Fissuré son armure ?

Une armure qui ne semblait plus aussi solide, songea-t-il en en attribuant la responsabilité à son regard bleu.

— J'ai la réputation d'être gourmand.

— Vous avez de la chance d'avoir de si bons amis.

Elle prit dans un tiroir une paire de ciseaux pour ouvrir son paquet.

— Excusez Corie. J'espère qu'elle ne vous a pas mis mal à l'aise. Elle est très bavarde et, de plus, elle aime les hommes…

— Ah ? Vous croyez ? plaisanta Spencer.

— Mais elle a bon cœur.

Il se jucha sur le tabouret voisin du sien et la regarda déballer son colis.

— C'est agréable d'avoir une amie qui ne marche pas sans cesse sur des œufs, reprit-elle. Nous parlons de tout et de rien…

— Vous lui avez raconté ce qui vous est arrivé ? Vous lui avez parlé du procès ?

— Non. Et, si elle est courant, elle n'en a pas soufflé mot. Peut-être craint-elle que le sujet ne me soit désagréable... La plupart de mes connaissances évitent d'en parler.

— Elle m'a pourtant fait l'impression d'être à l'aise avec tous les sujets, répliqua-t-il en levant un sourcil sceptique.

Sa remarque arracha un sourire à Bailey.

— Corie a raison sur au moins un point.

— Ah bon ? Lequel ?

Elle posa les ciseaux et sortit un écrin de son paquet.

— Vous êtes charmant. Et vous le seriez davantage si vous pouviez vous départir de vos airs de... policier.

— Moi, charmant ?

— Oui. Je crois que vous l'avez vraiment conquise.

La perspective que Corie Rudolf jette son dévolu — et son énergie — sur lui le fit grimacer.

— Rappelez-moi d'être désagréable et antipathique lorsque je la reverrai.

Bailey se mit à rire et se figea en ouvrant l'écrin. Surpris par sa réaction, il jeta un coup d'œil à son contenu.

Il s'agissait d'une montre de luxe pour homme. Etincelante. Sans doute très chère.

Mais en morceaux.

Elle prit dans le paquet le bordereau de livraison et une enveloppe vert sapin.

— C'est un cadeau destiné à votre beau-père ? hasarda-t-il en espérant que la montre avait été accidentellement cassée pendant le transport.

— Je n'ai jamais commandé de montre..., déclara Bailey qui était devenue livide.

Elle lui tendit le bordereau de livraison et examina l'enveloppe.

— « Cadeau ». Voilà ce qui est écrit là. Cette carte m'est adressée, mais le nom de l'expéditeur n'y figure pas. Pourquoi m'envoyer une montre de luxe pour homme ? Et de plus, cassée… Le message me donnera peut-être des explications…

Bailey décacheta l'enveloppe et en sortit une carte de Noël. Spencer se posta derrière elle pour lire par-dessus son épaule.

« Je vous conseille d'être prudente et vigilante.

» Parce que tic-tac tic-tac, le compte à rebours a commencé… »

— Posez cette carte, Bailey ! Ne touchez plus à ce paquet ! ordonna-t-il en sortant son téléphone de sa poche.

Elle posa la carte comme si elle redoutait de la voir exploser.

— Mon Dieu, Spencer, je suis complètement paniquée !

— C'est le but !

— Mais… depuis combien de temps cette… personne m'épie-t-elle ? J'ai remarqué quelqu'un cet après-midi, dans le parking, mais cet envoi n'a pas pu être effectué aujourd'hui. Regardez la date.

Le paquet avait effectivement été expédié la veille.

— Vous avez du café ? demanda Spencer.

— Pardon ?

— Je vous demande si vous avez du café.

— Oui, bien entendu, je…

— Alors préparez-en ! l'interrompit Spencer, adoptant une attitude autoritaire pour ne pas la prendre dans ses bras.

Ce n'était pas le moment de se laisser distraire par la peur qui écarquillait ses yeux bleus et faisait trembler sa bouche. Il devait se concentrer et être efficace. Il baissa le regard sur ses pieds nus aux orteils vernis, sous l'ourlet de son pantalon de yoga, et s'efforça de trouver le juste milieu entre un comportement professionnel et une attitude compassionnelle.

— Vous allez prendre froid, Bailey, allez vite vous changer. Je vous remercie de préparer du café ; cela vous occupera l'esprit. Excusez-moi, mais je dois me mettre au travail.

Sans discuter, l'air résigné, elle acquiesça et mit la cafetière en route avant de disparaître dans sa chambre.

Il composa le numéro de Nick et, tout en attendant qu'il décroche, retira son manteau. Les éclats de rire qu'il entendit, à l'autre bout du fil, lui firent comprendre qu'il n'interrompait pas seulement un dîner, mais un moment très intime.

— Tu tombes mal, mon vieux, dit Nick, ce qui confirma ses soupçons. Que se passe-t-il ?

Jamais il ne se serait permis de déranger son meilleur ami, très amoureux et sur le point de se marier, pour des broutilles. Nick le savait et, même si toute le KCPD n'avait pas été en alerte maximale jusqu'au procès, lundi, il aurait décroché comme il venait de le faire.

— Mets le haut-parleur pour qu'Annie entende ce que j'ai à te dire.

— Une autre menace ? demanda Nick en redevenant instantanément sérieux.

Spencer fixa le colis et le message. Sans la carte de Noël, il aurait mis la montre cassée sur le compte d'une maladresse due à la précipitation lors du transport, ce qui était tout à fait plausible à cette époque de l'année.

— Oui. Par colis interposé et livré par FedEx. Il faut retrouver l'expéditeur.

— Tu es chez Bailey Austin, en ce moment ? s'enquit Nick.

— Oui.

— On y est dans vingt minutes.

Deux heures plus tard, Spencer suivait des yeux Bailey qui débarrassait, lavait la cafetière et mettait leurs quatre tasses dans le lave-vaisselle.

Elle s'était effacée pour ne pas les déranger, s'occupant l'esprit et les mains en terminant la décoration de son appartement pour Noël. Pourtant, il avait été étonnamment conscient de sa proximité, si discrète fût-elle. Bailey inutile ? Transparente ? Certainement pas ! Elle avait une présence, un charisme. Elle avait le cran d'ignorer l'opinion de sa famille, qui la surprotégeait, pour affronter son agresseur dans un tribunal. Comment pouvait-elle avoir une si piètre opinion d'elle-même ?

Depuis l'arrivée de Nick et d'Annie, ils n'avaient pas chômé. Nick et lui avaient interrogé les voisins et passé de nombreux appels, pendant qu'Annie examinait le paquet, la montre, l'enveloppe et la carte avec son kit de laboratoire pour réunir quelques indices. Nick avait aussi contacté le bureau local de FedEx pour obtenir l'identité et une photo du livreur. L'homme était un nouvel employé, ce qui n'avait rien d'exceptionnel en cette période de fêtes où l'on embauchait des livreurs en extra pour répondre à la demande. Malheureusement, les habitants de l'immeuble n'avaient pas vu ou croisé d'individu correspondant à la description pour le moins succincte que Corie Rudolf en avait faite. *Cheveux bruns. Yeux bruns. Super-mignon.*

Spencer en avait en tout cas assez entendu pour savoir que, ce soir, il ne récolterait pas davantage de réponses concluantes. Il décida donc qu'ils prendraient congé dès qu'Annie aurait rendu ses premières conclusions. Toute la soirée, il avait résisté au désir de dire à Bailey à quel point il admirait son courage, à l'envie de la serrer dans ses bras pour goûter la douceur de ses cheveux dorés ainsi que l'accord parfait de leurs corps.

En cédant à la tentation, il pouvait briser la vie de Bailey et gâcher cette enquête. Le passé ne le lui avait-il pas enseigné ?

Il cilla pour revenir à la réalité, et détourna les yeux pour accorder toute son attention à Annie.

— Que peux-tu me dire, en définitive ?

— Tu veux que je commence par la bonne nouvelle ? s'enquit Annie en brandissant le sachet en plastique scellé où se trouvait la montre cassée. C'est une montre de luxe, qui porte le nom du fabricant et un numéro de série, ce qui va faciliter la traçabilité. Nous saurons vite où elle a été achetée.

— Nous pourrons donc confirmer sa localisation et, avec un peu de chance, avoir une description de l'acheteur. Quelle est la mauvaise nouvelle ?

Annie posa le sachet dans son kit de laboratoire et retira ses gants stériles.

— La carte de Noël est banale et sans doute en vente dans toutes les carteries du pays. Il est donc impossible de savoir qui l'a achetée, où et quand. Il semblerait que l'écriture soit la même que sur les photos de cet après-midi ; nous en aurons vite la confirmation. Pas d'empreintes sur les photos. Quant au reste… eh bien, à part quelques-unes sur le paquet, il n'y a que celles de miss Austin sur l'écrin, l'enveloppe et la carte, et aucune sur la montre. Je verrai si les empreintes qui sont sur le paquet donnent quelque chose, mais j'en doute. L'expéditeur s'est montré prudent. En bref, je crains que nous n'ayons rien qui nous permette de l'identifier.

— Par conséquent, même si nous obtenons une adresse, qui sera sans doute celle d'une boîte postale, ou un numéro de téléphone, probablement faux, on ne trouvera pas l'identité de l'expéditeur.

Nick croisa les bras et jura.

L'eau dans la cuisine s'arrêta de couler, et Bailey les rejoignit.

— Avez-vous réfléchi à ce que peut signifier une montre de luxe, et en morceaux de surcroît ? Cela signifie que la Nettoyeuse est riche, mais aussi que cette montre doit avoir quelque chose que n'a pas une montre bon marché. Sinon, elle en aurait acheté une à bas prix.

— Je pense connaître la réponse…, dit Annie après quelques instants de réflexion.

Son regard passa de Bailey à Nick, pour s'arrêter sur Spencer.

— Mais elle va vous paraître insolite.

Spencer n'hésita pas.

— Je t'ai choisie pour faire partie de mon équipe parce que tu as généralement des intuitions excellentes. Alors vas-y.

Nick s'approcha d'elle pour l'encourager à poursuivre.

— Ce n'est pas la montre en elle-même qui m'inquiète…

— Alors quoi ? insista Nick.

— Il s'agit d'une montre chronographe de prestige qui dispose de deux systèmes de mesure du temps indépendants l'un de l'autre. Le premier donne l'heure, et le second permet la mesure précise de temps plus ou moins courts. Cette montre est un signe de richesse, mais c'est aussi une montre de sportif.

Bailey crispa les mains sur le torchon à vaisselle qu'elle tenait.

— Justement, une seule pièce manque, continua Annie. A votre avis, laquelle ?

Spencer lui fit signe de poursuivre, même s'il voyait Bailey pâlir.

— La minuterie fonctionnalité compte à rebours. Utile pour fabriquer une bombe artisanale. Souvenez-vous de la teneur du message joint…

7

Spencer, qui pianotait machinalement sur le comptoir en noyer du Shamrock Bar, s'interrompit pour faire signe au barman de lui servir un autre bourbon.

Ce bar de quartier, essentiellement fréquenté par des policiers, était calme ce soir. Les causes en étaient l'heure tardive, la neige qui rendait les rues glissantes et trop froides pour donner envie de s'y aventurer et, surtout, l'imminence des fêtes de fin d'année. La plupart des gens festoyaient déjà en famille ou entre amis, ou regardaient tranquillement la télévision chez eux.

Pour lui tenir compagnie, Spencer n'avait que ses pensées, un document du FBI sur la fabrication des bombes artisanales ainsi qu'un très mauvais pressentiment en ce qui concernait la sécurité de Bailey Austin.

Jake Lonergan, le malabar grisonnant qui officiait derrière le comptoir, prit la bouteille mais la posa sur le bar sans le servir.

— Ce sera ton troisième verre, Spence. Tu es d'astreinte, cette nuit ?

— Non.

— Tu conduis ?

Spencer ne répondit pas. Bien qu'il lui soit arrivé de boire plus que de raison après la mort d'Ellen, il n'avait jamais été porté sur la boisson. Nick et lui travaillaient ensemble mais n'allaient jamais prendre un verre, même après une journée particulièrement difficile ou à la fin d'une enquête. Nick passait l'essentiel de son temps libre et presque toutes ses soirées avec Annie à retaper et repeindre la vieille maison où ils envisageaient d'emménager, après leur mariage qui se déroulerait au printemps.

Quant à lui, il passait ses soirées chez lui, à lire les rapports de police, quand il ne restait pas à son bureau au commissariat ou au Shamrock où il récapitulait les événements de la journée et préparait l'emploi du temps du lendemain. C'était selon lui une habitude saine et solide qui le rapprochait de son but, à savoir la promotion qu'il espérait.

Ce soir, cependant, son addiction à son travail ne comblait pas sa solitude et sa sensation de manque. Il avait l'impression de perdre son temps.

— Tu as une affaire qui te pèse ? demanda Jake en désignant le document qu'il avait déployé sur le bar. Tiens, tu fais des recherches sur les explosifs ? Tu veux faire sauter mon bar ?

Spencer replia le papier et le rangea dans la poche intérieure de sa veste.

— Ce que j'apprécie chez toi, Jake, c'est ta propension à ne jamais t'occuper des affaires des autres.

Jake se mit à rire.

— Tu ne réussiras pas à me mettre en colère, Montgomery ! Même avec tes sarcasmes.

Il leva la bouteille.

— Bon, je t'en sers un autre ?

Spencer opina.

Jake Lonergan l'intriguait. Il avait l'attitude et les manières d'un policier, mais il tenait un bar et, bien qu'affable, il était secret. Tous deux avaient sympathisé bien avant le début de l'enquête sur le Tueur à la rose rouge. Jake avait à l'époque sauvé la vie d'une femme agressée par un individu sur lequel Spencer et ses hommes enquêtaient. Le fait qu'il ait identifié le document qu'il étudiait révélait en tout cas qu'il s'y connaissait en explosifs.

Spencer leva son verre et le reposa sans boire. Puis il sortit de nouveau son document et le tendit à Jake.

— Tu as déjà vu ce genre de truc ?

Jake prit le papier et le parcourut rapidement.

— J'aimerais te dire que non, mais je mentirais. Il s'agit d'une bombe artisanale. Tu peux trouver les instructions et les pièces pour en fabriquer une sur internet ou dans une boutique, facilement, et sans que ton achat soit enregistré et attire l'attention du FBI.

Il lui rendit le papier.

— Ce type d'explosif, en revanche, est plus difficile à obtenir, sauf si on travaille dans le BTP.

— Un mécanisme de compte à rebours est nécessaire ?

— Oui. Si tu veux contrôler quand aura lieu l'explosion, la précision est capitale. La plupart des poseurs de bombes préfèrent ne pas être dans les parages quand ça saute !

Brian Elliott s'était enrichi et avait gagné ses millions dans le BTP. Ses ouvriers et maîtres d'œuvre avaient accès au matériel et à l'explosif nécessaires pour fabriquer ce type de bombe. Comme le KCPD surveillait Elliott, muni d'un bracelet électronique, vingt-quatre heures sur vingt-quatre, ce dernier était évidemment dans l'impossibilité de faire quoi que ce soit sans attirer les soupçons. Mais il avait, dans son entourage, une complice qui entendait pousser Bailey à renoncer à témoigner en lui adressant des menaces réitérées, dans le but de saboter l'issue du procès.

La Nettoyeuse.

Il existait des douzaines de sociétés de BTP à Kansas City. Et autant de possibilités de se procurer des explosifs dans des entrepôts de matériel et des usines, ou dans l'une des bases militaires de la garde nationale des Etats-Unis.

Les pistes étaient nombreuses… Il avait encore trop peu d'éléments tangibles pour parvenir à une conclusion logique qui lui permette d'orienter son enquête sur l'auteur des menaces adressées à Bailey, voire de confirmer que le colis anonyme représentait bien une menace d'explosion.

La voix de Jake le tira de ses pensées.

— Je peux en parler à mon ami Charlie Nash de la Drug Enforcement Administration, si tu veux. Il pourrait nous dire si le FBI a eu vent d'activités terroristes récentes dans le Middle West.

Spencer secoua la tête.

— Il ne s'agit pas de ça, Jake…

Conscient qu'il devait se laisser un temps de réflexion pour ordonner ses idées et trouver une piste, il remit le papier dans sa poche.

Comme Jake venait pour une fois de dévoiler plus ou moins une partie de son passé, Spencer reprit :

— Tu as déjà songé à rempiler ? Que ce soit à la Drug Enforcement Administration ou dans d'autres services de la police fédérale ?

Jake saisit le torchon qu'il avait sur l'épaule et entreprit d'essuyer le comptoir.

— Je ne bougerai pas tant que les individus qui ont mis la vie de ma fille et de ma femme en péril ne seront pas hors d'état de nuire.

Jake avait épousé la femme qu'il avait sauvée de la mort et adopté son bébé, le tout en l'espace de quelques mois.

— Jusque-là, le plus important, c'est de protéger Robin et Emma. D'être leur garde du corps.

Un rôle que Spencer refusait désormais d'endosser. C'est pourquoi, en la quittant un peu plus tôt, il avait laissé un homme en faction devant chez Bailey, pour que la police garde désormais un œil sur elle vingt-quatre heures sur vingt-quatre, jusqu'à ce que la menace soit éradiquée et le procès terminé. Lui, il devait se concentrer sur son enquête pour démasquer la Nettoyeuse et les complices dont elle aimait s'entourer, et non sur le témoin du procureur.

— Où sont Emma et Robin ? s'enquit-il en se demandant comment Jake pouvait délaisser sa famille s'il craignait tant pour sa sécurité.

Jake replaça la bouteille sur l'étagère derrière lui.

— Avec Hope Lockhart et ton ami Pike Taylor.

En couple, désormais… Tous les hommes qu'il connaissait se forgeaient une vie privée. Sauf lui.

— Ils vont bientôt se marier, ajouta Jake, et Robin a accepté d'être le témoin de Hope. J'imagine que Pike est allé promener son berger allemand pendant que ces dames parlent invitations ou chiffons… J'ai l'impression que ce sera l'événement du siècle, mais, si jamais on prétend me faire enfiler un smoking, je ne jure de rien !

Spencer reprit son verre et y fit tourner le bourbon pendant que ses pensées le reportaient à la soirée où Ellen Vartran avait perdu la vie. Ce soir-là, il l'avait demandée en mariage, et il ne savait toujours pas si c'était par amour ou sur une impulsion. Ils faisaient l'amour sous la douche lorsque les mots lui avaient échappé.

Quand il avait été relevé et remplacé par un collègue, il était sorti un moment pour aller acheter une bague de fiançailles. A son retour, il était trop tard.

Sa mission consistait à protéger Ellen, un témoin à charge que la police avait mise à l'abri dans une maison sécurisée, et il avait échoué.

Ce drame l'avait brisé et, pendant des mois, il s'était senti bon à rien, inutile.

Inutile.

Il savait exactement ce qu'éprouvait Bailey. Il comprenait son besoin de donner un sens à sa vie, de s'élever par sa force morale et son désir de résilience.

Lui, il avait lutté contre son sentiment d'inutilité et de nullité d'abord en mettant la main sur la taupe qui avait révélé l'adresse de la maison sécurisée, puis en procédant à l'arrestation spectaculaire d'un tueur en série. La condamnation de Brian Elliott lui permettrait de retrouver un peu de paix.

Avec un soupir, il porta son verre à ses lèvres et, levant les yeux sur l'écran de la télévision, suspendit son geste.

— Jake ? Tu peux monter le son ?

Il reposa son verre et regarda les infos de 22 heures présentées par Vanessa Owen, qui évoquait le procès de Brian Elliott. Ce n'était pas la journaliste qui avait attiré son attention, mais une photo assez ancienne de Bailey Austin à l'arrière-plan. Au bras de Harper Pierce, son ex-fiancé, et vêtue d'une robe élégante, elle assistait à quelque événement mondain. Elle avait l'air innocente et insouciante. Cependant, si belle soit-elle, cette jeune femme n'était pas aussi sexy, captivante ou touchante que celle avec laquelle il avait passé une bonne partie de la soirée.

— Bailey Austin, la riche héritière, devrait témoigner au procès de Brian Elliott, le Tueur à la rose rouge présumé. La belle-fille de Jackson Mayweather a en effet été victime d'une tentative de meurtre, il y a un an, au centre de Kansas City.

La voix de Vanessa Owen trembla, comme si la compassion et la colère lui nouaient la gorge, mais il ne se laissa pas abuser par cette journaliste ambitieuse qui avait eu le front d'acculer Bailey dans le parking, hier matin.

— Miss Austin est particulièrement fragile, en ce moment. Elle aurait reçu des menaces anonymes qui mettent sa vie en péril si elle accepte de témoigner. Le KCPD et le bureau du procureur se refusent pour le moment à tout commentaire officiel, mais cette information a été confirmée par la mère de Bailey Austin, Loretta Austin-Mayweather. Comme vous le savez, le bal de Noël annuel de Mme Austin-Mayweather rassemble des millions de dollars pour ses œuvres de charité en faveur des enfants…

Spencer se leva et sortit son portefeuille.

Bailey Austin « fragile » ? En apparence seulement,

peut-être. Il suffisait que sa mère, ces maudits journalistes et le reste du monde lui donnent une chance de découvrir sa force d'âme.

— Antipathique..., marmonna Jake en baissant le son.

— Très.

Spencer posa quelques billets sur le comptoir pour payer ses trois verres, sans vider le dernier. Il se sentait les idées un peu confuses, à vrai dire. A cause de Bailey. Il prit son manteau sur le tabouret voisin.

— Tu lèves le camp ? fit Jake.

— Oui. J'ai du boulot.

Une demi-heure plus tard, Spencer se gara devant l'immeuble de Bailey. Il releva le policier de garde qui, trop content de pouvoir retourner se réchauffer au commissariat, ne se fit pas prier. Puis, après avoir posé le gobelet de café qu'il avait acheté en route sur le tableau de bord, il s'installa aussi commodément que possible derrière son volant, déboutonna son col de chemise, desserra sa cravate et enroula son écharpe de laine autour de son cou.

La neige venait de cesser de tomber, et quelques rares flocons dansaient encore nonchalamment dans la lumière des lampadaires. Les fenêtres de l'immeuble de Bailey, éclairées lors de son arrivée, s'éteignirent peu à peu, même celles de l'appartement de Bailey. Il espéra que l'épuisement lui avait fait trouver le sommeil.

Demain, il en saurait sans doute davantage. Peut-être aurait-il l'identité du livreur ainsi que la liste des employés d'Elliott et des autres sociétés de BTP de la région ayant accès à des explosifs. Le laboratoire de police aurait peut-être aussi de bonnes nouvelles à lui communiquer.

Pour l'instant, il n'avait d'autre mission que de s'assurer que Bailey passe une nuit tranquille. Il se carra mieux dans son siège pour avoir les accès de son immeuble et ses fenêtres dans son champ visuel.

Il avait froid, il était fatigué, il portait les mêmes vêtements depuis bientôt vingt-quatre heures et, enfin, il n'avait pas assez de place pour étendre ses jambes.

Mais c'était le seul moyen pour lui de trouver la paix intérieure.

Spencer ouvrit un œil alors qu'un soleil timide jetait sa pâle lueur sur un paysage figé par le froid, la neige et le gel.

Il prit machinalement son gobelet de café froid, le reposa, s'étira et consulta sa montre. Dans environ deux heures, il devait être au bureau. Il avait dormi une vingtaine de minutes, mais ce serait suffisant. Cela dit, naguère, il ne s'assoupissait jamais pendant une mission de surveillance.

Hier soir, il était venu sur un coup de tête, comme s'il pouvait réparer l'erreur d'un passé à jamais révolu. Résultat, il avait un mauvais café à portée de main, les yeux bouffis à cause du manque de sommeil, et une crampe persistante à la jambe.

Il regarda de l'autre côté de la rue et vit des rais de lumière entre les persiennes de la chambre de Bailey. Etait-elle réveillée depuis longtemps ? Avait-elle des projets, pour se lever si tôt ? Quel était son programme de la journée ? Un autre entretien d'embauche, ou envisageait-elle d'aider sa mère à mettre la dernière main à l'organisation de son bal ? Il retira ses gants et se frotta le menton, pensif. Les menaces de la veille l'avaient peut-être empêchée de dormir, à moins qu'elles n'aient envahi son sommeil de cauchemars ? Peut-être faisait-elle les cent pas en se demandant qui contacter à une heure si matinale.

— Ah ! Bailey…, lâcha-t-il dans un grand soupir qui embua sa vitre de portière.

Il se rendit compte, avec un temps de retard, qu'il avait

posé la main sur son cœur, juste au-dessus de la poche où se trouvait son téléphone.

— Du calme, Montgomery ! s'intima-t-il.

Le plus sage aurait été d'aller dormir une petite heure avant de prendre son service, car le manque de sommeil lui faisait perdre la tête et espérer un appel de Bailey.

Il se redressa et détendit ses jambes tout en effaçant la buée sur la vitre de sa portière.

C'est alors qu'il aperçut un homme qui cherchait à entrer par la porte latérale de l'immeuble de Bailey. Il portait un pantalon, une parka et une casquette noirs, était bâti comme une armoire à glace, et secouait la poignée en regardant par les fenêtres de chaque côté.

Spencer sortit son téléphone pour appeler du renfort, puis se ravisa. C'était peut-être un habitant de l'immeuble qui s'était enfermé dehors… A moins qu'il ne s'agisse d'un employé chargé de l'entretien et qui, venu déneiger les abords de l'immeuble, avait oublié sa carte magnétique…

Il décida d'attendre et de l'observer avant de passer à l'action.

Après un regard furtif de part et d'autre puis en direction du parking, l'inconnu rebroussa chemin dans la neige, qui lui arrivait aux genoux. Une fois devant l'entrée principale, il recommença son manège, agitant la poignée de la porte et regardant par les fenêtres qui se trouvaient de part et d'autre.

Le doute gagna Spencer. Il déboutonna son manteau et mit son badge en évidence sans quitter l'homme des yeux. Il écarta les pans de sa veste, prêt à prendre son arme dans son holster, puis remit ses gants, sans perdre de vue les agissements de l'individu.

Quand celui-ci souleva sa parka, Spencer avisa un étui à la taille. Contenait-il un téléphone portable ? Une arme ? Inquiet à présent, il ouvrit sa portière mais, ankylosé et glacé par le froid, il dut attendre quelques instants, le temps de s'acclimater à la température. Il scruta la rue, des deux côtés, et constata qu'elle était déserte, comme le parking. Il ne repéra même pas un chasse-neige ou un employé de la voirie en train de dessaler les trottoirs ou d'y jeter de la cendre. Il n'y avait que lui et cet homme peut-être dangereux, au visage masqué par des lunettes miroir, qui tentait de s'introduire dans l'immeuble de Bailey.

L'individu laissa retomber les pans de sa parka sans avoir pris ce que contenait son étui. Avait-il perçu sa présence ? Se savait-il épié ? Il se mit à regarder autour de lui.

Spencer resta immobile afin de ne pas attirer l'attention dans sa direction. Enfin, comme s'il avait conclu que la voie était libre, l'homme dévala les marches et s'approcha de l'une des fenêtres. Spencer sortit discrètement de sa voiture, traversa la rue et s'accroupit derrière un pick-up. Après avoir dégainé son arme, il se redressa légèrement pour ne pas perdre l'individu de vue.

L'homme s'arrêta au pied de l'escalier de secours, déblaya la neige pour se ménager un espace, puis posa le pied sur la première marche. Après un dernier coup d'œil autour de lui, il commença à monter.

N'hésitant plus, Spencer se précipita aussi vite que le lui permettait la couche de neige.

— Police ! Mains sur la tête !

— Pardon ?

L'homme redescendit les échelons de l'escalier de secours et se retourna.

Spencer braqua son Glock sur lui.

— J'ai dit, mains en l'air.

— Baissez votre arme ! s'exclama l'homme qui, au lieu d'obtempérer, souleva le bas de sa parka.

— Mains en l'air ! Face au mur !

— Vous vous trompez, inspecteur !

Il ne leva qu'une main et, de l'autre, fouilla dans sa poche.

— Je vais vous montrer mes papiers.

Il était jeune et musclé, mais il était plus râblé et sans doute moins rapide que lui.

Spencer le plaqua contre le mur de brique, tout en appuyant son Glock à la base de sa gorge pendant qu'il le fouillait. Il sentit un téléphone portable et un holster dont il sortit une arme.

— N'est-ce pas plutôt votre arme que vous cherchiez ?

L'homme garda ses mains sur le mur mais protesta.

— J'ai un permis de port d'arme pour ce Sig Sauer 2022. Je suis garde du corps. Mes papiers sont dans ma poche de devant. Je vérifiais la sécurité de cet immeuble.

Après avoir mis le Sig Sauer dans sa ceinture, Spencer menotta l'homme puis rangea son Glock dans son holster.

— Vous portez une arme de dotation réglementaire du FBI mais vous ne connaissez pas l'immeuble que vous êtes chargé de surveiller ? Et vous n'y aviez d'autre moyen d'accès que l'escalier de secours ? Vous vouliez monter au deuxième étage ? Pour vous introduire chez un particulier ?

— Pas du tout !

Le prétendu garde du corps protesta de nouveau lorsque Spencer lui arracha ses lunettes miroir et releva la visière de sa casquette. Yeux et cheveux bruns. Il correspondait à la description, vague, du livreur de FedEx donnée par Corie Rudolf.

— C'est la première fois que vous venez ici ?

Spencer lut le nom sur ses papiers avant de reprendre :

— Monsieur Duncan ?

— Je travaille pour Zeiss Security !

Duncan lui lança un regard ombrageux qui aurait impressionné tout autre que lui.

— Ma présence ici est légitime. Alors relâchez-moi !

— Vous n'avez pas répondu à ma question, insista Spencer en remettant les papiers de Max Duncan dans sa parka.

Etait-ce sa véritable identité ? Annie Hermann avait failli être tuée par un homme qui s'était fait passer pour un policier, afin d'avoir accès à une scène de crime. Il ne voulait pas prendre un nouveau risque et être victime du même mode opératoire.

— Jusqu'à ce que j'aie la preuve que vous êtes bien celui que vous prétendez être, je me fiche de vos papiers.

Il poussa donc Max Duncan vers l'entrée de l'immeuble. Ce dernier se dégagea pour gravir les marches sans son aide.

— Sonnez à l'appartement 10. Sa propriétaire témoignera en ma faveur.

L'appartement de Bailey ?

Spencer appuya plutôt sur le Digicode de l'appartement 12.

— Oui ? fit au troisième coup une voix ensommeillée.

— Miss Rudolf ? Ici Spencer Montgomery, du KCPD. Nous nous sommes rencontrés hier soir.

— Ah oui ! Le bel officier de police ombrageux qui ne sort pas avec Bailey. Entrez !

La porte s'ouvrit.

Enervé par l'attitude flirteuse de Corie, Spencer poussa Duncan dans le hall puis dans l'escalier.

— Je vous répète que je m'appelle Max Duncan ! Appelez mon patron, M. Zeiss. Je suis garde du corps pour un particulier ! Mes papiers ne sont pas des faux.

— Chaque chose en son temps.

Corie Rudolf ouvrit sa porte au moment où ils s'approchaient.

— Bonjour, monsieur l'inspecteur de police ! Vous êtes bien matinal !

Elle se tut brusquement et noua plus étroitement la ceinture de son peignoir rose en avisant Max Duncan.

— Vous amenez de la compagnie ?

Spencer crut voir un éclair traverser son regard, comme si elle le reconnaissait.

— C'est lui qui a livré le colis de Bailey, hier ? demanda-t-il. Avez-vous déjà vu cet individu ?

— Possible, répondit-elle après une brève hésitation.

Spencer la dévisagea, perplexe. Etait-elle en train de lui dire ce qu'il avait envie d'entendre ?

— Oui oui ! C'est lui ! reprit-elle soudain. Où est votre uniforme ? Il vous allait si bien ! Vous avez une autre livraison pour moi ?

Elle sourit et tendit la main à Duncan.

— Nous n'avons pas eu le temps de faire les présentations, hier. Je m'appelle Corie.

Duncan regarda la main tendue, agita ses menottes et secoua la tête.

— Ecoutez, mademoiselle, nous…, commença Spencer.

Au même instant, la porte de l'appartement 10 s'ouvrit. Spencer se retourna, et s'interposa entre Bailey et Max Duncan.

— Spencer ? fit Bailey, surprise.

Elle portait un pyjama, pantalon noir et veste vert tilleul, et avait enroulé une serviette de toilette autour de sa tête. Elle sortait manifestement de la douche. Par-dessus la chaîne de sécurité, elle regarda l'homme qu'il avait menotté.

— Max ? s'exclama-t-elle avant de refermer rapidement la porte pour retirer la chaîne de sécurité. Que se passe-t-il ? Pourquoi avez-vous des menottes ?

— Votre beau-père veut que je garde un œil sur vous !

Il essaya de se dégager, mais Spencer le retint fermement.

— Vous pouvez dire à ce flic que je ne suis pas un criminel ?

Bailey ouvrit la bouche et la referma. Puis elle prit une grande inspiration.

— C'est bon, Spencer. Max travaille pour Zeiss Security. Qui travaille pour Jackson.

— Ah bon ? Vous n'êtes donc pas le livreur ? intervint Corie qui s'était rapprochée en saluant Bailey d'un geste. Mon Dieu ! On est en danger ? Que se passe-t-il, Bails ?

— Lisez donc les nouvelles de temps en temps, au lieu de flirter, Corie ! riposta Spencer.

Il se mettait rarement en colère, mais là, il était furieux. La fatigue lui faisait sans doute perdre patience trop vite.

— Pardon ?

— Spencer ! lança Bailey d'un ton de reproche.

Puis son regard bleu interrogateur chercha le sien.

— Désolé, dit-il d'un ton bref.

Un silence s'écoula pendant qu'elle remarquait sa tenue en désordre, ses cheveux ébouriffés, ses chaussures détrempées par la neige et, surtout, sa mauvaise humeur.

Enfin, elle tapota la main de sa voisine et amie, et sourit.

— Désolée si on t'a réveillée, Cor. Tout va pour le mieux. J'ai… j'ai travaillé pour le bureau du procureur sur un projet de… enfin bref… et le… l'inspecteur Montgomery m'aide. Max est… un vieil ami. Retourne te coucher, Corie. Je te promets que ces deux-là ne se disputeront plus devant chez toi de si bon matin !

— Bah ! Ce n'est pas grave ! Je suis contente que tout aille bien, déclara Corie avant de tourner les talons pour rentrer chez elle, un sourire aux lèvres. En tout cas, je suis ravie d'avoir fait votre connaissance, Max.

Une fois qu'elle eut refermé la porte de son appartement, Bailey fit entrer les deux hommes chez elle. En passant devant eux pour se rendre dans la cuisine, elle jeta un regard aux menottes de Duncan.

— A moins que vous ne vouliez vraiment arrêter Max, elles ne sont pas nécessaires.

— Merci…, dit Duncan en lui tendant les poignets.

— Vous ne saviez pas qu'il venait ce matin, ni pourquoi ? demanda Spencer, l'ignorant.

Comme Bailey secouait la tête, il lui montra le téléphone.

— Appelez votre beau-père. Je veux qu'il me confirme vous l'avoir envoyé.

Duncan jura.

Elle retira sa serviette de toilette et passa les doigts dans ses cheveux humides.

— Vous allez enfin m'expliquer ce qui se passe ?

— Après. Quand la situation sera claire. Alors appelez vite Jackson Mayweather.

Cinq minutes plus tard, Spencer était rassuré, mais il commençait à avoir la migraine et avait toujours le sentiment qu'il se passait quelque chose d'anormal. Soit Max Duncan n'était pas celui qu'il prétendait être, soit Corie Rudolf mentait. Ils ne pouvaient pas avoir tous les deux raison.

Et l'un comme l'autre étaient trop proches de Bailey.

— Avez-vous remis un paquet destiné à miss Austin à sa voisine, hier ? s'enquit-il en retirant enfin les menottes à Duncan.

Une fois que ce dernier fut libre, il se frotta les poignets en le regardant comme s'il avait envie de le frapper.

— Je veux mon arme.

— Et moi, ma réponse.

Conscient qu'il n'aurait pas le dernier mot, Duncan retira sa casquette et fit un mouvement de la main vers l'appartement de Corie.

— Je ne sais pas de quoi cette folle parlait ! Si je ressemble à quelqu'un qu'elle est censée connaître, c'est son problème. Mon boss m'a demandé d'assurer la sécurité de la belle-fille de Jackson Mayweather. Je dois la suivre comme son ombre et surveiller son appartement. Je me familiarisais avec le plan de l'immeuble et en testais les accès, quand vous m'avez sauté dessus.

C'était plausible, mais Spencer restait méfiant.

— D'autres personnes de chez Zeiss surveillent miss Austin ?

— Oui, depuis une semaine déjà. Depuis qu'elle a rencontré le procureur.

— Une semaine ?

Bailey, qui avait pâli à ces derniers mots, s'approcha de Spencer et reprit à l'intention de Duncan :

— Vous me suivez depuis huit jours ? Avez-vous une voiture noire ?

Duncan la regarda, manifestement déconcerté.

— Non, j'ai un pick-up.

Elle jeta un regard angoissé à Spencer.

— Spencer ! La montre !

La montre avait été envoyée dans le courant de la semaine.

— Je veux le nom de toutes les personnes assignées à la sécurité de miss Austin, avec photo d'identité et immatriculation de leurs véhicules personnels ainsi que de ceux de la société Zeiss. Si vous avez des rapports d'activité relatifs à la semaine dernière, où miss Austin a été sous votre surveillance, je les veux également. Vous pouvez me les envoyer par e-mail au commissariat central du KCPD.

Spencer sortit sa carte et la tendit à Duncan.

— Je dois demander l'autorisation à mon supérieur.

— Non. Vous obtempérez. Tout de suite. Sinon, je rappelle Jackson Mayweather pour lui dire quel boulot minable votre équipe a fait depuis une semaine. Hier, miss Austin a reçu des menaces, et elle a été épiée et traquée. Soit le personnel de chez Zeiss est incapable d'assurer convenablement sa sécurité, soit c'est vous qui, par maladresse, lui avez fait peur.

Duncan sortit son téléphone.

— Désolé, miss Austin… On va tout arranger.

Avec un hochement de tête, Spencer lui rendit son Sig Sauer.

— Soyez prudent.

— Je connais mon boulot, grommela Duncan.

— Alors je vous conseille de mieux le faire, riposta Spencer.

Il prit le bras de Bailey pendant que Duncan passait son appel.

— Venez, il faut que je vous parle, murmura-t-il.

Il l'entraîna dans le salon.

— Vous pensez que c'est un homme de l'équipe de sécurité de M. Zeiss qui m'a suivie, hier ? demanda-t-elle.

Spencer esquissa une moue sceptique.

— C'est possible. Mais ça n'explique pas les photos avec les menaces.

— A moins que la Nettoyeuse n'ait un complice parmi eux…

— Je vais étudier la question dès que je serai au commissariat.

Terrorisée, Bailey recroquevilla ses orteils sur la moquette beige et s'enveloppa dans ses bras.

— Vous avez bien dit qu'elle s'entourait de complices, n'est-ce pas ?

— C'est exact.

Il ne pouvait la regarder sans avoir envie de la serrer dans ses bras et de la rassurer avec des promesses qu'il craignait de ne pas pouvoir tenir. Pour combattre ses élans, il regarda le plafond et soupira avant de reporter son attention sur son visage encadré par ses cheveux encore humides. Ainsi, ils étaient un peu plus foncés, remarqua-t-il, ce qui donnait à ses traits plus de douceur et davantage de vulnérabilité.

Il se maudit d'avoir un tel don d'observation et le sens du détail. Sans compter la fatigue qui devait affaiblir sa volonté.

Il prit une grande inspiration et la regarda droit dans les yeux.

— Je vais me renseigner sur Zeiss et m'assurer que ses employés sont irréprochables. Je vais aussi vérifier leurs comptes bancaires.

— Vous finirez par retrouver la Nettoyeuse.

— Avant qu'elle ne vous retrouve, j'espère, grommela-t-il. Je la chercherai inlassablement, je vous le jure.

— Je sais.

Elle sourit.

— Vous êtes dans un état… Si vous pouviez vous voir !

La voyant lever les mains vers son col, il s'efforça de rester impassible. Elle reboutonna les deux boutons de sa chemise, puis ajusta le nœud de sa cravate. Ce faisant, elle effleura doucement mais fermement son cou. Lorsqu'elle prit tout à coup son visage entre ses mains, Spencer, comme paralysé, ne trouva pas la volonté de reculer.

— On dirait que la nuit a été longue… Vous voulez du café ? Un bon petit déjeuner ?

— Non, merci.

— Comment se fait-il que vous ayez été là ? reprit-elle en lui caressant doucement la joue, comme si elle voulait y atténuer la crispation qu'elle devait percevoir.

Il fit un signe vers la porte.

— J'ai cru que Duncan voulait entrer par la force dans votre immeuble. Vous êtes certaine qu'il est digne de confiance ?

— Oui. Je le connais depuis deux ans. Son superviseur travaille pour la société de Jackson depuis mon adolescence. Les hommes de Zeiss assurent la protection de la propriété de maman et de Jackson, leur servent de gardes du corps quand ils rendent visite à des personnalités ici ou à l'étranger. Je suis sûre qu'ils seront également présents au bal de samedi, pour assurer la sécurité des invités.

Elle laissa retomber ses mains.

— Que faites-vous ici, Spencer ? Vous avez passé la nuit devant chez moi ?

Répondre, c'était reconnaître l'évidence. Il s'y refusait. Il resta silencieux, mais prit ses mains dans les siennes.

— Pourquoi votre beau-père ne vous a-t-il pas dit que des gardes du corps assuraient votre sécurité ?

— Il ne voulait peut-être pas interférer avec ma quête d'indépendance… Ou, plus vraisemblablement, il n'a pas voulu m'inquiéter. Ou angoisser ma mère. Vous avez bien vu qu'elle souffre parce que je veux témoigner au procès, lundi.

— Elle souffre ? Mais enfin, c'est vous qui avez failli mourir !

— Ma mère ne comprend pas ma combativité.

Elle recula et se passa la main dans les cheveux.

— Elle ne veut plus entendre parler de ce procès ni s'inquiéter pour moi. Tout ce qu'elle désire, c'est s'occuper de ses galas de charité et de la décoration de son intérieur. Ne soyez pas trop dur avec elle, Spencer. Elle est assez faible.

— Il n'empêche qu'elle a informé la presse des menaces que vous avez reçues. Vous êtes au courant ?

— Oui, j'ai regardé les informations hier soir. Mère m'a expliqué que Vanessa Owen l'avait contactée.

Elle frissonna et, de nouveau, s'entoura de ses bras.

— Vanessa a fait valoir un argument de poids : mentionner mon nom, c'est faire de la publicité à un bal dont ma mère veut faire le plus grand événement mondain de la fin d'année.

La Nettoyeuse travaillait le plus souvent dans l'ombre, piégeait ses victimes au moment elles étaient seules et vulnérables, mais Spencer répugnait aussi à ce que Bailey soit le centre de l'attention. Même si tous les vigiles et gardes du corps de Zeiss Security étaient mobilisés pour assurer la sécurité lors du bal, il y aurait trop de monde à surveiller, trop de possibilités de perdre Bailey de vue, et donc autant d'occasions pour la Nettoyeuse de s'en prendre à elle.

— Jackson a eu une bonne idée, en vous plaçant sous surveillance permanente, parce que je ne peux pas être tout le temps à vos côtés.

Sa voix avait été dure. Elle pâlit.

— Vous avez tout de même été là pendant toute la nuit…

En prenant conscience de l'ambiguïté de sa phrase, elle esquissa un pâle sourire qui n'atteignit cependant pas son regard qui resta désolé.

— Enfin, je veux dire, vous avez monté la garde…

Surpris par un afflux soudain d'émotions, il mit un temps à répondre et, dans son effort pour se contrôler, il fut plus brusque qu'il ne l'aurait voulu.

— Je parle de votre sécurité sur le long terme, Bailey. C'est ma priorité absolue, mais je dois boucler mon enquête et c'est pourquoi je ne peux pas être votre garde du corps.

— Je n'ai pas demandé à ce que…

— Si jamais la Nettoyeuse ou l'un de ses complices vous retrouve, souvenez-vous de la leçon d'autodéfense que je vous ai donnée. Frappez sur le nez, la gorge, le ventre et l'entrejambe. Battez-vous. Ne cessez jamais de vous battre.

Sur ces mots, il lui prit les mains et les porta à son nez et à son cou pour illustrer son propos. Le calme et la bravoure dont elle faisait preuve l'émurent.

— Vous n'êtes pas comme votre mère, Bailey. Vous êtes forte. Vous serez vigilante. Vous êtes capable de vous prendre en main.

— Donc je suis responsable de ma propre sécurité. Je vais recontacter Jackson. Je veux connaître chacune des personnes de Zeiss Security désormais assignées à ma sécurité, afin qu'il n'y ait plus aucun malentendu.

Les larmes lui étaient montées aux yeux, mais elle essayait de les refouler.

— Merci pour tout, Spencer. Merci d'être venu quand j'ai eu besoin de vous. Je ne vous embêterai plus.

— Vous interprétez mal mes propos, dit-il, sans lâcher ses mains. Si vous avez besoin d'un policier, je serai là. Vous pouvez m'appeler quand vous voulez. Seulement, je ne peux…

— Ne vous justifiez pas, j'ai compris.

Elle se dégagea et essuya une larme au coin de ses yeux.

— Je sais que je ne suis pas une sinécure et que vous avez d'autres chats à fouetter. De plus, je ne suis pas votre type de femme et vous avez votre vie. Quelle qu'en soit la raison, vous ne voulez pas que nos rapports deviennent trop personnels. Même si…

Bailey se tut, mais elle en avait assez dit. Surtout, elle avait enfin fait allusion à l'attirance qui existait entre eux depuis le premier jour et dont ils étaient tous deux conscients. Une attirance qui n'avait jamais pu se concrétiser et les conduire vers une relation plus intime.

Question de timing, sans aucun doute…

A l'époque où ils avaient fait connaissance, il était endeuillé par la mort d'Ellen et Bailey était fiancée. Maintenant, il concentrait ses efforts sur son enquête et elle avait besoin de temps, de patience et de beaucoup de tendresse pour surmonter son traumatisme. Leur relation avait atteint son point d'orgue avant même de se développer.

Une autre larme coula sur sa joue qu'il essuya avec son pouce.

— Je suis désolé, murmura-t-il.

Il prit son visage en coupe.

— Travail et relations ne sont pas compatibles. J'ai beaucoup perdu, autrefois, Bailey, et vous avez besoin de plus que je ne peux vous donner. Vous êtes unique et c'est vrai, vous m'attirez, mais…

Ses larmes faisaient étinceler ses yeux bleus si clairs et cependant assombris par une douleur sans fond. Il eut le cœur serré, d'autant qu'il se rendait bien compte qu'il ajoutait à sa détresse. Il déposa un baiser sur son front et y laissa un instant les lèvres, savourant la chaleur de sa peau, la senteur ensoleillée de ses cheveux. Sa beauté et sa douceur.

Elle aurait pu se contenter d'acquiescer, et il aurait reculé, puisque tout était dit, mais elle embrassa le coin de ses lèvres.

— Merci pour tout, Spence, souffla-t-elle.

Elle avait une bouche exquise, douce et sexy. Il rassembla

toute son énergie pour résister au désir de l'embrasser. Elle attendit sans bouger, et il sentit son souffle tiède se mêler au sien, devenu plus rapide.

Alors il rendit les armes, et l'embrassa en enfonçant ses doigts dans sa chevelure. Il sentit aussitôt ses seins contre son torse tandis qu'elle se blottissait dans ses bras, déclenchant en lui un désir d'autant plus fulgurant qu'il existait peut-être depuis leur toute première rencontre. Il y céda, caressant de la pointe de la langue l'arc de ses lèvres, qui s'entrouvrirent. Avec un soupir qui marquait sa propre capitulation, Bailey lui rendit son baiser.

Il embrassa ensuite le bout de son nez, puis le coin de ses yeux où il recueillit ses dernières larmes. Mais cela ne lui suffit pas, car elle noua ses bras autour de sa taille et se serra davantage contre lui. Alors, de nouveau, il l'embrassa, se plaquant à elle afin de sentir son corps dont il aimait la sensation contre le sien.

Il ne se lassait pas d'étreindre Bailey qui se cramponnait à lui, se donnait déjà à lui, le suppliant en silence de ne pas s'arrêter.

Leur baiser aurait pu — aurait dû — apaiser sa tension. Or ce fut le contraire. Son cœur et son corps étaient soumis à la volonté de Bailey.

Mais il ne pouvait l'aimer et, en même temps, la protéger.

Faisant appel à toute sa volonté, il s'arracha à leur baiser et recula légèrement. Bailey recula aussi, s'adossa au mur et posa les mains sur ses épaules. Elle était comme lui hors d'haleine et son regard exprimait une surprise égale à la sienne.

— Je n'avais pas…, commença-t-elle.

Puis elle lissa sa cravate et laissa retomber ses mains à regret. Il posa son front contre le sien pour la regarder droit dans les yeux.

— Tu n'avais pas quoi ?

— Je n'avais pas embrassé un homme depuis… la nuit où j'ai failli perdre la vie.

Depuis la tentative de meurtre.

Bon sang ! Et lui qui l'avait serrée dans ses bras comme une brute ! Il aurait pu lui faire peur, lui rappeler les coups de Brian Elliott. Mais elle lui adressa un sourire en coin, comme si elle lisait dans ses pensées et lui signifiait qu'il ne devait pas avoir de regrets.

— Je croyais que jamais plus je n'accepterais le contact d'un homme sans redouter qu'il me frappe, mais je n'ai jamais autant désiré et aimé un baiser. Je renais enfin, Spence…

Il renonça à lui dire ce qui, tout compte fait, n'aurait été que des banalités, par exemple qu'elle méritait un autre que lui, ou que lui aussi avait aimé leur baiser. Au lieu de cela, il pensa plutôt à Ellen Vartran et à la peur qu'il avait de perdre Bailey comme il avait perdu la première femme de sa vie. Il la voyait déjà agonisant dans ses bras tandis qu'il faisait des promesses impossibles…

Il posa le doigt sur ses lèvres pulpeuses.

Il devait s'en aller tout de suite, sinon il était perdu. Refoulant ses émotions, il recula.

— Tout ira bien, Bailey. Mes hommes retrouveront la trace de l'individu qui t'a épiée et qui a pris les photos. Je vais passer en revue chaque employé de la société avec laquelle ton beau-père travaille. Nous arrêterons la Nettoyeuse. Tout ira pour le mieux, je te le promets. Justice sera faite.

Bailey ouvrit de grands yeux. Elle venait de lui faire le plus beau compliment que puisse désirer un homme et non seulement il se comportait comme s'il ne l'avait pas entendu, mais il lui parlait froidement, comme s'il adressait un rapport à son supérieur.

Humiliée, elle détourna le regard.

— Entendu. Alors à lundi, au tribunal.

— A bientôt, Bailey. Enferme-toi dans ton appartement. Sois prudente.

Elle opina.

— Oui. Evidemment. Au revoir.

8

— Ça suffit, Brian. Reste tranquille !

Elle donna une tape sur la main de son amant en train de gratter sa cheville irritée par le port de ce maudit bracelet électronique qui permettait au KCPD de le suivre à la trace.

Là-dessus, elle imbiba un morceau de gaze de désinfectant, et retroussa la jambe de son pantalon de pyjama. Brian poussa un gémissement de douleur quand elle l'appliqua sur les écorchures.

— Pauvre Brian ! dit-elle compatissante, en jetant un coup d'œil au réveil sur la table de nuit.

Son acolyte avait intérêt à téléphoner maintenant. Les flics n'étaient pas les seuls à surveiller leur prochain ! songea-t-elle en souriant intérieurement.

Brian serra les poings tandis qu'elle ouvrait un tube de baume cicatrisant.

— J'en ai assez ! Il faut en finir !

— Patience…

Elle passa un peu de baume sous le bracelet.

— Il faut prouver au juge ton désir de coopérer. Tu dois être patient, si tu veux la victoire.

— Au moins, si je vais en prison, je n'aurai plus besoin de porter ce foutu machin !

Oui, mais en prison il devrait partager une cellule avec un ou plusieurs détenus, ainsi que des toilettes près des lits. Obsédé par l'ordre et la propreté, il ne survivrait pas longtemps à une telle promiscuité.

Cependant, elle ne s'inquiétait pas ; elle avait un plan.

— Tu n'iras pas en prison.

Il continuerait à vivre dans la suite penthouse de cet hôtel, ou d'un autre palace, avec elle, et sans une voiture de police postée sous leurs fenêtres.

— Bientôt, ce sera fini.

Le regard de Brian fouilla le sien, cherchant la preuve de ses allégations.

— Mais… si Bailey Austin témoigne…

— Bailey Austin ne témoignera pas !

Dans leur couple, elle avait toujours été la voix de la raison. Brian était le brillant architecte, l'homme d'affaires innovant et visionnaire. Un grand idéaliste ! Elle était son second, fidèle et dévoué, qui accomplissait les tâches les moins ragoûtantes et aplanissait les difficultés devant lui. En dépit de tout, de ses sautes d'humeur, de ses caprices et obsessions, elle l'aimait à la folie.

Elle effleura ses lèvres.

— J'ai promis de m'occuper de toi et je tiendrai ma promesse.

Il la repoussa.

— Je ne suis pas un enfant !

Non, bien entendu. Brian Elliott était un grand homme. Un génie méconnu. Depuis des années, ils entretenaient une liaison secrète, et le lien qui les unissait était puissant, indestructible. Leur histoire était houleuse, un mélange d'amour et de haine, mais jamais personne n'avait eu autant besoin d'elle que Brian Elliott. Et, pour lui, elle était capable de tout.

Le téléphone sonna enfin. Elle se leva et noua la ceinture de son peignoir.

— C'est sans doute l'appel que j'attendais.

Elle décrocha.

— Oui ?

— Spencer Montgomery du KCPD est revenu chez elle.

— Je vois.

Elle prit un air détendu et souriant pour ne pas alerter Brian, si prompt à s'énerver. Pour autant, il ne lui prêtait pas attention. Il s'était mis à étudier un projet de construction.

A elle de jouer, maintenant, pensa-t-elle. Elle avait la main, et se sentait investie d'un pouvoir immense quand il lui prouvait à quel point il l'aimait et lui était reconnaissant de ce qu'elle faisait pour lui.

— Il est toujours là ?

— Non. Il est parti. Il semblait mécontent. Elle aussi.

Qu'importe, du moment que le policier était loin de Bailey Austin.

Elle croisa les bras et se détourna.

— Où est Bailey Austin ?

— Chez elle. Vous voulez que je continue ? Que je la surveille ?

Son acolyte hésitait. Mauvais signe.

— Le procès commence dans trois jours… Si vous n'avez pas réussi à l'intimider, c'est fichu. Elle est peut-être plus solide que vous ne le pensez, et votre plan échouera.

Erreur ! Ses plans n'échouaient jamais.

— Vous continuez de la tenir à l'œil en m'informant précisément de ses faits et gestes, mais vous allez passer à la vitesse supérieure. Cet après-midi.

— Ecoutez, je ne sais pas… Ça me déplaît.

Des scrupules ? Voilà un problème inattendu ; d'habitude, on lui obéissait au doigt et à l'œil. Aucune importance. Dans la plupart des cas, ses acolytes étaient facilement interchangeables. Cela dit, étant donné les circonstances, le timing était crucial et cet acolyte était dans la position idéale pour exécuter ses ordres. En recruter un autre prendrait du temps, et Brian n'en avait guère.

— Vous préférez que je divulgue aux tabloïde votre nom et celui du club où vous avez travaillé ? Que je leur dise que vous avez dénoncé les connexions que cet établissement entretient avec le crime organisé ? Etablissement par ailleurs fréquenté par des célébrités que vous avez fait chanter et qui vous en gardent rancœur ? Quelle histoire juteuse pour la presse à sensations ! Et, plus encore, pour le milieu, qui ne vous épargnera pas !

Elle se tut, afin de laisser sa menace bien pénétrer l'esprit de son interlocuteur.

— J'ai le numéro de nombreux journalistes. Il me suffit de presser sur une touche raccourci.

Le long silence, à l'autre bout du fil, signifiait que son acolyte pliait et lui était acquis. Il n'y avait rien de tel que connaître les petits secrets d'autrui.

— D'accord. Qu'attendez-vous de moi au juste ?

Un vent mordant balayait Mont Washington Cemetery, mais Spencer y était indifférent. Une bourrasque poussa contre la stèle qu'il venait de déneiger la rose jaune qu'il avait déposée sur la tombe devant laquelle il se recueillait.

Ellen Vartran était morte assassinée à vingt-sept ans.

Bailey avait un an de moins, songea-t-il, se sachant incapable de revivre l'épreuve de perdre une femme qu'il…

Même en pensée, il s'interdit de formuler le verbe « aimer », qu'il avait rayé de son vocabulaire. Pourtant, il avait embrassé Bailey amoureusement…

Il avait cédé à un désir, été le jouet de ses émotions et avait commis une erreur qu'il ne répéterait plus. Dans ce but, il devait conserver sa lucidité et se concentrer uniquement sur la Nettoyeuse et sur l'issue du procès de Brian Elliott.

L'amour n'avait pas sa place dans ce programme.

Un froid, dont ni son écharpe ni son manteau ne pouvaient le protéger, l'envahit.

— Pourquoi, Ellen ? murmura-t-il en enfonçant ses mains dans ses poches et en se demandant comment la dernière nuit dans la maison sécurisée avait pu avoir une issue aussi tragique.

Il avait manqué de discernement ; il n'avait pas compris qu'Ellen ne voulait plus témoigner contre les criminels complices de son frère. Un policier plus vigilant aurait remarqué ses regards obliques et se serait aperçu que son téléphone n'était plus dans sa poche de jean mais sur la pile de ses vêtements. Ellen ne lui avait pas fait assez confiance, avec raison sans doute… Fou amoureux, il n'avait pensé qu'à elle et oublié le reste.

Le plus important.

— Pourquoi l'as-tu contacté, Ellen ? soliloqua-t-il de nouveau.

Un bruit de moteur interrompit ses sinistres méditations et lui fit faire volte-face. Souffleté par le vent du nord, il cligna des yeux et reconnut la Jeep de Nick Fensom, qui se garait derrière sa voiture. Annie était avec lui, et tous deux semblaient avoir une discussion assez vive, qui se conclut par un baiser impétueux de Nick. Alors, avec un sourire complice et un mouvement de la tête, Annie fit signe à son fiancé de descendre de voiture puis tourna les yeux vers lui pour lui adresser un petit salut auquel Spencer répondit.

Nick resserra son écharpe grise autour de son cou et tapa l'une contre l'autre ses mains gantées pour se réchauffer.

— J'étais sûr de te trouver là, dit-il en le rejoignant. Annie t'invite dans notre nouvelle maison, ce soir, pour que tu ne passes pas la soirée seul.

— Je vois… Tu veux seulement que je repeigne ta cuisine, plaisanta Spencer.

Il avait toujours eu des rapports simples et légers avec Nick. Parfois, leurs échanges étaient ses seules conversations de la journée sans lien avec ses activités professionnelles.

— C'est le boulot du témoin du marié d'aider son équipier et meilleur ami à rénover la maison où les jeunes mariés vont emménager !

— Non, c'est le boulot de ton frère et de tes sœurs, et de ton père, qui est entrepreneur. Moi, je dois être là lors de l'échange des vœux, et m'assurer, bien entendu, que tu seras présent à ton propre mariage !

Nick sourit et regarda dans la direction de la Jeep.

— Rien ni personne ne m'empêchera de lier mon destin à celui de la femme de ma vie.

— J'en suis ravi. On a donc bien expliqué ton mode de fonctionnement à Annie !

Le rire de Nick s'éleva, et Spencer se détendit.

— Bailey Austin n'est pas Ellen Vartran, reprit soudain Nick.

Spencer mesurait une tête de plus que lui, il était meilleur tireur et avait plus d'ancienneté, mais Nick ne le craignait pas et ne redoutait pas non plus d'aborder les sujets tabous.

— Reste en dehors de ma vie sentimentale, lui répondit-il simplement.

— Tu n'en as pas, justement ! riposta Nick sans se démonter. Tu n'as toujours pas fait ton deuil d'Ellen, et c'est ce qui t'empêche d'avancer.

— Notre liaison a été brève et appartient au passé. C'était un amour de jeunesse.

— Parce que, à trente-six ans, tu te considères déjà comme un vieillard ?

Spencer prit une grande inspiration et essaya de s'expliquer.

— C'est ma culpabilité qui m'endeuille et que je ne parviens pas à surmonter, Nick. Ellen a utilisé mon téléphone, ce soir-là, pour contacter son frère pendant que j'étais sous la douche. Après, elle est venue me rejoindre. Pour me distraire ? Me dire adieu à sa façon, parce qu'elle connaissait son sort d'avance ? Quoi qu'il en soit, quand je suis revenu le lendemain matin, la maison sécurisée avait été attaquée. Son frère et le policier en faction étaient morts. Ellen agonisait.

Il regarda la rose près de la stèle.

— C'est ma faute, Nick.

— Tu as essayé de lui sauver la vie et tu as même abattu un de ses assassins. Tu as démantelé le réseau, et tous les responsables ont été jugés et condamnés.

— Mais, sans le témoignage d'Ellen, il nous a fallu beaucoup plus de temps pour venir à bout de l'organisation. Ellen est morte par ma faute.

— Je suis convaincu que Bailey va témoigner, et que tout ira pour le mieux, martela Nick.

Il en semblait certain.

— Tu es tellement obsédé par le passé que tu es en train de gâcher ce qui se passe entre vous… C'est dommage, parce que Bailey est une femme exceptionnelle, Spence. Et puis j'ai l'intuition qu'elle témoignera envers et contre tout.

Spencer fit un geste vers la tombe.

— Ton intuition ne protège pas de ça, Nick.

— Qu'est-ce que tu comptes faire ? demanda Nick en le défiant du regard.

Luttant entre raison et sentiments, Spencer resta d'abord silencieux. Finalement, il biaisa. Il était policier avant tout, se rappela-t-il.

— Tu as du neuf pour moi ?

Nick soupira avant de sortir un carnet.

— J'ai enquêté sur Zeiss Security. Zeiss est un ancien militaire, et ses hommes semblent irréprochables. J'ai laissé Sarge faire des recherches complémentaires, et elle nous dira vite si elle trouve quelque chose de concluant.

— Et en ce qui concerne les liens de Zeiss Security avec Jackson Mayweather ?

— Zeiss Security sous-traite avec GSS — Gallagher Security Systems —, et gère la sécurité et la protection pour GSS. Zeiss Security bosse pour Jackson Mayweather depuis au moins dix ans.

— Continue à fouiller de ce côté-là. Et Max Duncan ?

— Ancien militaire. Principalement dans la police militaire à Fort Leonard Wood.

Nick referma son carnet.

— A priori, ce n'est pas lui notre livreur. J'ai montré sa photo à d'autres occupants de l'immeuble. Personne ne l'a jamais vu, donc pas reconnu.

— Je suis de toute façon convaincu que Corie Rudolf a menti. A mon avis, elle voulait me faire du charme et cherchait à me faire plaisir. Comme si elle était mon type de femme…

— Le tien est en effet plus classique. Petite, plus blonde… Mystérieuse et moins bavarde.

— Ecoute, Nick…

— Bon sang, Spencer ! Pourquoi refuses-tu d'admettre que tu es amoureux ?

Nick le défia de nouveau du regard.

— Depuis cette soirée où nous avons été appelés sur la scène de crime, près du Fairy Tale Bridal Shop, et que tu as constaté que la victime n'était autre que Bailey Austin, tu as fait de cette enquête une affaire personnelle.

— Le chef Taylor m'en a confié la direction, et je ne veux pas risquer de la compromettre avec des considérations personnelles. Parce que je veux retrouver la Nettoyeuse et que je veux que Brian Elliott soit condamné !

— Je me demande qui, de toi ou de moi, est le plus obstiné !

— Je pensais que tu te trouvais déjà le plus séduisant des deux.

Nick sourit.

— C'est le cas.

Il reprit son sérieux.

— Le bonheur, je t'assure que ça fait du bien, Spence. Annie et moi, on a attendu longtemps avant de le connaître.

Il lui donna une tape sur l'épaule.

— Je veux que, toi aussi, tu sois enfin heureux. Et si je peux t'y aider…

Spencer regarda de nouveau la tombe d'Ellen. Nick ne le comprenait-il pas ou ne voulait-il pas le comprendre ?

— Mais si ça recommence ? murmura-t-il enfin. Je ne pourrais pas supporter deux fois de perdre une femme que j'aime.

— Je n'étais pas ton équipier, la première fois, lui fit remarquer Nick.

Spencer fronça les sourcils.

— C'est ton seul argument ?

— On forme une équipe d'exception, Spence. De plus, je ne connais pas de flic plus rigoureux et plus intelligent que toi. Tu donnes la structure, je poursuis avec les développements et, ensemble, on fait la synthèse. Il en a toujours été ainsi. Tu es le cerveau de l'équipe.

Nick lui donna une nouvelle tape sur l'épaule.

— Allez, on s'en va ! On va finir par geler, ici. Tu viens chez nous ou tu retournes chez Bailey ?

Tout en réfléchissant, Spencer suivit Nick.

— Je ne sais pas encore.

Nick ouvrit la portière de sa Jeep et fut accueilli par l'air chaud qui s'en échappa.

— Appelle, si tu as besoin de renfort.

Spencer monta dans sa voiture, et suivit Nick et Annie jusqu'à la sortie du cimetière. Arrivé là, Nick tourna à droite, et lui à gauche.

— Je suis certaine que vous détestez le shopping, Max, répéta Bailey en traversant la rue pour se diriger, avec le reste de la foule, vers le Country Club Plaza, le plus grand centre commercial de Kansas City.

— Ça ne me dérange pas, miss Austin, répondit Max en lui prenant le bras. On va par là ?

Elle lui indiqua une enseigne entourée de guirlandes lumineuses.

— Oui, la boutique est après ce café.

— Je regrette que nous ne nous soyons pas garés plus près, reprit Max soucieux. Je n'aime pas que nous soyons ainsi à découvert.

Bailey lui montra les voitures garées le long du trottoir.

— L'autre solution aurait été de me déposer et de trouver une place, ce qui aurait pu vous prendre un temps fou. Et ça, c'était exclu, puisque vous n'êtes pas censé me laisser seule.

— C'est juste. M. Zeiss a insisté pour que je reste à vos côtés jusqu'à ce qu'un collègue vienne me relever dans la soirée. Et, si votre ami policier apprenait que je vous ai laissée seule ne serait-ce que cinq minutes, il me ferait passer un sale quart d'heure.

— C'est fort possible, en effet.

La pensée de Spencer lui fit ralentir le pas. Aussitôt, Max ralentit pour rester à sa hauteur.

Ce matin, elle avait projeté de passer tranquillement la journée chez elle pour préparer des petits gâteaux de Noël et finir d'emballer ses cadeaux, mais Max lui avait rappelé qu'elle devait passer au Plaza prendre sa robe de bal.

Elle s'était alors rendu compte qu'elle avait cherché mille prétextes pour éviter de sortir de chez elle, parce qu'elle avait peur d'être agressée, épiée ou harcelée, et aussi parce qu'elle était triste que Spencer l'ait abandonnée à son sort.

Puis elle avait eu honte de s'enfermer dans ses obsessions et de vouloir se morfondre.

A vrai dire, elle comprenait que Spencer l'ait laissée ; il avait du travail et ne pouvait pas jouer les baby-sitters jusqu'à lundi. Mais leur baiser avait été si parfait, si conforme à ses attentes, qu'elle avait eu comme une révélation et l'espoir qu'il ne la quitterait pas de la journée. Ce qu'elle éprouvait pour lui n'était pas uniquement de l'attirance et de la gratitude. Elle était amoureuse de cet homme solide, intelligent, rassurant et intègre. Ce baiser passionné était sa première certitude depuis longtemps. Pendant qu'ils s'embrassaient, elle n'avait plus été ni une jeune et belle héritière désespérée qui avait besoin de protection, ni une victime, mais une femme décidée à faire le bonheur d'un homme, et son propre bonheur.

En l'embrassant, elle avait eu l'impression que sa vie, qui avait volé en éclats l'année dernière, reprenait forme. Spencer lui avait communiqué, avec sa fougue, un peu de sa force. Savoir qu'il la désirait restaurait sa confiance en elle et la rendait plus forte.

Malheureusement, il ne voulait pas s'engager. Seule la fatigue due à sa nuit blanche lui avait fait céder à son impulsion car, et il ne s'en cachait pas, il ne poursuivait qu'un but : la présence du témoin à charge pendant un procès qui aurait un impact décisif sur sa carrière.

Après son départ, elle avait ressenti une impression de grand vide et, la peur aidant, avait décidé de passer la journée seule chez elle. Le rappel de Max Duncan au sujet de sa robe lui ayant ouvert les yeux, elle avait préféré prendre le taureau par les cornes. Pas question de tourner en rond dans son appartement à se morfondre en songeant à un homme qui la désirait mais ne voulait pas s'engager avec elle !

Mieux encore, elle se mettrait sur son trente et un pour le bal de samedi, serait gracieuse pour solliciter la générosité des donateurs et rassurerait ainsi sa mère, toujours tourmentée à l'idée qu'elle témoigne.

Parader dans une belle robe, sourire aux invités, rassurer sa mère… voilà qui était en son pouvoir.

Sortant de sa morosité, elle s'était habillée chaudement et avait annoncé à Max qu'elle était prête à braver la foule pour aller chercher sa robe de bal au Plaza.

Elle ne regrettait pas sa décision. La présence de Max,

son visage fermé, son regard froid et en alerte incitaient les passants à s'écarter sur leur passage. Ils avançaient donc sans difficulté au milieu d'une foule souvent très compacte, et elle se sentait en sécurité.

Ils arrivaient devant le café quand la porte s'ouvrit brusquement.

— Attention ! s'exclama Max.

Corie et elle se seraient heurtées, si Max ne l'avait retenue.

— Pas de mal ? demanda-t-il.

Corie lui sourit chaleureusement.

— Tout va bien.

Elle était embarrassée par son sac à main, son portable et, surtout, par un gobelet de café qui penchait dangereusement. Bailey le lui prit vite des mains de peur qu'elle ne s'éclabousse ou n'en renverse le contenu sur elle.

— Merci ! fit Corie, qui en profita pour ranger son portable dans son sac.

Elle remit son écharpe avant de récupérer son gobelet.

— Que fais-tu par ici ? demanda Bailey pendant que Max regardait autour d'eux.

— Rendez-vous annulé…, annonça Corie qui se fit bousculer au même instant. Je me suis alors souvenu que tu voulais passer au Plaza, et j'ai pensé qu'on pourrait boire un café et aller au cinéma. Je viens d'appeler ta mère, pour lui demander où tu te trouvais.

Bailey consulta Max du regard. Il secoua la tête négativement.

— Désolée, Corie, répondit-elle avec un soupir résigné. Mais le cinéma, ce sera pour une autre fois. Nous allons dans cette boutique de robes de soirée là, à côté. Tu peux te joindre à nous, si tu veux.

— Oh oui, avec plaisir ! J'aimerais essayer une de ces superbes robes !

Tandis qu'ils bavardaient, les feux du carrefour passèrent au vert et la foule traversa, libérant le trottoir jusque-là bondé.

— Je vais déposer mon gobelet de café dans ma voiture. Je suis garée juste là.

Elle leur montra sa petite auto garée non loin. Bailey opina.

— Ça vaut mieux, sinon on ne te laissera jamais entrer dans cette boutique de luxe.

— Oh ! Bailey ! Si tu savais comme je suis contente de t'avoir retrouvée ! s'exclama Corie avec élan.

Puis elle sourit à Max.

— Je vous dois des excuses. Je vous ai identifié par erreur comme étant le livreur de FedEx… Il faut avouer que je ne suis pas très physionomiste. En revanche, je me souviens bien des jolis postérieurs masculins. Et je dois avouer que le vôtre…

— Corie ! l'interrompit Bailey d'un ton de reproche amusé.

Mais Max, visiblement flatté, se départit de son rôle de garde du corps impassible le temps de lui sourire et de lancer, sur le ton du flirt :

— Alors comme ça, j'ai vos faveurs ?

Corie, qui avait sorti son Plip et se dirigeait vers sa voiture, s'arrêta et se retourna pour répondre.

— Je trouverais bien des affinités avec vous si…

Soudain, Bailey vit comme un flash jaillir de dessous le capot. L'instant d'après, Corie fut littéralement soufflée par l'explosion de son véhicule. Bailey fut quant à elle projetée sur le sol, et enfouit son visage entre ses bras croisés, mais avec une fraction de seconde de retard, car elle eut une sensation de brûlure sur la tempe. Le fracas en tout cas l'étourdit et l'assourdit. Quand elle releva la tête et risqua un œil autour d'elle, elle vit la foule qui courait en tous sens, bouche ouverte, sans doute en train de hurler, mais elle n'entendait plus rien.

Elle chercha Max des yeux et le vit un peu plus loin,

qui rampait en se tenant la jambe. Il semblait blessé, et sa parka était déchiquetée.

Il cria quelques mots à son adresse en lui montrant la rue et, face à son absence de réaction, les répéta. Au bout d'un temps, Bailey l'entendit comme au travers d'une épaisse brume.

— Rien de cassé, miss Austin ?

Elle était à moitié sourde, sa tempe la faisait souffrir, mais elle n'avait manifestement ni fracture ni blessures graves. Se redressant avec précaution, elle porta les mains à son visage puis vit du sang sur ses gants et son manteau déchiré.

— Ça va ! répondit-elle néanmoins d'une voix forte mais tremblante.

— Et votre amie ? demanda Max, qu'elle entendit plus distinctement cette fois.

Bailey tourna la tête vers l'endroit où s'était trouvée Corie.

— Corie ! Oh ! Mon Dieu !

Les sapins de Noël qui décoraient la façade du magasin devant lequel stationnait la voiture de son amie étaient en feu et Corie gisait là, haletante et sans doute grièvement blessée. Du sang coulait de son oreille et du coin de sa bouche, imbibant son écharpe crème.

— Oh ! Mon Dieu ! répéta Bailey, horrifiée.

Sans se soucier de ses contusions, elle rampa vers elle sur le trottoir verglacé.

— Corie ?

Elle s'efforça de l'écarter de sa voiture et des sapins en feu, mais elle se figea en l'entendant crier de douleur. Quand elle l'eut tant bien que mal éloignée du brasier, elle prit une profonde inspiration. Que faire, maintenant ? Corie avait besoin de secours d'urgence… Elle était blessée à la tête, son regard était vitreux, et un fragment de métal était planté dans sa poitrine.

— Oh ! Corie, je suis désolée…

Elle se souvint de la montre chronographe cassée, et des avertissements d'Annie Hermann : la Nettoyeuse avait l'intention de fabriquer une bombe et de mettre sa menace d'explosion à exécution. Et elle avait pris ce message à la légère ! Spencer avait raison… Elle n'avait pas conscience des dangers qui la menaçaient et menaçaient aussi son entourage. Cet attentat avait été provoqué par sa faute. Corie allait mourir à cause d'elle !

De nouveau, elle perdait le contrôle de son existence… Saisie par cette pensée, elle eut soudain du mal à respirer et sentit les larmes lui monter aux yeux. La situation était tragique, bien plus grave qu'elle ne l'avait pensé. Corie était blessée, Max aussi, et peut-être d'innocents passants…

La Nettoyeuse avait un pouvoir redoutable. Sur tout le monde. Et elle, Bailey Austin, était impuissante. Inutile. Et surtout terrorisée.

— Stop ! cria-t-elle à son ennemi invisible.

Corie ouvrit les yeux.

Bailey reprit espoir en constatant qu'elle vivait. Les encouragements que Spencer lui avait adressés ce matin, avant de s'en aller, lui revinrent à la mémoire. Lui croyait en elle. Il la savait capable de faire face à l'adversité.

Un peu rassérénée, elle essuya ses larmes et se concentra sur son amie.

— Corie ?

Elle retira son manteau, grimaça en sentant son poignet douloureux, et le déploya sur Corie. Puis elle entendit des sirènes au loin, des coups de Klaxon et des cris.

— Corie ? Tu m'entends ? demanda-t-elle en serrant la main de son amie.

Celle-ci ne répondit pas à sa pression, mais elle continua à la serrer et à parler.

— Je vais voir comment va Max, lui dit-elle. OK ? Ne ferme pas les yeux, surtout ! Reste avec moi, les secours arrivent.

Les pupilles de Corie étaient dilatées, son teint livide. Le vent qui soufflait fit frissonner Bailey, mais elle n'y prêta pas attention, pas plus qu'elle n'en accorda aux débris en feu qui jonchaient le trottoir.

Une voix autoritaire et bien connue s'éleva soudain du chaos ambiant.

— KCPD ! Reculez ! Bailey ?

Spencer.

— Spence ! cria-t-elle.

Elle se releva avec effort et l'aperçut.

— Bailey !

Il fendait la foule, les pans de son long manteau flottant derrière lui, tandis qu'il lui ouvrait déjà les bras. Elle s'y jeta. Il la serra contre lui et l'embrassa sur la tempe.

— Bailey ? Ça va ?

— J'ai cru que tu n'arriverais jamais…, murmura-t-elle, envahie par un immense soulagement.

Elle l'étreignit plus fort, et enfouit son visage dans son cou pour humer son odeur si réconfortante.

— Mais maintenant, tu es là…

— Tu es blessée ?

Il lui donna un dernier baiser avant de reculer et de scruter son visage. La colère crispa ses traits quand il remarqua sa blessure. Il la relâcha pour retirer son manteau qu'il lui posa sur les épaules.

— Tu es frigorifiée…

Elle sourit, rassurée, et se pelotonna dans son manteau, qui avait gardé sa chaleur et son odeur. Puis elle revint brusquement à la réalité et pensa à Corie dont l'état nécessitait des soins urgents.

— Sa voiture a explosé, expliqua-t-elle à la hâte. Juste au moment où nous en approchions. Mais elle nous devançait. Nous devons l'aider !

Spencer retira l'un de ses gants, s'agenouilla près de Corie, puis chercha son pouls au cou.

Après quelques instants, il se releva et, sans rien dire, passa un bras autour de ses épaules.

— Il faut appeler les secours ! s'exclama Bailey.

— Ils arrivent, Bailey.

Bailey avisa les passants et les curieux qui observaient la scène, autour d'eux ou par les vitrines brisées des magasins avoisinants. Certains prenaient des photos avec leur smartphone. Elle remarqua aussi les gyrophares des voitures de patrouille du KCPD et les policiers qui faisaient la circulation et laissaient un camion de pompiers pénétrer dans le périmètre de sécurité établi par la police.

Elle surprit enfin des murmures dans la foule.

— C'est Bailey Austin…

Les ignorant, elle reporta les yeux sur son amie.

— Corie est inconsciente. Il faut l'aider, répéta-t-elle.

Spencer posa les mains sur ses épaules.

— Tu ne dois pas rester ici, Bailey.

— Mais Corie…

— Je reste avec elle, intervint Max qui se redressait avec difficulté. Occupez-vous bien de miss Austin, Montgomery. Je vous la confie.

— Je suis désolée…, répéta Bailey consternée tandis que Spencer l'enlaçait par la taille.

— Je sais Bailey, mais on doit y aller.

Elle se dégagea.

— Non. C'est ma faute, Spence. Je dois aider Corie.

— Tu ne peux rien faire de plus. Tu as toi aussi besoin de soins.

Il la prit par la main.

— Il ne faut pas que tu restes ici !

De nouveau, elle résista.

— Spencer !

Il la lâcha et reposa ses mains sur ses épaules.

— Il y a trop de monde, Bailey. Je ne peux pas contrôler cette scène de crime et assurer ta sécurité en même temps.

Il y a eu un attentat, une nouvelle tentative de meurtre, et son auteur est sans doute encore dans les parages.

Il se pencha vers elle pour river son regard au sien.

— Tu veux qu'il y ait d'autres blessés ? C'est déjà un miracle que, par une telle affluence, il n'y en ait pas eu davantage.

— Le feu venait de passer au vert, les gens traversaient, balbutia-t-elle.

— Mais tu veux risquer ta vie ? C'est toi la cible !

Désespérée, elle secoua la tête.

— Je sais, Spence…

Il la serra dans ses bras et elle enfouit de nouveau son visage dans son cou. Puis il se dirigea vers la foule qui s'ouvrit sur leur passage.

— Je suis là, Bailey… Ne crains rien.

Un coup de feu ponctua ses paroles.

9

— A terre !

Spencer projeta Bailey au sol et lui fit un bouclier de son corps. Il dégaina ensuite son arme et essaya de repérer le tireur.

Une autre détonation claqua et la vitrine du magasin le plus proche vola en éclats. Bailey poussa un hurlement de terreur.

— Eloignez-vous ! cria Spencer aux imprudents qui s'attardaient pour prendre des photos ou filmer la scène.

Un troisième coup de feu toucha la branche d'un sapin de Noël, et il n'eut que le temps d'entraîner Bailey derrière des voitures en stationnement. Le tireur était manifestement embusqué dans les étages de l'immeuble d'en face.

— Eloignez-vous ! hurla de nouveau Spencer, furieux.

Cette fois, les derniers curieux s'affolèrent et obtempérèrent. Spencer regarda alors en direction de Max Duncan, qui se mettait tant bien que mal à couvert derrière une voiture lui aussi, et aperçut un policier en uniforme qui se précipitait.

Spencer lui faisait signe de s'approcher, quand un nouveau coup de feu toucha le mur de brique derrière lui et le força à se replier, avec Bailey, derrière l'un des piliers qui marquaient l'entrée d'un parking couvert.

— Faites monter vos hommes sur le toit ! cria-t-il au policier. Vite !

Celui-ci opina, sortit sa radio et repartit à toutes jambes.

Au cinquième coup de feu, Bailey laissa échapper un gémissement. Il lut dans le regard qu'elle leva sur lui le plus vif désespoir. Elle avait peur, et se sentait évidemment responsable de cette fusillade. Simultanément, Spencer revit les yeux marron d'Ellen mais, très vite, ce fut le regard bleu de Bailey qui s'y superposa.

Il n'avait pas le temps de la réconforter ; il devait la mettre en sécurité d'urgence.

— Nous allons devoir franchir quelques mètres à découvert en courant. Tu en es capable ?

A priori, elle n'était pas blessée, elle n'avait qu'une brûlure à la tempe et une estafilade au poignet, qui avait d'ailleurs cessé de saigner. Elle ne lui répondit pas, car elle sursauta au sixième coup de feu qui fit éclater les guirlandes lumineuses d'un auvent tout proche.

— Je peux courir, dit-elle enfin d'une voix ferme.

Les coups de feu se succédaient. L'explosion de la voiture de Corie Rudolf avait épargné Bailey, mais le sniper entendait terminer sa mission.

Le parking couvert offrait une meilleure protection que le trottoir, mais Spencer redoutait la dizaine de mètres à découvert qui les séparaient de son entrée. Il regretta d'avoir laissé son gilet pare-balles dans le coffre de sa voiture.

— Qu'est-ce qu'on attend ? demanda Bailey, tandis qu'il tergiversait.

— Duncan ! Vous voyez le tireur ? cria-t-il à Max.

— Non ! Mais il a été localisé. Il est au sommet du Mercantile Bank & Trust Company Building !

Max brandissait son arme dans cette direction.

— Courez vous mettre à l'abri ! Je vous couvre !

Le temps pressait, et leur situation devenait à chaque seconde plus précaire. Spencer lui faisait certes bouclier de son corps, mais ce n'était pas suffisant, et il craignait vraiment pour la vie de Bailey.

Alors il se leva.

— On y va, Bailey.

Puis il ajouta, dans un cri, à l'intention de Duncan :

— Maintenant !

Pendant que Duncan les couvrait, Spencer, protégeant de son mieux Bailey qui se cramponnait à sa main, courut se réfugier dans le parking couvert.

Il entendit une balle siffler au-dessus d'eux au moment où ils y entraient. Il se jeta au sol, l'entraînant dans une chute qu'il essaya d'amortir, et leurs jambes s'entremêlèrent. En dépit du choc, de la peur et de la douleur, elle ne poussa pas un cri.

— Ça va aller, souffla-t-il, admirant son courage.

Il l'attira à lui et se retourna pour regarder par-dessus le muret qui bordait le parking. De là où ils se trouvaient, le sommet du Mercantile Bank & Trust Company Building était hors de vue. L'attirant plus près, il l'embrassa sur la tempe.

— On est en sécurité, maintenant, ma chérie.

Elle opina avec une fermeté que démentait son regard indécis.

— Oui.

Puis elle lui sourit, prit son visage entre ses mains, et effleura ses lèvres.

— Oui ! répéta-t-elle.

Il tressaillit au contact de sa bouche. Son souffle tiède le troubla au point que, un bref instant, il faillit en oublier leur situation. Mais, au même instant, elle recula. Il poussa un gros soupir et, le froid aidant, se ressaisit et recouvra sa lucidité. Il l'aida à se redresser et s'agenouilla en face d'elle, mais il lui écarta les mains quand elle tenta de vérifier s'il était blessé.

— Il ne tire plus…, dit-elle ensuite.

— C'est juste.

En revanche, des hurlements et bruits de Klaxon continuaient de retentir.

Spencer attendit une petite minute avant de se risquer à regarder de nouveau par-dessus le muret.

— Duncan ! Vous êtes là ? Vous m'entendez ?

— Max ! cria à son tour Bailey, se mettant à genoux.

— Je vais bien, hurla Max. Vos hommes ont eu le tireur, Montgomery ?

— Je m'informe, et je vous le dis dans une seconde.

Spencer prit sa radio à sa ceinture.

— Ici Montgomery. Qu'en est-il du sniper ? Vous l'avez eu ?

Une voix lui parvint au milieu de parasites.

— Non. On a des empreintes dans la neige, mais c'est celles de nos hommes.

— Des indices ?

— Rien. Il a dû descendre par l'escalier de secours. Il a disparu dans la foule.

La Nettoyeuse ou son complice avait donc réussi à prendre la fuite. Elle avait gagné cette nouvelle manche mais, pour autant, n'avait pas remporté la victoire. La police allait désormais quadriller et boucler le quartier et, surtout, évacuer les éventuels blessés.

— Nous avons au moins un mort et un blessé sur le site de l'explosion, dit-il à son interlocuteur.

Le Plaza était un labyrinthe de boutiques de luxe, de cinémas et de divers autres établissements, doté d'accès multiples et d'un réseau de rues compliqué. La police ne pouvait arrêter et contrôler l'identité de chaque passant, voire les fouiller et chercher une arme, surtout à cette période de l'année où l'affluence était à son comble, mais c'était la seule stratégie…

— Contactez le chef Taylor immédiatement. Le commissaire adjoint Madigan aussi. C'est un ami, et l'oncle de mon équipier. Demandez-lui de mettre à notre disposition tous ses hommes. Je veux que chaque véhicule soit fouillé avant de quitter le Plaza. J'exige aussi une patrouille devant chaque magasin. Appelez Pike Taylor ! Nous devons trouver ce tireur.

— Oui, inspecteur.

Spencer remit sa radio à sa ceinture et aida Bailey à se relever. Elle semblait épuisée, et son poignet s'était remis à saigner. Malgré ses cheveux emmêlés et son visage blafard, elle était magnifique et, surtout, vivante.

— Ça va ?

— Pas trop mal. Et toi ?

— Moi aussi.

Les égratignures, les hématomes, la frustration et la peur ne comptaient pas.

Spencer regarda une fois de plus par-dessus le muret de séparation en béton, dans la direction de la voiture calcinée.

— J'espère que des passants ou des policiers n'ont pas été tués ou blessés, murmura Bailey, en regardant elle aussi.

Spencer la tira en arrière, puis la conduisit plus loin, derrière les voitures. Arrivé là, il prit ses mains dans les siennes.

— En définitive, le but du tireur n'était ni de blesser ni de tuer, Bailey.

Elle entrelaça ses doigts aux siens.

— Dans ces conditions, comment expliques-tu ce qui est arrivé à Corie ?

Spencer remonta le col de son veston pour se protéger du froid.

— Avec un attentat suivi par un tel échange de coups de feu, il y avait de fortes probabilités qu'il y ait au moins un blessé. Un mort. Tu as échappé à l'attentat, et les balles sont passées au-dessus de nos têtes. Cette fusillade était destinée à nous avertir.

— A nous faire peur ? A me faire peur ? C'est ça ? interrogea Bailey.

— Oui. Et ça marche, non ?

Spencer repoussa ses cheveux pour examiner sa blessure à la tempe. Malgré la peur, elle faisait front avec une bravoure émouvante. Son cœur fondit. Nick avait raison ; il avait refusé l'évidence.

Il l'aimait. Il était fou amoureux…

Une voix timide s'éleva soudain derrière eux.

— Euh… Miss Austin ?

Vif comme l'éclair, Spencer dégaina son arme, fit volte-face et la braqua sur un jeune homme d'une vingtaine d'années, aux boucles embroussaillées et vêtu d'une grosse doudoune rouge. C'était lui qui venait d'interpeller Bailey.

— Je n'ai rien fait, je suis innocent ! s'exclama-t-il en pâlissant.

L'air affolé, il leva les mains.

— Retirez votre doudoune ! lui ordonna Spencer.

— Pardon ?

— Je vous ai demandé de retirer votre doudoune, répéta Spencer en gardant son arme braquée sur lui. Vous êtes armé ?

— Non… Enfin… non, monsieur. Euh… je veux dire, non, inspecteur.

Le jeune homme retira sa doudoune qu'il laissa tomber par terre pour de nouveau lever les mains. Puis il tourna sur lui-même. Spencer constata avec soulagement qu'il n'avait ni holster ni arme à la ceinture.

— Spencer, il est inoffensif, dit Bailey en lui faisant baisser son arme.

L'inconnu agita une enveloppe verte qu'il tenait à la main et qu'il n'avait pas lâchée.

— C'est pour vous, miss Austin !

— Où l'avez-vous eue ?

Spencer ne le quitta pas des yeux tandis qu'il tendait l'enveloppe à Bailey, mais il la prit avant elle.

Elle était identique à celle de la veille.

— Une femme m'a demandé de la remettre à miss

Austin. Je sais qui vous êtes, parce que j'ai déjà vu votre photo dans le journal.

Sur ces mots, il sourit à Bailey puis fronça les sourcils à l'adresse de Spencer.

— Décrivez-moi cette femme, lui intima Spencer en rangeant son arme dans son holster. Vous pouvez vous rhabiller.

Tout en remettant sa doudoune, le jeune homme poursuivit.

— La décrire ? Impossible ! C'était la bousculade générale. Dans la mêlée, j'ai même perdu le copain qui m'accompagnait. Tout le monde paniquait à cause de l'explosion. De plus, cette femme était derrière moi et elle m'a glissé son enveloppe et cent dollars en m'ordonnant de ne pas me retourner.

— Et votre ami ? Il l'a vue ?

— Je n'en sais rien. On a été séparés, je vous dis. Mais la femme m'a donné des instructions, et m'a répété que, si je ne la regardais pas, elle me donnerait un autre billet de cent. J'ai dit O.K. et obéi. Elle a tenu sa promesse.

Il haussa les épaules.

— Je suis étudiant, j'ai besoin d'argent, vous comprenez…

Un policier arriva sur ces entrefaites. Spencer lui signala d'un geste que le jeune homme ne représentait aucun danger. Il n'avait été qu'un témoin, un intermédiaire malgré lui.

— Vous allez raconter à ce policier ce dont vous vous souvenez à propos de cette femme, conclut-il. Sa taille, son odeur. Sa voix.

— Oui, monsieur.

— Et vous allez me donner ces deux billets.

— Oh zut ! Je savais bien que c'était trop beau pour être vrai ! Vous avez une idée de ce qu'une somme pareille représente pour un étudiant ?

Bailey inclina la tête.

— Spencer, tu crois vraiment qu'on peut la retrouver par le biais de ces billets ?

— J'en doute, mais il faut essayer.

Bailey s'approcha du jeune homme.

— Donnez-moi votre nom et votre adresse, et je vous enverrai un chèque de trois cents dollars.

Le regard hésitant du jeune homme passa de Bailey à Spencer.

— On ne vous laisse pas le choix, intervint Spencer. Trois cents dollars ou rien.

— D'accord…

L'étudiant sortit les billets de sa poche et les tendit à Spencer qui les glissa dans un sachet en plastique. Puis il s'en alla avec le policier.

Spencer contacta aussitôt Nick. Bailey fit un geste vers l'enveloppe, qu'il tenait toujours du bout de ses doigts gantés, car il n'avait pas d'autre sachet à sa disposition pour conserver cette nouvelle pièce à conviction.

— Spencer ? Je peux ? Ce message m'est destiné.

Il hésita.

— Tu veux vraiment en prendre connaissance ?

Elle soutint son regard.

— Oui, Spencer… Je veux savoir.

Après un instant de silence, elle reprit à voix plus basse :

— Corie est morte, n'est-ce pas ?

Il savait qu'elle appréciait sa franchise, mais il s'en voulait de lui annoncer une nouvelle qui ajouterait à sa tristesse.

— Oui, Bailey. Je n'ai pas senti son pouls.

Il passa le bras autour de ses épaules en lui tendant l'enveloppe. Elle s'appuya contre lui et la décacheta.

— Voyons le message de cette criminelle…

« Je te vois quand tu dors,

» Je te regarde quand tu es réveillée,

» Je suis partout et je sais comment te trouver, n'importe où, n'importe quand.

» Tu as le choix : témoigner contre Brian et mourir, ou vivre et fêter Noël. »

Installé à son bureau en noyer dans l'alcôve près de l'escalier menant à l'étage de son duplex, Spencer était au téléphone et posait des questions précises sans cesser de feuilleter ses notes.

Après leur dîner, Bailey était restée dans la cuisine tandis que, pensif et soucieux, il faisait les cent pas dans le salon.

Dès leur arrivée dans son bel appartement aux larges baies vitrées, avec ses parquets et son mobilier de bois sombre, ses murs muscade et parme, il avait verrouillé la porte d'entrée, lui avait montré où se trouvait la salle de bains, puis il avait immédiatement décroché son téléphone.

En découvrant cet appartement sobre et élégant mais si impersonnel, Bailey avait eu la preuve que Spencer n'avait pas de vie privée. Au cours de la soirée, elle s'était de nouveau sentie coupable d'avoir été, même indirectement, responsable d'une explosion et d'une fusillade ainsi que d'avoir déplacé les meilleurs policiers de la ville en cette période de Noël.

Elle remonta le pantalon de survêtement noir du KCPD que Spencer lui avait prêté, ainsi qu'un sweat-shirt et de grosses chaussettes en laine. Après son bref passage aux urgences de l'hôpital, un long entretien avec l'inspecteur Fensom, et une conversation avec sa thérapeute, Sofia Mille, prendre une douche, mettre des vêtements propres et secs, même trop grands, lui avait fait du bien.

Elle était désormais en sécurité chez Spencer. Elle avait téléphoné à sa mère et à son beau-père pour les rassurer. Sa mère n'avait cessé de pleurer et, avant de raccrocher, Jackson avait promis de lui faire prendre un sédatif.

Rejoignant Spencer dans le salon, elle s'installa sur le canapé en cuir et entreprit de découper la ribambelle de pères Noël qu'elle avait trouvée en consultant un site internet sur l'ordinateur de Spencer et ensuite imprimée. Elle avait fait son possible pour ne pas le déranger, mais elle n'avait pu faire la sourde oreille et avait surpris des bribes de ses conversations.

Avec Nick, son équipier, il avait évoqué « un plan B » et « un périmètre de sécurité ». Annie Hermann lui avait communiqué les premières conclusions du laboratoire desquelles il ressortait que les deux billets de cent dollars remis par la Nettoyeuse à l'étudiant désargenté ne fournissaient pas le moindre indice. Par ailleurs, Annie étudiait, avec le plus vif intérêt, le journal des appels du portable de Corie.

Bailey avait aussi entendu mentionner un certain Pike Taylor qui, avec un chien policier, avait tenté de suivre les traces du sniper depuis le toit du Plaza Mercantile Building, sans succès malheureusement, parce que le tireur avait brouillé les pistes par l'emploi de substances chimiques.

Spencer était toujours au téléphone. Avec Mitch Taylor, le commissaire adjoint ? L'un des experts et techniciens du laboratoire de police ?

Elle avait perdu le fil.

Tandis qu'elle découpait tranquillement ses pères Noël en papier, Spencer s'adossa à son fauteuil et lissa ses cheveux auburn.

— Non, Kate ! Informe la presse que miss Austin ne donnera aucune interview avant le procès. Et fais savoir que, si je vois de nouvelles photos de l'attentat d'aujourd'hui à la télévision, dans les journaux ou sur internet, les responsables seront poursuivis pour obstruction à la justice.

Après en avoir fini avec ses pères Noël, Bailey découpa des flocons de neige puis prit le tout et alla en décorer la grande fougère placée près de la fenêtre, fenêtre qu'elle avait déjà ornée d'une guirlande faite de papier cadeau.

L'immeuble de Spencer se trouvait assez loin des grandes

artères mais, du septième étage, elle voyait assez bien le centre-ville brillamment éclairé. Dans le ciel, une lune pâle apparaissait de temps en temps entre les nuages.

Des images de l'attentat lui vinrent à l'esprit, et elle les refoula. S'abîmer dans la dépression et la peur ne la mènerait à rien si elle voulait reprendre enfin sa vie en main.

— On n'en est pas loin, justement ! entendit-elle Spencer dire à son interlocutrice.

Il se leva et se mit à faire les cent pas.

— Le juge menace déjà de mettre les jurés à l'isolement avant même le début du procès ! Mettre Bailey en danger et risquer de compromettre la bonne marche du procès est déjà une obstruction à la justice !

Bailey, qui contemplait distraitement son reflet dans la vitre, vit Spencer tourner la tête dans sa direction.

— Je vais te laisser, il est tard, conclut-il. Le shérif Harrison est avec toi ? C'est un type bien. En tout cas, merci, Kate.

Il raccrocha et la rejoignit devant la fenêtre. Il se massa les tempes avant de passer le bras autour de sa taille.

— Qu'est-ce que tu fais de beau ?

Elle recula pour lui montrer son œuvre.

— Pathétique, n'est-ce pas ?

— Tu mets du papier dans ma fougère ?

— Disons que je la décore… J'en ai fait un ersatz de sapin de Noël.

Sur ces mots, elle tira sur les manches déjà trop longues du sweat-shirt, et s'enveloppa de ses bras.

— Tu as déjà préparé une omelette et lavé la vaisselle. Ma cuisine n'a jamais été aussi impeccable ! dit-il en s'asseyant à moitié sur le rebord de la fenêtre.

Il chercha son regard.

— Bailey, je ne t'ai pas amenée ici pour que tu refasses la déco de mon appartement sur le thème de Noël, mais pour te donner le répit nécessaire après une journée difficile. De plus, ça me permet de garder un œil sur toi pendant que la police continue de rechercher le sniper et le poseur de bombe.

Elle remarqua distraitement qu'il avait oublié de fermer un bouton de sa chemise Oxford et résista au désir de le lui fermer.

— Je sais que tu as encore beaucoup de travail, Spencer, et que tu es occupé. Mais moi, je n'ai rien à faire. Il faut absolument que je m'occupe les mains et l'esprit.

Elle soupira.

— Tu ne plaisantais pas quand tu affirmais que tu ne fêtais pas Noël. Il n'y a ni décorations ni cadeaux dans cet appartement.

Il se leva et la prit par les épaules.

— Tu sais, j'ai l'habitude de travailler tard. Je n'ai besoin de personne pour prendre soin de moi.

— Mais moi, j'ai besoin de prendre soin de toi, Spence, dit-elle en posant les mains sur son torse. J'ai besoin de faire des petites choses, même futiles, pendant que tu travailles. Je veux être… utile.

Lui prenant les mains, il retourna vers le canapé où il s'assit et la fit asseoir près de lui.

— Tu n'es pas inutile, Bailey.

Il serra ses mains entre les siennes.

— Témoigner contre l'homme qui a voulu te tuer est courageux. Utile. Songe à toutes les femmes qui seront épargnées par cet individu grâce à toi. Pense à toutes les familles que tu vas sauver d'une tragédie.

Son regard était passionné et plein de tendresse. Elle murmura un merci à peine audible, puis dégagea ses mains qu'elle reposa sur ses cuisses.

— Je sais que c'est important. Je sais aussi que ce sera un défi de relater ce qui m'est arrivé devant une salle remplie d'inconnus, devant son avocate…

Elle se tut, et il attendit patiemment qu'elle continue.

Son attention soutenue, sa sollicitude et son écoute étaient aussi énergisantes qu'intimidantes.

— Je t'aide et j'aide la police de Kansas City seulement parce qu'un homme a voulu ma mort, reprit-elle enfin.

— Seulement ? Bailey…

— Non ! fit-elle en reculant comme il tendait les bras vers elle en un geste apaisant.

S'il n'avait aussitôt posé la main sur son genou pour la prier en silence de rester, elle se serait même levée.

— Seul mon statut de victime me rend momentanément utile… Mais, quand le procès sera terminé, je ne veux pas redevenir la riche héritière frappée par une affreuse tragédie. Je veux radicalement changer de vie. Devenir quelqu'un. D'ici là, cuisiner pour toi, laver ta vaisselle ou te donner un peu d'esprit de Noël, c'est déjà quelque chose. C'est mieux que rien.

Spencer la dévisagea longuement, observant le pansement en forme de papillon sur sa tempe, enregistrant sa véhémence et sa frustration avec attention. Puis il posa doucement la main sur sa nuque et l'embrassa jusqu'à ce qu'elle entrouvre les lèvres et l'enlace à son tour.

Ce nouveau baiser était rempli de tendresse, doux et généreux. La bouche de Spencer avait le goût du café qu'il venait de boire.

Une chaleur languide l'envahit et se répandit en elle, lui donnant de plus en plus chaud, jusqu'à ce qu'elle en soit tellement submergée qu'elle oublia son amertume et son sentiment d'inutilité.

— Pourquoi ? Pourquoi ce baiser si soudain ? Je ne comprends pas…, murmura-t-elle d'une voix rauque quand il cessa de l'embrasser.

Laissant ses mains sur sa chevelure, il appuya son front contre le sien. Son souffle était lourd et irrégulier, preuve de son émotion.

— Tu as des projets ambitieux, Bailey Austin, répondit-il en souriant.

Il la regarda droit dans les yeux et lui caressa lentement la nuque.

— Ton agression a été et restera sans doute le pire moment de ta vie. La seule pensée qu'on ait voulu ta mort me met dans une rage folle. Mais toi, étonnamment — ou peut-être pas, je ne sais pas en définitive... —, tu en as tiré parti, tu as su trouver le côté positif. Tu n'acceptes plus qu'on décide pour toi. Tu veux prendre ta vie en main, éventuellement commettre tes propres erreurs et, surtout, créer tes victoires. Désormais, tu ne laisseras plus jamais personne te dicter ta conduite, Bailey.

Elle suivait une thérapie depuis un an, mais c'était la première fois que son état d'esprit était aussi clairement et parfaitement verbalisé.

Spencer la comprenait. Il comprenait sa vie si compliquée et complexe, ainsi que ses émotions, volatiles et souvent déroutantes. Oui, elle voulait être une femme normale et plus une victime ou une riche héritière.

Il l'avait comprise, car il était extrêmement lucide et intuitif.

Rien d'étonnant à ce qu'elle soit folle amoureuse de lui.

Cette prise de conscience la remplit de bonheur, d'impatience et d'appréhension... des sentiments qu'elle n'avait jamais encore éprouvés avec cette intensité.

Spencer se leva tout à coup et l'entraîna dans l'entrée.

— Laisse du temps au temps, Bailey, dit-il en ouvrant le placard qui s'y trouvait.

Il prit une boîte sur l'une des étagères et la lui tendit.

— Il y a là-dedans quelques bricoles que j'ai héritées de mes parents, ajouta-t-il en retirant le couvercle.

A l'intérieur se trouvaient des boules de Noël de verre, des guirlandes scintillantes, et deux petits anges fabriqués avec des bâtons d'Esquimau et du papier vert, rouge et argenté, le tout soigneusement emballé.

Bailey sortit l'angelot vert de son papier de soie et le lui montra.

— C'est toi qui l'as fait ?

— Oui, il y a environ trente ans, répondit Spencer, en refermant la boîte qu'il alla poser sur la table basse du salon. Ma mère a gardé tout ce que j'ai fabriqué à l'école.

— Ce sont des choses très précieuses.

— Mais je te préviens, je n'irai pas acheter de sapin de Noël ce soir, parce que je n'ai pas l'intention de te laisser seule.

Il lui montra la fougère près de la fenêtre.

— En revanche, je te laisse carte blanche avec la fougère !

Elle le regarda en riant et lui jeta impulsivement les bras autour du cou.

— Qui aurait pu croire que le stoïque inspecteur Montgomery est un grand sentimental, au fond ?

— Surtout, pas un mot à mes collègues !

Il la serra un instant contre lui, puis recula et reprit son air sérieux.

— Je dois encore passer quelques appels, Bailey. Je veux en apprendre davantage sur le passé de Corie Rudolf. Les techniciens du labo sont en train de passer son portable au crible. Un numéro revient souvent, dans le journal de ses appels, depuis que les médias ont appris que tu vas témoigner au procès d'Elliott. De plus, elle a reçu un dernier appel de ce numéro à peine quelques minutes avant l'explosion.

Corie parlait en effet au téléphone, au moment où elle sortait du café. Peut-être n'avait-elle pas essayé de l'appeler, comme elle l'avait prétendu. Peut-être l'avait-elle même suivie au Plaza…

— Tu penses que Corie a pu être une complice de la Nettoyeuse ?

— C'est une éventualité qu'on ne peut pas écarter, mais qui reste à prouver, reconnut Spencer.

Il reprit son téléphone.

— Transformer un appartement de célibataire pour Noël est une tâche assez utile, j'espère ?

Attristée à la pensée que son amie l'avait peut-être trahie, Bailey opina distraitement.

— Je crois. Fais ton boulot, moi ça ira.

Le reste de la soirée se déroula dans un silence relatif. Spencer travailla sans relâche, pendant qu'elle fabriquait une petite crèche en papier, dans l'effort d'instiller un peu d'esprit de Noël dans ce duplex austère.

Un peu avant minuit, elle alla se coucher dans la chambre d'amis.

Lorsque Spencer monta à son tour l'escalier pour aller se coucher, elle dormait profondément.

10

— *Non, pitié !*

Elle se débattait pour dégager ses mains liées par du ruban adhésif.

Son ravisseur rabattit le capuchon sur son visage, la plongeant dans le noir.

— *Tu es comme toutes les autres ! Riche. Arrogante. Tu ne sais pas où est ta place. Ici, c'est moi qui donne les ordres !*

Elle hurla tandis qu'il passait la lame d'un couteau sur sa gorge, lui faisant une estafilade. Il s'approcha pour lui parler à l'oreille, et l'odeur de son après-rasage lui parvint, s'imprimant à tout jamais dans sa mémoire.

— Bailey ?

Des lumières fulguraient devant ses paupières.

— *Non !*

Un jaillissement de feu et de douleur la projeta sur le dos, sur le sol. Elle tenta de se redresser pour fuir, pour survivre.

— Bailey !

Elle ouvrit les yeux et cilla.

— Lâchez-moi !

— Du calme, Bailey ! Chuut…

Non, elle n'était pas piégée dans la nuit. Non, elle ne portait pas de capuchon. L'homme penché sur elle ne portait pas de masque chirurgical. A la lueur de la lampe de chevet, elle croisa son regard pers, inquiet et aimant.

— C'est moi Bailey ! Spencer ! Tu me reconnais ?

Il lui fallut quelques secondes pour comprendre où elle se trouvait. Elle n'était pas revenue dans le passé, n'était pas prisonnière d'un tueur en série dans un entrepôt. Elle était en sécurité dans l'appartement de Spencer, par une nuit d'hiver.

Spencer, qu'elle avait griffé en se débattant, lui avait plaqué les poignets sur l'oreiller.

— Bailey ? Ça va ?

Elle opina. Il la lâcha, et elle se redressa.

— Désolé de t'avoir tenue si vigoureusement, s'excusa-t-il en lui dégageant les cheveux du visage avec sollicitude. Tu me frappais, me griffais, et je devais me protéger. Tu as bien retenu mes leçons !

Il semblait plaisanter, mais il ne souriait pas.

— Je t'ai fait mal, Spence ?

Il se frotta l'épaule.

L'avait-elle vraiment frappé ? se demanda-t-elle, gênée et honteuse.

Elle se mit à genoux, remonta les longues manches de son sweat-shirt pour libérer ses mains, et lui caressa les cheveux.

— C'est moi qui t'ai fait mal ? répéta-t-elle en effleurant une longue griffure sur son épaule.

Il se crispa, retint son souffle et s'écarta.

— Je sais contre qui tu luttais. J'espère que tu as eu le dessus !

Spencer secoua la tête et montra un bleu sur son biceps.

— Celui-là date de l'explosion. Ecoute, Bailey, je t'ai entendue hurler et je…

Sur la table de nuit, près du réveil qui indiquait un peu plus de 2 heures du matin, elle remarqua son arme. Sans doute avait-il cru — bien que ce soit impossible — que quelqu'un, la Nettoyeuse peut-être, s'était introduit dans la chambre.

— Je vais bien, Spence, je t'assure. Ce cauchemar m'a réveillée. Sur l'instant, je n'ai plus su où j'étais, et j'ai paniqué.

Elle leva les yeux vers le plafond.

— Tu penses que j'ai réveillé tes voisins ?

— L'immeuble est bien insonorisé. Tu n'as pas à t'inquiéter pour ça.

Maintenant que son cauchemar s'était dissipé, elle respirait plus régulièrement. Son regard se posa sur le torse de Spencer. Il ne portait qu'un pantalon de pyjama, bas sur les hanches. Très sexy.

Elle effleura du bout des doigts une cicatrice qu'il avait au flanc. Une blessure par balle ?

— Que t'est-il arrivé ?

Elle le sentit frissonner, puis il se leva brusquement.

— Disons que c'est une vieille blessure de guerre.

Reprenant son arme, il se dirigea vers la porte.

— Je retourne me coucher.

— Non, Spencer ! Attends ! Je t'en prie !

Bailey repoussa ses couvertures et se leva pour se précipiter à sa suite, sans se soucier d'enfiler son pantalon. De toute façon, le sweat-shirt, trop grand, retombait sur ses cuisses et faisait office de chemise de nuit.

— Je ne suis ni policier ni thérapeute, mais je sais écouter, insista-t-elle en le suivant.

— Bailey ! N'entre que si tu veux passer la nuit avec moi ! lui dit-il avant d'entrer dans sa chambre.

Sans hésiter, elle franchit le seuil à sa suite et s'approcha du lit *king size*.

— C'est ce que tu désires ? demanda-t-elle avec un demi-sourire.

— Je suis amoureux de toi, Bailey, mais je suis incapable de l'assumer.

— Tu as peur ? Peur de souffrir ?

Elle essayait de le comprendre, de reconstituer son histoire et son passé, à partir des quelques bribes de révélations qu'il lui avait faites.

— C'est à cause de mon cauchemar ? De mes hurlements ? Cela t'a rappelé quelque chose ?

Il posa son arme sur la table de nuit et se passa la main dans les cheveux en soupirant.

— La journée a été longue, Bailey. On a essayé de te tuer, aujourd'hui. La Nettoyeuse ne va certainement pas s'en tenir là et va continuer à tout mettre en œuvre pour t'empêcher de témoigner.

— Ne change pas de conversation, par pitié, Spence !

Elle se campa devant lui, bras croisés, tandis que, penché sur son lit, il retapait son oreiller.

— Cette cicatrice a une histoire. Parle ! Explique-moi pourquoi tu as peur de m'aimer.

Quand il se redressa et fit volte-face, elle vit sur son visage une telle douleur qu'elle l'enlaça et le serra contre elle.

Il se raidit d'abord et elle crut qu'il allait la repousser. Puis il se détendit et lui caressa doucement la joue.

— Accepterais-tu de passer cette nuit dans mes bras ? demanda-t-il à voix basse. Ou est-ce que cette idée te fait peur ?

Bailey inclina sa joue sur sa main.

— Je n'ai pas peur de toi…

Les mots se précipitaient sur ses lèvres, son cœur battait la chamade.

— Je n'ai peur que du noir… Laisse la lampe de chevet allumée…

Spencer éteignit le plafonnier, et la lumière tamisée de la lampe de chevet baigna la chambre. Bailey se glissa sous la couette en frissonnant.

— Brrr…

— Tu as froid ? lui demanda Spencer en se couchant à son tour.

Il roula sur le côté et l'attira dans ses bras.

— C'est mieux comme ça ?

— Beaucoup mieux !

Elle se pelotonna contre lui et cessa bientôt de trembler. Mais, au lieu de s'endormir vite comme il l'espérait sans doute, elle reprit la parole après quelques minutes.

— Tu as été blessé pendant que tu étais en service ?

Il rit tout contre ses cheveux.

— Décidément, tu es tenace !

Depuis que Brian Elliott l'avait agressée, Bailey n'avait plus partagé l'intimité d'un homme, et elle se sentait un peu empruntée. Spencer lui prit doucement les mains et les posa sur son cœur dont elle perçut les battements.

— Quand je suis entré dans la police, j'ai été chargé d'une enquête, commença-t-il. Blanchiment d'argent par une chaîne de restaurants. La façade, plus ou moins respectable, d'une organisation criminelle.

Il marqua une pause et elle sentit les battements de son cœur accélérer.

— L'enquête a été facile. Le gérant falsifiait ses livres de comptes quand il effectuait de grosses commandes ou assurait un service traiteur lors d'un événement.

Bailey commença à tracer machinalement du bout des doigts de petits cercles sur sa peau, pour conjurer l'angoisse qui montait en elle. Elle pressentait déjà la fin, de toute évidence tragique, de son récit.

— Tu as affronté des hommes du milieu ?

Spencer soupira et passa une main sous son sweat-shirt. Il posa sa paume à plat sur ses reins et la serra plus fort contre lui.

— Plus tard seulement. Je te fais grâce des détails, mais nous sommes parvenus à convaincre la sœur du gérant de témoigner contre les hommes qui manipulaient son frère. Ellen était comptable et avait compris la situation depuis longtemps. Sachant quel genre d'hommes fréquentait le restaurant, elle avait conscience que les choses risquaient de tourner mal tôt ou tard et craignait que son frère ne soit blessé ou tué.

Il s'agissait donc d'une femme…

Elle sentit son cœur se serrer. Etait-ce à cause de cette comptable que Spencer avait si peur d'aimer ? Et, si oui, pourquoi ?

— Tu as aimé Ellen ?

— Je l'aimais.

Elle se raidit tandis qu'il lui caressait le dos.

— C'est du passé, Bailey… Le procureur l'a donc convaincue de témoigner contre ces hommes.

— Témoigner à un procès… Comme moi.

Un peu nerveuse soudain, elle s'écarta de lui pour changer de position, mais il intensifia sa pression sur son dos pour la garder contre lui. Elle comprit qu'il avait besoin de son contact et aussi de sa patience pour s'ouvrir et lui raconter cet épisode de sa vie.

Elle l'enlaça donc et se blottit dans ses bras.

— Tu vois les ressemblances, maintenant ? demanda-t-il en l'embrassant sur le front.

— Qu'est-il arrivé à Ellen ?

La réponse ne faisait guère de doute, mais elle avait besoin de l'entendre.

— Avant le procès, nous l'avons mise à l'abri dans une maison sécurisée. J'ai été l'un des policiers chargés de sa protection.

— Oh ! Spencer ! Et moi, je…

— Chuuut.

Il posa un doigt sous son menton pour lui faire lever la tête, puis l'embrassa sur la bouche.

Sa barbe de deux jours rendait ce baiser un peu râpeux, mais ce frottement lui plut et lui rappela qu'elle était à demi nue dans les bras d'un homme viril, au milieu de la nuit, en train de recueillir ses plus intimes confidences.

C'était terriblement excitant, songea-t-elle en répondant avec fougue à son baiser.

— J'ai perdu mes buts de vue, B, avoua-t-il ensuite, hors d'haleine.

Elle fut heureuse qu'il l'appelle « B ». L'initiale de son prénom lui apparaissait comme un trait d'union entre eux, un lien nouveau. Elle aima aussi l'émotion qui l'envahit en l'entendant la prononcer avec une telle douceur.

— Ellen est morte ?

Il la serra avec élan contre lui. Elle ressentit sa douleur et refoula les larmes qui lui montèrent aux yeux.

— Elle a eu peur que son frère soit tué, si elle témoignait. Alors elle a changé d'avis, mais elle n'a pas su comment me le dire.

— Je comprends maintenant pourquoi tu as douté de ma capacité à affronter Elliott.

— Ne prononce plus jamais ce nom ! Pas ici ! Pas dans cette chambre. Plus jamais !

Elle posa ses lèvres dans son cou et en goûta la délicieuse chaleur.

— Ellen a contacté son frère à mon insu, avec mon téléphone. Elle pensait qu'il l'aiderait à fuir, et qu'ils pourraient sans doute se cacher ensuite, mais il a été suivi par ses ennemis. Ils ont retrouvé Ellen, l'ont tuée, et ont abattu son frère et un policier.

— Et ils ont aussi tiré sur toi, acheva-t-elle, la bouche toujours dans son cou.

— Ellen est morte dans mes bras. Elle a perdu la vie parce que je n'ai pas été capable en même temps de l'aimer et d'être un bon policier.

Bailey embrassa les griffures qu'elle lui avait faites sur l'épaule tout à l'heure en se débattant, et regretta de ne pouvoir effacer le passé et l'en guérir aussi facilement que ces égratignures guériraient.

— Tu ne peux par porter ce fardeau pendant le reste de ta vie, Spence.

Il la serra à l'étouffer.

— J'aurais dû la protéger, B. Et si la même chose t'arrivait ?

Elle s'écarta légèrement de lui pour pouvoir le regarder dans les yeux.

— On a beau faire des efforts, il est impossible de tout contrôler, dans la vie. Tu n'as pas réussi à protéger Ellen, mais ça ne veut pas dire pour autant que tu as échoué. Ça signifie seulement que tu dois accepter de ne pas être parfait et de ne pouvoir tout maîtriser… Ce qui est important, c'est d'être plus fort que l'adversité. De ne pas rester la victime. De continuer, malgré la peur, les doutes… et le danger.

— B, ne me dis pas que…

— Si. Tout peut arriver. A toi. A moi. A n'importe quel moment.

— Non !

— Mais ce ne sera pas ta faute ou la mienne…

— Je ne supporterais pas de te perdre, B !

Cet aveu était intense, chargé d'une telle émotion que la réponse de Bailey fusa :

— Alors aime-moi.

Quand ce qu'elle venait de dire eut cheminé dans son esprit et qu'il l'eut assimilé, Spencer n'eut d'autre désir que d'accepter. Lorsque Bailey prit l'initiative de l'embrasser, il écrasa sa bouche sur la sienne, lui rendant son baiser de tout son cœur.

Il posa les mains dans son dos, sous son sweat-shirt, puis approfondit leur baiser avec délectation, gémissant au contact de sa langue qui venait si volontiers à la rencontre de la sienne.

Elle crispa les doigts dans ses cheveux et, tout à coup,

poussa un petit gémissement dont il recueillit ardemment la vibration sur ses lèvres.

Alors il s'enhardit, et descendit ses mains plus bas, beaucoup plus bas, sur ses reins, ses fesses rondes, puis il effleura son ventre plat. Sous ses caresses, Bailey n'était plus que frémissements. Tout en retenue encore, mais envoûtante.

La douceur et la passion conjuguées…

Il avait besoin de repos, mais il avait aussi besoin de faire l'amour à Bailey qui avait surmonté ses propres peurs pour apaiser les siennes et les partager, pour comprendre le sentiment de culpabilité qui le rongeait.

Et, enfin, pour soigner son cœur brisé par amour.

Quand il sentit sous ses doigts la pointe érigée de l'un ses seins, il la roula entre le pouce et l'index, Bailey poussa un petit cri et enfouit son visage contre sa poitrine.

— Spencer…

Dégrisé, il retira aussitôt la main.

— Je t'ai fait mal ? demanda-t-il d'une voix rauque.

— Non… J'ai été submergée… Je… j'avais… oublié.

Oublié combien c'était bon ? Oublié les sensations que pouvaient prodiguer les mains d'un homme ?

— B, tu… tu as peur ?

Elle posa un doigt sur ses lèvres, puis l'embrassa.

— Pas de toi, Spencer ! Mais il n'y a eu personne depuis que j'ai failli mourir.

Il brûlait de désir mais ne voulait en aucune manière la brusquer.

— Alors tu veux ? Tu es certaine ?

— Aime-moi !

— B…

Spencer reprit ses lèvres avec ferveur, pour la rassurer sur son désir de l'aimer.

— Dis-moi ce que tu aimes, B. Ce que tu n'aimes pas.

Demande-moi de m'arrêter si… A tout moment. Je ne suis pas le plus sensible des hommes, mais je…

— J'aimerais te chevaucher, murmura-t-elle. Tu veux bien ?

Il acquiesça, et se redressa en prenant appui sur un coude pour lui retirer son sweat-shirt. Elle repoussa la couette tandis qu'il roulait sur le flanc pour prendre un préservatif dans le tiroir de la table de chevet et ainsi se protéger. Puis il s'allongea sur le dos.

Après une brève hésitation et un sourire timide, elle se mit à califourchon sur lui puis rougit et se couvrit pudiquement les seins. Spencer sourit et lui prit doucement les mains pour les poser sur son torse.

Comme elle était belle…, songea-t-il, fasciné. Le teint laiteux de sa peau était rehaussé par le rose de la pointe de ses seins et la blondeur dorée de sa chevelure.

D'elle émanaient une telle beauté et une telle confiance qu'il se sentit tout petit et très humble.

— Tu es magnifique…

Le souffle de Bailey s'accéléra — et le sien aussi — tandis qu'il continuait d'adresser, par ses mots et ses caresses, un hymne à sa beauté. Bailey ondula contre son sexe dressé, ce qui lui fit pousser un gémissement sourd.

— Tu me désires ? demanda-t-elle dans un murmure.

— Oui.

— J'ai besoin que tu me désires. J'ai besoin de toi, Spence !

— Moi aussi, j'ai besoin de toi, B.

Il l'attira à lui pour l'embrasser. Lorsqu'elle se pencha, ses seins effleurèrent son torse.

— Oh ! B…, gémit-il, quand elle se redressa.

Elle se souleva et le laissa la pénétrer.

— Spencer… Oh ! c'est bon ! J'aime…

Elle ferma les yeux, et il cessa de parler. Peu à peu, il accéléra ses mouvements, prit ses seins en coupe. Bailey posa spontanément ses mains sur les siennes et entrelaça ses doigts aux siens de toutes ses forces.

Au moment où ils jouirent, elle l'appela dans un cri.

Quand elle se laissa retomber sur lui, il la reprit dans ses bras, et rabattit la couette sur eux d'un geste las mais avec un sourire heureux.

Ils s'endormirent aussitôt dans les bras l'un de l'autre.

Pendant quelques heures, Spencer Montgomery cessa d'être un policier pour n'être plus qu'un homme amoureux.

Fou amoureux.

11

— Tu es magnifique en smoking ! s'exclama Bailey.

Le compliment était sincère, mais Spencer resta de marbre.

Elle ne se formalisa pas et le prit par la main pour descendre de leur voiture, qui venait de s'arrêter devant le perron du petit hôtel particulier de Jackson Mayweather.

Des sapins de Noël garnis de guirlandes blanches et surchargés de boules de cristal encadraient les portes. Leurs branches étaient également couvertes de fausse neige, et ce spectacle féerique donnait l'illusion de pénétrer dans un conte de Noël.

Les invités montaient les marches du perron couvertes d'un tapis rouge pour gagner le hall d'entrée en marbre, orné de bouquets de roses blanches et de couronnes de sapin décorées, et où se tenaient les journalistes. Sur l'un des côtés, un quatuor à cordes jouait des morceaux classiques ainsi que des chants de Noël.

La perfection de l'organisation et le soin apporté au plus petit détail faisaient du bal de Noël de Loretta Austin-Mayweather l'un des événements les plus courus de Kansas City.

Une file ininterrompue de voitures passait devant le perron, s'arrêtant le temps de laisser descendre leurs passagers. Les personnalités et tous les invités montaient les marches, prenaient la pause devant les photographes, et se laissaient volontiers interviewer.

La soirée s'annonçait sous les meilleurs auspices. Comme

chaque année, Loretta en avait orchestré les préparatifs avec maestria, mais ce décorum représentait sans doute tout ce que Spencer détestait…

Il tendit ses clés au voiturier que Bailey reconnut : c'était son équipier, Nick Fensom. Il lui adressa un clin d'œil complice et fit à Spencer un petit signe signifiant « tout est en place ». Là-dessus, il se hâta de monter dans leur voiture pour aller la garer dans le parking un peu plus loin.

Bailey prit une profonde inspiration puis relâcha lentement son souffle entre ses lèvres parfaitement maquillées. Elle se réjouissait d'avoir un compagnon pour la soirée. Certes, Spencer était en mission, tous ses sens en alerte et donc guère d'humeur à festoyer, mais elle retrouvait parfois, au fond de son regard ou dans ses sourires, l'amant attentionné et passionné qui lui avait ouvert son cœur et donné son âme, qui l'avait tenue serrée dans ses bras pendant toute la nuit.

En assistant à ce bal, elle avait d'abord voulu faire plaisir à sa mère et calmer ses angoisses, mais elle désirait aussi prouver à la Nettoyeuse que, en se mettant sur son trente et un et en arborant un visage radieux, elle n'avait pas été impressionnée par ses menaces, les coups de feu, ni même par l'attentat de la veille.

Cette idée de la provoquer pour la faire sortir de ses retranchements lui était venue ce matin, tandis que, toujours dans les bras de Spencer, elle réfléchissait au sens à donner à sa vie. Elle avait décidé de briller, lors de ce bal, d'affronter avec aplomb les questions des journalistes, de sa mère ou des invités. La Nettoyeuse, qui sans doute la gardait à l'œil et cherchait toujours une possibilité de la réduire au silence avant lundi, serait témoin de son attitude triomphaliste et insolente, ce qui déclencherait ses foudres et l'amènerait à commettre une erreur fatale.

La police, qui n'avait ni pistes ni indices, pourrait ainsi la débusquer et l'arrêter. Ensuite, elle n'aurait plus à la redouter.

Spencer avait détesté l'idée de la voir jouer les appâts, mais, comme il n'en avait pas eu de meilleure, il avait fini par se résoudre à accepter. Avant de se diriger vers les marches, il donna un petit coup sur son oreillette et baissa les yeux vers le minuscule micro accroché à son veston et qui pouvait aisément passer pour le pin's d'une fraternité estudiantine.

— Ici Montgomery. Miss Austin est avec moi. Nous ne devons pas la quitter des yeux de la soirée. Si l'un d'entre vous a l'impression qu'il se passe quelque chose d'anormal, je veux être le premier à en être averti.

Bailey était à la fois fière et déconcertée d'être au bras d'un homme dont il émanait une telle autorité et qui inspirait autant de respect. Avec lui, elle ne pouvait pas être mieux protégée, même s'il redoutait que son amour pour elle n'interfère avec sa vigilance. Il doutait ? Eh bien, pas elle !

— Souvenez-vous que la sécurité de miss Austin et des invités est notre priorité, reprit-il à l'intention de ses hommes. Si nous parvenons à arrêter la Nettoyeuse, tant mieux. Mais, avant toute chose, il faut protéger les civils. Communiquez notre statut aux hommes de Zeiss, conclut-il. Terminé.

Le stress et le froid arrachaient à Bailey de petits frissons intermittents tandis qu'elle songeait à la soirée qui l'attendait.

A elle et à Spencer.

A leur couple, leur avenir.

Mais Spencer n'en était peut-être pas encore là. Peut-être n'avait-il voulu qu'une seule nuit d'amour avec elle. Peut-être même s'en voulait-il d'avoir cédé au désir et de lui avoir avoué qu'il était amoureux d'elle. Peut-être, tout compte fait, lui était-il définitivement impossible d'être à la fois un policier chargé de la sécurité d'un témoin à charge et en même temps d'en être amoureux…

Ce soir, c'était le policier qui l'accompagnait. L'homme

qu'elle aimait portait une chemise blanche immaculée et, sous son veston, son arme et son badge bien cachés.

Il semblait douter que la soirée se passerait bien, que le dispositif de sécurité, pourtant massif, ainsi que les journalistes et la foule des invités assureraient sa sécurité. Peut-être devait-elle le rassurer ?

Pendant qu'il scrutait les alentours, Bailey rectifia son col où était dissimilé le fil connecté à sa radio.

— Tu sembles contrarié, Spence. Mais tu affirmais ce matin que, si j'avais une idée, tu l'accepterais. Tu sais que ce stratagème, même s'il te déplaît, fonctionnera. Tout ira pour le mieux.

— Je sais, B. Je comprends ton besoin de prendre ce genre d'initiative…

Il lui prit la main et se pencha vers elle en la regardant droit dans les yeux.

— S'il devait arriver quoi que ce soit ce soir, et si je n'étais pas présent à ce moment-là, tu te battras, Bailey. Inlassablement. Sans te décourager. Tu m'entends, B ?

Son regard était aussi ardent que pendant la nuit, quand ils faisaient l'amour.

Heureuse de retrouver l'homme amoureux sous le policier, elle lui caressa la joue.

— Je te le promets, Spencer, répondit-elle d'une voix douce. Nez, gorge, entrejambe ou ventre. Inlassablement me battre. Je te jure que je ne serai plus jamais une victime.

Il l'embrassa sur la tempe et elle inclina la tête pour mieux savourer sa tendresse.

Cet instant d'intimité passé, il glissa son bras sous le sien et ils s'avancèrent vers les marches sous les flashes des appareils photo.

— Courage. C'est maintenant, lui dit-il en reprenant son attitude de policier.

Les journalistes l'appelaient déjà.

— Miss Austin !

— Par ici, miss Austin !

— Qui est votre compagnon pour la soirée ?

— Comment vous sentez-vous ?

— Que portez-vous ?

— Etes-vous sous le choc suite à l'explosion d'hier ?

Les flashes et les questions l'étourdirent tandis qu'elle gravissait les marches, mais elle retrouva vite son sourire et la grâce qu'elle avait héritée de sa mère pour répondre aux questions avec aisance. Elle présenta Spencer, s'extasia sur les talents de décoratrice et d'organisatrice de sa mère, et recommanda, avec élégance, de faire des dons très généreux.

Quand, avec Spencer, elle atteignit la porte d'entrée, une caméra surgit et Vanessa Owen s'approcha, un micro à la main. Aussi méfiante que le jour où la journaliste l'avait piégée dans le parking couvert près du KCPD, Bailey crispa les doigts sur la veste de smoking de Spencer.

— Joyeux Noël, miss Austin ! commença Vanessa Owen.

Elle portait un manteau noir vintage au col bordé de fourrure blanche et souriait à la caméra, sans se soucier du froid ni de son attitude impudente.

— Une innocente a été tuée à cause de vous. Peut-être même parce qu'elle a été confondue avec vous… Que ressentez-vous ?

— Vous dépassez la mesure, miss Owen ! intervint Spencer en essayant de passer devant la journaliste.

Bailey décida cependant de lui tenir tête.

— Corie Rudolf était mon amie. Ce soir, je pense en particulier à sa famille.

Le choc et la tristesse dus à la mort de sa voisine la submergèrent de nouveau. Puis elle fut envahie par la rage qui lui avait fait accepter de témoigner contre le Tueur à la rose rouge. Cette colère lui donna envie d'étrangler Vanessa Owen.

Mais elle se ressaisit pour sourire sereinement, et leva la main pour interrompre la journaliste et l'empêcher de poser d'autres questions sensationnalistes n'ayant pour but que de la désarçonner.

— Je ne suis pas responsable de la mort de Corie Rudolf. Le responsable, c'est la Nettoyeuse, la complice du Tueur à la rose rouge.

— Mais…

— Le Tueur à la rose rouge et sa complice sont les seuls et uniques responsables de la mort de Corie Rudolf ! martela-t-elle.

La frustration et l'impuissance qu'elle détestait ressentir remontèrent à la surface pour éclater en paroles virulentes.

— La mort de mon amie me rend plus que jamais déterminée à ce que justice soit faite !

— Voilà des paroles courageuses, compte tenu des menaces que vous avez reçues. Si je comprends bien, vous avez toujours l'intention de témoigner ?

— Oh oui ! Rien ni personne ne m'en empêchera.

Le regard de Vanessa Owen s'étrécit.

— Ne craignez-vous pas que la Nettoyeuse tente de nouveau de s'en prendre à vous après cette profession de foi ? N'êtes-vous pas terrifiée ?

Elle se pencha vers elle et continua.

— Ne devriez-vous pas être terrorisée d'être ici, avec nous, ce soir ? Ne nous mettez-vous pas tous en danger ?

— Nous sommes tous en sécurité, intervint sèchement Spencer. L'interview est terminée.

Bailey entendit le portable de Vanessa sonner pendant que Spencer la faisait entrer dans le hall. Elle jeta un coup d'œil derrière elle et vit une mimique agacée sur le visage de la journaliste qui prenait sa communication.

— Oui ? fit-elle. Quoi ?… Non, je ne peux pas ! Je suis en *live* pour le moment… Quoi ! Vous en avez la certitude ?… Ce soir ?

Bailey, qui l'observait toujours, vit son regard se diriger vers elle et s'y arrêter.

— Ce serait un scoop ! l'entendit-elle s'exclamer. Je m'en occupe tout de suite !

Puis elle raccrocha et fit signe à son cameraman de la suivre.

— Spencer ? dit Bailey qui tira sur sa manche en voyant la journaliste s'éloigner. Regarde-la. Où va-t-elle ?

Il observa un instant la journaliste qui s'en allait avant de répondre :

— Owen aurait été contactée par la Nettoyeuse que tu viens de défier ? A moins que ce ne soit elle, la Nettoyeuse…

— Tu plaisantes ?

— Jamais quand je travaille. J'envisage toutes les possibilités, Bailey.

Son regard était plus impitoyable que celui de la journaliste.

— Si la Nettoyeuse n'est pas déjà ici, un de ses complices l'est sans doute.

Il porta la main à son oreille.

— Nick ? Dis aux hommes de Zeiss d'être en alerte maximum. Je pense que nous allons avoir une belle fête, ce soir. Et que l'on recherche Vanessa Owen.

Bailey le lâcha pour s'approcher de la table où s'enregistraient les invités pendant que Spencer continuait de donner ses ordres.

Il y avait trop de monde. L'hôtel particulier était immense, et presque toutes les pièces du rez-de-chaussée et de l'étage étaient utilisées. Les extra louvoyaient entre les invités avec leurs plateaux garnis de coupes de champagne et d'amuse-bouches. Les musiciens se trouvaient à une extrémité de la salle de bal, et des couples valsaient déjà. Un sapin de Noël géant s'élevait au pied du grand escalier où des photographes professionnels prenaient des photos de chacun.

Débusquer la Nettoyeuse, si elle était présente, serait difficile. Bailey se demanda même si, dans un premier temps, elle parviendrait à s'introduire dans la place. Elle regarda de nouveau en direction des journalistes. Se pouvait-il

qu'elle soit déjà là ? Vanessa Owen avait eu naguère une liaison avec Brian Elliott, se souvint-elle. Lui avait-elle gardé sa loyauté ? Etait-elle sa complice ? Une ambitieuse capable de mettre en scène des événements qu'elle relatait dans son journal ?

— Miss Austin ?

Une voix amicale l'arracha à ses pensées. Max Duncan était assis à la table d'enregistrement. Il portait un costume-cravate, et une oreillette, comme Spencer. Ses lunettes miroir qui dépassaient de la poche de poitrine de sa veste déparaient sa mise élégante.

— Vous allez bien ?

— Oui, Max, merci.

Elle aperçut, par-dessus la table, un tabouret sur lequel il avait étendu sa jambe. Une béquille, à portée de main, était adossée au mur derrière lui.

— Et vous, ça va ?

— Un peu mal en point. Entorse du genou ; je porte une orthèse.

Il parcourut la liste des invités et biffa son nom.

— Mais on a besoin de tout le monde, ce soir, alors j'ai pensé que je pourrais m'occuper de l'enregistrement des invités, et ainsi surveiller les arrivées. Je dois revenir dans les petits papiers de M. Zeiss.

Bailey sourit.

— Je suis contente de vous voir entier.

— Moi aussi, répondit-il avec un petit sourire.

Le regard de Max se porta ensuite sur Spencer qui venait de poser sa main sur l'épaule de Bailey. Elle eut à peine le temps de s'étonner de son geste possessif qu'il reculait déjà.

— Inspecteur, dit Max en regardant de nouveau sa liste. Armé ?

— Oui, dit Spencer en soulevant sa veste pour révéler son holster. Vous avez enregistré les personnes armées ?

Max hocha la tête.

— Oui. Il y a vos hommes, et ceux de chez Zeiss.

Il porta la main à son genou.

— Moi, je ne suis pas très rapide, mais vous pouvez compter sur nous !

— Ravi de vous l'entendre dire. Merci.

— Bailey !

Bailey ne put retenir un soupir en entendant sa mère l'appeler. Dans un froufroutement de taffetas rouge, Loretta lui fit signe de la rejoindre près des journalistes et photographes.

— Courage, fuyons…, murmura-t-elle.

Passant son bras sous celui de Spencer, elle alla à la rencontre de Loretta Austin-Mayweather. Celle-ci la serra dans ses bras, n'effleurant que sa joue pour ne pas brouiller son maquillage.

— Je suis si contente que tu sois là ce soir ! Quelle robe magnifique ! Ce bleu nuit te va divinement bien. Laisse-moi mieux te regarder.

Loretta prit Bailey par les mains, recula, puis avisa le pansement sur sa tempe.

— Oh ! Chérie, quelle horreur !

Elle passa un doigt sur le pansement et fronça les sourcils.

— Est-ce que tu garderas une cicatrice ?

Sans laisser à Bailey le temps de répondre, elle se pencha vers un photographe qui prit aussitôt un cliché en les éblouissant de son flash. Sa mère montra ensuite le pansement au photographe.

— Cette chose n'apparaîtra pas sur la photo, bien entendu ?

— Bien entendu, madame Mayweather !

Loretta reprit Bailey par la main et l'entraîna dans la salle de bal.

— Je veux que tu viennes saluer le maire.

Bailey se figea.

— Attends, maman…

Les craintes de sa mère que cicatrices ou blessures ne la déparent, n'apparaissent sur les photos, et son désir de la promouvoir auprès des politiciens lui étaient indifférents. En revanche, Bailey tenait à ce que sa mère ait conscience du danger qu'elle courait actuellement et soit solidaire d'elle.

— Tu te souviens de mon ami Spencer ? poursuivit-elle en avisant Spencer qui venait vers elles.

— Ton ami ? répéta Loretta soudain moins affable. L'inspecteur Montgomery ?

— Bonsoir, madame Mayweather.

— Ecoute, maman… J'ai accepté de venir à ton bal pour te faire plaisir, alors, s'il te plaît, sois conciliante et agréable.

Une espèce de désespoir passa sur les traits délicats de Loretta qui, finalement, tendit la main à Spencer.

— Merci d'avoir sauvé la vie de ma fille.

Puis elle pointa l'index sur lui et son expression redevint sévère.

— Mais si jamais vos hommes gâchent mon bal, vous aurez de mes nouvelles !

Bien que dans l'incapacité de profiter pleinement des instants de grâce où ils valsaient car il restait en alerte, Spencer aurait voulu passer la soirée à danser avec Bailey. Il s'était consolé en se disant que, tant qu'il la tenait dans ses bras, elle était en sécurité.

Il était resté à ses côtés tandis qu'elle s'entretenait avec différentes personnalités. Les rares fois où il l'avait perdue de vue, il avait retenu son souffle, pour mieux respirer sitôt qu'il revoyait sa tête blonde.

Comme il ne l'avait pas quittée des yeux, il avait redécouvert sa grâce, sa faculté à tenir une conversation sur toutes sortes de sujets avec le sourire et une attention apparemment soutenue. Il était fier d'avoir à son bras une femme aussi jolie et intelligente qu'il savait fidèle, généreuse et digne de confiance. Bailey était la compagne rêvée ; elle lui était complémentaire. Avec sa tendresse et sa ténacité, elle avait réussi à apaiser ses tourments et fait naître en lui une folle passion.

Conscient du désir qui l'envahissait au souvenir de leur nuit, il soupira et ferma un instant les yeux. Après ce bal, après le procès, il saurait si un avenir avec elle était possible. Pour l'instant, il était incapable de faire la part des choses… Aussi longtemps que la Nettoyeuse rôderait, il refusait de s'engager et de rêver à un futur commun.

Il sentit son cœur manquer un battement lorsqu'il ne vit plus Bailey en les rouvrant.

— Bailey ? appela-t-il à mi-voix.

Il regarda partout autour de lui, vit les couples valser, mais ne repéra ni sa robe bleu nuit ni sa chevelure blonde.

Il traversa la salle pour se rendre là où il l'avait aperçue pour la dernière fois et s'apprêtait à demander à ses hommes de se mettre à sa recherche quand il l'aperçut en compagnie de Gabriel Knight.

Spencer se hâta pour s'interposer avant que le journaliste n'ait le temps d'acculer Bailey avec des questions accusatrices, voire de lui adresser des plaisanteries de mauvais goût sur le thème de la « pauvre riche héritière ».

Tandis qu'il s'excusait de bousculer les invités qui riaient et conversaient, il constata que Gabriel Knight conduisait Bailey vers sa compagne pour la soirée, qui n'était autre que Mara Boyd-Elliott.

Cette dernière était assise près de l'un des nombreux sapins de Noël et parcourait des papiers étalés sur ses genoux. Elle en signa certains, et en donna d'autres à la jeune femme brune à côté d'elle, qui n'était autre que Regina Hollister. A en juger par sa tenue, un tailleur-pantalon, cette dernière n'avait pas été invitée au bal et n'était que de passage.

Il l'entendit s'adresser d'une voix pressante à Mara.

— Madame Boyd, si vous pouviez finir de signer…

— Regina, je vous en prie ! Un peu de tenue ! répliqua Mara, contrariée. Nous ne sommes pas au bureau, mais à une soirée mondaine. Nous fêtons Noël.

Regina poussa un gros soupir.

— Je comprends, madame, et je suis désolée d'avoir fait intrusion et de vous déranger, mais M. Elliott doit régler ses affaires avant…

Lorsqu'elle aperçut Bailey, elle s'interrompit, rougit, et reformula autrement sa phrase.

— Avant lundi.

Sur ces mots, elle tendit à l'ex-femme de Brian Elliott d'autres documents.

— M. Elliott a également besoin de votre signature sur ses actifs, pour liquider sa propriété avant la fin de l'année. Je vous en prie, madame.

— D'accord.

Avec un geste impatient, Mara prit les documents et les parapha avant de les rendre à Regina.

— Merci infiniment, madame Boyd. M. Elliott appréciera. Je vous souhaite de passer une bonne soirée.

Ces dernières paroles s'adressaient aussi à Bailey et à Knight. Là-dessus, Regina Hollister reprit son manteau et sa sacoche, et s'éclipsa à la hâte.

Qu'est-ce que Mara et Bailey pouvaient bien avoir à se dire ? se demanda Spencer qui avait suivi la scène sans se faire remarquer. Mara allait-elle se justifier d'avoir payé la caution de son ex-mari ? Demander à Bailey si elle voulait accorder une interview exclusive à son journal ? A moins que ce ne soit Bailey qui veuille lui parler ? Il prêta l'oreille.

— Vous avez toujours des biens communs avec votre ex-mari ? commença Bailey.

— C'était un divorce amiable, miss Austin. Depuis, nous continuons à avoir des relations mutuelles bénéfiques.

B, par pitié ! soliloqua Spencer in petto. *C'est moi le policier, pas toi.*

Mais il n'intervint pas. Il était rassuré d'avoir Bailey sous les yeux avec, de surcroît, une éventuelle suspecte.

Il s'approcha discrètement, en veillant à ne pas attirer l'attention, pour mieux entendre leur conversation. Il vit Bailey croiser les bras, et cette attitude déterminée le fit sourire.

— On dirait que vous prenez fait et cause pour votre ex-mari, reprit-elle.

— Vous ne connaissez pas Brian comme je le connais.

— Je n'en doute pas. Et c'est bien la raison pour laquelle je me demande comment vous pouvez aider un tel individu, répliqua Bailey en secouant la tête.

— Comme je vous l'ai dit, nous sommes restés en excellents termes après notre divorce.

Elle fit un geste vers la porte d'entrée.

— C'est pourquoi Regina travaille le week-end et s'occupe de cette paperasserie administrative. Nous essayons d'aider Brian et de protéger ses intérêts.

Elle marqua une pause avant de poursuivre, comme pour elle-même.

— Quand j'ai hérité de la fortune de mon père, Brian a changé. Avant, c'était un *self-made man*, qui avait réussi à force de travail et de talent. Soudain, ça a été comme si ma fortune l'éclipsait. J'étais plus riche ; donc, à ses yeux, plus puissante que lui. Je pense que, dès lors, il a vu en moi une adversaire. Il a été jaloux.

— Quelle triste histoire ! persifla Bailey. Mais cela ne change rien au fait qu'il a voulu me tuer.

Mara s'adossa à sa chaise, et Spencer se pencha pour mieux entendre la suite.

— Je ne suis pas stupide, miss Austin. Je sais compter et je sais que les meurtres ont commencé après le divorce. En imaginant qu'il soit coupable, est-ce à cause de moi que Brian haïrait les femmes riches et les supprimerait ? C'est possible. Et dans ce cas, s'il est devenu un criminel, ce serait ma faute.

Spencer en avait assez entendu. Ce qu'elle venait de dire était intéressant, mais ne pouvait être exploité devant une cour de justice. Il s'approcha de Bailey qu'il enlaça.

— Vous vous considérez comme une victime, madame Elliott ? Ne seriez-vous pas plutôt sa complice ? Quelles autres informations cachez-vous à la police ? Avez-vous subi la colère et la violence de votre mari, quand vous étiez encore mariés ? Vous a-t-il agressée ?

— Mon ex-mari a des problèmes. Je tente simplement de l'aider. Je le lui dois.

Elle se leva, et passa son bras sous celui de Gabriel Knight.

— Allons danser.

Lorsqu'ils se furent éloignés, Spencer lâcha Bailey.

— Tu ne dois pas t'approcher de Mara Boyd-Elliott, de Regina Hollister ou de Gabe Knight. Tu n'aurais pas dû leur parler.

— Et si Mara était la Nettoyeuse ? Tu as entendu ce qu'elle a dit ? Elle veut protéger son ex-mari. Elle a payé sa caution et paie sans doute les honoraires de son avocate. Je suis certaine qu'elle liquide ses biens pour cette raison !

— Cesse de faire mon travail et celui de mes hommes à notre place, B. Ils sont en train de chercher la trace de Vanessa Owen qui s'est volatilisée.

S'efforçant de refouler des peurs susceptibles de lui faire perdre son objectivité, il poussa un gros soupir et lui prit les mains.

— Ecoute, B… Je comprends ton désir d'acculer Mara, mais tu prends des risques inutiles et dangereux.

Bailey posa les mains sur sa poitrine et ne reprit la parole qu'après un long silence.

— Je ne cherche pas de problèmes, Spence, seulement

des réponses. De plus, je n'étais pas seule, puisque mon garde du corps était là.

Sur ces mots, Bailey se retourna et regarda vers la table d'enregistrement dans l'entrée, maintenant inoccupée.

— Max ? appela-t-elle.

— Je suis là, répondit ce dernier, en s'approchant appuyé sur sa béquille. Inspecteur Montgomery, je crois que nous avons un problème.

— Oh non…, fit Bailey en le voyant brandir un sachet contenant une carte et une enveloppe vertes.

Spencer le lui prit. Tout cela n'était que trop familier et le message, limpide.

« Je t'avais avertie.

» Maintenant, tu vas gâcher le bal de Noël de ta mère. Et le payer de ta vie. »

— Quand ? Comment ? demanda Bailey en crispant les doigts sur le bras de Spencer.

— Nous l'avons trouvée dans le panier destiné aux dons placé sous l'arbre de Noël, expliqua Max. Nous vidons son contenu toutes les heures et mettons les espèces et les chèques dans un coffre. Notre suspect a donc été présent sur les lieux au cours de la dernière heure.

Spencer survola du regard les invités et les employés de maison. Il estima qu'il y avait une cinquantaine de personnes. Plus deux cents dans les salles de bal et de jeu, sans compter le personnel en cuisine ou disséminé un peu partout dans la maison.

— Elle est sans doute toujours là, dit-il. Aucun autre signe inquiétant ?

— A priori non. Je me suis entretenu avec M. Zeiss, et nos hommes ont commencé à organiser l'évacuation des lieux. Nous sommes postés à tous les accès. Nous expliquons que nous avons détecté une fuite de gaz et qu'une équipe est en route pour la réparer. Je dois avertir M. Mayweather de la situation minute par minute.

— Demandez-lui de faire une annonce. Nous devons évacuer la résidence dans le calme, afin que personne ne soit blessé, et pas trop vite, afin qu'elle ne passe pas entre les mailles du filet.

Là-dessus, Spencer contacta Nick.

— Elle est là ! Nous évacuons. Mais personne ne doit quitter la propriété.

— Compris.

Il passa son bras autour des épaules de Bailey et lui fit prendre la direction de la sortie.

A peine avaient-ils fait quelques pas que les lumières s'éteignirent.

Bailey sentit Spencer la pousser contre le mur et la protéger de son corps, tandis que les invités, soudain affolés, commençaient à se bousculer pour sortir.

Un violon fit une fausse note, et l'orchestre cessa de jouer. Il y eut des cris de douleur et de peur. Une vitre se brisa tout à coup et la panique redoubla. Nombreux étaient ceux qui appelaient un proche ; tout le monde parlait à la fois. Puis Bailey entendit la voix forte de Jackson.

— Restez calmes, s'il vous plaît ! Ne bougez pas ! Du calme, je vous prie !

— Mon Dieu, si jamais quelqu'un est blessé..., dit-elle en se pressant contre le mur, affolée. Spencer, j'ai peur du noir. C'est à cause du capuchon noir que...

— Chut !

Ses lèvres fermes et chaudes s'appuyèrent sur sa nuque.

— Tu n'as rien à craindre, B. Fie-toi au son de ma voix. Reste auprès de moi.

Spencer sortit son téléphone portable et appuya sur une touche. Son écran devint lumineux.

— Regarde, nous ne sommes plus dans le noir.

D'autres personnes, ainsi que les hommes de Zeiss, l'imitèrent. Une multitude de petits carrés lumineux percèrent bientôt la pénombre.

Bailey ne réussit cependant à mieux respirer que lorsque Spencer reprit sa main. Il leva le bras et de nombreuses personnes s'approchèrent de lui.

— Je suis l'inspecteur Spencer Montgomery du KCPD ! annonça-t-il. Que tout le monde garde son calme ! Je vais m'informer sur les raisons de cette coupure d'électricité. Ne bougez pas.

Tout en regrettant d'avoir annoncé qu'il était de la police, il se dirigea vers la sortie. Ignorant ses consignes, les invités pas vraiment rassurés le suivirent.

— Ne bougez pas ! répéta-t-il tandis que de nombreuses personnes se rapprochaient et confluaient dans sa direction.

Bousculée à plusieurs reprises, Bailey lui lâcha la main.

— Spence ?

— Bailey ?

Elle tendit la main à l'aveuglette, fut de nouveau bousculée et, cette fois, se trouva définitivement séparée de Spencer par le flot ininterrompu et rapide des gens qui sortaient.

— Bailey ! s'écria-t-il.

Il se tourna et orienta son portable derrière lui.

— Duncan ! Vous êtes auprès de Bailey ?

Bailey cilla, lorsque le faisceau lumineux d'un téléphone portable passa sur son visage.

— Oui, elle est avec moi.

— Bailey ! Reste avec Max ! cria Spencer. Je te retrouve tout à l'heure.

— D'accord !

Max Duncan lui prit le bras.

— Vite. Sortons !

Soulagée d'être sous la protection de son garde du corps, Bailey opina.

— Et mon manteau ? Je vais avoir froid, dehors.

— Je vous prêterai ma veste.

Bailey se rendit soudain compte que Max se déplaçait aisément sans sa béquille.

— On dirait que vous allez mieux ?

Il leva sa béquille et haussa les épaules.

— Je préfère mal avancer sur deux jambes que de bien trébucher avec une béquille.

Elle sourit puis fronça les sourcils. Elle n'appréciait pas sa pression trop forte sur son bras.

— Vous me faites mal, Max. Lâchez-moi. Je peux vous suivre plus aisément, maintenant.

Comme il n'obtempéra pas et accélérait même le pas, l'inquiétude la saisit. Avait-il vraiment une entorse au genou ?

— Max ?

Il se passait quelque chose d'anormal. Elle comprit qu'elle était en danger quand il s'engagea dans un petit couloir donnant sur l'office voisin de la cuisine, à l'arrière de la maison. Elle essaya de se dégager et de lui résister. En vain.

— Max ? Ecoutez, je suis née et j'ai grandi dans cette maison, et ce n'est pas par là que…

Mais il l'ignora, l'entraînant toujours plus vite à sa suite. Bailey se prit les pieds dans les plis de sa longue robe de soirée, trébucha et se tordit la cheville.

— Bon sang, Max, il fait sombre ! s'exclama-t-elle sans prêter attention à la douleur. Eclairez-moi, à la fin !

Ce fut une autre voix qui s'éleva. Celle d'une femme, derrière elle.

— Voici la lumière.

Bailey fit volte-face.

— Qui êtes-vous ?

La lueur d'une lampe de poche l'éblouit soudain. Elle porta la main à ses yeux et, après un temps, reconnut la femme.

Regina Hollister ?

L'assistante de Brian Elliott ?

Toujours présente en arrière-plan…

Les documents qu'elle avait apportés à Mara Boyd-Elliott n'avaient été qu'un prétexte pour s'introduire dans l'hôtel particulier de Jackson et de nouveau la harceler, la menacer.

— Que faites-vous là ? demanda Bailey, même si elle avait déjà compris.

— Je suis venue mettre de l'ordre dans les affaires de Brian. C'est ma fonction, ma mission. Il a toujours eu besoin de moi. Depuis le tout début.

La Nettoyeuse.

D'instinct, Bailey recula pour se mettre hors de sa portée, mais il n'y avait guère de place dans le couloir et elle heurta Max, immobile et silencieux. Le gagnerait-elle à sa cause ? L'espérant, elle tenta sa chance.

— Je vous en prie, Max, appelez Spencer. Quoi que cette femme puisse avoir contre vous, quelle que soit la somme qu'elle vous verse, ça n'en vaut pas la peine. Je vous paierai le double.

— Max ! le prévint Regina, menaçante. Nous n'avons pas beaucoup de temps.

Malgré la pénombre, Bailey vit le regret se peindre sur les traits de Max.

— Il ne s'agit pas d'argent, miss Austin… Je suis désolé de devoir faire cela.

Faire quoi ?

Elle comprit en sentant qu'il lui passait un capuchon sur la tête. Elle se retrouva instantanément dans l'obscurité et, reportée à son agression, fut submergée par une peur sans nom.

Cependant, elle n'était plus la même qu'un an plus tôt.

Max poussa un cri quand elle lui mordit la main. Saisissant le bas du capuchon, elle essaya de le retirer mais Max, qui n'avait pas lâché prise, le lui remit. Bien qu'aveuglée, elle le frappa à la gorge et, lorsqu'il la saisit par les cheveux, le griffa partout où elle pouvait l'atteindre.

— Arrêtez, miss Austin !

— Vous me faites perdre mon temps, Max ! s'exclama Regina Hollister avec impatience. Je m'occupe d'elle.

L'instant d'après, Bailey reçut sur la nuque un coup qui l'étourdit et la fit tomber à genoux.

— Spencer..., murmura-t-elle, prise de vertige. J'ai besoin de toi...

Sa tête était très lourde quand Max la chargea sur son épaule comme un vulgaire paquet. Elle revivait son cauchemar... Frappée et isolée dans le noir.

Avant de perdre connaissance, elle entendit, comme venant de très loin, la voix de Regina Hollister.

— Vite. Il est impatient de la voir mourir.

12

Spencer était devant l'office, avec à la main des lunettes miroir et le talon d'un escarpin bleu nuit.

Bailey était loin, désormais…

Il avait fallu vingt minutes aux hommes de Zeiss pour passer l'hôtel particulier au crible et découvrir, puis signaler, des taches de sang fraîches sur le tapis. Bailey était-elle blessée ? Il n'en avait évidemment pas la preuve, mais il avait l'intuition que c'était son sang.

Bats-toi, B !

Il devait la retrouver. Perdre Bailey après avoir perdu Ellen était tout bonnement impossible.

Il n'y survivrait pas.

Prêt à passer à l'action, il retira sa cravate et déboutonna son col.

— Résumons-nous. Que savons-nous au juste ?

Hans, le berger allemand de Pike Taylor, haletait dans le couloir. Pike flatta et caressa son chien.

— Hans a suivi la trace de miss Austin jusqu'au parking du personnel où le pick-up de Duncan était garé. Il a ensuite pu le suivre jusqu'à l'autoroute. Le pick-up a pris la direction de l'est.

— Je n'ai retrouvé que les empreintes de Duncan sur la poignée de la porte, intervint Annie.

Spencer lutta de toutes ses forces contre l'angoisse de plus en plus oppressante qui montait en lui et menaçait de le submerger. Le cauchemar recommençait ! Le sien, mais surtout celui de Bailey.

Le noir. La perte de repères. La violence. Les coups...

Elle devait être terrifiée.

Nick huma l'air autour de lui comme un chien de chasse qui aurait découvert une piste.

— Tu sens cette odeur, Spencer ? C'est un parfum de femme. Celui de Bailey ?

— Non, fit Spencer après avoir reniflé à son tour.

Bailey portait un parfum frais et citronné.

— C'est sans doute celui de la Nettoyeuse.

Le téléphone de Nick vibra.

— SMS de Sarge ! annonça-t-il. Dès que nous nous sommes concentrés sur Duncan, nous avons trouvé une piste. Ce type a un passé qu'il préfère manifestement oublier. Je vais répondre à Sarge, lui demander de lancer un avis de recherche sur le pick-up.

— J'ai parlé aux parents de Bailey et j'ai obtenu la liste des femmes invitées à la fête, ainsi que des journalistes et du personnel féminin, intervint Kate Kilpatrick.

— N'oubliez pas que Duncan était à la table d'enregistrement. La Nettoyeuse pouvait faire partie des invités, mais il aurait aussi pu la faire entrer sans que son nom figure sur sa liste.

— Mara Boyd-Elliott, la seule suspecte a priori, est devant la maison, sous surveillance. Elle serait donc hors de cause, déclara Kate. Quant à Vanessa Owen, elle n'a pas quitté d'une semelle l'épouse d'un important homme d'affaires dont on vient d'apprendre qu'il était accusé de malversations financières. C'est un énorme scandale qui va éclater demain dans la presse. Nous avons montré à Loretta Austin-Mayweather les photos prises à l'arrivée de ses invités et au cours de la soirée, ainsi que celles du personnel engagé en extra. Elle est bien sûr dans tous ses états, à cause de la disparition de sa fille, mais elle a pu tout de même nous aider.

Elle tendit une photo à Spencer.

— Elle a affirmé n'avoir jamais vu cette femme. Et c'est la seule qui n'était pas en tenue de soirée.

Spencer prit le cliché sur lequel figuraient quatre personnes et passa le doigt sur le visage de Bailey en train de converser avec Mara Boyd-Elliott et Gabriel Knight.

La quatrième personne portait un tailleur-pantalon.

C'était Regina Hollister.

La Nettoyeuse.

Il tendit la photo à Nick.

— Il faut la retrouver.

Lorsque Bailey revint à elle, elle était allongée sur un sol en ciment, près d'une poutre métallique, et avait très mal à la tête, après avoir été assommée. Max était assis près d'elle, sur une vieille chaise, et la surveillait. Il avait posé son orthèse et sa béquille à ses pieds.

Un peu plus loin, installés sur un banc, Brian Elliott et Regina Hollister, penchés l'un vers l'autre, riaient et discutaient. Ils semblaient entretenir des relations plutôt intimes…

Elle refoula la vague de terreur qui montait en elle.

Se battre. Inlassablement. Ne pas s'avouer vaincue.

Spencer était à sa recherche. Il était intelligent, c'était un excellent policier. Lui et ses hommes retrouveraient sa trace. Il allait vite tout comprendre, il allait arriver.

Mais comment gérer la situation en attendant ? Elle ne lui ferait pas revivre une autre tragédie.

Ne jamais céder face à l'adversité.

Depuis combien de temps était-elle là ? Faisait-il jour ? Elle n'avait aucun moyen de le savoir, car le vaste entrepôt dans lequel elle se trouvait était aveugle.

Le passé se répétait, mais Spencer la retrouverait, bientôt.

Estimant sans doute que seule contre trois elle ne risquait pas de s'échapper, ses ravisseurs ne l'avaient pas ligotée. Peut-être tenait-elle là sa chance…

Elle se redressa avec effort pour s'asseoir et s'adossa à la poutre.

— Pourquoi faites-vous ça, Max ? demanda-t-elle, autant par besoin de parler que pour ne pas se laisser submerger par la peur et la frustration.

— Parce que j'ai fait par le passé des choses dont je ne suis pas très fier. Des choses qui m'ont coûté mon travail.

Il eut un petit rire amer.

— Disons que je n'ai pas toujours gagné ma vie avec des vêtements sur le dos…

— Oh…

Elle ne s'était pas attendue à une telle réponse de la part de cet homme musclé à qui elle avait accordé sa confiance et dont elle s'était portée garante auprès de la police.

Qu'importe. Pour l'heure, elle était prisonnière. Brian Elliott pensait-il vraiment que la mort du témoin à charge lui épargnerait la condamnation ?

Il était assez fou pour cela, et Regina Hollister avait sans doute un plan pour la lui épargner.

Comme une nouvelle vague de panique menaçait de la gagner, elle inspira profondément avant de reprendre la parole.

— Et Corie ? Elle semblait vous apprécier. Votre passé lui aurait été égal.

Max se pencha en avant sur sa chaise, appuya ses coudes sur ses genoux et posa son menton sur ses mains. Le regard de Bailey passa sur l'orthèse et la béquille posées sur le sol non loin d'elle. De toute évidence, il n'avait jamais été blessé. Ce n'avait été qu'une ruse pour gagner sa confiance et un moyen de s'installer à la table d'enregistrement des invités.

— Je suis désolé pour votre amie… Elle était vraiment mignonne. On se connaissait bien, elle et moi.

Bailey fit mine de s'asseoir plus confortablement, comme si la poutre contre son dos la gênait, et en profita pour s'approcher un peu de lui.

— C'est parce que Corie vous surveillait aussi, reprit-il. Vingt-quatre heures sur vingt-quatre.

Bailey eut de la peine. Deux personnes en qui elle avait confiance l'avaient trahie. En soupirant, elle déploya sa robe autour de ses chevilles, sans perdre l'orthèse et surtout la béquille des yeux.

— Elle a été tuée par erreur ? Car c'est moi qui étais visée, hier, n'est-ce pas ? Ou n'a-t-elle été qu'un dommage collatéral ?

— Ni l'un ni l'autre. Corie a eu la frousse. Elle ne voulait pas aller plus loin.

Max lui répondait sans la regarder, son attention dirigée vers Brian et Regina qui les ignoraient toujours.

— Corie ne voulait pas qu'on vous fasse du mal.

Bailey profita de son inattention pour faire glisser l'orthèse sous sa robe.

— Je suppose que Regina n'admettra pas que, vous, vous refusiez d'exécuter ses ordres…

— Si Regina veut quelque chose, elle vous le fait savoir. Et, si vous n'obtempérez pas, elle vous retrouve et…

Il laissa échapper un petit rire de dérision.

— Nous ne sommes que ses instruments. Ses proies. Seul Elliott compte à ses yeux. Leur relation confine à la folie. Elle est sa mère, son amante, sa protectrice…

— Et Elliott ?

Elle fit mine de s'étirer, et mit le pied sur la béquille qu'elle ramena vers elle.

— Lui, il a l'argent. Le talent. Mais, surtout, la haine des femmes riches. Il considère qu'elles sont une injure au génie. A son génie.

Comme Max ne la regardait toujours pas, elle saisit la béquille et le frappa de toutes ses forces au visage. Elle entendit un craquement. Il porta les mains à son visage en sang et se leva d'un bond en hurlant. Elle frappa de nouveau, cette fois à la gorge, et toucha sa pomme d'Adam. Il retomba sur sa chaise.

— Max ! hurla en même temps Regina.

— Arrêtez-la ! cria Elliott.

Sans laisser à Max le temps de se ressaisir, Bailey se leva vivement et lui donna un nouveau coup dans le ventre, lui coupant le souffle.

Puis elle hésita. Continuer avec la béquille ou prendre l'arme de Max, à sa ceinture ? Cette seconde d'hésitation lui fut fatale, car elle donna le temps à Brian Elliott de se jeter sur elle pour la neutraliser. Il la secoua comme une poupée de chiffon jusqu'à ce qu'elle lâche la béquille, puis la projeta sur le sol où il la maintint.

— Lâchez-moi ! cria-t-elle en se débattant.

— Fais-la taire, Brian ! s'exclama Regina. On va finir par l'entendre !

— Donne-moi mon arme ! ordonna Elliott, qui ignora son avertissement.

Bailey entendit les gémissements de Max, et les pas précipités de Regina Hollister.

— Laisse-moi faire, insista Regina. Je vais régler le problème rapidement.

— Ne me donne pas d'ordres !

— J'entends des sirènes, s'écria Regina.

— Spencer ! hurla Bailey désespérée. A l'aide !

Une gifle la réduisit au silence. Elle tenta encore de lutter, mais elle avait trop mal à la tête. Elle était aussi tellement fatiguée…

— De toutes les femmes qui ont osé me défier, tu as été la plus effrontée, murmura Elliott à son oreille. La seule qui a survécu.

Cette voix. Cette odeur d'après-rasage…

— Arrêtez, je vous en prie…, murmura-t-elle, terrorisée.

— Brian ?

Regina avait posé la main sur son épaule et le secouait.

— Brian ! La police arrive ! Il faut fuir.

La police ?

— Spencer ! hurla de nouveau Bailey en rassemblant toutes ses forces.

Ne pas se décourager. Se battre. Inlassablement. Lutter.

— Pas avant que j'en aie fini avec elle ! répliqua-t-il en commençant à l'étrangler. Je veux ma vengeance !

Avec l'énergie du désespoir, Bailey le frappa à l'entrejambe.

Elliott s'affaissa sur elle en hurlant. Bailey le repoussa et se releva, le souffle court.

— Max ! Lève-toi ! Viens m'aider ! s'écria Regina qui s'était agenouillée près d'Elliott qui se tordait de douleur. Brian ?

Un bruit de porte fracassée retentit soudain, suivi de pas précipités, et une voix s'éleva.

— KCPD !

— Spencer !

— Bailey !

Ses hommes le suivaient. Tous braquèrent leurs armes sur Brian Elliott, Regina Hollister et Max Duncan.

— KCPD ! Mains en l'air !

L'aboiement d'un chien couvrit ces mots.

Brian Elliott jura.

— Eloignez ce chien !

— Spence… tu m'as retrouvée !

Alors que Bailey allait se précipiter vers lui, Regina la retint en passant le bras autour de son cou et la plaqua contre elle.

Avait-elle eu le temps de s'emparer du Sig Sauer de Max,

ou avait-elle sa propre arme ? Toujours est-il que Bailey sentit le contact froid d'un canon sur sa tempe.

— Stop tout le monde ! cria Spencer qui se figea, son Glock à la main. Bailey !

Son regard pers croisa un instant celui de Bailey, et se durcit quand il se posa sur Regina.

— Je l'ai manquée volontairement, hier, lança celle-ci. J'ai cru que je pourrais rendre un minimum de bon sens à ta petite amie.

Bailey se crispa en sentant le canon de l'arme appuyer plus fort contre sa tête.

— Laissez partir Brian ! reprit Regina. Sinon, cette fois, je ne la manquerai pas.

Les yeux de Bailey se remplirent de larmes lorsqu'elle vit la colère et le désespoir envahir les traits de Spencer. Son premier amour avait baissé les bras et n'avait pas cru en lui. Mais elle, elle lui faisait confiance. Totalement.

— Je ne suis pas Ellen, Spence, dit-elle simplement en instillant dans sa voix et son regard tout l'amour qu'elle éprouvait pour lui. Tu ne me perdras pas !

— Comme c'est charmant ! ironisa Regina. Ne te fais pas de souci, Brian, encore une fois je vais te tirer de là.

Elle pressa si fort le canon de son arme contre sa tempe que Bailey dut incliner la tête.

Brian Elliott était déjà menotté, mais Regina ne renonçait pas.

— Je te promets qu'elle ne témoignera jamais contre toi, Brian ! cria-t-elle à son amant.

C'est une promesse qu'elle ne pourrait tenir car, au même moment, Spencer tira. Bailey sursauta, tandis que Regina la lâchait et titubait en arrière.

— A terre, B ! hurla Spencer.

Bailey obtempéra immédiatement.

Regina tira sans atteindre personne. Spencer riposta et,

cette fois, elle s'effondra, vaincue, pendant que Nick aidait Bailey à se relever.

Spencer baissa son arme.

— B ?

— Spencer !

Elle se jeta dans ses bras.

— Oh ! Spence…

Il l'embrassa avec une telle ferveur qu'elle vacilla, mais il la retint et elle s'agrippa aux revers de sa veste.

— On les a eus, mon cœur. Ils ont perdu…, lui dit-il enfin, hors d'haleine.

Ils restèrent un moment enlacés, les yeux dans les yeux. Puis, gardant son bras autour de sa taille, Spencer se tourna vers ses hommes.

— Nous devons évacuer nos prisonniers et boucler la scène de crime. Il faut contacter Annie.

— On avait déjà compris, patron. Laisse, on va gérer la suite, dit Nick avec un grand sourire.

Il releva Max Duncan et adressa un clin d'œil à Bailey.

— Soyez gentille avec Spencer, Bailey !

— Emmenez-les ! ordonna Spencer.

Ses hommes, Pike Taylor et Nick en tête, poussèrent Brian Elliott et Max Duncan vers la sortie .

Spencer aurait aimé trouver des paroles de réconfort pour Bailey qui frissonnait contre lui, mais les mots lui manquaient, tout à coup.

Parce que le corps de Regina Hollister gisait non loin. Parce que la menace qui planait sur Bailey était désormais écartée, et qu'il n'avait plus aucun besoin de la protéger…

Il se contenta donc de poser un instant la main sur sa joue puis soupira, et remit son arme dans son holster avant de retirer sa veste. Il la lui posa sur les épaules et lui prit la main.

Il l'emmena hors de l'entrepôt puis jusqu'à sa voiture.

Après avoir retiré le gyrophare, il mit le contact et régla le chauffage à fond avant d'attirer Bailey à lui pour l'embrasser. Elle enroula les bras autour de son cou et se serra contre lui, répondant à ses baisers et à ses caresses jusqu'à ce qu'elle ait enfin plus chaud.

Quand ils cessèrent de s'embrasser, Spencer lui prit le visage entre ses mains et riva son regard au sien.

— Je sais que tu veux donner un sens à ta vie. Prendre soin de toi et avancer, dorénavant. Ce sont des défis que tu tiens à relever. Mais moi, j'ai besoin de toi, B.

Bailey posa les doigts sur ses lèvres pour qu'il se taise.

— Vous m'aimez, n'est-ce pas, inspecteur Montgomery ? demanda-t-elle, un peu incertaine. Ne me laissez pas être la seule à ressentir de l'amour pour vous.

Spencer la reprit dans ses bras, et enfouit ses doigts dans ses cheveux.

— Oui, je t'aime, B. Et je veux que tu deviennes ma femme. Je sais que tu as besoin de temps, surtout avec ce qui s'est passé au cours de ces derniers jours, et surtout avec ce procès. Mais je suis patient. Je le serai. Je te donnerai tout le temps et l'espace nécessaires, jusqu'à ce que tu sois prête à me dire oui.

— Non ! s'exclama Bailey sans hésitation en se blottissant en riant dans ses bras où elle était si parfaitement en sécurité. C'est oui ! Oui maintenant !

Quand Dwight Powers l'appela, Bailey lâcha la main de Spencer et se leva.

En passant devant la table de la défense, elle regarda, au-delà de Kenna Parker qui affichait une expression neutre, Brian Elliott qui la dévisageait d'un air haineux.

Elle se retourna un instant vers Spencer et puisa du soutien dans son regard plein d'amour et de chaleur.

Caressant sa bague de fiançailles avec un sourire, elle

entra dans le box des témoins, à côté du banc du juge, puis leva la main droite.

— Jurez-vous solennellement de dire la vérité, toute la vérité, et rien que la vérité ?

— Je le jure, répondit-elle d'une voix ferme.

Le 1er décembre

Black Rose n°322

Dans ton ombre - Carol Ericson

Série L'honneur des Brody 1 / 4

Un imitateur... qui reproduit à l'identique des meurtres commis près de vingt ans plus tôt. L'inspecteur Sean Brody se sent blêmir quand Elise Duran, une jeune femme qui a réussi à échapper par miracle à l'assassin qui la poursuivait, lui décrit le mode opératoire de son agresseur. Car visiblement, ce fou se prend pour le propre père de Sean, qui s'est suicidé après avoir été accusé d'être un tueur en série... Aussitôt, Sean se tient sur le qui-vive : l'homme va chercher à retrouver Elise pour terminer ce qu'il a commencé... Alors, parce que c'est son devoir de policier, mais aussi parce qu'Elise le trouble inexplicablement, Sean s'en fait la promesse : il la protégera...

Rendez-vous avec le danger - Patricia Rosemoor

Le cauchemar recommence.

Ella Thunder vient à peine de remettre les pieds à Bitter Creek, pour les besoin d'un film qui se tourne dans la réserve indienne où elle a grandi, que, déjà, elle se sent surveillée. Ce désagréable sentiment d'oppression doit être normal – après tout, n'est-ce pas ici que son père a autrefois été assassiné ? Pourtant, elle admet bientôt qu'elle est réellement en danger. Assurément, quelqu'un veut qu'elle reparte au plus vite... sans poser de questions sur son passé. Ce sont pourtant bien des réponses qu'Ella est venue chercher, alors tant pis : elle restera. Et acceptera l'aide que Tieman McKenna, le séduisant cow-boy qui s'occupe des chevaux sur le tournage, lui a proposée...

BLACK ROSE

Black Rose n°323

Le parfum de la peur - Lena Diaz

Ashley se réfugie sous son bureau, le téléphone collé à l'oreille et le cœur battant à se rompre. Pourquoi met-on tant de temps à lui répondre ? Si la police n'arrive pas dans les minutes qui viennent, le tueur fou qui s'est introduit dans l'immeuble où elle travaille va la trouver... D'ailleurs, n'est-ce pas son pas lourd qu'elle entend au bout du couloir ? Soudain, un homme surgit à ses côtés. Un homme d'une beauté à couper le souffle, en tenue militaire. Un seul regard échangé suffit à Ashley pour comprendre le message qu'il veut lui faire passer : il est là pour la sauver, et si elle lui obéit sans discuter, ils s'en tireront tous les deux...

Inséparables ennemis - Marie Ferrarella

Charley étouffe un hurlement, puis s'effondre. C'est bien Matt, son frère adoré, qui gît devant elle, mort. Qui a assassiné celui qu'elle considère comme son héros ? Et surtout, pour quelle raison ? Dès que la police arrive, Charley se précipite vers l'inspecteur Declan Cavanaugh, qui a été mis sur l'affaire. Cet homme la déteste, elle le sait bien. N'a-t-il pas toujours tout fait pour l'ignorer, à l'époque où ils étaient tous deux élèves à l'école de police ? Mais peu importe. Il ne l'ignorera pas davantage. Car, qu'il le veuille ou non, elle est déterminée à enquêter à ses côtés pour retrouver l'assassin de son frère.

Black Rose n°32

Une menace sans visage - Carla Cassidy

Jake ne se reconnaît plus. Lui qui déteste les enfants, se surpren à sourire béatement depuis que Grace Sinclair a débarqué dans so ranch, avec ses triplées de dix mois, en lui annonçant que Justin, so frère, en était le père. Pis encore : il sent son cœur glacé de célibatair endurci fondre dès que la séduisante Grace est en sa présence.. Comment son idiot de frère peut-il repousser une femme pareille ? So trouble s'accroît encore quand Grace lui avoue, bouleversée, qu'ell est la cible de menaces, qu'elle craint pour la vie de ses filles. San hésiter, il le lui promet : il veillera sur elle et ses enfants jusqu'à c qu'elles soient hors de danger...

La vérité en question - Adrienne Giordano

Son frère est innocent du meurtre dont on l'accuse ! Et elle le prouvera Emma s'en est fait le serment. Voilà pourquoi elle se bat depuis dix-hui mois pour qu'on la croie. Et ce, malgré les menaces qu'elle reçoit, e qui l'angoissent de plus en plus... Le jour où le policier qui a arrêté so frère lui avoue que l'enquête a été bâclée, elle comprend donc qu'elle n doit pas laisser passer sa chance : vite, il faut qu'elle aille trouver Zac Hennings, le procureur en charge du dossier, pour le pousser à revoi son jugement. A la condition, bien sûr, que cet homme énigmatique qu tient le sort de son frère entre ses mains accepte de l'écouter...

Black Rose n°32

Au cœur du mensonge - Cassie Miles

Le jour où elle est témoin d'un meurtre en marge d'une soirée mondain Ruth Ann voit sa vie basculer. Sous le choc, elle accepte la protectio de Cody Berringer, l'un des invités, qui lui propose spontanément so aide... Mais bientôt, elle découvre ses intentions véritables : lui soutire des renseignements sur sa famille, qu'il croit liée à la disparition de so propre père. Comment cet homme, dont la présence lui est devenu indispensable, a-t-il pu ainsi lui mentir ? Se sentant terriblement trahi Ruth Ann ne sait plus que penser : doit-elle le fuir, ou au contrair l'aider dans sa quête de vérité ?

Dangereuse liaison - Lori L. Harris

En apprenant que son ex-mari a été assassiné, Lexie Dawson sait qu forcément, les soupçons vont se porter sur elle : elle a divorcé pe de temps auparavant, incapable de rester avec celui qu'elle considèr comme responsable du drame qui a brisé sa vie. Et, surtout, elle es enceinte d'un autre. D'un homme dont elle est éperdument amoureus mais qu'elle évite depuis la seule nuit qu'ils ont partagée, et qui n'es autre que Jack Blade, le chef de la police locale... Jack, qui ignor qu'elle porte son enfant et qui, chargé de l'affaire, va immanquablemen devoir l'interroger...

A paraître le 1er novembre

Best-Sellers n°621 • suspense
Le secret de la nuit - Amanda Stevens

Au loin, elle aperçoit la silhouette familière d'un homme se diriger vers elle. Malgré le masque d'assurance qu'elle s'efforce d'afficher, Amelia Gray se sent blêmir. Robert Fremont est de retour. Une fois encore, cet ancien policier aux yeux constamment dissimulés derrière d'opaques lunettes de soleil est venu lui demander son aide. Pourquoi l'a-t-il choisie elle, simple restauratrice de cimetières, pour tenter d'élucider le meurtre qui a ébranlé la ville dix ans plus tôt ? Amelia ne le sait que trop bien, hélas : Fremont est le seul à avoir perçu le don terrible et étrange qu'elle cache depuis l'enfance… Bien que désemparée, elle accepte la mission qu'il lui confie. Mais tandis que ses recherches la mènent dans les quartiers obscurs de Charleston, elle comprend bientôt qu'elle n'a plus le choix. Si elle veut remporter la terrible course contre la montre dans laquelle elle s'est lancée, elle va devoir solliciter le concours de l'inspecteur John Devlin. Cet homme sombre et tourmenté dont elle est profondément amoureuse mais qu'elle doit à tout prix se contenter d'aimer de loin…

Best-Sellers n°622 • suspense
Neige mortelle - Karen Harper

Un cadavre de femme, retrouvé enseveli sous la neige. Puis, quelques jours plus tard, une autre femme, découverte assassinée à deux pas de chez elle… Comme tous les autres habitants de la petite communauté de Home Valley où elle vit, Lydia Brand est bouleversée. Ces décès inexpliqués sont-ils de simples coïncidences ? Au plus profond de son cœur, Lydia est persuadée que non. Pire, elle éprouve le désagréable sentiment qu'ils sont intimement liés à l'enquête qu'elle mène pour retrouver ses parents biologiques… Cherche-t-on à l'empêcher de découvrir la vérité ?
Bien que gagnée peu à peu par la peur, Lydia se résout à vaincre ses réticences et à se confier à Josh Yoder, l'homme pour qui elle travaille… et qui fait battre son cœur en secret. Aussitôt sur le qui-vive, Josh lui en fait la promesse : il l'aidera à lever le voile sur ses origines, et la protègera de l'ennemi invisible qui la guette dans l'ombre.

Best-Sellers n°623 • thriller
Sur la piste du tueur - Alex Kava

A la vue du corps qui vient d'être déterré par la police sur une aire de repos de l'Interstate 29, dans l'Iowa, l'agent spécial du FBI Maggie O'Dell comprend qu'elle vient enfin de découvrir le lieu où le tueur en série qu'elle traque depuis un mois a enterré plusieurs de ses victimes.
Pour démasquer ce criminel psychopathe qui a fait des aires d'autoroute son macabre terrain de chasse, et l'empêcher de tuer de nouveau, Maggie est prête à tout mettre en œuvre. Et tant pis si pour cela, il lui faut accepter de collaborer avec Ryder Creed, un enquêteur spécialisé que le FBI a appelé en renfort. Un homme mystérieux qui la trouble beaucoup trop à son goût.
Mais tandis que Maggie se rapproche de la vérité, il devient de plus en plus clair que le tueur l'observe sans répit, et qu'elle pourrait bien être son ultime proie…

Best-Sellers n°624 • roman
Noël à Icicle Falls - Sheila Roberts

La magie de Noël va-t-elle opérer à Icicle Falls ?
Tout avait pourtant si bien commencé… Cassie Wilkes, propriétaire de la petite pâtisserie d'Icicle Falls, doit pourtant l'admettre : si le repas familial qu'elle a préparé pour Thanksgiving frise la perfection absolue, il n'en va pas de même pour le reste de son existence. Loin de là. Sa fille unique ne vient-elle pas d'annoncer à table, devant tous les convives, qu'elle comptait se marier le week-end avant Noël (autant dire dans 5 minutes) avant de déménager dans une autre ville ? Pire, qu'elle voulait que son père (autrement dit son épouvantable ex-mari) la conduise à l'autel ? Déjà proche du KO, Cassie doit encaisser l'ultime mauvaise nouvelle de ce repas qui a décidément viré au cauchemar : son ex-mari, sa nouvelle femme et leur chien vont demeurer chez elle le temps des festivités.
Pour Cassie, cette période des fêtes sera à n'en pas douter pleine de surprises et de rebondissements…

Best-Sellers n°625• historique
Séduite par le marquis - Kasey Michaels

Londres, 1816
Lorsque débute sa première saison à Londres, Nicole est aux anges. Elle a tant rêvé de ce moment ! Et certainement pas dans l'espoir de dénicher un mari, comme la plupart des jeunes filles. Non, tout ce qu'elle désire, c'est savourer le plaisir d'être enfin présentée dans le monde et de vivre des aventures passionnantes. Mais à peine arrivée à Londres, elle fait la connaissance d'un ami de son frère, le marquis Lucas Caine. Un gentleman séduisant et charismatique qui, elle le sent aussitôt, pourrait la faire renoncer à ses désirs d'indépendance si elle n'y prenait garde. Mais voilà que Lucas lui fait alors une folle proposition : se faire passer pour son fiancé afin de décourager les soupirants qui ne manqueront pas de se presser autour d'elle. Nicole est terriblement tentée. Grâce à ce stratagème, aucun importun n'osera lui parler de mariage ! Mais si ce plan la séduit, est-ce parce qu'il l'aidera à conserver sa liberté, ou parce qu'il la rapprochera un peu plus de ce troublant marquis ?

Best-Sellers n°626 • roman
Avec vue sur le lac - Susan Wiggs

Etudes brillantes, parcours professionnel sans faute… Sonnet Romano s'efforce chaque jour de gagner la reconnaissance d'un père dont elle est « l'erreur de jeunesse », la fille illégitime. Une vie parfaite et sans vagues qui a un prix : Sonnet ne se sent jamais à sa place…
Mais voilà que le vent se lève en ce début d'été. Une nouvelle bouleversante pousse Sonnet à tout quitter — son poste à l'Unesco et la mission prestigieuse qu'on lui offre à l'étranger —, pour rentrer s'installer au lac des Saules, où elle a grandi. Là-bas, une épreuve l'attend. Une épreuve, mais aussi la chance inestimable d'une nouvelle existence. Portée par l'amour inconditionnel de ses amis, de sa mère adorée, de son beau-père qui l'a toujours soutenue, Sonnet va ouvrir les yeux. Sur la nécessité de sortir du carcan des apparences, sur la liberté de faire ses propres choix. Mais surtout sur la naissance de ses sentiments profonds et passionnés pour Zach, l'ami de toujours, l'homme qu'elle n'attendait pas…